DIE TOTE VOM TITLIS

Monika Mansour wurde 1973 in der Schweiz geboren. Nach einer Augenoptikerlehre ging sie auf Reisen. Danach arbeitete sie am Flughafen, führte eine Whiskybar, war Tätowiererin und erledigte die Buchhaltung für einen Handelsbetrieb. Heute wohnt sie mit ihrem Mann und ihrem Sohn im Luzerner Hinterland.

MONIKA MANSOUR

DIE TOTE VOM TITLIS

Kriminalroman

emons:

© Emons Verlag GmbH
Cäcilienstraße 48, 50667 Köln
info@emons-verlag.de
Alle Rechte vorbehalten
Umschlagmotiv: mauritius images/Robin Scott-Alexander/Alamy
Umschlaggestaltung: Nina Schäfer, nach einem Konzept
von Leonardo Magrelli und Nina Schäfer
Umsetzung: Tobias Doetsch
Gestaltung Innenteil: César Satz & Grafik GmbH, Köln
Lektorat: Irène Kost, Biel/Bienne (CH)
Druck und Bindung: Books on Demand GmbH, Norderstedt
Printed in Germany
Erstausgabe 2019
ISBN 978-3-7408-0519-7
Originalausgabe
3. Auflage

Unser Newsletter informiert Sie
regelmässig über Neues von emons:
Kostenlos bestellen unter
www.emons-verlag.de

Grosses geschieht, wenn Mensch und Berg sich treffen.
William Blake

Leidenschaft ist die Lawine des menschlichen Herzens –
ein einziger Atemzug kann sie auslösen.
Edward George Earle Lord Bulwer-Lytton

Heutzutage wollen die Leute immer reicher scheinen,
als sie sind; so bschysst eis ds andere, und so kommen
manchmal zwei zusammen, und ein jedes glaubt,
das andere sei reich, und am Ende haben beide nichts:
Beide haben einander angelogen.
Jeremias Gotthelf (1797–1854),
eigentlich Albert Bitzius,
Schweizer Pfarrer und Erzähler

EINS

«Woah!» Cem duckte sich im letzten Moment, eh die scharfen Kanten über seinen Kopf hinwegschwangen, dabei balancierte er das Frühstückstablett beinahe akrobatisch, obwohl der Milchschaum des Cappuccinos bedenklich ins Wanken kam. «Wollen Sie mich damit ermorden?» Cem richtete sich auf und wartete, bis der Kaffee sich beruhigt hatte. «Ich habe gestern geheiratet und würde gerne weiterleben.» Er schaute den jungen Mann an, der soeben voller Elan und mit einem Paar Skier auf der Schulter aus seinem Hotelzimmer gestürmt war.

«Sorry, Mann, ich hab's eilig.» Der Typ zog sich die schwarze Wollmütze tiefer ins Gesicht und blickte verstohlen auf. «Besser, Sie bringen Ihrer Frau den Cappuccino ans Bett, solange er noch heiss ist. Ich will nicht der Grund für eine erste Ehekrise sein.»

Was für ein frecher Rotzlöffel, der war ja kaum volljährig. Bartschatten war jedenfalls keiner zu sehen. Die dunklen, eng stehenden Augen lagen tief unter markanten Augenbrauen, eines zwinkerte Cem zu.

«Ich muss los, Herr Nachbar.» Er hielt sich die Hand neben den Mund und beugte sich verschwörerisch vor. «Der Berg ruft.»

«Draussen braut sich ein Unwetter zusammen. Scheint mir eher, als wolle der Berg seine Ruhe.»

«Ruhe gönn ich dem alten Felsklotz nicht. Nicht heute. Tschüss, und viel Spass bei dem, was man als Bräutigam in den Flitterwochen so tun darf.» Weg war er.

Cem schüttelte belustigt den Kopf und setzte seinen Weg den Hotelkorridor entlang fort.

Das Hotel Terrace am Südhang von Engelberg war nicht das Ritz in Paris, aber es war elegant und gemütlich, mit rustikalem Charme. Es grenzte an ein Wunder, dass sie Mitte April überhaupt ein Zimmer in diesem Ferienort für die Hochzeitsnacht gefunden hatten. Cem pfiff eine Melodie vor sich her. Er hätte auch in einer Skihütte übernachtet. Wichtig war nur die Frau. Seine Frau. Sie lag, in einen Hauch von weissem Chiffon gekleidet, schlafend im Bett in der Suite, ein verlockender Gedanke ...

Es war kurz vor neun. Obwohl sie nach der kleinen Feier letzte Nacht in Luzern heute erst in den frühen Morgenstunden ins Bett gefallen waren, hatte Cem keinen Schlaf gefunden. Im Kopf und Bauch tanzten Schmetterlinge. Noch vor drei Monaten hätte er sich kaum träumen lassen, so schnell unter die Haube zu kommen. Ihr gemeinsamer spontaner Entschluss zur Hochzeit überraschte auch ihre Familien und Freunde. Cems Mutter lernte erst gestern die Eltern der Braut kennen. Seine jüngere Schwester Nesrin war extra kurzfristig aus London angereist. Der Abend war perfekt gewesen. Als Evas Onkel Heiri auf seinem Schwyzerörgeli «Es Burebüebli mahn i nid» anstimmte, liess es sich Nesrin nicht nehmen, ihren grandiosen Bauchtanz dazu vorzuführen: Multikulti vom Feinsten. Wer sagt denn, dass das nicht funktionierte? Obwohl die Familien aus anderen Kulturkreisen kamen, verstanden sie sich auf Anhieb gut, was bestimmt auch der Schar Kinder zu verdanken war. Die Kids seiner Cousine Aygül sorgten für Stimmung, durch ihre Adern floss eben echtes türkisches Blut. Schade nur, dass Aygül die Feierlichkeit zu Hause hatte aussitzen müssen. Trotz aller Bemühungen bestanden die Zürcher Behörden auf ihrem Hausarrest, selbst das Argument, dass ranghohe Beamte der Luzerner Kriminalpolizei und Staatsanwaltschaft zu der Feier geladen waren, stiess in Zürich auf taube Ohren. Nächsten Monat sollte ihr Prozess beginnen, was mitunter ein Grund war, weshalb Cem und seine Braut die Flitterwochen auf den Malediven auf den Herbst verschoben hatten. Ein gemeinsames Wochenende in Engelberg musste für den Moment genügen, aber Cem war entschlossen, es unvergesslich zu machen, nichts anderes hatte seine Braut verdient. Verstohlen warf er einen Blick auf den Ring am Finger, ein schlichtes Schmuckstück aus Platin. Ein seltsames Gefühl, welches ihn mit einer Überdosis Glückshormonen versorgte. Er durfte sich Ehemann nennen. Und Stiefvater. Den sechs-jährigen Alain hatte er längst ins Herz geschlossen. Was zum perfekten Glück fehlte, war die gemeinsame Wohnung. Das passende Objekt zu finden war eine Herausforderung. Auch die würden sie in den nächsten Wochen gemeinsam meistern, dachte Cem zuversichtlich. In der Zwischenzeit pendelten sie zwischen Stans und Luzern.

Er schob die Schlüsselkarte ins Schloss und öffnete die Tür zur Suite. Das Bett war leer. «Zimmerservice.»

Er hörte es plätschern, dann trat sie aus dem Bad. Statt des Hauchs Chiffon trug sie einen flauschigen Bademantel. Ihr dunkles, schulterlanges Haar war zerzaust und lockig. Ein ungewohnter Anblick, da sie es im Alltag zu einem strengen Pagenschnitt frisierte.

«Ein Cappuccino mit extra Milchschaum und ein Butter-gipfeli, wie Madame gewünscht hat.» Cem stellte das Tablett auf einen kleinen Beistelltisch und ging auf sie zu. «Und für ein angemessenes Trinkgeld gibt es einen ‹Am Morgen nach der Hochzeit›-Spezialservice von mir persönlich dazu.»

«Den nehm ich.» Eva schlang ihre Arme um Cem. «Du kannst mir gleich den Rücken einseifen, während ich mich in der Wanne nach dieser anstrengenden Nacht entspanne.»

Cem strich mit seinen Fingern durch ihren Lockenkopf, der verführerisch nach Pfingstrosen duftete. «Hey, dein türkischer Ehemann hat noch ganz andere Talente auf Lager.»

Sie kniff ihn in den Allerwertesten. «Weiss ich. Ich bin längst deinem südländischen Charme verfallen, deinem treuherzigen Dackelblick, deinem schelmischen Grinsen, deinem Humor und deinem unglaublich riesigen Herzen. Da sehe ich über die leicht schüttere Haarpracht am Hinterkopf, die süssen Mini-Speckröllchen um die Hüften und über deinen verstaubten Modegeschmack hinweg.» Sie knöpfte ihm das Hemd auf. «An die prächtigen Brusthaare habe ich mich gewöhnt, die mag ich mittlerweile.» Mit den Fingernägeln fuhr sie über seine nackte Brust. «Man kann dich so schön kraulen …»

«Weib, du wirst unanständig frech.» Er setzte einen strengen Blick auf, der sie zum Lachen brachte.

«Cem, eines kannst du nicht: böse gucken. Das passt einfach nicht zu dir.»

Nur wenige Touristen warteten an diesem Freitagmorgen auf die Kabine der Luftseilbahn Rotair, die sie das letzte Stück von der Sektion Stand auf den Gipfel des Titlis bringen sollte. Die Spitze des Berges lag auf über dreitausend Metern und war unter einer kompakten Schicht grauer Wolken verborgen, welche einen Kriegstanz aufführten. Der Berg schien nicht in Stimmung für Besucher.

Cem zog Eva enger an sich, die in eine dicke dunkelblaue Daunenjacke gepackt war. Ihm war noch flau im Magen von der Fahrt des Titlis Xpress von der Talstation Engelberg hoch bis zur Sektion Stand. Die Kabinen der Achter-Gondeln hatten im stürmischen Wind heftig geschaukelt. Das aufkommende Unwetter schien Evas gute Stimmung kaum zu trüben, sie war in Stans aufgewachsen und kannte die Launen der Berge, die sie über alles liebte. Cem hatte ihr versprochen, ihren Liebling, den Titlis, zu erobern, natürlich nur bequem per Seilbahn. Tatsächlich war er nie oben gewesen. Sie liess seine Ausflucht, dass er ein Zürcher sei, nicht durchgehen, schliesslich wohnte er seit einigen Jahren in Luzern und war jetzt mit einer Nidwaldnerin verheiratet. Er hatte es mit der Ausrede versucht, dass es in der Schweiz zu viele Berge für ein Menschenleben gebe, alle könne er unmöglich erklimmen. Immerhin sei er schon auf dem Säntis gewesen und habe das Matterhorn gesehen, zudem grüsse er jeden Morgen vom Büro aus den Pilatus. Für diese Bemerkung hatte er Evas zarten Ellbogen an seinen Rippen zu spüren bekommen, und zur Strafe würde er am Sonntag das Flitter-Weekend mit einem Ausflug auf das Stanserhorn abschliessen dürfen; wenn das Wetter bis dahin nicht komplett verrücktspielte.

Cem blickte auf die grosse Kabine der Seilbahn, die bedenklich schwankend näher kam. Die Rotair war eine Drehgondel.

Während der Fahrt drehte sich die Kabine um dreihundertfünf-undsechzig Grad, was laut Prospekt eine herrliche Panorama-sicht versprach. An diesem Mittag hätte Cem auf noch mehr Drehung gerne verzichtet. Er zog seine Mütze tiefer über die Ohren und den Reissverschluss seiner Lederjacke bis ganz nach oben. Winter war nicht sein Ding. Er hasste Schnee, Eis und Kälte, ein Umstand, der früher oder später zu einem Problem werden könnte. Eva war mit Skiern an den Füssen aufgewach-sen und hatte in ihrer Kindheit an einigen Abfahrtsrennen teil-genommen. Sie überraschte Cem immer wieder. Die perfekt in Szene gesetzte, strenge und brillante Staatsanwältin verbarg ihre wilde Seite, die nach Adrenalin lechzte, hinter Stil, Intel-ligenz und Disziplin. Cem hatte sie längst durchschaut.

«Was grinst du denn?», fragte Eva und hauchte ihm einen Kuss auf die hochgezogenen Mundwinkel.

Cem zog die herrlich nach Blumen duftende Luft in die Lungen. Ihr Parfum bringt mich eines Tages um den Verstand, dachte er.

Gemurmel ging durch die etwa zwanzig Abenteurer, die mutig genug auf die Rotair warteten, die sich langsam, Zenti-meter um Zentimeter, einparkierte. Cem drehte den Kopf und sah einen Mann auf die Plattform stürmen. Er überrannte in seiner Hektik beinahe ein kleines Mädchen, das jetzt auf einem Fuss hüpfte und wimmerte. «Passen Sie doch auf!», schnauzte ihn die Mutter an und kniete sich tröstend zu ihrer Tochter.

Der Mann zog den Kopf zwischen die Schultern und blickte sich nervös um, ohne ein Wort der Entschuldigung. Er trug eine ausgeleierte Winterjacke, die an mehreren Stellen geflickt war. Seine Hände steckten in den Taschen. Das kantige Gesicht zierte ein Vollbart, was ihn älter machte. Er war um die dreissig Jahre, schätzte Cem, und eindeutig ein Ausländer, vermutlich ein Araber. Vielleicht ein Syrer, da seine Augen ungewöhnlich hell waren. Jedenfalls entsprach er keinem typischen Touristen, der wegen der Aussicht auf den Titlis fuhr. Sein Verhalten war merkwürdig. Was wollte der Mann auf dem Berg?

«Verfluchte Kameltreiber! Rücksicht ist ein Fremdwort,

was?», pöbelte ein junger Mann, der den Arm um seine Freundin gelegt hatte, als wäre sie sein Besitz.

«Lass gut sein», versuchte sie ihn zu beruhigen. «Wir wollten uns einen schönen Tag machen. Verdirb ihn nicht.»

«Ich? Hast du Tomaten auf den Augen? Der ist der Kleinen voll auf den Fuss getrampelt. Ja, so behandeln die Araber die Frauen. Wie Abschaum. Verdammtes Pack!»

Das Mädchen begann zu weinen und versteckte sich hinter der Mutter.

Der Fremde ignorierte die verletzenden Worte des Pöblers, drückte sich ans Geländer und starrte zur Gondel, die ihr Ziel fast erreicht hatte.

Na, das konnte eine tolle Fahrt hoch zum Gipfel werden. Noch ein Wort dieses rassistischen Angebers, und er würde eingreifen.

Eva kam ihm zuvor. Sie zog ihre Schultern stramm und setzte den eiskalten Staatsanwältinnenblick auf. «Menschen zu verurteilen und haltlos zu beschuldigen, ist ebenso ein Verbrechen», sagte sie autoritär.

«Halten Sie sich da raus», schnauzte der Pöbler zurück.

«Jetzt mal halblang», mischte sich Cem ein. Der Frieden war dahin.

«Cem –», setzte Eva an, der andere fiel ihr ins Wort.

«Cem? War ja klar, ein Kanake. Geh dahin zurück, wo du herkommst. Du hast in der Schweiz nichts verloren. Erdogan nimmt euch Exil-Türken gerne wieder auf.» Er stiess seine Freundin unsanft beiseite und baute sich vor Cem auf. «Ist er dein Freund?» Er zeigte auf den Araber, der sich abgewandt hatte und kein Wort sagte.

«Was hat er in seinen Taschen versteckt? Sieht mir verdächtig nach einer Waffe aus. Oder einer Bombe? Würde für reisserische Schlagzeilen sorgen, wenn der die Rotair auf halbem Weg in die Luft sprengt. So sieht der mir nämlich aus. Das Terroristenpack erkenne ich auf einhundert Meter gegen den Wind. Jenny, komm, wir gehen. In diese Gondel kriegen mich keine zehn Pferde. Wir nehmen die nächste.»

Cem fühlte, wie das Blut in seinen Adern kochte. Er wollte etwas erwidern, spürte aber Evas Hand an der Schulter, die ihn zurückhielt.

Der Typ zog seine Freundin hinter sich her und verliess die Plattform. In diesem Moment öffneten sich die Türen der Gondel. Der Mann mit dem Bart war der Erste, der einstieg, seine Hände tief in den Jackentaschen verborgen.

Die fünfminütige Fahrt hoch zum Gipfel fiel entsprechend beklommen aus. Keiner der Gäste sagte ein Wort, alle suchten einen festen Stand, um beim Schaukeln der Kabine nicht die Balance zu verlieren, und schielten mehr oder weniger heimlich zum Araber hinüber, der in die verschneite und vernebelte Berglandschaft hinausstarrte.

Als Cems iPhone klingelte, weckte der Rufton die Anwesenden aus einer Starre. Eva verdrehte amüsiert die Augen, während Cem hastig nach seinem Handy in der Innentasche der Lederwinterjacke griff. Er blickte aufs Display und atmete enttäuscht aus. Es war nicht das Telefonat, auf das er seit Wochen wartete. Er drückte den Anrufer weg und steckte das Handy zurück. «Callcenter, die können mir gestohlen bleiben.»

«Nach wie vor keine Nachricht von den beiden?», fragte Eva. Wenn Eifersucht in ihren Gedanken mitschwang, kaschierte sie diese perfekt.

Cem starrte zum wolkenverhangenen Himmel. «Es war Lilas Entscheidung, nach Italien zu gehen. Ich wollte sie über unsere Hochzeit informieren, aber sie ist wie vom Erdboden verschluckt. Irgendwo da unten steckt sie und rettet Flüchtlinge vor dem Ertrinken. Sie hat ihre Bestimmung gefunden.»

«Marius ist bei ihr.»

«Und ebenfalls verschollen.»

«Die tauchen wieder auf. Sie schippern vermutlich auf einem Fischkutter über das Mittelmeer und haben keinen Mobilfunkempfang.»

Cem nahm Eva in die Arme und drückte ihr einen Kuss auf die Stirn. «So wird es sein.» Er blickte hoch zur Bergstation. Sie befanden sich auf halbem Weg und kreuzten die Gondel, welche talwärts fuhr. Die Seile schwangen durch eine heftige Windbö bedenklich hin und her. «Gefährlicher als wir können sie im Moment kaum leben. Weshalb habe ich das beklemmende Gefühl, dass der Berg uns heute nicht oben haben will? Er ist irgendwie unheimlich.»

«Cem, du wirst albern. Die mystischen Vorfälle haben wir seit Neujahr hinter uns. Auf dem Gipfel lauert keine Hexe auf uns, und schlafende Engel gibt es bestimmt auch nicht. Ich habe in der Klatschpresse gelesen, dass eine pompöse Hochzeitsfeier stattfindet. Die Zeremonie soll in der Gletschergrotte sein.»

«Auf dem Titlis? Tritt die Braut in Moonboots und Daunenjacke vor den Altar? Da war mir das Zivilstandsamt in Stans lieber. Du warst wunderschön.» Den Anblick würde Cem sicher nie vergessen. Eva hatte ein schlichtes weisses Seidenkleid getragen, das ihrer schlanken Figur schmeichelte und um den Hals durch eine breite Bordüre aus Glaskristallen gehalten wurde.

«Kompliment angenommen», sagte sie. «Die Oggenfuss hat mich echt überrascht. Deine Chefin hat tatsächlich wegen dir ein Kleid angezogen.»

«Ich bin halt ihr Liebling.»

«Du schleimst dich bei ihr ein.»

«Ich schlichte zwischen den Alphafrauen. Barbara leidet noch wegen Wymanns Tod, und die Oggenfuss auf seinem Stuhl zu sehen, erträgt sie nicht. Ich hoffe bloss, die beiden bringen sich nicht gegenseitig um, bis ich am Montag wieder zum Dienst antrete.»

«Kevin ist bei ihnen.»

«Kevin knackt jeden Computer, aber bei den Damen kommt er nicht an die Schaltzentrale.» Cem blähte die Brust. «Meine Chefinnen habe nur ich im Griff.»

Die Gondel hatte ihr Ziel fast erreicht. Eva lachte herzlich und beugte sich zu Cem vor. «Angeber. Ich liebe dich genau deswegen, du türkischer Macho. Doch mich wirst du nie in den Griff kriegen. Wir werden sehen, wer in unserer Ehe die Hosen anbehält.»

Er zog Eva fest an sich, atmete tief ein und schwelgte in ihrem Blumenduft. «Es ist eine osmanische Tradition, die ungehorsame Frau übers Knie zu legen», flüsterte er in ihr Ohr.

Sie schlang ihre Arme um Cems Hals. «Leg dich nie mit einer Staatsanwältin an. Ich habe ganz andere Strafen für einen überheblichen Mann auf Lager.»

∗∗∗

Susanne Oggenfuss verabschiedete sich am Telefon und legte den Hörer zurück. Ihr Nidwaldner Kollege hatte sie freundlicherweise vorgewarnt. Ein Sandsturm kam auf sie zu. Sollte sie gleich Bern kontaktieren oder sich des Problems erst einmal selbst annehmen? Sie zog ihre runde Hornbrille von der Nase und wischte die Gläser an ihrem übergrossen grauen Jerseypullover sauber, der ihre kleine, magere Gestalt gut kaschierte und bequem zu tragen war. «Na dann, auf in den Kampf!» Sie stand von ihrem harten Stuhl auf – den komfortablen Bürosessel hortete Barbara Amato nach wie vor in ihrem Büro, unbenutzt, wohlverstanden –, setzte die Brille wieder auf und fuhr sich einige Male mit der Hand durch ihr kurzes Haar, das sich strohig und trocken anfühlte. Es waren zumindest Haare auf dem Kopf. Susanne kannte schlimmere Zeiten, und mit einem Sandsturm würde sie es aufnehmen können. Der rothaarige Wirbelwind war die grössere Schwierigkeit, welche sie auch nach über drei Monaten in Luzern nicht in den Griff bekam. Aber Susanne war zuversichtlich, das lag in ihrer Natur. Als Abteilungsleiterin von Leib und Leben der Luzerner Kriminalpolizei würde sie Barbara bändigen, früher oder später.

Susanne schaffte es bis zur Tür ihres Büros, bevor der Wirbelwind mit voller Kraft ins Zimmer stürmte, einen dicken Bund Papier vor sich her wedelnd. *Dio mio!* Was soll das sein? Nicht dein Ernst. Ich brauche ein halbes Jahr, um diesen Papierkram abzuarbeiten.»

Susanne trat vor Barbara und schaute hoch in ihre eisblauen Augen. Die leitende Ermittlerin war mindestens zwei Köpfe grösser als Susanne, ihre Haut blass und mit Sommersprossen übersät, die ihre Leuchtkraft verloren hatten. Barbara litt, schon zu lange. Rolf Wymanns Tod lag ein halbes Jahr zurück, doch Barbara plagten noch immer Trauer und Schuld. Susanne hatte den tragischen Fall nachgeschlagen, der sich vor ihrer Zeit bei der Luzerner Polizei abgespielt hatte, und intensiv mit Cem darüber gesprochen. Die Kugel hätte auch Barbara treffen können. Susanne wusste, dass sie und Wymann eine langjährige Affäre gepflegt hatten, die sie vor den Kollegen, mehr oder weniger erfolgreich, geheim hielten. Der Mord an dem Abteilungsleiter von Leib und Leben hatte die Kriminalpolizei aufgewühlt. Der Posten war Barbara angeboten worden, sie hatte abgelehnt. Susanne hingegen war dankbar für den Neuanfang in Luzern und nahm die Stelle an. Die schlechten Erinnerungen hatte sie gerne in Basel zurückgelassen.

«Also, was soll ich damit?»

Barbara holte Susanne aus den Gedanken zurück. Sie atmete kurz durch und zuckte mit den Schultern. «Arbeit lenkt ab und gibt dir Zeit, deine Wunden zu lecken. Wenn du damit durch bist, hast du dich hoffentlich so weit gefangen, dass ich den Bürosessel zurückkriege.»

«Vergiss es. Es war sein Stuhl, und du setzt dich da nicht drauf.»

«Auf dem harten Holzstuhl bekomme ich Hämorrhoiden.»

Barbara warf ihre langen Haare in den Nacken. «Nicht mein Problem.»

«Die Hämorrhoiden nicht, aber deine Flammenmähne. Kannst du die bändigen? Es fährt gleich ein Scheich aus Katar mit seinen drei Söhnen in einer Privatlimousine vor.»

«Ich soll ein Kopftuch umbinden?»

«Genau. Denn sollte er deine roten Haare sehen und mir zwanzig Kamele für dich anbieten, werde ich die Kamele nehmen, die wären zumindest fügsamer.»

Barbara starrte sie einen Augenblick fassungslos an, machte auf dem Absatz kehrt und verliess das Büro.

Susanne fand kein Rezept, um zu Barbara durchzudringen.

Mit Cem konnte sie scherzen, mit Kevin fachlich interessante Gespräche führen, bei Bättig half militärische Disziplin, und Gehringer liess sich mit Zigarren und Pralinen bestechen. Sie hatte es bei Barbara mit mütterlicher Freundschaft versucht, mit Strenge, mit Verständnis, mit Humor, mit Befehlsgewalt. Aussichtslos. Barbara machte dicht, kapselte sich ein und war unausstehlich.

Das Telefon klingelte. Es war Roland vom Empfang. Die Araber waren eingetroffen und verlangten nach dem Polizeikommandanten. Susanne beruhigte Roland und versprach, gleich persönlich herunterzukommen. Sie legte auf, marschierte in den Flur hinaus und rief nach Barbara.

Als sie zusammen im Parterre aus dem Lift stiegen, herrschte bereits ein Tohuwabohu. Die weissen Gewänder der vier Männer hätten aus einer Waschmittelwerbung stammen können. Auf dem Kopf trugen alle rot-weisse Kopftücher. Susanne ging mit ausgestreckter Hand auf den ältesten der Männer zu. «*Assalamu aleikum. My name is Susanne Oggenfuss. My colleagues from Stans informed me about your case.*»

Der Scheich ignorierte Susannes Gruss wie auch ihre Hand. Stattdessen übernahm einer der jüngeren Männer das Wort. Er sprach fast perfekt Deutsch. «Unser Bruder wurde entführt, und die Polizei in Stans will uns nicht weiterhelfen. Mein Vater ist sehr aufgebracht.»

Barbara schaute Susanne verständnislos an. «Worum geht es hier?»

«Familie Hassan logiert auf dem Bürgenstock», klärte Susanne sie kurz auf. «Sie vermuten, dass gestern Abend der jüngste Sohn entführt wurde.»

«Weshalb kommen sie zu uns?»

«Weil er zuletzt auf dem Felsenweg unten am Hammetschwandlift gesehen wurde. Dort hat die Familie auch sein Handy und das Kopftuch gefunden.»

«Verstehe, der Felsenweg ist unser Territorium», sagte Barbara.

«Exakt. Sieht so aus, als sei der Tatort eine unbewohnte Exklave Luzerns im Kanton Nidwalden.»

Der Scheich wurde ungeduldig, sprach lautstark in Arabisch auf Susanne und Barbara ein und drehte sich zu Roland um, der am Empfang sass. Der Sohn übersetzte den Redeschwall in wenigen Sätzen: «Mein Vater will mit dem Kommandanten sprechen. Er will nicht, ähm, will nicht, dass Frauen seinen Fall behandeln. Es geht um seinen Sohn, um unseren Bruder.»

Das konnte heiter werden, dachte Susanne, die den Fall gerne an Schnellmann, den Chef der Kriminalpolizei, abgegeben hätte, aber der war in den Ferien und der Kommandant an einem Meeting in Zürich. «Ich versichere Ihnen, wir werden den Fall gewissenhaft angehen. Folgen Sie uns in ein Sitzungszimmer.» Susanne wartete keine Antwort ab, ging vor und führte die Familie in eines der Zimmer im vierten Stock.

Amir bin Nuri, so hiess der vermisste Sohn, war fünfundzwanzig und der jüngste Spross von Nuri bin Hassan. Amir hatte, wie auch Bassem, der für Susanne übersetzte, in der Schweiz studiert, daher sprachen beide gut Deutsch. Wie sie erfuhr, war der Vater ein Baulöwe und Immobilienhändler aus Katar. Ihm gehörten mehrere Wolkenkratzer und auch zwei Hotels in Doha.

Susanne hörte sich die Geschichte schweigend an und machte sich Notizen. «Lassen Sie mich kurz zusammenfassen», sagte sie, nachdem Bassem alles Wesentliche erzählt hatte. «Am Montag flogen Sie von Doha nach Zürich. Sie logieren auf dem Bürgenstock und nahmen an einem mehrtägigen Kongress der Baubranche teil. Vor zwei Tagen, am Mittwochnachmittag, fuhr Amir mit dem Chauffeur nach Luzern, um Geschenke für Familie und Freunde in Doha einzukaufen. Die übrige Zeit verbrachten Sie stets gemeinsam. Gestern nahmen Sie an einer Tagung auf dem Bürgenstock teil. Um vier Uhr ging Amir auf sein Zimmer. Als er nicht zum Abendessen erschien, schauten Sie nach. Seine Suite war leer. Sie riefen ihn an, aber ein Tourist nahm den Anruf entgegen und erklärte, das Mobiltelefon habe auf dem Felsenweg neben dem Hammetschwandlift am Boden gelegen. Sie eilten hin und fanden dort auch Amirs Kopftuch. Ihr Bruder ist seither verschwunden.»

«Er wurde entführt», sagte Bassem überzeugt. Er war ein gut aussehender Mann Mitte dreissig mit einem gepflegten Bart und dunklen, wachen Augen.

«Laut der Nidwaldner Polizei gibt es keine Anzeichen einer Gewalttat», entgegnete Susanne. «Weder auf dem Felsenweg noch auf seinem Zimmer, und es gibt auch keine Entführer, die sich gemeldet haben. Besteht die Möglichkeit, dass Ihr Bruder in Luzern oder Zürich ist, um sich zu amüsieren? Vielleicht hat er sein Handy verloren. Amir hat in Zürich studiert, wie Sie mir erklärten. Er kennt die Schweiz demnach gut. Wollte er alte Freunde besuchen?»

Bassem übersetzte seinem Vater Susannes Vermutung. Der donnerte gleich wieder los, stand auf, fuchtelte mit den Händen durch die Luft und zeigte offen seine Abschätzung. Seinen Redeschwall untermauerte er mit dem Wort «Allah». Er war sich in Katar wohl eine andere Behandlung gewohnt und hoffte lieber auf göttliche Hilfe denn weibliche Intuition.

Bassem wollte übersetzen, Susanne winkte ab. Die Körpersprache des Vaters sprach für sich. «Hören Sie. Ihr Bruder ist keine vierundzwanzig Stunden verschwunden. Es gibt nicht einen Hinweis auf eine Gewalttat oder ein Verbrechen, und Ihr Bruder ist nicht suizidgefährdet, wie Sie mir versicherten. Die Nidwaldner Polizei hat bereits die Vermisstenanzeige aufgenommen. Ohne zwingende Gründe können wir Luzerner nicht mit dem Kriminaltechnischen Dienst zum Hammetschwandlift fahren. Im Augenblick sind uns die Hände gebunden. Tut uns leid.»

«Haben Sie ein Foto Ihres Bruders dabei?», fragte Barbara. Sie wollte einer weiteren Gefühleseskalation des Vaters zuvorkommen.

Einer der anderen beiden Brüder öffnete auf Bassems Anweisung einen Aktenkoffer und zog ein Bild heraus. Er legte es auf den Tisch, Barbaras offene Hand ignorierend.

«Wann war Ihre Abreise geplant?», fragte Barbara, während sie das Bild anschaute.

Susanne liess sie übernehmen. Barbara war in ihrem Element, und das war gut.

«Unser Flug geht morgen zurück nach Doha», sagte Bassem. «Natürlich fliegen wir nicht ohne Amir.»

«Könnte sein Verschwinden mit Ihren Geschäften zu tun haben?»

Bassem schüttelte den Kopf. «Wir sind hier, um potenzielle Geschäftspartner kennenzulernen. Es geht um Weiterbildung und neue Technologien auf dem Baumarkt.»

«Private Gründe? Gab es Streit in der Familie?»

«Nein.»

Das Nein fiel Susanne zu kurz angebunden aus. Sie hakte nach. «Was ist Amir für ein Mensch?»

Der Vater wollte die Frage übersetzt haben. Er regte sich sofort darüber auf und stiess einen weiteren Schwall harsch klingender Kehllaute aus.

«Amir ist ein guter Sohn», übersetzte Bassem. «Er respektiert die Familie und sorgt sich um sie, wie es unsere Pflicht ist. Amir würde nichts tun, was die Ehre verletzt. Er wurde entführt.»

Susannes Instinkt sagte ihr, dass die Hassans ein Problem mit sich trugen, über das sie nicht sprechen wollten.

Der Fall hatte das Potenzial, spannend zu werden.

***

Cem und Eva verliessen als Letzte die Gondel. Kaum betraten sie festen Boden, glaubten sie, auf einem anderen Kontinent gestrandet zu sein.

«Wow!», sagte Cem. «Sind wir hier in Asien?»

«Die Chinesen lieben unseren Berg», antwortete Eva. «Die Inder auch. Nur du schaffst es, praktisch neben dem Titlis zu wohnen, ohne je oben gewesen zu sein.»

Sie schlenderten Hand in Hand den Korridor entlang, der

zu den Liften führte. Die Bergstation war gross, staunte Cem, ein mehrstöckiges Gebäude, die unteren Etagen in den Berg hineingebaut. Es gab fünf Ebenen. Er orientierte sich anhand des Lageplans an der Wand. Die Gondel legte unten im ersten Stockwerk an. «Gleich hier geht's hinüber zur Gletschergrotte», sagte er, «zuoberst ist die Terrasse, die hinaus auf den Berg führt. Im zweiten Obergeschoss liegen die Restaurants. Das klingt gut für mich.»

«Erst drehen wir eine Runde an der frischen Luft. Wetten, auf dem Cliff Walk hast du Schiss?» Eva bediente den Knopf für den Lift; sie wollte definitiv nach oben. Während sie warteten, gesellte sich eine ältere Dame zu ihnen und blickte ungeduldig auf die Anzeige des Lifts. Sie musste zu den Gästen der Hochzeit gehören, von der Eva gesprochen hatte. Die Dame trug ein elegantes anthrazitfarbenes Satinkleid, um die Schultern hatte sie sich eine weisse Pelzstola gelegt. Sie trug die blondierten, schulterlangen Haare voluminös geföhnt. Das Kinn war wie das einer Königin erhoben.

Offenbar entging ihr Cems neugieriger Blick nicht. «Können Sie sich vorstellen, je in einer Gletschergrotte zu heiraten?», fragte sie geradewegs, ohne eine Antwort abzuwarten. «Gott behüte, diese Hochzeit ist auf Eis gelegt, bevor sie vollzogen ist. Aber die weisen Ratschläge der Oma ignoriert die Jugend heutzutage schlichtweg.»

«Wir haben gestern geheiratet», sagte Eva stolz. «Auf dem Standesamt in Stans, und am Abend feierten wir mit Familie und Freunden in Luzern, in kleinem Rahmen; perfekt und wunderschön.»

«Oh, herzlichen Glückwunsch. Bin ich froh, dass es noch Menschen mit Verstand gibt, die wissen, was sich gehört. Wo wird die kirchliche Trauung stattfinden?»

«Es ist keine geplant», erklärte Eva.

Der Gesichtsausdruck der Dame änderte sich im Zeitlupentempo, als sie Cem anschaute und langsam begriff … Am liebsten hätte sie ihre Bemerkung über Menschen mit Verstand wohl wieder zurückgenommen. «Das ist höchst schade. Die

Ehe sollte vor Gott vollzogen werden. Auf Wiedersehen. Die Gletscherzeremonie erwartet mich.» Sie musste es sich anders überlegt haben, trat vom Lift zurück und wandte sich dem Korridor zu, der zur Gletschergrotte führte.

«Jetzt weisst du, worauf du dich eingelassen hast», sagte Cem, kaum war die feine Dame ausser Hörweite. «Einen Schweiz-Türken zum Mann zu haben, macht das Leben nicht einfacher.»

«Es ist perfekt, so wie es ist.»

Weitere Besucher versammelten sich um den Lift, der sich reichlich Zeit liess.

Eva drehte sich zu Cem um. «Ich weiss, dass Gott, oder Allah, einen wunderbaren Menschen geschaffen hat, und der steht jetzt an meiner Seite.» Sie drückte ihm einen sanften Kuss auf die Lippen.

Cem nahm sie in die Arme und verharrte einen Moment schweigend.

«Nein, Jonny, ich brauche frische Luft. Frische Luft und eine Zigarette. Die können warten. Oder sollen meine Nippel zu Eiszapfen gefrieren in der Eisgrotte? Ich sitz doch nicht eine halbe Stunde blöd rum.»

Dieser Jonny starrte auf das ausladende Dekolleté der viel älteren Dame, die er am Arm führte. «Ich taue dir die Eiszapfen mit viel Wärme auf.» Er fuhr sich mit der Zunge über seine vollen Lippen. Eine Geste, die eher lächerlich als verführerisch daherkam. Seiner Begleitung schien sie zu gefallen, sie kicherte wie ein junges Reh zur Brunftzeit.

Was für ein schräges Paar, dachte Cem, als er belustigt die beiden belauschte, die sich rücksichtslos vorgedrängt hatten. Belauschen war in diesem Fall das falsche Wort. Sie unterhielten sich so laut, dass man sich dem anzüglichen Gespräch unmöglich entziehen konnte. Die Dame musste um die sechzig sein, vermutete Cem. Sie trug Make-up, wie Cyndi Lauper es getragen hatte: bunt, schrill und provozierend. Ihre rote Haarpracht, die gelockt bis fast zu den Hüften reichte, war vermutlich eine Perücke. An ihren Ohren, um den Hals und an den Fingern funkelten schwere Klunker mit eingefassten protzigen Steinen, die echt sein mussten, so sehr blendeten sie Cem. Das Kleid war ein wilder Stoffmix in Grüntönen, an den weiblichen Stellen offenherzig ausgeschnitten und eng anliegend, an den Armen zu voluminösen Puffärmeln aufgebauscht. Der lange Rock war gefährlich hoch geschlitzt, und die Füsse steckten in halsbrecherisch hohen schwarzen Stilettos. Die Frau erinnerte Cem an eine Bordellchefin, die er in Zürich kennengelernt hatte. Lila hatte sie ihm letztes Jahr vorgestellt. Auch wenn Cem die Prostitution verabscheute, er hatte die quirlige Bordellchefin irgendwie gemocht. Diese Dame hingegen war alles andere als sympathisch.

«Zora Pandora, lass uns verduften. Fahren wir runter ins Tal und verkriechen uns wieder unter der Bettdecke im Hotel. Der Wind hier oben wird zum hässlichen Orkan.»

Cem grinste. Dieser Grünschnabel Jonny konnte kaum älter als fünfundzwanzig sein. Er trug Jeans und einen eng anliegenden Pullover, der seinen muskulösen Körper mehr als betonte. Der Typ war braun gebrannt, als käme er aus den Ferien zurück. Auf dem Kopf trug er lässig eine Baseballkappe, verkehrt herum. An seinem Arm hing ein Pelzmantel, der dieser Zora gehören musste.

«Papperlapapp, ich mag stürmische Winde; nur nicht die, welche aus deinem Knackarsch fahren.» Sie griff ihrem Jüngling unverhohlen an den Hintern. «Die wilde Natur belebt meinen Geist – und meinen Körper. Und ich habe Alec versprochen, bis zum Ende durchzuhalten.» Sie drückte ihren Busen gegen Jonnys Brust. «Aber vorher, bring mich raus in den Sturm.»

Eva rückte näher an Cem heran und warf ihm einen Blick zu, der alles sagte. Sie musste um ihre Fassung kämpfen, um nicht laut herauszulachen. Der Titlis schien grosses Unterhaltungspotenzial zu besitzen. Das konnte ein lustiger Tag werden.

Endlich kam der Lift. Zora und Jonny drängten sich rücksichtslos vor. Cem und Eva boten zwei chinesischen Touristen, einem Pärchen in Skikleidung und einer Frau mit einer gewichtigen Fotokamera in der Hand den Vortritt und bestiegen als Letzte die Liftkabine. Aus den Augenwinkeln beobachtete Cem, wie diese Zora ihrem Lover die Zunge in den Mund steckte, wenig darum bekümmert, was die anderen Fahrgäste davon hielten. Die Chinesen starrten beschämt auf ihre Füsse, die Fotografin schraubte an ihrer Kamera herum, um sich abzulenken, und das Pärchen in Skikleidung schaute sich überfordert an. Zora schwang in stürmischer Ekstase ihr nacktes Bein um Jonnys Hüfte.

Hey, das war ja schlimmer als in einem Bordell. Wie konnte sich ein junger, gut aussehender Mann nur dazu herablassen, eine Frau zu verführen, die seine Grossmutter sein könnte? War Geld denn wichtiger als Glück und Ehre?

Die sich öffnenden Lifttüren waren eine Erlösung, und die Fahrgäste flohen vor dem Liebespaar, das keine Anstalten machte, die leidenschaftliche Knutscherei zu beenden.

Eva packte Cem an der Hand und führte ihn rasch nach draussen. Der Wind peitschte ihnen ungebremst ins Gesicht und trug ihr lautes Lachen mit sich über den Gipfel. «Das war ja unglaublich», sagte Eva, nachdem sie sich gefasst hatte. «In vierzig Jahren, wenn du alt, grau und tatterig bist, werde ich mir auch einen heissen Toyboy zulegen. Was denkst du, hm?»

«Untersteh dich, Weib. Du hast ja keine Ahnung, wie leidenschaftlich ich dich noch mit neunzig Jahren verführen werde.»

«Entschuldigung», sagte eine scheue Stimme und unterbrach ihr Gespräch.

Cem drehte sich um. Es war die Frau mit der Fotokamera.

«Ich habe mitbekommen, dass Sie frisch verheiratet sind. Darf ich gratulieren? Ich bin Mirella Kruschinski, Fotografin aus Zürich. Sie sind ein so schönes Paar, und mit dem Schneegestöber im Hintergrund gäbe das bestimmt ein paar wundervolle Erinnerungsfotos vom Titlis. Wenn Sie möchten ...» Sie hob die Kamera hoch.

Cem wollte das Angebot dankend ablehnen, aber Eva war gleich Feuer und Flamme. «Ja natürlich. Cem, das ist unser Flitter-Weekend, und wir haben überhaupt nicht an die Fotos gedacht.»

Mirella überreichte Eva ihre Karte. «Ich werde die Bilder auf meiner Website aufschalten. Mit Ihrem persönlichen Passwort, ähm, sagen wir ‹Flitterweekend›, können Sie sie in aller Ruhe ansehen und die Fotos, die Ihnen gefallen, bestellen.»

Cem missfiel die Idee. Für ein Fotoshooting hätte er sich heute Morgen rasieren sollen, aber Eva warf sich ihm bereits um den Hals, und die Fotografin drückte ab. Der Auslöser ratterte im Sekundentakt. Mirella gab geduldig einige Anweisungen, und Cem entspannte sich zunehmend. Eva hatte ihren Spass, was wollte er mehr?

«Das war's schon», sagte Mirella, überprüfte kurz die Bilder, die sie aufgenommen hatte, und nickte zufrieden. «Es sind tolle Aufnahmen dabei. In zwei Tagen sind sie auf der Website aufgeschaltet.» Sie reichte ihnen die Hand. «Meine Pause ist um, ich muss zur Trauung. Ich fürchte, diese Hochzeit wird alles andere als ein fröhliches Fest.»

«Wie meinen Sie das?», fragte Eva.

«Ist ein Gefühl. Die Braut ist wunderschön und passt gut zu ihrem Bräutigam, wie ich finde, aber die beiden sind nicht glücklich, wenn Sie mich fragen. Der Anlass wirkt gespielt und inszeniert. Bei der Crème de la Crème ist nicht immer alles Gold, was glänzt. Wie soll ich bei diesen steifen Gesichtszügen des Brautpaars und der Gäste gute Bilder machen?»

Cem tat die junge, leicht pummelige Frau beinahe leid. Sie wirkte sympathisch. Unter der Winterjacke trug sie einen schlichten dunklen Hosenanzug. Sie hatte kaum Make-up im Gesicht und die blonden Haare zu einem Pferdeschwanz zusammengebunden. Er schätzte ihr Alter auf Anfang bis Mitte dreissig.

«Wir kennen alle solche harten Tage im Job.» Er zog Eva enger an sich. «Die gehen vorbei, versprochen.»

«Gute Einstellung», sagte Mirella. «Also, geniessen Sie Ihr romantisches Wochenende. Tschüss.»

Kaum war sie weg, hakte sich Eva bei ihm unter. «Ist ganz schön was los auf dem eisigen Berg, was? Und jetzt führ mich über den Gletscher. Ich will zum Cliff Walk. Traust du dir bei diesen Windböen zu, auf einer wackeligen Hängebrücke in die Tiefe zu blicken? Oder hast du Angst vor dem Berg?»

«Nicht vor dem Berg, vor dem Abgrund. Vielleicht auch davor, dass ich dem exzentrischen Liebespaar in unsittlicher Pose im Schnee erneut begegne.»

Sie schlenderten gut gelaunt über das präparierte Schneefeld, das den Titlisgletscher bedeckte. Cem kam sich vor wie ein Falschfahrer auf der Autobahn. Eine Gruppe Menschen kam ihnen entgegen. Sie drückten ihre Jacken fest an die Körper, hatten die Wollmützen tief in die Stirn gezogen und die Hände in dicke Handschuhe gepackt. Den Chinesen und Indern war der eisige Spass vergangen. Sie drängten sich zur Bergstation, um rasch eine Gondel ins Tal zu erwischen. Was für ein Hundewetter Mitte April!

Vor sich sah Cem den Ice Flyer. Der kurze Sessellift hatte seinen Dienst bereits eingestellt. Der Wind liess die leeren Sessel am Seil hin und her schwanken. «Sollten wir besser auch zurückgehen?» Er blickte hoch zu der alles überragenden Wetterstation zu seiner Rechten, die dem Sturm trotzte. Die Stahlkonstruktion mit den Parabolspiegeln, Sendern und Messinstrumenten wirkte fehl am Platz. Ein technisches Monstrum, an die fünfzig Meter hoch, im ewigen Eis verankert.

«Warten wir noch», sagte Eva. «Die Kabine ist eh übervoll.»

Cem konnte sie kaum verstehen. Der Wind trug ihre Worte mit sich fort. Er legte seinen Arm um ihre Taille. Nicht dass sie plötzlich vom Gipfel geweht wurde. Er fühlte, wie die Kälte sich durch seine Jeans und die Lederjacke frass. Darunter trug er sein bestes dunkelgraues Hemd und eine Weste. Er war definitiv nicht warm genug gekleidet. Seine Sneakers saugten die Feuchtigkeit bereits auf.

Ein Mann kam ihnen entgegen. Er trug rote Skikleidung und einen rot-weissen Schal um den Hals, der eher auf den Kopf eines Arabers gepasst hätte. Seine Winterfellmütze hatte er tief in die Stirn gezogen. «Wo wollen Sie denn hin?», fragte er und bohrte seine Winterstiefel in einem breitbeinigen, festen Stand in den Schnee. «Ice Flyer und Cliff Walk sind geschlossen. Von

Südwesten kommt laut Wettervorhersage ein heftiger Sturm auf uns zu. Sie sollten zurück ins Tal. Die Rotair wird bald ihre Fahrt einstellen müssen.»

Der Mittvierziger hatte etwas Bodenständiges und Ehrliches an sich. Er war gross und kräftig gebaut.

«Ich dachte, heute wird eine Hochzeit in der Gletschergrotte gefeiert», rief Eva gegen den Wind.

«Leider.» Der Mann seufzte. «Leute gibt's, die haben keinen Respekt vor dem Berg. Die haben das Geld und nehmen sich, was sie wollen.» Er schaute auf die Uhr. «Die Zeremonie beginnt in zehn Minuten. Danach heisst es, nichts wie runter mit der feinen Gesellschaft. Wenn Sie meinen Rat hören möchten, flüchten Sie vorher. Ich kenne den Berg. Wenn er verstimmt ist, kann er ungemütlich werden.»

«Sind Sie oft hier oben?», fragte Eva.

«Ist mein Job. Ich bediene den Ice Flyer, und manchmal arbeite ich als Skitourenführer. Die zweitägige Tour um den Gipfel lohnt sich, kann ich empfehlen, aber nicht bei diesem Sauwetter.» Er streckte Cem die Hand entgegen. «Willi Hurschler.»

«Freut mich, Herr Hurschler. Ich bin Cem Cengiz. Titlis-Erstbesteiger und Berganfänger. Die Tour wäre eher etwas für meine Frau.»

Eva lächelte. «Die Tour habe ich schon einmal gemacht. Ist ein paar Jahre her.»

Cem schaute sie verwundert an. «Warum weiss ich das nicht?»

«Weil Frauen Geheimnisse lieben.»

Willi zwinkerte ihm zu. «Von ihr können Sie bestimmt noch was lernen. Ich gebe Ihnen auch gerne Skiunterricht für Anfänger, heimlich natürlich, damit Sie bei Ihrer charmanten Frau nächsten Winter auftrumpfen können.»

Cem nickte. «Auf das Angebot komme ich zurück.»

«Gut, dann habe ich Sie überzeugt, mit mir zurückzugehen, um etwas Heisses zum Aufwärmen zu trinken, bevor wir uns in die schwankende Gondel wagen? Ich lade Sie ein.»

Cem wechselte mit Eva einen Blick.

«In Ordnung», sagte sie enttäuscht.

Zusammen marschierten sie zurück zur Bergstation. Willi war in Plauderlaune, führte sie ins Gebäude und die Treppe hinunter. Auf dem dritten Obergeschoss wurde es laut, und aufgedonnerte Gäste wuselten umher und stürmten zur Treppe.

«Nicht alle Gäste der Hochzeitsgesellschaft nehmen an der Hochzeitszeremonie in der Gletschergrotte teil», erklärte Willi. «Es ist nicht genug Platz. Zum Apéro waren an die einhundert Gäste geladen. Sie haben das Gruppen-Restaurant weiter hinten extra dafür gemietet.»

Cem konnte nicht in den Saal sehen, der hinter dem Schokoladen-Shop lag, aber er hörte geschäftiges Treiben. Das Servicepersonal war offensichtlich am Zusammenräumen.

«Die, die nicht zur Zeremonie gehen», fuhr Willi fort, «flüchten bereits vom Berg. Keine Ahnung, wie die Damen in ihren leichten Abendkleidern hier oben eine Hochzeitszeremonie geniessen wollen. Ich habe gehört, die Braut sei knallhart und bereit, schulterfrei das Jawort zu geben. Dabei ist die Temperatur in der Gletschergrotte unter dem Nullpunkt.»

Eine laute Stimme übertönte das Klimpern der Gläser und Teller. «Mein Kleid ist ruiniert. Sehen Sie sich das an. Wegen Ihnen verpasse ich die Hochzeit meiner eigenen Tochter. Das wird Konsequenzen haben.» Die Brautmutter stürmte um die Ecke aus dem Restaurant und an Cem vorbei Richtung Toilette, die neben der Treppe lag. Cem sah deutlich den nassen Fleck auf ihrem cremefarbenen Galakleid. Au Backe!

«Ich habe mich ja entschuldigt. Es war keine Absicht.» Die junge Serviceangestellte eilte der Frau hinterher und verwarf die Arme.

«Kadische!» Willi hielt sie zurück. «Alles in Ordnung?»

«Nein, die macht voll auf Königinmutter. Unfälle passieren. Sie ist in mich hereingestürmt, nicht andersrum. Blöde Zicke!»

«Kadische», warnte Willi in väterlichem Ton. «Wenn das Urs hört …»

«Ist doch wahr. Die wird mich eh bei ihm verpetzen.» Sie

drehte sich mit erhobenem Kopf um und ging zurück ins Restaurant.

«Kadische ist manchmal leicht ungestüm», sagte Willi, «aber wenn sie ihren Charme spielen lässt, tanzen die Gäste nach ihrer Pfeife. Kommen Sie, gehen wir hinunter ins Selfservice-Restaurant. Dort sind wir vermutlich fast für uns alleine.»

Einige Minuten später stand Cem vor der Kaffeemaschine und schaute zu, wie die Tasse sich füllte. Willi diskutierte mit Eva vor der Vitrine über Fruchtwähen. So entspannt hatte er Eva seit Langem nicht mehr erlebt. Die kurzen Augenblicke der Abwesenheit waren verschwunden. Auch die Alpträume in der Nacht. Hatte sie sich deshalb rasch eine Hochzeit gewünscht? Konnte Cem ihr die Sicherheit geben, die sie brauchte? Er glaubte es nicht. Es war seine Schuld gewesen, dass Eva letzten Sommer von der Russenmafia zusammengeschlagen worden war und im Spital aufwachte. Cem hatte sie damals im Stich gelassen. Das würde er nie wieder tun.

Ein dumpfer Knall riss ihn aus den Gedanken. «Was war das?», fragte er.

«Keine Ahnung.» Willi zuckte mit den Schultern. «Der Korken einer Champagnerflasche?»

«Nein. Es kam von unten.» Seine Sinne waren hellwach.

Eva starrte ihn alarmiert an. «Cem? Was denkst du?»

Cems Puls beschleunigte sich. «Das war ein Schuss.»

In diesem Moment hörten sie die Schreie.

ZWEI

Cem kämpfte gegen eine panische Menschenmenge in prächtigen Festtagskleidern an. Die Leute stiessen ihn zur Seite, stürmten an ihm vorbei aus der Gletschergrotte, kreischten, weinten, die Augen weit aufgerissen. «Terroristen!», schrie eine Frau mit Federhut. «Ein Amokläufer», stotterte ein älterer Herr.

Verdammt. Er war nicht im Dienst, und seine Glock lag gut verschlossen in der Polizeizentrale. Wer verreiste schon mit einer Waffe in ein Flitter-Weekend? Er blickte hastig über die Schulter zurück. Weiter hinten sah er, wie sich Eva und Willi ebenfalls gegen den Strom flüchtender Menschen auf dem Korridor Richtung Gletschergrotte vorkämpften. Cem wollte Eva zurufen, sie solle zurückbleiben, doch seine Worte gingen in den Schreien unter. Vor sich sah er die Flügeltür, den Eingang zur Grotte. Hektisch wirbelte sie im Kreis, als sie einen Gast nach dem anderen ausspuckte. Cem sprang hinein und wurde regelrecht in die Gletschergrotte katapultiert. Ein Mix aus Kunst- und Kerzenlicht empfing ihn und liess die Eiswände, die mit weissen Chrysanthemen und rosafarbenen Rosen geschmückt waren, in einer Vielzahl von Blautönen schimmern. Vor ihm rutschte eine Dame auf dem glatten Untergrund aus und fiel hart zu Boden. Den ausgerollten roten Teppich hatten die stampfenden Füsse zur Seite geschoben, sodass das blanke Eis kaum Halt für die eleganten Pumps und Lederschuhe bot. Ein Mann half ihr auf, während weitere Gäste an ihr vorbeieilten und sie dabei anrempelten. Sie drohte erneut hinzufallen. Gerade rechtzeitig kam Cem dazu, sonst wäre sie zusammen mit dem Mann wieder auf dem Eis gelandet. Cem schubste einen rücksichtslosen Kerl beiseite, der sich an ihnen vorbeidrängte. «Hey, passen Sie auf!» Er hielt die Frau am Ellbogen fest, bis sie die Balance fand und sich ans Geländer klammern konnte. Der Mann, ein schnittiger

Typ um die fünfzig mit blondem Vollbart, stützte sie von hinten.

«Oh mein Gott! Mein Gott. Das arme Kindchen. Mein Gott.» Die Dame zitterte heftig.

«Was ist passiert?», fragte Cem den Mann, der weniger verwirrt schien.

«Da ... da war ein Schuss. Am Altar.»

«Wurde jemand getroffen?»

«Jo», sagte die Frau. «Jo ist tot.»

Verflucht. Ausgerechnet heute, ausgerechnet hier. Er war nicht auf ein Verbrechen vorbereitet. Mit Terroristen konnte er es alleine schon gar nicht aufnehmen. Wieder kam ihm der Mann in der Gondel in den Sinn. Echt jetzt? Ein Terroranschlag während einer Hochzeit auf dem Titlis?

«Cem!», rief Eva, die zu ihm aufschloss. «Was ist los?»

«Keine Ahnung. Es wurde geschossen. Bring die Dame in Sicherheit.»

«Cem, warte. Du bist unbewaffnet, und der oder die Täter sind –»

«Eva, ich kann mir nicht auch noch um dich Sorgen machen. Bring die Dame in Sicherheit, bitte.» Er ignorierte Evas wütenden Gesichtsausdruck und rannte los, tiefer hinein ins blaue Herz des Titlisgletschers. Es kamen ihm nur noch vereinzelt panische Menschen entgegen. Vor sich sah Cem bereits den Altar. Der Korridor weitete sich zu einer grösseren Höhle, bevor er auf der anderen Seite nach rechts in einem Neunziggradwinkel weiterführte. Ein zweiter Ausgang, vermutete Cem.

Etwa zwanzig Menschen befanden sich noch hier drinnen. Sie versperrten Cem den Blick auf das Drama, das sich vor dem Altar abgespielt haben musste. Er schob einige blumengeschmückte Stühle aus dem Weg, welche in der Panik zu Boden geworfen worden waren. «Polizei!», rief er und zwängte sich zum Tatort vor. Er hörte eine Frau jämmerlich weinen.

Dann sah er die Braut.

Sie lag am Boden, die Augen geschlossen. Dunkle Haarkringel drängten sich unter dem Schleier hervor, der ihr Gesicht halb verdeckte. Sie trug ein prachtvolles schneeweisses Hochzeitskleid, das Kleid einer Prinzessin, der üppige Rock übersät mit Spitzen in den Formen von Eiskristallen. Ihre schlanke Taille wurde durch eine eng geschnürte Korsage betont. Der herzförmige Ausschnitt liess tief blicken und zielte direkt auf den hässlichen blutroten Fleck unter der Brust. Der Fleck, der zu gross war, als dass die Hände des Bräutigams, die auf die Wunde drückten, ihn abdecken konnten. Verzweifelt versuchte er, die Blutung zu stoppen, doch das viele Blut hatte bereits den Boden erreicht und breitete sich aus.

«Nein!», schrie der Bräutigam. «Nein! Jo, kämpfe, hörst du? Kämpfe! Du musst wach bleiben. Es kommt Hilfe.»

Ein älterer Herr mit Hornbrille kniete neben dem Brautpaar und tastete nach dem Puls der Braut. Es war jetzt totenstill in der Gletschergrotte.

«Oma», rief ein junger Mann hinter Cem, der eine Dame aufgefangen hatte, die in Ohnmacht gefallen war. Er legte sie behutsam auf den Boden und bettete ihren Kopf auf die Pelzstola, die sie um die Schultern trug. Cem kannte die Frau. Er hatte sie vor einer halben Stunde vor dem Lift getroffen. Es war die Dame, die ihnen zur Hochzeit gratuliert hatte und arrogant abgezogen war, als sie hörte, dass es für Cem und Eva keine kirchliche Trauung gab. Was Cem irritierte, war der junge Mann, der sich um sie kümmerte. Den kannte er auch.

«Schnell, Professor Breuning! Oma ist zusammengebrochen.»

Cem blickte hinüber zur Braut. Der ältere Herr haderte kurz mit sich, schüttelte den Kopf, klopfte tröstend auf die Schulter des Bräutigams, stand auf und eilte der Oma zu Hilfe.

Der Bräutigam nahm seine Jo in die Arme, drückte sie an die Brust und schloss die Augen.

Cem war wie erstarrt. Das war ihm noch nie passiert, und er hatte so einiges erlebt in dem guten Jahr, das er für die Luzerner Kriminalpolizei arbeitete. Die Vorstellung, dass ihn dieses grausame Schicksal gestern bei seiner eigenen Hochzeit hätte treffen können, war unerträglich. Niemand fühlte mehr mit dem Bräutigam als er, auch wenn er den jungen Mann mit dem wilden Lockenkopf nicht kannte.

Eine Berührung an der Schulter liess ihn zusammenzucken. Eva stand neben ihm. Sie war blass. «Mein Gott, Cem, was ist hier geschehen?»

Es war die Brautmutter, die zuvor im Restaurant die Kellnerin zusammengestaucht hatte, die in klägliches Weinen ausbrach und sich an den Arm ihres Mannes klammerte. Dieser stand regungslos da, zitterte am ganzen Körper. Ein anderes Ehepaar, vermutlich die Eltern des Bräutigams, versuchte sie zu trösten.

Cem holte tief Luft und trat vor. «Ich bin Cem Cengiz, Luzerner Kriminalpolizei. Bitte, treten Sie alle etwas zurück, damit Sie keine wichtigen Spuren vernichten.» Er kniete sich neben den Bräutigam und legte ihm die Hand auf die Schulter. Mit der anderen Hand streifte er vorsichtig eine Locke der Braut von ihrem Hals und presste zwei Finger an ihre Halsschlagader. Sie fühlte sich bereits kühl an. Wie war das möglich?

«Fassen Sie sie nicht an», schrie der Bräutigam plötzlich, schlug Cems Hand fort und drückte seine leblose Braut enger an seine Brust. «Sie ist tot. Ihr Herz wurde getroffen. Sie hatte keine Chance. Ich konnte nichts mehr tun.»

«Tut mir sehr leid», sagte Cem. «Wie ist das passiert?»

«Der Pfarrer wollte uns trauen, er sagte, wenn jemand einen Einwand gegen diese Verbindung habe, solle er jetzt sprechen oder für immer schweigen.» Er blickte auf und starrte die Braulteltern an. «Dann ... dann fiel der Schuss, und Jo ... sie sackte in meinen Armen zusammen.»

«Ich werde den Mörder finden.» Cem stand auf und schaute sich um. Er war wieder ganz der Ermittler. Persönliche Gefühle konnten warten. Er blickte in die Gesichter der Umstehenden. Es mussten die engsten Familienmitglieder und Freunde des Brautpaares sein. Beim Altar stand der Pfarrer, totenbleich und starr. Die Eltern der Braut lagen sich weinend in den Armen, gestützt von den Eltern des Bräutigams, wie Cem vermutete. Einige jüngere Gäste, die wie paralysiert um den Altar standen, waren vermutlich Freunde des Hochzeitspaares. Cem erkannte diese Zora und ihren Jonny. Für einmal schwiegen sie. Noch immer lag die Oma am Boden, flankiert von dem jungen Mann und dem Professor, der Erste Hilfe leistete. Eine Frau und ein Mann standen weiter hinten und drückten ihre etwa zehnjährige Tochter an sich, um dem Kind den schrecklichen Anblick zu ersparen. Neben ihnen standen jetzt Willi und ein Mann im Anzug, den Cem bisher nicht gesehen hatte. In seinem Kopf rotierte es. Wie sollte er in diesem Chaos den Tatort sichern? Die panische Hochzeitsgesellschaft hatte garantiert bereits alle Spuren verwischt. Cem blickte die beiden Korridore hinunter, die hinausführten. Der Schütze musste in einem der Gänge gestanden haben. Die Wände hatten mit Sicherheit den Knall tausendfach widerhallt. Für die Anwesenden dürfte es fast unmöglich gewesen sein, festzustellen, von wo genau der Schuss gekommen war. Cem wünschte, Metzger und sein Team von der Spurensicherung wären hier.

In diesem Moment fiel sein Blick auf Mirella Kruschinski, die abseitsstand, die Kamera in den zitternden Händen. Cem steuerte direkt auf sie zu. «Frau Kruschinski, was haben Sie gesehen?»

«Ich? N... nichts. Ich war am Fotografieren und da – plötzlich ...»

«Haben Sie die Szene in der Kamera, wie auf die Braut geschossen wurde?»

«Ich, ich glaub schon.»

«Gut. Das sehen wir uns später an. Jetzt brauche ich Ihre Hilfe. Sie müssen vom Tatort Fotos machen. Ich brauche Weitwinkelaufnahmen der ganzen Grotte aus allen Perspektiven und Nahaufnahmen. Fotografieren Sie jedes Detail, auch wenn es Ihnen unwichtig erscheint. Fotografieren Sie alle Menschen, die hier anwesend sind. Ganzkörperfotos, Nahaufnahmen vom Gesicht, einfach alles. Und Sie müssen die Braut fotografieren.»

«Ich kann das nicht.»

«Doch, Sie können. So schnell wird die Polizei nicht hier sein. Jedes Detail, das wir dokumentiert haben, kann entscheidend sein, um den Mörder zu finden. Wir müssen uns beeilen. Je mehr Zeit verstreicht, desto grösser ist seine Chance, zu entkommen.» Cem legte seine Hand auf ihre Schulter. «Bitte. Ich brauche Ihre Hilfe.»

Sie nickte, atmete tief durch, wischte sich die Augen trocken und hob die Kamera. «Ist gut.»

Cem ging zu Eva, welche die Brautmutter zu trösten versuchte. Er zog sie beiseite. «Kannst du für mich die Kollegen rufen? Wir brauchen hier dringend Unterstützung. Das war Mord.»

«Habe ich schon erledigt. Die Obwaldner Polizei ist informiert. Ich rufe noch Oggenfuss an und schaue kurz nach, was draussen los ist. Wir können keine Panik beim Besteigen der Gondel gebrauchen. Der Mord hat sich bestimmt herumgesprochen.»

«Gut. Sei vorsichtig.»

Eva rannte los, und Cem ging zu Willi. Er war der Einzige mit einem standfesten Alibi. Er war bei Cem und Eva gewesen, als der Schuss fiel, und konnte nicht der Mörder sein. «Herr Hurschler, Sie müssen mir helfen.»

«Ich kann auch helfen», sagte der Mann, der neben ihm stand. «Ich bin Urs Odermatt. Der Gipfelwart auf dem Titlis.» Er zog nervös an seiner Krawatte, die er sich wohl extra für den feierlichen Anlass umgebunden hatte.

«Sehr gut. Können Sie umgehend die Gondel stoppen? Meine Frau kann Ihnen helfen, sie ist schon vorgegangen, um nach dem Rechten zu sehen. Niemand darf von diesem Berg hinunter, bevor wir nicht von allen die Personalien aufgenommen und sie durchsucht haben. Und wir müssen um jeden Preis eine Panik vermeiden. Weiter müssen Sie veranlassen, dass die Eingänge der Gletschergrotte gesperrt werden. Ich brauche keine Schaulustigen am Tatort.»

«Schrecklich ist das», sagte Odermatt. «Ich darf erst gar

nicht an die Schlagzeilen denken.» Kopfschüttelnd verliess er die Grotte.

«Was kann ich tun?», fragte Willi.

«Im Stillen beobachten und mich, sollte sich jemand verdächtig benehmen, gleich informieren», sagte Cem. Er ging zum Altar. «Hören Sie mir gut zu», sprach er die Hochzeitsgäste an. «Es ist tragisch, was passiert ist. Damit hier nicht noch mehr Spuren verwischt werden, muss ich Sie bitten, in den hinteren Reihen Platz zu nehmen. Es geht nicht anders, als dass wir Sie nach Waffen durchsuchen müssen.»

«Es ist Ihre Schuld», schrie Zora. Die sich überschlagende Stimme wurde in der Grotte als grausiges Echo zurückgeworfen. Ihr knochiger Finger zeigte auf die aufgelösten Eltern des Hochzeitspaares. «Sie sind die Brut des Teufels, verkleidet als gottesfürchtige Engel. Pfff, scheinheilige Geier, alle vier! Verreckt an euren Intrigen, Heucheleien und eurem vornehmen Getue. Ihr habt diese Hochzeit erzwungen. Jo musste dafür sterben. Eine Schande ist das.»

Die Mutter des Bräutigams löste sich aus den Armen ihres Mannes. Eine schöne Frau mit langen kastanienbraunen Haaren und einem eleganten pfirsichfarbenen Abendkleid im Meerjungfrauenschnitt. Sie stampfte auf die exzentrische Zora zu und klatschte ihr ohne Vorwarnung eine Ohrfeige ins Gesicht. «Meine Schwiegertochter wurde ermordet, und du weisst nichts Besseres, als dir den Mund darüber zu zerreissen und uns mit deinen abartigen Sprüchen zu beleidigen. Du bist eine Blamage für unsere Familie. Nimm dein Spielzeug und geh mir aus den Augen.» Sie warf Jonny einen bösen Blick zu.

Zora rieb sich die Wange und lachte. «Mein kleines Schwesterchen wahrt selbst in so einem Moment die Fassung. Kein Wunder. Nicht einmal bei deiner eigenen Geburt hast du geweint. Unsere Mutter hat einen gefühllosen Balg aus ihrem Leib gepresst und ist daran zugrunde gegangen.»

«Zora, nicht jetzt.»

Cem musste dazwischengehen, bevor es zu einem zusätzlichen Mord im Affekt kam. Er führte Zora und Jonny nach hinten zu den Stühlen.

Die Oma war unterdessen wieder zu Bewusstsein gekommen. Der Professor und der Enkel halfen ihr, sich auf einen Stuhl zu setzen. Cem ging zu ihnen hin. «Wie geht es ihr?»

«Ein Schock», sagte der Professor.

«W… was ist mit meiner Enkelin?»

«Atmen Sie erst einmal tief durch», sagte Cem und nahm ihren Enkel beiseite. «Ich hätte nicht gedacht, dass wir uns so bald wiedersehen.»

«Wiedersehen? Ich kenne Sie nicht.»

«Klar doch, heute Morgen, im Hotelflur in Engelberg. Der Cappuccino, schon vergessen?»

«Ähm, nein, Sie müssen sich irren. Ich war den ganzen Morgen mit Alec zusammen. In Meggen. Ich war in keinem Hotel in Engelberg.»

Cem konnte sich doch unmöglich täuschen? Es war dasselbe Gesicht, dachte er, wenn auch eine andere Art des Sprechens. Vor ihm stand ein kultivierter junger Mann, kein Rotzlöffel. «Wer ist Alec?», fragte Cem, um seine Gedanken in eine neue Bahn zu lenken.

«Alec, der Bräutigam.»

«Sie sind sein Bruder?»

«Nein. Der Cousin von Jo, der Braut.» Seine Stimme brach ab. «Tut mir leid. Sie ist – war wie eine Schwester für mich.»

«Mein Beileid.»

Er nickte.

«Setzen Sie sich zu Ihrer Oma. Ich komme gleich zu Ihnen.»

Eva kam zurück und nahm Cem beiseite. «Draussen herrscht gerade Ruhe. Ich konnte die Leute beruhigen. Sie warten auf die Evakuation. Sobald die Obwaldner Kollegen auf der Sektion Stand eingetroffen sind, um sie in Empfang zu nehmen, dürfen wir die erste Gondel hinunterschicken. Der Gipfelwart und die Angestellten der Titlisbahnen sind bei ihnen. Oggenfuss ist ebenfalls an dem Fall dran. Wir sollen nichts anfassen und den Tatort sichern.»

«Ich weiss nicht … Ein Mörder läuft frei auf dem Gipfel herum. Er könnte hier in der Grotte sein, unter den Menschen, die bei der Gondel warten, oder sich sonst wo verkrochen haben. Er könnte noch andere Menschen gefährden.»

«Ich denke nicht. Es scheint ein gezielter Anschlag gewesen zu sein. Kein Amokläufer, der wild um sich ballert. Vermutlich hat der Täter die Waffe längst in den Schnee hinausgeworfen. Der Sturm macht mir mehr Sorgen. Er wird schlimmer. Lange kann die Gondel nicht mehr fahren. Wir müssen uns beeilen, Cem. Niemand will auf dem Titlis übernachten, nicht, wenn ein Mörder in der Menge sein könnte.»

Er nahm Eva kurz in die Arme und drückte sie fest an sich. Cem spürte ihren Pulsschlag und die Wärme, die sie ausstrahlte. Über ihre Schulter blickte er zu Alec, der seine tote Braut an der Brust wiegte. Keiner fühlte mehr mit ihm als Cem. «Hör zu, es dauert eine Weile, bis die Obwaldner Kollegen oben sind. Frau Kruschinski macht schon mal erste Aufnahmen. Ich werde die Männer nach der Tatwaffe durchsuchen. Kannst du die Frauen übernehmen?»

«Sicher. Was ist mit dem Bräutigam?»

«Lassen wir ihm ein paar Minuten, dann spreche ich mit ihm.»

«Das ist das Aus für unser romantisches Wochenende», seufzte Eva. Sie schaute zu dem Hochzeitspaar hinüber. «Ich glaube, ich habe nie etwas Traurigeres gesehen.»

Cem machte sich an die Arbeit und durchsuchte die Männer. Er nutzte die Gelegenheit, mit jedem Gast ein paar Worte zu wechseln. Waffen fand er keine. Er nahm Mirella und Willi beiseite. «Können Sie mir anhand der Fotos eine Skizze anfertigen, wer während der Trauung auf welchem Stuhl gesessen hat?»

Eva trat zu ihnen. «Keine Spur von einer Waffe. Aber hier ist etwas faul. Ich habe mit den Frauen gesprochen. Alle stehen unter Schock, aber da ist mehr. Sie verheimlichen mir etwas.»

Cem musste wieder an Kruschinskis Aussage denken, von wegen unglückliches Brautpaar und inszenierter Hochzeit.

«Wir konfiszieren ihre Mobiltelefone», beschloss Cem. «Sie könnten uns wichtige Hinweise zur Tat liefern.»

Seine Forderung an die Anwesenden, ihre Handys abzugeben, löste heftige Gegenwehr aus. «Meine Tochter wurde erschossen, und jetzt verdächtigen Sie uns des Mordes?» Wut in der Stimme der Brautmutter übertönte ihren Schmerz.

«Wir wollen den Täter so schnell wie möglich fassen», sagte Cem. «Es muss sein. Jeder Hinweis kann wichtig sein. Und jetzt begeben Sie sich bitte auch zur Rotair. Wir werden bald mit der Evakuation beginnen.»

Der Brautvater trat vor. «Ich lasse meine Tochter nicht hier oben alleine zurück.»

Seine Frau stellte sich demonstrativ neben ihn. Sie verschränkte die Arme vor der Brust. «Wir bleiben hier, bis die Polizei eintrifft. Sie haben nicht das Recht, uns Anweisungen zu geben.»

Cem wollte dagegenhalten, als Odermatt in die Grotte stürmte. Er war bleich, und Schweisstropfen bildeten sich auf seiner Stirn. Cem und Eva nahmen ihn beiseite.

«Es bricht Panik aus», sagte Odermatt. «Die Touristen und die Hochzeitsgäste wollen runter vom Berg. Der Mord hat sich herumgesprochen, und der Sturm macht ihnen Angst. Zwei bis drei Fahrten, mehr liegen kaum drin. Ich will die Gondel bei dem Wetter nicht überfüllen. Es wird zu gefährlich. Wir müssen jetzt evakuieren.»

«Ich komme mit Ihnen», sagte Eva und zog ihr Mobiltelefon aus der Jackentasche. «Gäste, die nicht der Hochzeitsgesellschaft angehören, dürfen als Erste gegen Vorzeigen ihrer Ausweispapiere hinunterfahren. Ich werde persönlich die Kontrolle vor der Kabine machen, von jedem Gast ein Foto schiessen und sie nach Waffen durchsuchen. Herr Hurschler kann mir helfen, so geht es schneller. Und jetzt mache ich den Obwaldnern Dampf. Wie lange brauchen die denn bis hoch zum Stand?»

Cem nickte. Die Leute mussten hinunter vom Berg. Er wollte nicht mit einhundert Gästen während eines Unwetters hier oben eingesperrt bleiben. «Sie sollen notfalls vom Stand direkt zum Titlis Xpress geleitet werden. Niemand darf auf der Zwischenstation Trübsee aussteigen. Die Polizei kann die Leute in Engelberg in Empfang nehmen, wenn es nicht anders geht.» Er überreichte Eva die Mobiltelefone, die sie eingesammelt hatten. «Ich will, dass du die nimmst und hinunterbringst.»

«Ich soll mitfahren? Auf keinen Fall. Ich bleibe bei dir.»

«Nein, ich will dich in Sicherheit wissen.»

Eva schnaubte leise, um ihren Unmut auszudrücken, sagte aber nichts, nahm die Handys an sich und stolzierte davon.

Cem zweifelte bereits, ob er das Richtige gesagt hatte.

Willi Hurschler zwinkerte ihm zu und folgte Eva zum Ausgang.

«Herr Odermatt», ordnete Cem an, «bitte bringen Sie die Angehörigen, die hierbleiben wollen, ins Restaurant. Dort ist es wärmer. Kümmern Sie sich um sie. Ich werde mit dem Bräutigam nachkommen.» Er zeigte in die Runde. «Jeder von Ihnen, der hinunterwill, begibt sich umgehend zur Rotair, die anderen gehen mit Herrn Odermatt.»

Ausnahmslos alle folgten Odermatt hoch ins Restaurant.

Cem blieb mit dem Brautpaar zurück. Bisher hatte Alec kein weiteres Wort gesprochen, hielt einfach seine Jo fest in den Armen. Cem kniete sich neben ihn und schwieg einen Augenblick. Eva hatte sich vorhin kurz mit den Eltern unterhalten können und einige Details erfahren. Jo hiess Johanna Iten. Sie war einundzwanzig, studierte Kunstgeschichte und lebte bei ihren Eltern in einer Villa in Meggen. Ihre Nachbarn waren die Chevaliers. Alec, oder Alexandre Chevalier mit vollem Namen, war der jüngere Sohn, Medizinstudent. Auch er lebte noch im Elternhaus. Nach der Hochzeit wollten Jo und Alec in eine schicke Terrassenwohnung ziehen, natürlich in Meggen. Die Eigentumswohnung war das Hochzeitsgeschenk der Chevaliers, aber sie war erst in einem Monat bezugsbereit.

So schnell konnte ein Traum platzen, dachte Cem, als er

in das bleiche Gesicht von Jo blickte. Es war keine vierundzwanzig Stunden her, da hatte Cem seine eigene Braut in den Armen gehalten. Nicht auszudenken, wenn Eva während ihrer Hochzeit ermordet worden wäre. Diese Erkenntnis überkam ihn mit voller Wucht. Wie sollte er mit dem Bräutigam sprechen, wenn sein eigenes Herz wie wild pochte? Gut, dass Eva auf dem Weg hinunter ins Tal war.

Alec hatte Jo sein Jackett um die Schultern gelegt. Als ob sie frieren könnte. Cem wusste, der Tod war im ersten Moment oft schwer zu akzeptieren. Mit einer hektischen Bewegung strich Alec seine Augen trocken. Er war ein gut aussehender Mann. Seine schulterlangen schwarzen Locken verliehen ihm etwas Spitzbübisches, sein gepflegter Dreitagebart hingegen etwas sehr Männliches. Die dunklen Augen wirkten magisch und anziehend, selbst jetzt. «Wir wollten nie heiraten», sagte er so leise, als ob er Angst hätte, Jo aus einem tiefen Schlaf zu reissen.

Cem hob überrascht eine Augenbraue. Auf diese Aussage war er nicht vorbereitet gewesen. «Sie sind heute zusammen vor den Altar getreten.»

«Ja, Mann, das war ihr Tod.»

«Ich weiss, dafür gibt es keine Worte. Mein herzliches Beileid.»

«Wir sind zusammen aufgewachsen, wissen Sie. Ich war wie ihr grosser Bruder. Ich bin vier Jahre älter, also habe ich sie beschützt. Sie war zehn, als sie an einem Nachmittag zu uns herüberkam. Jungs aus ihrer Klasse hatten sie gemobbt. Ich bin hin und habe den Kerlen einen Denkzettel verpasst. An jenem Abend sind wir zusammengesessen und haben uns versprochen, dass wir immer aufeinander aufpassen werden. Egal, was passiert. Wir haben uns feierlich geschworen, wie Bruder und Schwester zusammen durchs Leben zu gehen.» Alec brauchte einen Moment, um sich zu beruhigen. Er strich ihr mit der Hand über die Stirn, streichelte mit dem Daumen über ihre vollen roten Lippen.

Sie war eine wunderschöne Braut. Jo hatte sich etwas Kindliches bewahrt, das ihr auch geschminkte Lippen und ein sexy Kleid nicht nehmen konnten.

«Sie besass das Talent, sich in Schwierigkeiten zu bringen», fuhr Alec fort. «Ich habe sie tausendmal vor Typen gerettet. Sie war wild, mit verrückten Ideen im Kopf. Wenn sie sich etwas vorgenommen hatte, bekam sie es.»

«Aus der platonischen Geschwisterliebe wurde wahre Liebe?», fragte Cem.

Alec quälte sich ein Lächeln auf. «Silvesterparty, zu viel Champagner, gute Musik, eine romantische Nacht. Es ist einfach passiert. Und keine vier Monate später muss ich sie beerdigen? Das ist grausam.»

Cem legte ihm die Hand auf die Schulter. «Ich kriege den Mistkerl, der Ihnen das angetan hat. Hatte Jo Feinde? Jemand, der ihren Tod wollte?»

«Sie war wild, ja, und stürmisch, leidenschaftlich, aber setzte sie ihr bezauberndes Lächeln auf, konnte niemand wütend auf sie sein. Sie beherrschte es perfekt, die Menschen für sich zu gewinnen.»

«Kommen Sie, gehen wir an die Wärme. Hier können wir nichts mehr tun.»

«Nein! Ich kann Jo nicht alleine hier liegen lassen.»

«Wir dürfen sie nicht vom Tatort fortbewegen, bevor der Kriminaltechnische Dienst sie freigegeben hat.»

Alec beugte sich über seine Braut und begann zu weinen. Cem stand auf und gab ihm die Minuten, die er brauchte, um sich von Jo zu verabschieden. Als er sich wieder gefasst hatte, griff Alec in die Tasche seines Jacketts und zog eine Schmuckschachtel hervor. «Der Ring», sagte er. «Ich konnte ihr nicht einmal den Ring anstecken.» Er öffnete die Schachtel. Ein goldener Ring kam zum Vorschein, bestückt mit funkelnden kleinen Diamanten und einem roten Rubin in der Mitte. Alec nahm ihn heraus und streifte ihn Jo über den Finger. «Für mich wirst du immer meine Braut bleiben, Jo. Ich liebe dich. Ich … oh verdammt!»

«Wir müssen sie zurücklassen.» Cem half dem Bräutigam, seine leblose Braut auf den eisigen Boden der Gletschergrotte zu betten. Wie Schneewittchen lag sie da: weisses Kleid, schwarzes Haar und rotes Blut. Wenn sie doch nur schlafen würde …

Vor der Plattform der Gondel ging es erstaunlich ruhig und gesittet zu. Knapp fünfzig Personen warteten noch auf die nächste Kabine. Eva war mit der Obwaldner Polizei am Telefon und machte Druck. Ihnen lief die Zeit davon. Sie war in ihre Paraderolle als Staatsanwältin geschlüpft, trug die Schultern zurück, den Kopf erhoben und hatte die Wärme aus ihren Augen verdrängt. «Hören Sie. Mich interessiert nicht, wie Sie das organisieren. Ich schicke in fünf Minuten die nächste Gondel von diesem Berg hinunter. Danach werden mit der letzten Fahrt die Angestellten evakuiert. Die Verantwortlichen der Titlisbahnen geben uns maximal noch für zwei Fahrten grünes Licht, dann müssen sie den Betrieb der Rotair einstellen. Es wird zu gefährlich. Draussen tobt ein verfluchter Orkan. Also sputen Sie sich und bringen Sie Ihre Leute auf den Berg, bevor nichts mehr geht. Mein Mann und ich sind in Zivil hier, wir können keine vernünftige Untersuchung leiten. Es ist wahrscheinlich, dass sich der Mörder nach wie vor unter uns befindet. Wir brauchen Verstärkung.»

Cem trat neben Eva. «Alles unter Kontrolle?»

«Das siehst du ja», sagte sie noch immer verstimmt. «Ich fahre mit dieser Gondel hinunter zum Stand. Kommst du klar?»

Er nahm sie in die Arme und drückte ihr einen Kuss auf die Stirn. «Sei vorsichtig.»

«Wo sind die nächsten Verwandten?»

«Odermatt bringt sie ins Selbstbedienungsrestaurant. Sie weigern sich, den Gipfel zu verlassen.»

«Nicht gut, aber menschlich nachvollziehbar.» Eva löste sich aus der Umarmung. «Ich muss hier weiterarbeiten und die letzten Gäste durchsuchen.»

Cem half ihr. Zusammen kontrollierten sie jeden Gast vor dem Einsteigen, tasteten die Passagiere nach einer Waffe ab, verlangten die Ausweise und machten Fotos mit ihren Handys.

Evas Telefon klingelte erneut. Sie hatte die Lage im Griff, mehr konnte Cem hier unten nicht tun. Er ging hoch zum Restaurant. An einem Tisch sassen die Oma und ihr Enkel. Cem trat zu ihnen. Nach wie vor war er überzeugt, dass der junge Typ, in einen schicken Designeranzug gekleidet, derselbe war, den er am Morgen im Hotel angetroffen hatte. Cem überflog mental Willi Hurschlers Bericht über die Angehörigen. Die Oma hiess Hedwig Iten und war die Mutter von Reiner Iten und die Grossmutter von Jo. Der Enkel hiess Dominik Iten und war ein Cousin von Jo. Er hatte einen Bruder, Roderick, den Cem bisher nicht gesehen hatte. Vermutlich war er mit den anderen aus der Grotte geflüchtet. Stammbäume waren nie Cems Stärke gewesen. «Frau Iten, wie geht es Ihnen? Fühlen Sie sich besser?»

«Ich verstehe das nicht. Ich bin in meinem ganzen Leben noch nie in Ohnmacht gefallen.»

«Es war für alle ein Schock, was passiert ist.»

«Meine Jo ermordet? An ihrem Hochzeitstag, vor dem Altar? Wer kann so grausam sein? Und warum?»

Cem warf Dominik einen fragenden Blick zu. Der schien wenig beeindruckt. War er tatsächlich der Typ vom Hotel? Cem seufzte innerlich. Heute Morgen war sein Leben perfekt gewesen. Und jetzt?

Kadische kam zu ihnen und brachte Frau Iten auf einem Tablett einen Pfefferminztee. «Hier, der wärmt Sie auf.»

«Danke, Kindchen.»

Cem nahm Kadische beiseite. «Können Sie mir einen Gefallen tun und Augen und Ohren offen halten? Belauschen Sie unauffällig die Gespräche der Gäste.»

«Ich soll spionieren? Wie cool ist das denn? Klar doch, Herr Kommissar. Bei dieser nervigen Hochzeitsgesellschaft noch so gerne.»

Der Mord schien die junge Serviceangestellte wenig zu bedrücken. Cem nickte, und sie machte sich mit ihrem Tablett auf den Weg zurück in die Küche.

«Cem!» Eva trat neben ihn. «Wir haben grünes Licht und

dürfen die Gondel talwärts schicken. Ich fahre mit.» Ihr Blick war tadelnd, aber ihre Lippen schmunzelten. «Danach evakuiert Odermatt mit der letzten Fahrt die verbliebenen Angestellten. Die letzte Chance für die Angehörigen und dich, vom Berg hinunterzukommen.»

«Du darfst gerne versuchen, die Verwandten zu überzeugen», sagte Cem. «Ich hatte keine Chance, sie eines Besseren zu belehren. Wann sind die Kollegen hier? Kommen sie mit dieser Fahrt hoch?»

«Nein, es könnte eng werden. In Dallenwil gab es einen schweren Verkehrsunfall, die kommen im Moment dort nicht durch.»

«Hauptsache, sie kommen, bevor der Laden dicht ist und wir von der Umwelt abgeschnitten sind.» Cem beauftragte Willi Hurschler, im Restaurant zu bleiben und ein Auge auf die Gesellschaft zu haben, dann folgte er Eva hinunter zur Plattform der Gondel.

Die Seile vibrierten unter den heftigen Windböen, und das Schneegestöber liess keine zwanzig Meter weit blicken. Es war eine Fahrt in einen bodenlosen Abgrund. Cem zweifelte, ob es sicher genug war, Eva mit ins Tal fahren zu lassen. Die Passagiere, die bereits in der Kabine warteten, waren nervös und die Stille, die herrschte, beängstigend.

Cem nahm Eva beiseite. «Ich werde mit den rund zwanzig Gästen und einigen wenigen Angestellten wohl auf dem Titlis übernachten müssen.»

«Mit denen kommst du klar, bis Verstärkung kommt», sagte Eva und zwang sich ein Lächeln auf.

«Wie geht es dir?»

«Ich bin okay.»

Cem strich ihr eine widerspenstige Haarsträhne hinters Ohr. «Frau Staatsanwältin macht einen guten Job.»

«Der Herr Kommissar ist auch nicht übel.»

Er fuhr mit dem Daumen den Konturen ihrer roten Lippen nach, bis er die kleine Narbe spürte. «Der Herr Kommissar wird seine Ehefrau vermissen.»

Sie schloss kurz die Augen. Cem wusste, dass sie es hasste, Schwäche zu zeigen. Als sie die Lider wieder öffnete, war die Staatsanwältin zurück. «Ich muss los.»

«Hast du die Mobiltelefone dabei?»

«Ja.» Sie hob eine Papiertüte hoch.

Cem konnte nicht hinsehen, so sehr wackelte die Kabine im Sturm, kaum hatte sie die schützende Bucht der Bergstation verlassen.

Es war Zeit, sich um die beiden Familien zu kümmern. Cem hatte kein gutes Gefühl. Kurz sprach er einige tröstende Worte mit den Eltern des Brautpaares, dann rief er Urs Odermatt, Willi Hurschler und Mirella Kruschinski zu sich. «Die Obwaldner Kollegen werden bald hier sein. Wir brauchen einen grossen Raum, wo wir eine provisorische Einsatzleitzentrale einrichten können. Am besten mit Internetanschluss und Computer, und möglichst hier in der Nähe.»

«Die Büros», sagte Odermatt, «die sind gleich dahinten.» Er ging vor und führte sie durch den Korridor hinaus aus dem Restaurant, vorbei an den Liften zu den hinteren Büros, dorthin, wo auch das Sanitätszimmer lag.

«Herr Hurschler», sagte Cem, «Sie haben –»

«Nenn mich Willi. Das Sie ist mir zu umständlich. Ich bin ein einfacher Mann und mag es unkompliziert.»

«Einverstanden, ich bin Cem.»

«Und mich nennt ihr Mirella, ja?», schloss sich die Fotografin ihnen an.

Wenn das kein Team war, dachte Cem. «Ihr habt in der Grotte gute Arbeit geleistet. Danke für eure Unterstützung.»

«Hier ist es», sagte Odermatt und führte sie in einen schlichten Raum, der geräumig genug war, mit einem grossen Holztisch in der Mitte. «Wir nutzen dieses Büro meist als Sitzungszimmer.»

Cem schaute sich um. Es gab nur ein Fenster, das genau über dem Perron der Rotair lag. «Perfekt. Mit Festnetztelefon und Fernseher. Mirella, kannst du die Kamera auspacken, damit wir deine Bilder durchsehen können?»

«Ja, sicher.» Voller Elan zog Mirella ihre Winterjacke aus, hängte sie über eine Stuhllehne und holte die Fotoausrüstung aus ihrer Tasche.

«Herr Odermatt», wandte sich Cem an den Gipfelwart, «wir brauchen Papier, um einige Skizzen anzufertigen. Und Stifte, bunte Filzstifte, sowie Klebeband. Und ich brauche einen Laptop mit Internetanschluss und einem Drucker.»

Odermatt schien wenig begeistert, mit Sekretärinnenarbeit beauftragt zu werden, aber er verliess den Raum, um die Sachen aus seinem Büro zu holen.

Cems Handy klingelte. Es war Eva.

«Hey, alles okay bei dir? Bist du gut unten angekommen?»

«Das war wie ein Ritt auf einer Achterbahn», sagte sie. «Die Mitarbeiter der Titlisbahnen auf der Sektion Stand haben die Passagiere gleich auf den Titlis Xpress umgeleitet.» Sie seufzte. «Ich habe schlechte Nachrichten. Der Sturm wird zu stark. Die Obwaldner Kollegen aus Stans werden es nicht mehr hochschaffen. Die Gondel, welche die Angestellten evakuiert, wird gleich losfahren. Kannst du die Angehörigen wirklich nicht überzeugen, mitzufahren?»

«Keine Chance. Ich habe vorhin noch einmal mit den Brauteltern gesprochen. Sie weigern sich, den Titlis zu verlassen. Verstehe ich irgendwie. Ihre Tochter liegt in der Gletschergrotte, sie wollen sie nicht zurücklassen.»

«Dann müsst ihr sicher bis morgen oben bleiben. Der Sturm wütet stärker mit jeder Stunde, die verstreicht.»

Mit einer Leiche und vermutlich einem Mörder unter einem Dach. Cem musste das Beste daraus machen. «Gut. Ich beauftrage Odermatt damit, Decken zu organisieren. Machen wir es uns gemütlich.»

«Cem, alles okay?»

«Nein, so habe ich mir unser Flitter-Weekend nicht vorgestellt.»

Eine Viertelstunde später stand die provisorische Einsatzleitzentrale, die Cem vergebens eingerichtet hatte, da die

Kollegen sie im Stich lassen würden. Egal, er fügte sich der höheren Gewalt.

Willi und Mirella sassen bereits am Tisch. Sie hatten sich entschlossen, auf dem Gipfel zu bleiben, um Cem zu helfen.

«Konntest du alle Gäste fotografieren, die noch hier sind?», fragte er Mirella.

Sie nickte. «Die Porträtaufnahmen sind im Ordner ‹Porträts› abgespeichert.»

Cem öffnete auf dem Laptop den Ordner und druckte von jedem der Gäste ein Bild aus. An der langen Seitenwand des Sitzungszimmers hängte er zwei Panoramabilder ab, um die ausgedruckten Porträtfotos an die freie Wand kleben zu können. Er wollte die Personen nach Familienzugehörigkeit sortieren, irgendwie musste er ja den Überblick behalten. «Helft mir, wenn ich einen Fehler mache. Also, das ist Alec Chevalier, der Bräutigam.» Er hängte sein Porträt auf und klebte ein weisses Blatt Papier darunter. Mit Filzstift schrieb er den Namen darauf. «Sein Vater ist der hier, Valentin Chevalier.» Cem nahm das Bild eines gut aussehenden Mannes vom Tisch und hängte es unter jenes von Alec. «Irgendwie kommt er mir bekannt vor.»

«Schaust du denn nie ‹Staatskunst› im Fernsehen?», fragte Eva.

Cem drehte sich abrupt um. Eva stand im Türrahmen.

«Eva! Was machst du hier?»

«Sorry, Cem, aber ich lasse dich nicht im Stich. Nicht hier oben. Ich bin die einzige Verstärkung, die du bekommst. Sie haben mich mit der letzten Gondel hochfahren lassen.» Sie nahm sich einen Stuhl und setzte sich.

Cem wollte wütend sein, konnte es aber nicht. Vielleicht war Eva bei ihm sicherer als anderswo. Er zwinkerte ihr zu und wandte sich dann wieder den Porträts zu. «Du hast von ‹Staatskunst› gesprochen. Was ist das?»

«Eine Politiksendung dienstags um dreiundzwanzig Uhr. Valentin Chevalier ist der Moderator, daher kommt dir das Gesicht vermutlich bekannt vor. Interessanter ist jedoch die Mutter des Bräutigams, Celeste Chevalier.»

Cem suchte nach dem Bild der attraktiven Brünette, die sich in der Grotte mit der roten Zora gestritten hatte.

«Sie stammt aus einem französischen Adelsgeschlecht», erklärte Eva. «Sie brachte das Geld in die Ehe und auch den Namen. Heute ist sie CEO von ‹Vivalier›, einer aufstrebenden Kosmetikfirma mit Sitz in Genf, welche ihre Eltern nach dem Zweiten Weltkrieg gründeten. Obwohl sie selbst keine Juden waren, wurden sie Opfer der Judenverfolgung unter Hitler und flohen von Frankreich in die Schweiz.»

«Woher weisst du das alles?», fragte Cem. Das hatten ihr die Chevaliers kaum vorhin in der Gletschergrotte erzählt. «Kennst du diese Kosmetikfirma?»

«Vom Namen her, ja. In der schaukelnden Rotair hatte ich genügend Zeit, im Internet zu recherchieren, hat mich zumindest abgelenkt.»

Cem hängte das Bild von Celeste neben das von Valentin und notierte auch ihren Namen darunter. Dann nahm er jenes der rothaarigen Rebellin in die Hand. «Sie ist ihre Schwester, richtig?»

«Genau. Chenille Chevalier. Sie nennt sich Zora Pandora.»

«Echt jetzt? Was ist das für ein Name?»

«Ein Künstlername. Sie ist Malerin, auch wenn sie mit ihrer Kunst nichts verdient. Sie hat es nicht nötig. Ihre Schwester hat sie ausbezahlt, um den Familienkonzern alleine führen zu können. Zora Pandora geniesst ihr Leben und tut sonst nichts. Sie sei das schwarze Schaf der Familie, erklärte mir Celeste. Ihre ältere Schwester könne nichts ausser auffallen und ihren Mund zu voll nehmen.»

«Wie verstand sich Zora mit dem Brautpaar?»

«Sie vergöttert Alec, aber mochte Jo nicht besonders.»

Cem hängte das Bild von Jonny neben Zora. «Ihr Callboy, nehme ich an.»

Willi hob die Hand.

«Nur zu», sagte Cem. «Sag, was du weisst.»

Willi gefiel die Rolle als Ermittler in einem Mordfall sichtlich. «Das ist Jonas Keller, sechsundzwanzig. Sagt, er sei Personal Trainer, und nennt sich Jonny Keck. Auch ein *Künstlername*.»

Ja sicher. Jonnys Body musste unvergleichlich sein, so wie Zora ihn anhimmelte. «Wer gehört noch zu den Chevaliers?»

«Alecs Bruder», sagte Eva und kramte eine Serviette aus ihrer Handtasche. Sie hielt sie hoch. «Ich wusste ja nicht, dass ich an meinem Flitter-Weekend ein Notizbuch brauchen würde. Also, der Bruder heisst Etien-Beaumont Chevalier.» Sie zeigte auf ein Foto auf dem Tisch von einem stattlichen Kerl mit kurzem Kinnbart.

Cem hängte es auf. «Etien-Bo-Wie? Wie schreibt man denn diesen Namen?» Cem hätte in Französisch weniger mit seiner hübschen Schulkollegin Annabelle flirten sollen.

Eva buchstabierte ihm amüsiert den Namen. «Etien ist verheiratet», fuhr sie fort und reichte Cem das Foto einer grazilen, schlanken Frau mit frechem Kurzhaarschnitt. «Das ist seine Frau Isabel. Sie haben gemeinsam die neunjährige Tochter Lisanne oder Lisi, wie sie gerufen wird.»

«Lisi gefällt mir.» Cem hängte die Bilder an die Wand. Er konnte sich an die Familie in der Gletschergrotte erinnern. «Gehört noch jemand zu den Chevaliers?»

Mirella meldete sich. «Vielleicht ist es nicht wichtig, aber die hier …», sie reichte Cem das Bild einer jungen Frau, «… ich weiss ihren Namen nicht. Sie ist die Trauzeugin, und ich dachte erst, eine Freundin der Braut. Ich habe heute Morgen vor der Zeremonie beobachtet, wie sie sich mit Alec unterhalten hat. Vor den Toiletten. Die beiden glaubten, alleine zu sein. Schien geheimnisvoll, das Gespräch – und intim. Sie standen einander nahe, sehr nahe.»

«Das ist Filipa Stahl», erklärte Willi. «Ich habe mich mit ihr vorhin unterhalten. Sie kommt aus Meggen und kennt Jo und Alec seit ihrer Kindheit. Sie ging mit Jo in der Primarschule in dieselbe Klasse.»

Cem hängte das Bild neben jenes von Alec. «Was ist mit dem?» Er zog einen weiteren Ausdruck vom Tisch. «Der schmucke Kerl gehört auch zu Alec, richtig?»

«Richtig», bestätigte Eva. «Oliver von Gilching. Bester Freund von Alec und Trauzeuge. Auch ein Snowboarder, wie Alec. Dann sind da zwei weitere Herren, die zu den Chevaliers gehören. Der mit Hornbrille ist Professor Borchardt Breuning, Kardiologe am Unispital Basel und Dozent an der Medizinischen Fakultät. Er ist Alecs Mentor. Den anderen kennst du sicher.»

Cem starrte auf das Bild des Mannes um die fünfzig. Er trug einen Vollbart und grinste aufgesetzt in die Kamera. Er war der Gentleman, welcher der Frau, die im Eiskorridor hingefallen war, auf die Beine geholfen hatte.

«Das ist Georg Alder», klärte Mirella auf. «Ein Schweizer Schauspieler. Den kennt doch jeder. Bachforelle?»

Cem tauschte mit Willi einen ahnungslosen Blick. Wer kannte schon Georg Alder? «Tja, ein George Clooney ist er nicht gerade.»

«Cem», tadelte ihn Eva sanft, «den Clooney haben wir nicht, aber eine Doppelgängerin von Emma Stone. Das ist Dalila Seidel, Busenfreundin von Jo. Die Arme ist total aufgelöst, ich konnte kaum mit ihr sprechen.»

Cem nahm das Bild der jungen Blondine in dem zarten rosafarbenen Kleid und befestigte es unter dem leeren Platz, wo Jos Porträt hängen sollte. Cem hatte es nicht übers Herz gebracht, ein Bild von der Leiche aufzuhängen. Viele Fotos blieben nicht mehr übrig. «Das hier sind die Eltern der Braut.»

«Genau. Reiner Iten», Eva zeigte auf den Brautvater, «ist Professor an der Theologischen Fakultät in Luzern. Die Mutter, Annette Iten, ist im Luzerner Regierungsrat. Sie hat Ambitionen und will nach Bern in den Ständerat. Die Grossmutter, Hedwig Iten, ist Reiners Mutter. Sie vergöttert Jo, das habe ich herausgefunden. Zwischen ihr und Annette hingegen gibt es oft Unstimmigkeiten.» Eva zwinkerte Cem zu. «Hedwig Iten scheint ein wahres Schwiegermuttermonster zu sein. Sie legt Wert auf Prinzipien, mischt sich gerne ein und verhätschelt ihren Sohn. So zumindest sprach Dominik Iten von ihr.»

Und sie missbilligt Ehen, die nicht kirchlich geschlossen

werden, dachte Cem, als ihm die Szene vor dem Lift wieder in den Sinn kam.

«Der ältere Herr», Eva zeigte auf ein Foto, «das ist Paul Kleeb. Ein Freund von Reiner Iten und katholischer Pfarrer. Er sollte das Brautpaar heute trauen.»

Cem hängte das Bild auf und blickte auf den Tisch. Blieb eine Person übrig. «Warum hast du den gleichen Typen zweimal fotografiert?», fragte er Mirella. «Mit dem stimmt etwas nicht. Ist so ein Gefühl. Ich schwöre dir, mit dem habe ich heute in unserem Hotel im Flur gesprochen, aber er leugnet es, behauptet, er sei den ganzen Morgen in Meggen bei Alec gewesen.»

Eva lachte. «Ich glaube ihm.»

Hatte Cem sich verhört? «Du glaubst dem jungen Schnösel mehr als deinem Ehemann?»

«Ihr habt beide recht. Oder besser gesagt, ihr habt alle drei recht. Darf ich vorstellen: Dominik und Roderick Iten.»

«Zwillinge?»

«Soll es geben.»

Cem nahm die Bilder in die Hand. «Wer ist wer?»

«Keine Ahnung», gab Eva offen zu. «Es sind Jos Cousins. Sie leben bei den Itens in Meggen, schon seit einigen Jahren. Ihr Vater, der Bruder von Reiner, kam bei einem Verkehrsunfall ums Leben, das hat die Mutter nie verkraftet und musste sich in psychiatrische Behandlung begeben. Sie lebt heute zurückgezogen in Thun.»

«Wie alt sind die beiden?»

«Zwanzig. Sind echte Lebenskünstler. Roderick studiert Informatik, Dominik Betriebswirtschaft. Laut Reiner Iten interessieren sie sich nur für Partys, Frauen und Faul-Rumhängen. Seine Worte.»

Cem trat einen Schritt zurück und starrte die mit Porträts dekorierte Wand an. Das waren alle Gäste, die übrig waren und auf dem Titlis ausharrten. An der Wand fehlten einzig die drei Angestellten, die zurückgeblieben waren: Odermatt, Kadische und ein Koch. Die, wie auch Willi und Mirella, kamen für Cem jedoch nicht in den Kreis der engeren Verdächtigen.

Es sei denn … «Eva, was ist mit dem stillen Typen, der mit uns in der Rotair hochfuhr, der, welcher das kleine Mädchen fast überrannt hatte?»

«Den habe ich nicht gesehen. Er muss vor der Tat zurück ins Tal gefahren sein.»

«Wir haben nichts über ihn?»

Sie schüttelte den Kopf. Cem bekam ein flaues Gefühl im Magen. Einige Gäste hatten nach dem Schuss geschrien, dass Terroristen am Werk seien. Warum? Was, wenn es sich hier um kein Familiendrama handelte?

«Wir bleiben mit den Obwaldner Kollegen eng in Kontakt», sagte Eva. «Ein Hans Peter Banz übernimmt die Einsatzleitung. Sie beraten sich gerade in Engelberg über das weitere Vorgehen und melden sich in Kürze. All die Gäste und Touristen, die wir bisher evakuiert haben, werden auch dort vernommen. Sollte der Mörder unter ihnen sein, wird Banz ihn hoffentlich entlarven.»

Cem setzte sich Eva gegenüber. «Wir haben nichts ausser einer Leiche und rund zwanzig Verdächtigen und Zeugen, die alle den Schuss gehört haben, aber nicht sagen können, aus welcher Richtung er kam.»

«Wir haben Willis und Mirellas Auflistung, wer wo gesessen hat. Das ist ein Anfang.»

Cem nickte Willi zu. «Gute Arbeit.» Dann schaute er Mirella an. «Wir haben deine Fotos vom Hochzeitsapéro und der Zeremonie in der Gletschergrotte. Es wird Zeit, sie durchzusehen.»

Mirella verband ihre Kamera mit dem Fernsehbildschirm an der Wand. «Die ersten etwa zweihundert Bilder habe ich während des Apéros geschossen.»

Sie schauten sie sich an, doch Cem erkannte nichts Verdächtiges. Zum ersten Mal sah er Jo, die strahlende Braut. Mirella hatte recht, das Strahlen wirkte in manchen Momenten, in denen sie sich unbeobachtet fühlte, aufgesetzt. Zu verkrampft. Sie war wunderschön, keine Frage. Sie trug ein schneeweisses Hochzeitskleid mit einer aufwendig bestickten, engen Korsage mit Herzausschnitt und tiefer Taille. Der Prinzessinnenrock war ausladend, bestand aus Tüll und mehreren Lagen Chiffon in unterschiedlichen Längen. Darüber lag ein transparenter Spitzenstoff mit dem Motiv von Schneesternen. Ihre fast schwarzen Haare fielen ihr in weichen Locken über die nackten Schultern und wurden einzig am Hinterkopf durch den funkelnden Kamm des bodenlangen, zarten Schleiers kunstvoll zusammengehalten. Schmuck trug sie keinen. Sie hatte ein feines, schmales Gesicht. Ihr Kinn war leicht spitz, die Augen katzenhaft und dunkel und nur dezent geschminkt, dafür war ihr voller Mund mit rotem Lippenstift betont.

«Sie war jung für eine Heirat», sagte Eva. «Alec erzählte mir, dass sie sich erst an Silvester verliebt hätten. Vorher seien sie wie Bruder und Schwester aufgewachsen.»

«Hoppla, die hatten es eilig», bemerkte Willi.

Cem tauschte mit Eva einen Blick. Es sollte vorkommen, dass Frischverliebte sofort heiraten wollten. Er konnte sich ein Grinsen nicht verkneifen. Auch sie hatten sich erst nach Neujahr ihre Liebe gestanden. Eva schmunzelte, biss sich auf die Unterlippe, senkte den Blick verschwörerisch auf ihre Hände und drehte den Hochzeitsring zwischen Daumen und Zeigefinger.

«Schwanger?», fragte Mirella geradeaus in die Runde.

Cem starrte sie einen Moment überrumpelt an. «Ähm, nicht dass ich wüsste.»

«Das wäre ein guter Grund für eine rasche Heirat», fuhr Mirella fort.

Gedankenversunken schaute sich Cem die mit den Porträts dekorierte Wand an. «Ich brauche den Stammbaum dieser Hochzeitsgesellschaft ausgedruckt auf Papier, sonst blicke ich nicht mehr durch.» Er zog den Laptop zu sich heran und begann zu tippen. Zwei Minuten später druckte er für sich und Eva ein Blatt aus.

«Du machst dich gut als Sekretärin», scherzte sie.

«Gewöhn dich nicht daran.» Er schaute zufrieden auf den Ausdruck.

Die Hochzeitsgesellschaft – Überblick

Die Itens:

Johanna «Jo» Iten (21)	Braut, Studentin
Annette Iten	Brautmutter, Regierungsrätin
Reiner Iten	Brautvater, Prof. an der Theologischen Fakultät
Dominik/Roderick Iten (20)	Cousins von Jo
Hedwig Iten	Grossmutter von Jo

Die Chevaliers:

Alexandre «Alec» Chevalier (25)	Bräutigam, Medizinstudent
Celeste Chevalier	Mutter, CEO «Vivalier»
Valentin Chevalier	Vater, Fernsehmoderator
Etien-Beaumont Chevalier	Alecs Bruder
Isabel Chevalier	Etiens Frau
Lisanne «Lisi» Chevalier (9)	Tochter von Isabel und Etien
Zora Pandora/Chenille Chevalier	Alecs Tante, Künstlerin

Freunde und Bekannte:

Filipa Stahl	Trauzeugin
Oliver von Gilching	Trauzeuge, Freund von Alec
Dalila Seidel	Freundin von Jo
Jonny Keck/Jonas Keller (26)	Lover von Zora
Prof. Borchardt Breuning	Mentor von Alec
Georg Alder	Schauspieler
Paul Kleeb	Pfarrer

In diesem Moment klopfte es an der Türe des Büros. Kadische trat unaufgefordert ein. «Urs schickt mich. Oben ist die Hölle los. Der Bräutigam attackiert seine Eltern wie ein Wahnsinniger. Kommen Sie schnell, oder es gibt weitere Leichen auf dem Titlis.»

Davon wollte Cem nichts wissen. Zusammen mit Willi rannte er aus dem Zimmer und hinüber ins Restaurant.

DREI

Alec und sein Vater Valentin standen sich mit roten Köpfen gegenüber. Die Mutter, Celeste, stand neben ihrem Mann wie eine Amazone. «Alexandre, genug!»

Der schien taub vor Wut. Sein Kumpel Oliver und der schöne Jonny hatten ihre Mühe, ihn zurückzuhalten. Sie packten ihn hart an den Oberarmen. «Das ist eure verdammte Schuld. Ihr habt sie mir genommen.»

«Das ist Blödsinn.» Valentin schnaubte laut. «Wir sind nicht verantwortlich für Jos Tod. Wir haben sie nicht erschossen.»

«Ihr seid schuld, dass wir hier stehen», schrie Alec zurück. «Ihr müsst euch in alles einmischen. Die Kontrolle über alles haben. Nie war euch jemand gut genug. Nie! Oh sorry, klar, Etien ist natürlich die Ausnahme. Ich war euch immer egal.»

«Alexandre, das stimmt nicht, und das weisst du.» Celeste versuchte, auf ihren Sohn zuzugehen. «Du stehst unter Schock. Lass dir von Professor Breuning helfen. Er kann dir aus dem Sanitätszimmer etwas zur Beruhigung holen.»

«Beruhigung?» Alec riss seinen Frack vom Körper. Darunter trug er nach wie vor das blutverschmierte Hemd. «Jos Blut klebt an mir, und ihr wollt mich ruhigstellen, während der Mörder frei herumläuft?»

Die Worte waren das Zeichen für Cem, einzugreifen. Er trat vor Alec. «Es ist tragisch, was Ihnen passiert ist, aber Ihre Mutter hat recht. Sie müssen sich beruhigen. Hey, wir werden den Mörder von Jo finden.»

«Das macht sie nicht wieder lebendig.»

«Nein.» Cem gab Oliver und Jonny ein Zeichen, sich mit Alec in eine ruhige Ecke im Saal zurückzuziehen. Er wandte sich den Eltern zu. «Die Situation ist so schon schlimm genug und sollte nicht eskalieren.»

«Sie haben gut reden», schnauzte ihn Valentin an. «Alec beschuldigt uns – grundlos. Das können wir nicht tolerieren.»

In dieser Familie hing der Haussegen bedenklich schief. Georg Alder, der Schauspieler und Freund von Valentin, kam dazu. «Kann ich helfen?»

«Ja», sagte Cem. «Kümmern Sie sich um die Chevaliers. Ich will keinen Streit, der ausartet.»

Er nickte und führte die Eltern in eine andere Ecke des Restaurants, das zum Glück gross genug war und Rückzugsmöglichkeiten bot. Nischen und Trennwände ermöglichten wenigstens ein kleines bisschen Privatsphäre, welche die Angehörigen zum Trauern dringend benötigten.

Cem beobachtete, wie Filipa, die Trauzeugin, sich neben Alec setzte und versuchte, ihn in den Arm zu nehmen, doch Alec blieb steif sitzen und starrte auf die Tischplatte. Oliver und Jonny ignorierte er komplett.

Leises Weinen lenkte Cems Aufmerksamkeit auf die junge Frau, die alleine an einem Tisch sass. Es war Dalila Seidel, erinnerte sich Cem. In natura war sie noch hübscher als auf dem Foto, das Mirella gemacht hatte. Sie hatte blondes langes Haar und einen zarten, hellen Teint. Ihre rosafarbenen Lippen passten farblich perfekt zu dem weich fliessenden Chiffonkleid, das mit funkelnden Steinen verziert war. Fast wie eine Elfe kam sie ihm vor. Eine sehr traurige Elfe. Cem konnte nicht anders, er ging zu ihr hin, um sie zu trösten. «Mein Beileid», sagte er und setzte sich. «Jo war Ihre beste Freundin?»

Sie nickte. «Wir studieren zusammen – studierten …» Sie wurde von einem weiteren Weinkrampf geschüttelt. «Wer tut denn so etwas Grausames? Ich glaube es einfach nicht.»

«Hatte Jo Feinde?»

«Jo? Nein. Alle liebten sie. Sie war wie ein Engel, hat jedem geholfen, der Hilfe brauchte.»

Cem schaute das zarte Wesen einen Augenblick an. «Auch Ihnen?»

Dalila hob erschrocken den Kopf, dann nickte sie und weinte erneut los.

«Was ist passiert?»

«Er, er hat mich verprügelt, erniedrigt, terrorisiert.»

«Wer?»

«Mein Ex. Lorenzo. Jo konnte es nicht mehr mit ansehen. Sie befreite mich von ihm, nahm mich bei sich auf, bis es überstanden war. Sie hat mich gerettet, verstehen Sie? Und jetzt ist sie tot.»

«Wann war das?»

«Was?»

«Na, das mit Ihrem Ex.»

«Vor drei Jahren.»

«Oh, das ist lange her.»

«Seither sind Jo und ich die besten Freundinnen. Ich würde alles für sie tun. Es ist zu spät ...»

Cem lehnte sich vor. «Es ist nicht zu spät. Dalila, ich darf Sie doch so nennen? – Sie können mir helfen, den Mörder von Jo zu finden. Schreiben Sie alles auf, was Sie heute gesehen haben. Ihre Erinnerungen sind frisch. Oft hat das Unterbewusstsein ein Detail wahrgenommen, das einem im ersten Moment als unwichtig erscheint.»

«Wenn Sie meinen.»

«Ja, das kann uns weiterhelfen. Noch eine Frage: Sie haben den Streit zwischen Alec und seinen Eltern auch mitbekommen? Eine Ahnung, weshalb er sie beschuldigt, für Jos Tod verantwortlich zu sein?»

«Nein. Die Chevaliers waren für Jo fast wie Eltern. Sie verstand sich mit Celeste besser als mit ihrer eigenen Mutter. Sie gingen oft zusammen einkaufen. Annette, Jos Mutter, interessiert sich nicht für Mode. Für sie gibt es nur die Politik. Sie spricht ständig über die Werte der Gesellschaft, dass Familie das wichtigste Gut sei. Selbst hatte sie selten Zeit, sich um Jo zu kümmern.»

«Waren Sie oft bei den Itens zu Besuch?»

«Nein. Da herrschte so eine strenge Atmosphäre. Man fühlte sich unweigerlich als Sünderin. Der Vater predigte Moral und die Mutter Verantwortung. Ausserdem war ich ihnen nie gut genug. Ich bin im Entlebuch aufgewachsen. Meine Eltern sind geschieden, und mein Vater ist seit Jahren arbeitslos. Ich repräsentiere nicht das Bild einer vorbildlichen, wohlhabenden

Schweizer Bürgerin. Dieses Kleid ist auch nur Schein und von einer Freundin geliehen.»

«Sie studieren mit Jo Kunstgeschichte, richtig?»

Dalila kratzte mit ihrem Fingernagel auf der Tischplatte herum. Cem übersah nicht, dass ihre Hände zitterten. «Ja. Und ich arbeite in einem Restaurant und wohne in einer WG. Die Itens wünschten sich für ihre Tochter gehobeneren Umgang. Jo war das egal. Sie sah immer den Menschen, nicht Prestige, Geld oder gesellschaftlichen Status. Ihr war egal, dass ich mich von der Kirche abgewandt habe, dass ich an die Kräfte der Natur glaube, an Feen und Geister zum Beispiel, und mich für heidnische Religionen interessiere.»

Solange sie nicht mit Hexen auftrumpfte, war Cem das egal. Jedem seine Religion. «Wer könnte ein Motiv haben, Jo zu ermorden?»

«Oliver?», sagte sie scheu.

«Oliver? Alecs Kumpel? Weshalb der?»

Sie presste die Lippen aufeinander und schüttelte den Kopf. «Sorry, war nur eine Idee. Ich glaube nicht, dass er tatsächlich mit Jos Tod zu tun hat. Er ist ein netter Kerl, aber er hat auch ein Geheimnis. Ein Geheimnis, das ein Motiv für … Aber nein, ich glaube nicht, dass er ein Mörder sein könnte. Es war dumm von mir, das zu sagen.»

«Ja was jetzt?» Cem blickte nicht mehr durch.

Sie zuckte verlegen mit den Schultern.

Er bohrte einige Minuten nach, aber Dalila schwieg. Schliesslich winkte er Kadische zu sich heran und verlangte nach Papier und Stift. «Schreiben Sie auf, wer wann wo war, mit wem Jo gesprochen hat, wie sich Jo heute Morgen verhalten hat, alles kann wichtig sein.»

Dalila nickte, wischte sich die Augen trocken und war offenbar froh, eine Aufgabe gefunden zu haben, die sie ablenkte und mit der sie Jo helfen konnte. Cem wusste, dass sich die junge Frau hier unter den Gästen als Fremde vorkam. Das Schreiben würde sie eine Weile beschäftigen, und vielleicht brachte es tatsächlich etwas Neues ans Tageslicht.

Cem liess sie alleine und ging zu den Zwillingen, die am Buffet standen und belegte Brote futterten. Der Mord schien ihnen den Appetit nicht verdorben zu haben. Die beiden sahen absolut identisch aus, gleicher Haarschnitt, die braunen Locken mit viel Gel zur Seite gelegt, gleicher dunkelblauer Armani-Anzug, gleicher Parfumduft nach Zitronengras und Muskat. «Also traf ich diesen Morgen doch einen der Herren im Hotel?», fragte Cem.

Einer grinste. «Ich war's.»

«Und Sie sind?»

«Roderick. Sie hatten übrigens recht, Mann. Fuck, der Berg ist heute übel gelaunt. Ich hätte auf Sie hören sollen.»

«Hätten Sie.» Cem reichte dem anderen die Hand. «Sie müssen Dominik Iten sein? Sie waren es, der sich in der Grotte um Ihre Oma gekümmert hat?»

«Korrekt.» Der junge Mann schüttelte ihm die Hand.

«Und wo waren Sie nach der Tat?», fragte Cem. «Ich habe Sie nicht gesehen.»

«Ich habe einer alten Tante an Krücken geholfen, die Grotte zu verlassen», behauptete Roderick.

«Roderick hat mir erzählt, dass Sie der Polizist in den Flitterwochen sind», sagte Dominik.

«Ein Flitter-Weekend kann ich das nicht mehr nennen.»

«Sie sind gezwungenermassen der Ermittler in diesem Fall», bemerkte Dominik mit einem schiefen Lächeln, «sozusagen der Hercule Poirot unserer illustren Gesellschaft. Der Titlis als Schauplatz für das Remake von ‹Mord im Orientexpress›. Eine geschlossene Gesellschaft mit einem Mörder darunter und keine Möglichkeit, zu entkommen. Haben Sie eine Ahnung, wer auf Jo geschossen hat? Oder glauben Sie auch an eine gemeinsame Verschwörung der Hochzeitsgäste?»

Mist. Er kannte nur den Film, den hatte er vor Jahren gesehen und konnte sich nur vage an die Geschichte erinnern. War der Hinweis von Dominik Iten wichtig oder bloss blödes Geschwätz? Wie sollte Cem hier oben einen Agatha-Christie-Krimi auftreiben? Vielleicht hatte Eva das Buch gelesen. Er wollte sie später danach fragen. Die Zwillinge kamen Cem vor wie abgebrühte Mafiabrüder. «Ihre Cousine ist keine zwei Stunden tot. Lässt Sie das kalt? Sie war wie eine Schwester für Sie, nicht?»

«Ja, Jo war wie eine Schwester. Tragisch ist das», sagte Dominik und atmete theatralisch. «Und ich bin sehr traurig. Aber wissen Sie, jeder geht mit Trauer anders um.»

Roderick lehnte sich vor. «Eine Zicke war sie. Sie hat uns ständig bei unserer Tante verpfiffen. Grundlos. Ich sage Ihnen, Sie möchten Tante Annette nicht kennenlernen, wenn sie wütend ist. Dann wird sie zur krassen Furie.»

Cem zog seine Augenbrauen tief. «Sie verstanden sich nicht gut mit Jo?»

«Nein, Mann, verstehen Sie das richtig. Ich liebte sie, ehrlich, wie man eine fiese Schwester eben liebt.»

«Roderick, es reicht.» Dominik verpasste seinem Zwilling einen Stoss mit dem Ellbogen in die Rippen. «Mein Bruderherz nimmt den Mund gerne voll.»

Roderick liess das nicht auf sich sitzen. Er schlang seinen Arm um den Hals seines Bruders und zerzauste ihm mit der anderen Hand die mit Gel in Form frisierten Haare. Die Rangelei ging einige Sekunden weiter, bis sich beide plötzlich in den Armen lagen und wieder ernst wurden.

«Wir trauern sehr um Jo», sagte Dominik.

«Das kleine Biest wird uns fehlen», meinte Roderick. «Ich fand diese Wettkämpfe voll geil.»

«Wettkämpfe?», fragte Cem.

«Ja. Wer legt wem ein faules Ei? Wer erzählt die grösseren Lügen über den anderen? Wer schmiedet die fieseren Intrigen? Jo war eine Meisterin darin, andere an der Nase herumzuführen.»

«Roderick und ich gegen Jo. Wir hatten viel Spass mit unserem Geschwistermobbing.»

«Jo war ein Mädchen, aber gerissen. Gegen uns zwei coole Typen hatte sie selten eine Chance.»

Diese Zwillinge waren total durchgeknallt. Oder auf einem

Drogentrip? Wie hatte Reiner Iten noch gleich gesagt: Die Jungs interessierten nur Partys, Frauen und Faul-Rumhängen? Faul kamen sie Cem keineswegs vor. Eher hyperaktiv. Mit Sicherheit hatte er mit den Zwillingen nicht das letzte Wort gesprochen.

«Herr Cengiz», sprach ihn ein Mann an.

Es war dieser Etien-Soundso Chevalier, erinnerte sich Cem. Der Bruder des Bräutigams.

«Wir müssen uns unterhalten.» Etien warf den Zwillingen einen abschätzigen Blick zu. «Verzieht euch!»

Roderick hob defensiv die Arme. «Sicher. Wenn der heilige Sohn aufs Parkett tritt, haben wir den Schwanz einzuziehen. Das einzig Gute an Jos Tod ist, dass du ihr als Schwager erspart bleibst.»

«Sei still!», fuhr ihn Etien im Flüsterton an. «Jo ist keine zwei Stunden tot. Pietät ist dir ein Fremdwort, was?»

«Komm, der ist es nicht wert.» Dominik packte seinen Bruder am Arm und zog ihn von Etien fort.

Was für Familien. Das war ja schlimmer, als wenn die Streithähne aus «Dallas» und «Denver-Clan» persönlich auf dem Titlis festsässen. Die Ewings und Carringtons schienen Heilige im Vergleich zu den Itens und Chevaliers. Statt Öl floss hier eisiges Blut.

Er wandte sich an Etien. Zu seiner Überraschung sah Cem Tränen in dessen Augen. «Sie möchten mit mir sprechen?»

«Geht das irgendwo, wo wir ungestört sind?»

«Klar. Gehen wir hinüber auf die andere Seite des Restaurants, da ist es ruhiger.»

Sie setzten sich in einem Separee an einen Tisch am Fenster mit Blick auf die Berner Alpen. Einen kurzen Augenblick schauten sie den tanzenden Schneeflocken zu. Etien massierte sich nervös die Schläfen.

Cem hatte einen Notizblock vor sich liegen. Er drehte einen Kugelschreiber zwischen seinen Fingern. «Was möchten Sie mir sagen?»

Etien zögerte.

«Sie haben mir nicht erzählt, was Sie arbeiten», sagte Cem, um ihm den Einstieg in das Gespräch zu erleichtern. «Sind Sie in der Firma Ihrer Mutter tätig?»

«Nicht mehr. Ich machte dort mein Praktikum. Heute arbeite ich als Investmentbanker.»

«Aha. Sie leben auch in Meggen?»

«Nein. Wir haben eine Villa am Genfersee. Bei Lausanne.» Cem schaute auf. «Stehen Sie trotz der räumlichen Distanz noch in engem Kontakt mit Ihrem Bruder?»

«Alec ist sechs Jahre jünger. Wir standen uns nie sehr nahe. Unsere Interessen liegen anders verteilt. Aber wir fanden immer einen Weg, miteinander auszukommen. Dass Jo jetzt …» Die sonst vermutlich selbstsichere, ja arrogante Art des Bankers kam gewaltig ins Wanken. Lag das an Jos Tod?

«Wie gut kannten Sie die Braut?»

«Wir waren Nachbarn, und sie ist ständig zu uns gekommen.» Er zwang sich ein Lächeln auf und fuhr sich mit den Fingern durch sein dunkles Haar. «Ganz ehrlich, sie hat genervt. Dass ich zehn Jahre älter war, beeindruckte sie nie. Jo konnte stur sein. Wenn sie etwas wollte, hat sie gebettelt, diskutiert und getrickst, bis sie es bekam. Jo gab niemals auf. Sie war wie wir, sie liebte das Spiel.»

«Wie darf ich das verstehen?»

«Alec und ich sind grundverschieden, aber wir sind beide Adrenalinjunkies. Ich brauche den Nervenkitzel, wenn ich mit Geld an der Börse spekuliere. Mein kleiner Bruder findet seinen Kick mit dem Snowboard abseits der Pisten, wenn er fast senkrecht in die Tiefe springt. Jo war nicht anders. Sie liebte Klettern, Tauchen und Freestyle-Skiing. Sie hatte Talent, war im Schweizer Olympia-Team für Pyeongchang aufgestellt, aber ihre Eltern pfiffen sie zurück.»

«Weshalb?»

«Ihr Studium litt unter der Doppelbelastung. Die Uni musste vorgehen.»

Cem überlegte, was einem ein Studium der Kunstgeschichte ausser Museumsbesuchen einbringen konnte und weshalb das wichtiger sein konnte als die Teilnahme an Olympischen Spielen. «Wie war Jo als Mensch?»

«Schwierig, aufmüpfig, egoistisch.»

«Das sind keine netten Worte über eine Verstorbene.»

«Sie passte zu Alec. Er ist nicht anders. Ich bezweifle allerdings, dass die beiden eine Zukunft miteinander gehabt hätten. Sie haben sich gestritten, ständig, schon als Kinder. Sie bewarf ihn mit Sand, er zog sie an den Haaren. Einmal hat sie Pferdeäpfel in seinen Hamburger gepackt, worauf er Wasserstoffperoxid in ihre Shampooflasche füllte. Ihre fast schwarzen Haare waren danach fleckig wie das Fell eines Schecken.»

«Waren Sie überrascht, als Sie gehört haben, dass die beiden heiraten?»

«Was denken Sie denn? An Weihnachten, als wir bei unseren Eltern zu Besuch waren, haben Jo und Alec gezankt wie zu Schulzeiten. Einen Monat später ruft mich mein Bruder an und sagt, er habe sich mit ihr verlobt.»

«Was war der Grund?»

Etien atmete tief durch und lockerte den Sitz seiner Fliege am Hals. «Laut Alec die grosse Liebe.»

«Laut Ihnen?»

«Eine Lüge. Ein grosses Theater. Aber ich habe nicht nachgefragt und mich rausgehalten.»

Cem machte sich einige Notizen. «Wann sind Sie für die Hochzeit angereist?»

«Vor zwei Tagen.»

«Sie wohnen bei Ihren Eltern?»

«Nur Lisi. Sie vergöttert ihren Opa. Meine Frau und ich wohnen im Hotel Montana.»

«Weshalb?»

«Isabel ist ihre Privatsphäre heilig. Sie fühlt sich nicht wohl in der Villa meiner Eltern.»

«Sie verstehen sich nicht gut?»

«Doch, schon. Aber Isabel mag eine gewisse Distanz. Sie ist eigen in ihrem Charakter.»

Cem konnte das durchaus verstehen. Er hatte bisher auch

nie auf dem Hof von Evas Eltern übernachtet. «Ist Ihnen etwas aufgefallen? Haben sich Jo oder Alec in den letzten zwei Tagen seltsam verhalten?»

«Nein.»

«Heute bei der Zeremonie, zum Tatzeitpunkt, konnten Sie etwas beobachten, das mir weiterhilft?»

Etien schluckte schwer. «Es war grausam. Da haben sich Jo und Alec bei den Worten des Pfarrers tief in die Augen geblickt und an den Händen gehalten. Jo drehte sich strahlend um, schaute kurz ihre Eltern an, dann kam der ohrenbetäubende Knall, und sie lag in Alecs Armen und fiel zu Boden. Sie … sie hat noch einige Sekunden gelebt und Alec – es war schrecklich.»

«Haben Sie eine Ahnung, aus welcher Richtung der Schuss kam?»

«Das Echo in der Gletschergrotte war horrend. Keine Ahnung. Der Schuss kann von überallher gekommen sein.»

Mag sein, dachte Cem. Gemäss den Bildern, die Mirella aufgenommen hatte, stand Jo zum Zeitpunkt des Schusses den Gästen zugewandt. Die Bilder deckten sich also mit der Aussage von Etien. Was hätte Cem um Metzger und sein Team gegeben, die ihm Informationen zum Kaliber und zur Schussdistanz hätten liefern können. «Wer hatte ein Motiv, Jo zu ermorden?»

«Motiv? Wer sollte denn Jo während ihrer Trauung erschiessen wollen?»

«Offensichtlich hat es jemand getan. Eine solch grausame Tat zeugt von grossem Hass auf das Opfer. Wer hasste die Braut?»

«Niemand. Ja, Jo war wild, impulsiv und nicht immer fair, aber das ist kein Grund, sie zu ermorden, oder?»

Wild. Dieses Wort hatte auch Alec benutzt, als er von Jo sprach. Das war kein übliches Adjektiv, um eine Person zu beschreiben.

«Hatte Jo eine Affäre?»

«Wie bitte?» Etien setzte sich kerzengerade hin.

«Sie heiratete Alec sehr kurzfristig. Gab es einen abservierten

Liebhaber, der sich gekränkt fühlte? Eifersucht ist ein gutes Mordmotiv.»

«Mir ist niemand bekannt.»

«Ganz sicher?»

Etien nickte.

«Wie verstand sie sich mit Oliver?»

«Alecs Kumpel? Ich glaube, gut. Alec und Oliver haben sich beim Snowboarden kennengelernt. Vor ein paar Jahren. Da war ich bereits von zu Hause ausgezogen. Ich weiss also nicht, wie gut sich die drei verstanden.»

«Was ist mit Geld?»

«Geld?»

«Das zweitbeste Mordmotiv.»

Etien kratzte sich den kurzen Bart und schüttelte abwesend den Kopf. «Die Itens sind nicht so vermögend wie wir, aber bestimmt keine armen Leute.»

«Jo und Alec sind beide auf die finanzielle Unterstützung der Eltern angewiesen, korrekt?»

«Ja.»

Cem legte den Stift hin und schaute aus dem Fenster. Obwohl es erst Nachmittag war, verdunkelte der Sturm den Himmel. Weltuntergangsstimmung vom Feinsten, dachte er, als ob der Berg über den Tod von Jo wütend wäre. War er vielleicht tatsächlich. Ihre Leiche lag nach wie vor in der Gletschergrotte. «Sie haben mich angesprochen. Worüber wollten Sie mit mir sprechen?»

«Ich will, dass Sie den Mistkerl finden, der meinem Bruder die Braut genommen hat.»

«Bin schon dabei, die Fakten zusammenzutragen.»

«Gut. Ich will auch, dass Sie Filipa unter die Lupe nehmen.»

«Filipa?»

«Filipa Stahl, die Trauzeugin. Eine alte Schulfreundin von Jo. Und die Ex von Alec.»

Cem horchte auf. Mordmotiv, schrillte es in seinem Kopf. Na also, ging doch. «Seit wann sind die beiden getrennt?»

«Seit etwa einem halben Jahr.»

«Trotzdem ist sie die Trauzeugin?»

«Laut Alec verstehen sie sich seit der Trennung besser als vorher.»

Wer's glaubt, wird selig. Cem musste wieder an Mirellas Bemerkung denken. Sie hatte die beiden vor der Trauung beobachtet, wie sie sich viel zu nahe standen und geheimnisvoll unterhielten.

VIER

«Da entlässt man Cem für drei Tage in ein Flitter-Weekend, und schon steckt er mit beiden Ohren in einem Mordfall fest. Macht der Junge auch mal Ferien?» Susanne stand mit Barbara auf der Dachterrasse des Mutterhauses der Luzerner Polizei, wie sie das gläserne Gebäude der Zentrale an der Kasimir-Pfyffer-Strasse gerne nannten. Sie zog genüsslich an dem Zigarettenstummel und überlegte, sich noch einen Glimmstängel anzuzünden, dabei übersah sie Barbaras mürrischen Blick. Die Zigarettenpause war faktisch ein Befehl von Susanne gewesen, im Dunst von Zigarettenrauch konnte sie nun mal besser nachdenken, auch wenn sie das vermutlich bald umbringen würde. Zur Versöhnung bot sie Barbara eine Zigarette an.

Diese zögerte kurz und griff dann zu. «Wir müssen ihm helfen. Er ist alleine da oben mit einem Mörder.»

«Er hat Eva. Die passt auf, dass er keine Dummheiten macht.»

Barbara schlug mit der flachen Hand auf die Balkonbrüstung. «*Merda!* Konnten die Obwaldner nicht schneller auf den Berg?»

Susanne zog ihr Feuerzeug aus der Hosentasche und reichte es Barbara. «Nerven verlieren bringt nichts. Betrachten wir den Fall nüchtern und schauen, wie wir Cem und Eva unterstützen können.» Sie schaute hoch zum Pilatus, Luzerns Hausberg. Noch wies die Wolkendecke strahlend blaue Lücken auf, aber die dunkle Wand, die sich hinter dem Pilatus auftürmte, konnte Susanne nicht übersehen. Laut Wettervorhersage kam ein heftiges Tief auf sie zu. Es war eben April, der brachte seine Launen mit sich. «Banz leitet den Einsatz von Engelberg aus. Wir werden die Obwaldner intensiver unterstützen, als denen lieb ist. Ich habe ihnen klargemacht, dass Cem unser bester Mann ist und sie ihm einiges zutrauen können.»

«Soll heissen?»

«Dass er sich die Leiche vornimmt.»

«Susanne! Cem ist kein Kriminaltechniker. Soll er die Braut auf dem Berg obduzieren?»

«Eine Legalinspektion traue ich ihm zu. Der Amtsarzt und die Kollegen vom Kriminaltechnischen Dienst können ihm telefonisch Anweisungen geben. Leider ist der Empfang in der Gletschergrotte miserabel. Eine Live-Videoschaltung geht kaum.»

«Cem macht mit?»

«Er weiss noch nichts von seinem Glück, aber er packt das.»

«Was ist mit den Leuten, die auf dem Gipfel sind?»

«Die Obwaldner sind dran und durchleuchten jeden Einzelnen. Eva hat ihnen Bilder und die Personaldaten durchgegeben. Wenn sie etwas Verdächtiges finden, werden sie uns informieren.»

«Was ist mit den Leuten, die rechtzeitig evakuiert wurden?»

«Bis jetzt befindet sich kein Verdächtiger darunter. Unsere Kollegen arbeiten noch daran.»

Barbara zündete ihre Zigarette an und zog den Rauch in ihre Lungen. «Mir gefällt das nicht. Ich habe kein gutes Gefühl bei der Sache.»

«Cem und Eva kommen klar. Wir kümmern uns derweil um das andere Problem.»

«Den Araber.»

«Genau. Finden wir Amir bin Nuri, damit die Familie glücklich vereint nach Katar zurückfliegen kann.»

«Du glaubst nicht an ein Verbrechen?»

«Der Sohn ist ausgebüxt, um den patriarchalen Vorschriften der Familie zu entkommen, da wette ich meinen Döschwo drauf. Er hat einige Jahre hier in der Schweiz studiert und die Vorzüge des Westens kennengelernt. Dann musste er zurück und fand sich nicht mehr in seiner eigenen Kultur zurecht. Ein erneuter Besuch in der Schweiz war der perfekte Zeitpunkt, um abzuhauen.»

«Wenn das stimmt, kann er sich längst abgesetzt haben. Vielleicht entspannt er sich bereits auf den Bahamas oder sucht sich ein schickes Appartement in Shanghai.»

«Vielleicht ist er noch hier.»

«Oder vielleicht wurde er entführt oder ermordet. Das sind etwas viele ‹vielleicht›. Fakt ist, wir haben nichts.»

Susanne warf ihren Zigarettenstummel zu Boden und drückte mit der Schuhsohle die Glut aus. «Richtig erkannt. Deshalb setzen wir uns zusammen und finden die Wahrheit heraus. Oder hast du an diesem Wochenende andere Pläne?» Barbara starrte sie an. Zum ersten Mal erkannte Susanne einen Funken Respekt in ihren Augen. War das der Anfang ihrer Zusammenarbeit? «Gehen wir in mein Büro und blättern im Familienalbum der Hassans.»

Barbara warf die Haare in den Nacken. «*Andiamo.*»

«Ich will den Bürostuhl zurück», sagte Susanne.

«Vergiss es. Seinen Stuhl kriegst du nicht. Ich bringe dir ein Sitzkissen aus meinem Büro mit. Mit Hämorrhoiden ist nicht zu spassen.» Mit diesen Worten wandte Barbara sich ab und verliess die Terrasse.

✳✳✳

Eva sass alleine im Büro, als Cem eintrat. Sie tippte auf dem Laptop herum. «Hey, meine kluge und schöne Ehefrau, alles klar bei dir?»

«Nein.» Sie blickte auf und lächelte. «Ich schreibe an meinem Honeymoon trockene Berichte. Das geht gar nicht und ist ein Scheidungsgrund.»

Cem umarmte sie von hinten und drückte ihr einen Kuss auf den Scheitel.

«Wenn wir uns scheiden lassen», fuhr sie fort, «können wir noch einmal heiraten und dieses verpatzte Wochenende nachholen.»

«Heute ärgern wir uns, in zehn Jahren lachen wir darüber.»

Sie seufzte. «Ich habe vorhin mit Alain telefoniert.»

Cem wusste, wie sehr Eva ihren Sohn vermisste. «Wie geht es meinem Kumpel?»

«Er hat nach dir gefragt. Mami war Nebensache.»

«Niemals ist Mami Nebensache.» Cem trat vor Eva, schob den Laptop ein Stück zur Seite und setzte sich auf die Tischkante. «Mami ist wunderbar.»

Sie bettete ihren Kopf in seinen Schoss. «Mami hat von prickelndem Champagner, flauschigen Daunenkissen und heissen Liebesschwüren geträumt. Stattdessen führt sie sachliche Korrespondenz mit Banz von der Obwaldner Kriminalpolizei und Staatsanwältin Frighetto, die den Fall übernommen hat, und trinkt abgestandenen Kaffee.»

Cem grinste. «Auf die Liebesschwüre musst du keinesfalls verzichten, und auch wenn der Holztisch nicht das gewünschte Daunenbett ist, so können wir ihn doch für unsere Zwecke missbrauchen.» Er zwinkerte ihr zu.

«Cem!»

«Was denn? Die Lage hier oben ist so weit unter Kontrolle. Die Gäste verhalten sich ruhig, und die Obwaldner haben alles von uns, was wir ihnen zu diesem Zeitpunkt liefern können. Wir sitzen die Sache aus und warten auf Sonnenschein. Dann sind wir weg und geniessen unseren wohlverdienten Kurzurlaub.»

«Cem», sagte Eva in heiserem Ton. «Oben sitzt ein Bräutigam, der soeben seine Braut an einen Mörder verloren hat. Der kann dir nicht gleichgültig sein, ich kenne dich.»

«Eva, wir sind hier –»

«Du willst hier weg, weil du Angst um mich hast. Angst, dass es gefährlich werden könnte, Angst, dass ich ein weiteres Mal angegriffen werde. Mit dieser Angst lebe ich seit bald einem Jahr. Meine schmerzende Hand erinnert mich täglich daran. Es ist nun mal passiert. Wir leben damit. Ich habe mir geschworen, dass meine Angst mich niemals davon abhalten wird, das Richtige zu tun. Wir müssen den Mörder finden.»

Cem wusste, den Mörder zu jagen hiess, Eva unbeaufsichtigt zu lassen. Sein Versprechen, sie nie mehr zu enttäuschen und im Stich zu lassen, wollte er nicht brechen.

Es klopfte an die Tür, und Mirella trat ein. «Störe ich?»

Eva lächelte. «Komm rein.»

«Willi hat gesagt, dass du nach mir suchst?»

Eva stand auf. Sie nahm die Haltung der taffen Staatsanwältin ein. «Ich habe einen Auftrag für euch zwei. Genau genommen kommt der Auftrag von Frighetto. Sie hat grünes Licht für die Legalinspektion gegeben. Könnt ihr das übernehmen?»

«Nicht dein Ernst», rief Cem aus.

«Was ist eine Legalinspektion?», fragte Mirella.

«Die Leichenschau», antwortete Eva sachlich.

«Weshalb ziehen wir nicht Professor Breuning bei?», fragte Cem. «Er wäre immerhin Arzt.»

«Können wir nicht», sagte Eva. «Gegen ihn läuft ein Verfahren wegen Amtsmissbrauch. Scheint so, als habe er Forschungsresultate und Patientendaten manipuliert.»

«Na toll. Und was sollen wir herausfinden?»

«Wir brauchen Fotos von der Schusswunde. Eintritts- und, wenn vorhanden, Austrittswunde. Die Wunde kann uns unter Umständen Informationen zur Distanz liefern, aus der der Schuss abgegeben wurde. Sucht nach dem Projektil. Ich will auch, dass ihr den Körper nach weiteren Wunden oder Verletzungen absucht. Geht behutsam vor und berührt die Leiche so wenig wie möglich, um keine Spuren zu verwischen.»

«Solltest du nicht dabei sein?», fragte Cem.

«Sollte ich. Aber heute ertrage ich das nicht. Erst gestern habe ich ein Brautkleid getragen.»

Cem nahm ihre Hand. «Wir machen das, okay?»

«Danke.» Sie reichte Cem einen Zettel. «Das ist die Nummer des Amtsarztes. Er sitzt in Engelberg zusammen mit den Kollegen vom Kriminaltechnischen Dienst. Ruf ihn an, wenn du bei der Leiche bist. Sie werden dich anleiten.»

Cem wandte sich an Mirella. «Traust du dir das zu? Gut wäre, wenn du die Legalinspektion filmen könntest. Kann das deine Kamera?»

«Sicher. Die kann das, und ich schaffe das auch.»

«Na dann. Odermatt soll Einweghandschuhe besorgen.»

Vor der Drehtür, die zur Gletschergrotte führte, war ein Seil gespannt. Daran klebte ein Papier mit den von Hand geschriebenen Zeilen: «Tatort, Betreten verboten!» Cem musste heimlich schmunzeln. Manche Leute schauten zu viele Krimiserien. Odermatt gehörte wohl dazu. Er hörte, wie Mirella hinter ihm heftig atmete. «Hey, alles okay?»

«Ich weiss nicht, ob ich das packe.»

«Versuche einfach, emotionale Distanz zu wahren. Es ist dein Job, die Legalinspektion zu filmen, mehr nicht.»

«Kann man das, die Gefühle ausblenden?»

«Nein. Man kann sie für den Moment unterdrücken. Zum Verarbeiten bleibt später Zeit.» Cem mochte Mirella. Sie war offen und ehrlich. Auch wenn sie äusserlich rustikal und unelegant wirkte, so strahlte sie eine herzliche Wärme aus. «Bringen wir es hinter uns.»

Sie betraten durch die Drehtür den Eiskorridor der Gletschergrotte. Der Zugang erfolgte direkt von der untersten Ebene vom Hauptgebäude aus. Sie mussten also nicht hinaus in den Sturm, um zur Leiche zu gelangen.

Der vereiste Boden war rutschig. Der rote Läufer, der für die Zeremonie ausgelegt worden war, nur noch ein an den Rand gedrückter Streifen zerknautschter Teppich. Das blaue Licht der Neonröhren war kalt und ungemütlich. Die wenigen Kerzen waren längst erloschen, das Wachs erstarrt. Die Kälte suchte sich einen Weg unter Cems Lederjacke und kroch langsam die Wirbelsäule hoch. Er wusste, der Geruch nach Verwesung war Einbildung. Jo war perfekt konserviert in ihrem eisigen Grab bei konstanten minus eins Komma fünf Grad Celsius.

«Hast du schon eine Ahnung, wer sie ermordet hat?», fragte Mirella. «Ist der Täter noch auf dem Titlis?»

«Es sind alle verdächtig und niemand. Etwas stimmt mit dieser Hochzeitsgesellschaft nicht. Du hattest recht mit der Vermutung, dass die Braut unglücklich war. Sag mal», Cem blieb stehen, «wie kamst du zu diesem Auftrag? Du hast erwähnt, dass du aus Zürich kommst.»

Mirella lächelte. «Deinem Dialekt nach kommst du auch aus Zürich. Was sucht ein Zürcher Polizist in Luzern?»

Gut gekontert. Wich sie seiner Frage aus? «In Zürich war ich Koch und führte das türkische Restaurant meiner Eltern. Ich wollte etwas Neues machen und hatte vor einigen Jahren die Chance, hier in Luzern die Polizeiausbildung zu absolvieren. – Du wohnst und arbeitest in Zürich, nicht?»

«Schwamendingen, um genau zu sein. Mein Atelier ist dort, fotografieren tu ich in der ganzen Schweiz, je nach Auftrag halt.»

«Wie kamst du zu dieser Hochzeit?»

Sie zuckte mit den Schultern. «Die Trauzeugin, Filipa Stahl, hat mich kontaktiert und gebucht. Ich nehme an, ich wurde weiterempfohlen. Ich habe nicht nachgefragt. Das hier ist mein grösster Job seit Jahren. Sie haben mich für drei Tage gebucht. So ein Geschäft nehme ich natürlich an.»

«Zufall also?» Cem war nicht überzeugt.

«So wie es Zufall ist, dass du heute auf dem Titlis bist.»

Er nickte. «Es soll Zufälle geben.» Vor sich sah Cem bereits die verlassenen Stühle der zu einer Kapelle umfunktionierten Grotte. Cem schloss kurz die Augen. Er musste sich konzentrieren, die Gefühle ausschalten und in den Profimodus wechseln. Kein einfaches Unterfangen als Zivilist. Bei der Arbeit war er auf Verbrechen vorbereitet, dieses hier hatte ihn kalt erwischt.

Vor der ersten Stuhlreihe sah er bereits den Saum des prachtvollen Hochzeitskleides. Eine Braut zu ermorden war grausam. Der Täter musste krank vor Wut sein, um kurz vor dem Jawort abzudrücken.

Cem öffnete die Augen, bereit, sich seiner Aufgabe zu stellen.

Er blieb so abrupt stehen, dass Mirella hinter ihm gegen seinen Rücken prallte. «Was ist los?», fragte sie.

Cem konnte nicht antworten. Das war unmöglich.

Das weisse Hochzeitskleid lag, getränkt mit Blut, am Boden. Der Tüll war bereits mit den Eiskristallen verwachsen. Doch es war nur ein Kleid, mehr nicht. Es war ein Brautkleid ohne Braut.

«Sie ist weg», flüsterte Mirella hinter ihm. «W... wie geht das? Was hat das zu bedeuten?»

Cem sah sich in der Grotte um. Alles schien wie zuvor. Und doch war alles anders. «Das bedeutet», begann er und fühlte seine Stimme beben, «dass der Mord erst der Beginn war und hier ein mieses Spiel läuft.» Er drehte sich abrupt um. «Ich muss zu Eva.»

FÜNF

Leichen verschwinden nicht.

Cem rannte den Eiskorridor zurück zum Gebäude. Er hatte Eva alleine gelassen. Wenn er und Eva den Fall untersuchten und der Mörder unter der Hochzeitsgesellschaft zu finden war, noch dazu einer, der eine Leiche entführte, dann war er zu Schlimmerem fähig. Zum Beispiel zum Ausschalten der Ermittler, damit sie ihm nicht auf die Schliche kamen. Cem würde erst wieder einen klaren Gedanken fassen können, wenn er Eva in Sicherheit wusste. Er hatte sie alleine im Büro zurückgelassen, das war angesichts der Tatsachen unverantwortlich von ihm gewesen. Oder überreagierte er?

Er preschte an den Liften vorbei und nahm die Stufen hoch zur zweiten Etage, dort rannte er nach rechts, den Flur hinunter, zum Büro. Mit voller Wucht riss er die Tür auf. «Eva!» Der Raum war leer.

Leer und beängstigend still, dass Cem glaubte, draussen die Schneeflocken fallen zu hören. Er trat an den Tisch, in der Hoffnung, Eva hätte eine Nachricht hinterlassen. Der Laptop war noch an. Die bunten Fische des Bildschirmschoners schwammen fröhlich über das Display. Cem holte tief Luft. Nicht gleich durchdrehen, dachte er. Das Drama des letzten Sommers kann sich unmöglich wiederholen. Eva ist nur hinüber ins Restaurant zu den Gästen gegangen. Er griff nach seinem iPhone und drückte auf die Kurzwahltaste, unter der er ihre Mobilnummer gespeichert hatte.

«Probier's mal mit Gemütlichkeit, mit Ruhe und Gemütlichkeit ...», sang Balu der Bär hinter dem Laptop. Das war der Klingelton, den Alain für Cems Anrufe auf dem Handy seiner Mami ausgewählt hatte.

«Oh Mann! Nicht mit Gemütlichkeit, nicht heute ...» Cem blickte hinter den Bildschirm. Da lag Evas Handy. Mist!

Er rannte aus dem Büro und hinüber zum Restaurant, wo

die Gesellschaft versammelt war und auf weitere Anweisungen wartete. Cem fragte bei einigen Gästen nach Eva, doch niemand hatte sie gesehen.

Er nahm die Treppe nach oben und rief auf jedem Stockwerk nach ihr. Er bekam keine Antwort. Wo zum Teufel steckte sie? Sie konnte doch nicht einfach verschwinden. Ganz oben stand er vor der verschlossenen Tür, die nach draussen auf die Terrasse führte. Sie war doch nicht … Rechts an der Wand gab es einen roten Knopf, damit man die hydraulische Tür für Notfälle immer von innen öffnen konnte. Kurz entschlossen drückte Cem darauf. Es zischte leise, die Tür sprang auf, und der feindselige Schneesturm stürmte herein. «Oh verdammt!» Cem schnappte nach Luft. Unmöglich, dass Eva da draussen sein konnte. Er wollte sich bereits abwenden, als er glaubte, eine Bewegung zu sehen. War da jemand? Cem wagte einige Schritte, bis seine Schuhe im Neuschnee versanken. Die Temperaturen mussten tief im Minusbereich liegen. Die Gestalt aber sah er deutlich. Sie war gross, in Schwarz gekleidet. Ein Mann. Das war nicht Eva. Cem erkannte die Glut einer Zigarette. «Hallo», rief er.

Der Mann drehte sich um.

Cem konnte sein Gesicht in dem Schneegestöber nicht erkennen, die Schneeflocken hatten die Grösse von Fünflibern. Er war in eine dicke schwarze Winterjacke mit roten Schulterriegeln gepackt und trug eine Strickmütze auf dem Kopf.

«Wer ist da?», rief Cem erneut.

Der Mann warf die Zigarette in den Schnee und entfernte sich vom Gebäude. Keine fünf Meter weiter hatte ihn der Sturm verschlungen.

An Verfolgung war nicht zu denken. Cem hoffte schlicht auf ein Quäntchen Glück, dass der Mann bloss in Ruhe eine Zigarette rauchen wollte und frische Luft brauchte. Bestimmt wusste Willi, wer sich aus dem Restaurant entfernt hatte. Cem beschloss, wieder hinunterzugehen. Vielleicht war Eva nur auf der Toilette gewesen und unterdessen wieder zurück im Büro. Auf der Treppe traf er auf Odermatt. «Was wollen Sie denn hier oben?», fragte er und wusste, dass sein Tonfall zu harsch klang.

«Ich brauche einen ruhigen Moment zum Durchatmen. Diese Familie ist unmöglich. Aber gut treffe ich Sie. Wenn die Gäste hier übernachten müssen, dann –»

«Ich suche meine Frau. Haben Sie sie gesehen?»

«Ja, vor zwei Minuten.»

«Allah sei Dank. Wo ist sie?»

«Ich vermute, in der Küche. Sie sagte, sie habe Heisshunger. Unser Koch kann ihr ein Menu zubereiten.»

«Danke.» Cem liess Odermatt stehen und rannte hinunter. Die Küche lag direkt hinter dem Restaurant. Auf dem Weg dorthin prallte Cem fast mit Kadische zusammen, die es ebenfalls eilig hatte, drei Teller in den Händen balancierend. «Ist meine Frau in der Küche?»

«Ähm, nein. Ich habe sie nicht gesehen.»

Cem musste sich selbst überzeugen.

Die Küche war menschenleer. Es war wie verhext. Auf dem Herd brodelte ein Topf kochendes Wasser. Daneben auf der Ablage lag geschnittenes Gemüse. Er hörte schepperndes Metall. Das Geräusch kam aus einer Vorratskammer weiter hinten. Eine Männerstimme fluchte. Fluchte in einer Sprache, die Cem nicht verstand, sehr wohl aber zuordnen konnte. Der Mann sprach Arabisch. Er hörte Schritte näher kommen. Dann sah er ihn, den Koch. Er marschierte energisch aus der Vorratskammer, übersah Cem und steuerte direkt auf das Spülbecken zu. Er trug etwas in seinen Händen. Hände, die blutrot beschmiert waren und rote Spritzer und Schlieren auf der weissen Kochkleidung hinterliessen. Er fluchte lautstark und hielt ein Ding in seinen Händen, als wäre es ein pulsierendes Herz.

Für einen Augenblick setzte bei Cem der Pulsschlag aus.

Er kannte den Mann.

Es war der Araber von der Rotair.

«Hey», rief Cem. Was hätte er für seine Waffe gegeben. Er rannte auf den Mann zu, schnappte sich auf dem Weg ein grosses Fleischermesser aus einem Messerblock und zielte damit zu allem entschlossen auf den Araber.

Der Mann schrie auf und schnellte erschrocken herum. Rote

Flüssigkeit spritzte durch die hektische Bewegung aus dem Ding, das er in den Händen festhielt. Einige Tropfen klatschten auf Cems Wange. Sie waren eiskalt.

Wie angewurzelt stand Cem einen Meter vor dem Mann und starrte auf den angerissenen Beutel, den er bei sich trug, einen Beutel gefüllt mit gewürfelten Randen. Mist. Er senkte das Messer. «Wo ist meine Frau?»

«Wer?», fragte der Koch vorsichtig und schmiss den tropfenden Beutel in den Trog. «Wollten Sie mich umbringen? Wer sind Sie überhaupt?»

«Cem Cengiz, Luzerner Kriminalpolizei. Ich suche meine Frau, die Staatsanwältin Eva Roos Cengiz. Braunes, schulterlanges Haar, roter Pullover.»

«Ich habe sie gesehen.»

«Wo?»

«Ich meine, Sie beide habe ich gesehen, als Sie heute Mittag mit der Rotair hoch auf den Titlis fuhren.»

«Ja, das waren wir. Aber ich suche meine Frau jetzt.»

Der Koch nickte und wusch sich die von rotem Randensaft triefenden Hände. «Sie war hier, vor fünf Minuten. Sie hat einen Salat und ein Gemüseragout bestellt.»

«Wo ist sie hin?»

Er zuckte mit den Schultern. «Ich habe gesagt, es dauert zehn Minuten. Sie wollte zurückkommen.»

Cem beruhigte sich ein wenig. Es schien Eva gut zu gehen, sie hatten sich nur unglücklich verpasst. Wahrscheinlich war sie bereits zurück im Büro. Er rief sie erneut an – vergeblich. Cem steckte sein Telefon zurück. «Sie sind der Koch?»

«Ja. Qazim Ali.»

Der Vollbart dominierte sein Gesicht, das eher fahl und eingefallen wirkte. Er war klein und von magerer Gestalt. Es waren seine wasserblauen Augen, die Cem in Beschlag nahmen. Sein Blick war hektisch, auch wenn er sich abgebrüht gab.

«Ich kam heute zu spät zur Schicht, deshalb musste ich als Einziger hierbleiben, um für die Gäste zu sorgen.» Er machte keinen Hehl daraus, dass ihm das zuwider war.

«Alles in Ordnung?», fragte Cem.

Qazim hob den gerissenen Randenbeutel hoch. «Sieht das so aus? Heute scheint alles schiefzulaufen. Erst verschlafe ich. Dann macht mich der Rassist blöd an. Odermatt staucht mich zusammen. Die Braut wird erschossen. Zum Dessert wird ein Eissturm serviert, und ich bin dazu verdammt, mit einer Gruppe arroganter Snobs auf dem Gipfel zu übernachten, während ein Mörder frei herumläuft.»

Qazim sprach fast perfekt Schweizerdeutsch. Dass er einen schlechten Tag hatte, war nicht zu übersehen. «Was haben Sie vom Mord in der Gletschergrotte mitbekommen?» Cem beschloss, dass er hier auf Eva warten wollte. In fünf Minuten sollte sie zurück sein. Die Zeit konnte er nutzen, um mit diesem Qazim zu plaudern. Das Wort Terrorist geisterte in seinem Kopf herum. Er erinnerte sich, wie eine Frau gerufen hatte, dass Terroristen geschossen hätten. Wenn Cem sich nur erinnern könnte, welche Frau das gewesen war. Aber er erinnerte sich, dass dieser Georg Alder ihr auf die Beine geholfen hatte. Vielleicht wusste er die Antwort.

Cem setzte sich auf das glänzende Alu der Küchenkombination. «Wie lange arbeiten Sie schon auf dem Titlis?»

«Ein Jahr.»

«Und davor?»

«Wie weit zurück wollen Sie es wissen?»

«So weit wie nötig. Erzählen Sie mir von Ihnen. Wir haben Zeit zu plaudern, bis meine Frau zurück ist.»

Qazim schob sich ein Stück Stangensellerie in den Mund. «Ich bin Syrer. In Aleppo aufgewachsen, habe Germanistik studiert und arbeitete als Übersetzer. Dann kam der Krieg, und ich floh in die Schweiz. Das war vor sechs Jahren. Ich machte eine Lehre als Koch, und jetzt bin ich hier. Und nein, ich bin kein Terrorist, der glückliche Bräute erschiesst.»

Qazim hatte Cem eiskalt erwischt. Der Typ war schlau. Zu schlau? Cem wollte zur nächsten Frage ansetzen, als Kadische in die Küche stürmte. «Herr Cengiz, der Brautvater dreht durch. Kommen Sie schnell.»

Cem folgte Kadische aus der Küche. Hinter dem Buffet traf er auf Isabel und Etien Chevalier. Sie standen an der Wand und starrten sich zornig an. Sah nach einem Ehekrach aus. Sofort unterbrach Isabel ihr wütendes Zischen, als sie Cem bemerkte, der einen Moment stehen blieb. Sie war eine attraktive Frau, gross gewachsen und sehr schlank. Ihre dunkelblonden Haare trug sie modisch kurz geschnitten. Das eisblaue Satinkleid mit den markanten goldfarbenen Spitzenapplikationen an Dekolleté und dem ausgestellten Saum passte perfekt zu ihrem hellen Teint und den blauen Augen. Schönheit konnte durchaus kalt sein. Aber um die beiden wollte er sich später kümmern, denn der Lärm aus dem Restaurant verhiess nichts Gutes.

Cem hatte bisher nur wenige Worte mit dem stillen, stets streng dreinblickenden Brautvater gesprochen. Der Schock über den Tod seiner Tochter hatte ihn bisher regelrecht gelähmt. Die Szene, die sich Cem bot, zeigte eine ganz andere Seite von Reiner Iten. Er stand mitten im Restaurant, zitternd, hemmungslos weinend. Ein zertrümmerter Stuhl lag hinter ihm am Boden. Mit drohendem Zeigefinger drehte er sich im Kreis, wie ein Prediger in Trance verfluchte er die Freunde und Verwandten, die sich um ihn versammelt hatten, gleichzeitig geschockt und fasziniert von dem Drama, das sich hier abspielte.

«Ihr alle», keuchte Reiner, «ihr alle habt meine Tochter auf dem Gewissen. Johanna war mein Engel, und ihr habt sie mir genommen.» Sein Finger zeigte auf Valentin Chevalier. «Du bist der schlimmste Teufel von allen, du und Celeste! Das Glück meiner Tochter war euch egal. Ihr habt sie gezwungen. Ihr habt sie zu dieser Hochzeit gezwungen.»

Annette packte ihren Mann am Oberarm, selbst mit den Tränen kämpfend. «Reiner, lass gut sein, beruhige dich.»

Er schüttelte sie ab. Hätte sein Blick töten können, wäre sie auf der Stelle verbrannt, so sehr glühte es in seinen Augen. «Du hast doch mit denen gemeinsame Sache gemacht. Du bist verlogen, heuchlerisch und gierig, genau wie die Chevaliers.»

«Reiner, sie sind unsere Freunde. Sie trauern ebenso um Johanna wie –»

«Neeeeiiin!», schrie er, erneut geschüttelt von einem heftigen Weinkrampf, der ihn in die Knie zwang.

Annette wich erschrocken zurück. Cem wollte eingreifen, bremste sich aber. Er war hier nicht der Seelsorger. Seine Aufgabe war es, den Mörder zu finden. Die Menschen gaben am meisten von sich preis, wenn er sich so wenig wie möglich einmischte. Stattdessen beobachtete Cem aufmerksam die Gesichter der Anwesenden. Dalila war noch bleicher als vorher, ihre Augen gerötet. Filipa hielt sich im Hintergrund. Natürlich hatte Zora einen Logenplatz in der ersten Reihe. Sie war alleine. Von Jonny fehlte jede Spur. Auch Alec war nicht anwesend, ebenso fehlte Oliver. Cem erinnerte sich wieder an den Mann oben auf der Terrasse. Einer von ihnen musste es gewesen sein. Oder nicht? Von den Zwillingen hatte sich ebenfalls einer verdrückt, der andere drehte ein Glas Rotwein in seinen Händen. Der Gefühlsausbruch seines Onkels und Ziehvaters schien ihn wenig zu belasten. War die Jugend heutzutage so kaltherzig? Andererseits, in der Eisgrotte hatte sich einer der beiden rührend um Oma Hedwig gekümmert. Cem wollte sich später mit der Psyche der Zwillinge befassen. Was ihn verärgerte, war die Tatsache, dass niemand seine Anweisungen befolgte. Er hatte klar angeordnet, dass alle zusammen im Restaurant bleiben sollten, nur so waren sie geschützt, sollte der Mörder auf mehr Blutvergiessen aus sein. Cem wollte nicht wie ein Kindergärtner seine Schützlinge auf dem Gipfel des Titlis einsammeln müssen. Er nahm sich fest vor, gleich nach dieser Szene ein Machtwort zu sprechen.

«Was ist hier los?», fragte Odermatt, der neben Cem trat. «Ich habe den Lärm gehört.»

«Die Gäste sind mit ihren Nerven am Ende», sagte Cem.

Es war Paul Kleeb, der Pfarrer und Freund von Reiner, der versuchte, zu dem Brautvater durchzudringen. Er kniete sich neben ihn und legte ihm den Arm um die Schulter. «Komm, setzen wir uns in eine ruhige Ecke.» Er blickte auf, in die bestürzten, aber durchaus sensationslüsternen Gesichter. «Seht ihr denn nicht, dass Reiner um seine Tochter trauert? Lasst ihm

Raum zum Atmen. Er braucht Ruhe.» Paul zog Reiner auf die Beine. In seiner eigenen Tragödie gefangen, weinte der Vater hemmungslos. Oma Hedwig stürmte vor, ihr anthrazitfarbenes Satinkleid raschelte laut. Die weisse Pelzstola hing schief über ihren Schultern. «Reiss dich zusammen!», herrschte sie ihren Sohn an. «Wir sind hier nicht alleine.»

Cem glaubte, dass ihre flache Hand gleich vorschnellen würde, um Reiner eine Ohrfeige zu verpassen. Aber sie packte ihn nur am Jackett. «Hör auf zu weinen.»

Urs Odermatt schätzte die Situation richtig ein und bot Hilfe an. «Sie können sich im Sanitätszimmer ausruhen. Hier entlang.»

Die Spannung im Restaurant legte sich, kaum war Reiner weg. Annette atmete heftig und zog sich mit Celeste an einen der hinteren Tische zurück.

Wie würde der Brautvater erst reagieren, wenn Cem ihm beichten musste, dass die Leiche seiner Tochter verschwunden war? Eva. In der Aufregung hatte er für einen Moment vergessen, dass Eva nach wie vor wie vom Erdboden verschluckt war. Er verliess das Restaurant und wollte noch einmal im Büro nachsehen. Als ob sie seine Gedanken lesen konnte, kam sie ihm entgegen. «Was ist passiert?»

Cem atmete erleichtert aus und griff sofort nach ihren Händen. «Wo warst du? Ich habe mir Sorgen gemacht.»

Sie schaute ihn verwundert an. «Weshalb denn? Ich habe mir in der Küche etwas zu essen bestellt, war für kleine Mädchen und bin nochmals zurück ins Büro, weil ich mein Handy vergessen habe. Ich habe dich vor einer Minute zurückgerufen, aber du hast nicht geantwortet.»

Cem kontrollierte sein iPhone. Tatsächlich hatte er es in dem Tumult nicht läuten gehört. Er steckte es wieder in die Gesässtasche seiner Jeans und strich Eva mit den Fingern sanft über die Wange. «Sorry. Ich war beunruhigt. Es gibt Neuigkeiten, die dir nicht gefallen werden.»

«Was denn?»

«Nicht hier im Treppenhaus. Gehen wir zurück ins Büro.»

Er nahm sie bei der Hand und wollte gehen, aber sie hielt ihn zurück.

«Hörst du das?»

Es waren Stimmen aus dem Restaurant, die lauter und hektischer wurden. Nein, nicht noch einer, der durchdreht. Eine Frau schrie. Was war da los? Cem wollte nachsehen, als ihm Isabel und Etien entgegenstürzten.

«Lisi!», schrie Isabel. «Lisi ist verschwunden.»

Panik brach aus, als alle ins Treppenhaus stürmten. Sie sprachen auf Etien und Isabel ein und bedrängten Cem und Eva. In dem Durcheinander verstand Cem kein Wort. Annette hyperventilierte, und Oma Iten musste sich an der Wand abstützen. Celeste klammerte sich an ihren Mann.

«Okay, bleiben wir ruhig. Hallo!» Niemand schien Cem zu hören. Er versuchte es erneut, liess seine Stimme so rau und laut wie möglich donnern: «Ruhe!»

Es half. Wie im Schock starrten ihn die Gäste an.

«Panik bringt uns nicht weiter. Wir werden Lisi finden, versprochen. Aber das gelingt nur, wenn wir zusammenarbeiten und Sie meinen Anweisungen folgen.»

Nicken und Murren bekam er als Antwort. Dieser High Society beliebte es nicht, von einem einfachen Beamten Anweisungen zu erhalten. Er sprach Etien und Isabel an: «Was ist passiert?»

«Lisi war bei uns», begann Etien, «an dem Tisch in der vorderen Ecke. Dann hatten meine Frau und ich eine Meinungsverschiedenheit, und wir haben uns kurz zurückgezogen.»

Das kurz war relativ, erinnerte sich Cem. Wie lange hatten die beiden sich hinter dem Buffet gestritten?

«Dann hat uns Reiner abgelenkt», fuhr Etien fort. «Als wir zurück an den Tisch kamen, war Lisi verschwunden. Wir haben ihr ausdrücklich gesagt, sie solle bleiben, wo sie ist.»

«Das ist deine Schuld», fuhr ihn Isabel an. Sie sprach mit einem leichten französischen Akzent. «Du weisst, dass Lisi es hasst, wenn wir uns streiten.» Sie verwarf die Hände. «Es ist keine drei Stunden her, da musste sie mit ansehen, wie ihre Tante erschossen wurde. Aber das ist dir ja egal. Du bevorzugst es, mit mir zu streiten, statt dich um deine Tochter zu kümmern.»

«Du hast angefangen. Genörgelt hast du, dass wir nicht hätten herkommen sollen. Es ist die Hochzeit meines Bruders.»

«War. Es gab keine Hochzeit. Nur Drama, wie immer. Es war ein Fehler.»

«Was war ein Fehler?»

Bei Allah. Ein Mord in der Familie, die Tochter verschwunden, und die gifteten sich an, als wäre der Rest Nebensache.

«Klären Sie das später», schritt Cem in das Streitgespräch ein. «Wir müssen Lisi finden. Ich vermute, sie hat sich verkrochen, wie das Kinder tun, wenn sie traurig und verängstigt sind – und alleine gelassen werden.»

Der Hieb sass. Die Eltern sagten kein Wort mehr. Cem wandte sich an die anderen. «Hat jemand gesehen, wie Lisi verschwunden ist?»

«Nein», antwortete Filipa. «Wir waren alle abgelenkt wegen Reiners Nervenzusammenbruch.»

«Weiss jemand, wo der Bräutigam steckt?»

Filipa meldete sich erneut. «Er brauchte Ruhe und hat sich zurückgezogen, um eine zu rauchen. Ich glaube, er ist unten vor der Gletschergrotte.»

Das war nicht gut. Wenn Alec entdeckte, dass seine ermordete Braut verschwunden war, gab es ein Drama, das seinesgleichen suchte. «Können Sie ihn bitte sofort herholen und dabei gleich Ausschau nach Lisi halten?»

«Sicher.»

«Ich will, dass Sie rasch zurück sind. Nicht trödeln.»

Filipa nickte und rauschte davon, die Stufen hinunter.

«Wo ist Alecs Freund Oliver?», fragte Cem in die Runde.

«Hier», rief eine Stimme von oben. Oliver kam die Treppe herunter.

«Wo waren Sie?», herrschte Cem ihn an. «Habe ich nicht angeordnet, alle sollen hierbleiben?»

Er hob defensiv die Hände. «Oh, sorry, Mann, ich brauchte kurz frische Luft.»

«Sie waren draussen auf der Dachterrasse?»

Oliver nickte. «Was ist denn los?»

«Lisi ist verschwunden. Haben Sie das Mädchen gesehen?»

Er verneinte.

Cem beliess es dabei. Er zeigte auf den einen Zwilling. «Sie sind Dominik?»

Er grinste. «Roderick. Oder doch nicht?»

Arschgeige. «Wo ist Ihre andere Hälfte?»

«Druck abbauen. – Ah, da kommt er ja.»

Tatsächlich kam er aus der Toilette, die gleich hinter der Treppe lag.

«Bruderherz, wer bist du noch gleich? Dominik? Mann, ich verwechsle uns ständig.»

Die Brüder klopften sich gegenseitig auf die Schultern. «Alter, ich bin Roderick. Was ist denn hier los? Empfangskomitee? Ich war nur kurz für schöne Jungs.» Er hob die Hände. «Die sind frisch gewaschen.»

«Lisi ist weg», klärte ihn Dominik auf. Für einen Moment wich das dämliche Grinsen der Brüder. Der Moment hielt nicht lange an.

Die waren der Alptraum, dachte Cem und ahnte an Evas steifer Haltung, dass sie noch schlechter über die beiden dachte. Jetzt fehlte nur noch Jonny.

Cem wandte sich an Zora. «Wo ist Ihr …» Ja, wie sollte er Jonny betiteln? «Wo ist Ihr Begleiter?»

Zora strich sich mit einer mondänen Bewegung ihre rote Lockenpracht aus der Stirn. «Mein Lover brauchte Bewegung. Er wollte einige Male das Treppenhaus hoch- und hinunterjoggen, nicht dass sein Knackarsch schwammig wird.»

Cem langte sich an die Stirn. Oh, verschone mich. «Wie lange ist er fort?»

«Eine Viertelstunde?»

«Hat ihn jemand beim Joggen beobachtet?»

Kopfschütteln.

«Wer ist der Kerl überhaupt?», fuhr Etien seine Tante an. «Du kennst den kaum.»

Zora zeigte mit ihrem knochigen, klunkerbestückten Finger auf ihren Neffen. «Benimm dich. So sprichst du nicht über Jonny. Er ist ein feiner Kerl.»

«Den du vor zehn Tagen in einem Nachtclub aufgelesen hast», schnauzte Etien zurück. «Es kann kein Zufall sein, dass er dich angesprochen hat.»

Zora baute sich vor Etien auf, streckte die Brust raus, zog ihre mageren nackten Schultern zurück und reckte das Kinn. «So läuft das mit der Liebe. Männer baggern Frauen an, seit es die Geschlechter auf diesem Planeten gibt.»

Etien schlug sich die Hände an den Kopf. «Liebe? Der Stripper will dein Geld. Der verliebt sich nicht in eine alte Schrulle. Wie blöd bist du denn?»

Cem schluckte leer. Wow. Das war mal eine direkte Ansage. Er beobachtete Zora. Traf sie die Beleidigung, so zeigte sie es nicht. Ihr Kinn blieb erhoben. Mit einer fast eleganten Bewegung rückte sie ihre Haarpracht zurecht, die Blicke aller ignorierend. Ein Spruch kam Cem in den Sinn, den er einmal gelesen hatte: Hinfallen, aufstehen, Krone richten und weitergehen. Zora machte auf dem spitzen Absatz kehrt und stolzierte davon. Die anderen schauten ihr nach und verfielen sofort wieder in chaotisches Gemurmel.

Das Problem Jonny blieb. Wer war der Kerl wirklich? War es Zufall, dass er heute hier war? War er gefährlich? Hatte er mit dem Mord oder Lisis Verschwinden zu tun?

«Ich rufe gleich vom Büro aus Banz an», flüsterte ihm Eva ins Ohr. «Er soll sich dringend Jonny Keck alias Jonas Keller vornehmen.»

Cem nickte. «Tu das. Wenn du im Büro bist, schliess die Tür ab. Halt dein Handy immer griffbereit.»

Sie drückte ihm einen flüchtigen Kuss auf die Wange. «Du übertreibst.»

Er hielt sie zurück. «Wir haben ein weiteres Problem.»

Eva konnte wunderschön sein, wenn sich ihre Stirn kräuselte. Cem beugte sich zu ihr vor, damit die anderen ihn nicht hören konnten. «Die Leiche der Braut ist verschwunden.»

«Was?»

«Das Hochzeitskleid liegt noch in der Grotte. Die Leiche ist weg.»

Einen Augenblick schien Eva nicht zu wissen, was sie mit dieser neuen Information anfangen sollte.

«Behalten wir das für uns», schlug Cem vor. «Finden wir Lisi, und dann kümmern wir uns um Jo. Die Lebenden haben bei mir heute Vorrang.»

Eva nickte, die Lippen zu einer schmalen Linie gepresst. «Ich bin im Büro, wenn du mich suchst.»

Weg war sie.

Cem wandte sich an die Gäste. Ihre Aufmerksamkeit zurückzuerhalten war ein Kunststück: «Hallo, hören Sie mir zu. Wir teilen uns in Zweiergruppen auf. Herr Odermatt, Sie bleiben mit Kadische hier im Treppenhaus und notieren sich, wer wann wohin ausgeschwärmt ist.»

In diesem Moment kehrte Filipa mit Alec zurück. Er war totenbleich und atmete heftig. «Was ist mit Lisi?»

«Sie hat sich vermutlich verkrochen», sagte Etien.

«Habt ihr euch wieder gezankt?», fuhr ihn Alec an. «Jo ist tot, und ihr zankt euch wegen einer weiteren Lappalie. Was war es diesmal? Ein Kleid, ein schlechter Wein, das Wetter?»

«Alexandre!», mischte sich Celeste ein. «Nicht in diesem Ton.»

«Was denn? Ich bringe das Problem auf den Punkt. Oh Pardon, Ehrlichkeit war doch deine Stärke, Mutter.»

Cem griff ein. Dieses Gezanke ertrug er nicht länger. «Lisi hat Priorität. Danach kümmern wir uns um Gehässigkeiten.» Cem teilte die Anwesenden in Zweiergruppen ein und wies ihnen die Stockwerke zu, die sie absuchen sollten. Er schaute auf die Uhr. «In zehn Minuten sind alle zurück, verstanden?»

Die Hochzeitsgesellschaft stob auseinander, und plötzlich war es angenehm ruhig im Treppenhaus. Cem selbst wollte noch einmal in der Gletschergrotte nachsehen, denn dort durfte keiner der Gäste suchen. Er schickte ein Stossgebet zum Himmel, dass Lisi sich nur verkrochen hatte und ihr nichts zugestossen war. Verbrechen an Kindern ertrug er nicht.

Die Gletschergrotte war leer. Verlassen. Umgefallene Stühle, halb erfrorene Blumenarrangements, erloschene Kerzen, ein trostlos wirkender Altar mit einer aufgeschlagenen Bibel und in der Mitte, am Boden, das blutgetränkte Hochzeitskleid.
Cem blies Luft aus seinen Lungen. Sofort bildete sich eine feine Wolke vor seinem Gesicht. Die Grotte schien kälter als zuvor, was wohl Einbildung war. Er fröstelte. Ein ungutes Gefühl beschlich ihn, so, als ob er beobachtet würde.
«Lisi!»
Cem bekam keine Antwort. Sie war nicht hier. Es gab kaum eine Möglichkeit, sich zu verstecken. Er trat an den Altar und warf einen Blick auf die Bibel. Mit einem Post-it war eine Stelle markiert. Er las den Vers:

Lege mich wie ein Siegel auf dein Herz,
wie ein Siegel auf deinen Arm.
Denn Liebe ist stark wie der Tod
und Leidenschaft unwiderstehlich wie das Totenreich.
Ihre Glut ist feurig und eine gewaltige Flamme.

Cem stutzte einen Moment. War das ein passender Spruch bei einer Vermählung? Er drehte sich um und machte einen Schritt vorwärts. Es knirschte leise unter seinem Schuh. Ein Ring lag auf dem Eis. Cem hob ihn vorsichtig mit einem Papiertaschentuch auf, das er aus seiner Jeanstasche zog, und betrachtete ihn. Es war definitiv nicht der Ring, den Alec Jo nach ihrem Tod über den Finger gestreift hatte. Dieser hier war aus Weissgold und mit einem einzigen protzigen Diamanten bestückt. Auf der Innenseite waren zwei Worte graviert: *«Forever yours»*.
Forever yours?, wiederholte Cem in Gedanken. Für immer dein? Der Ring war eine Liebeserklärung. Eine Liebeserklärung in Englisch. Aber an wen? War das ein Hinweis, dass ein

abgewiesener Liebhaber die Braut in seinem Liebeskummer erschossen hatte? Bloss wer? Wenn der Gehörnte bereits evakuiert worden war, wie erklärte das dann das Verschwinden der Leiche? Nein, Cem war überzeugt, dass der Mörder sich noch unter ihnen befand. War er ein besessener Liebhaber, würde er sich nicht von Jo trennen. Das könnte die Entführung der Leiche erklären. Bei Allah, hatte er es mit einem Psychopathen zu tun? Von den verbliebenen Männern auf dem Titlis kamen dafür nur Oliver und Jonny in Frage. Vielleicht noch Etien und die Zwillinge, wollte man den Kreis erweitern. Jonny hatte kaum die Mittel, so einen teuren Ring zu kaufen, oder doch? Was war mit Oliver? Dalila hatte ihn verdächtigt. Kevin musste dringend die Beziehungen der beiden zu Jo genauer analysieren. Doch zuerst mussten sie Lisi finden.

Cem steckte den Ring in seine Hosentasche. Er hörte seinen Namen rufen. Er ging zum Ausgang und fand Willi und Oliver vor der Drehtür auf ihn warten. Sie trugen beide ihre Winterjacken. Cem erkannte die schwarze Jacke mit den roten Schulterriegeln, die Oliver trug. Ihn hatte er also draussen gesehen, als er Eva suchte. «Was ist los?», fragte Cem Willi.

«Die Winterjacke von Jonny fehlt, sie lag auf einer Bank im Restaurant, hat uns Zora erklärt. Auch Lisis warme Stiefel und ihre Daunenjacke sind weg.»

«Sie gingen hinaus in den Sturm?»

Willi nickte. «Die halbe Verwandtschaft ist auf dem Weg zur Terrasse.»

Weshalb sollte Jonny die Kleine entführen? Bitte lass ihn kein pädophiler Psychopath sein. Was, wenn es anders war? Wenn Lisi tatsächlich nur davongelaufen war, weil sie den Streit ihrer Eltern nicht ertrug? Würde ein neunjähriges Mädchen alleine in den Sturm hinausrennen? Kaum. Wo würde sie sich verstecken? Es gab hier noch einen anderen Ort, der kalt war. Kalt und sturmsicher. Die Gletschergrotte. Aber da war Lisi nicht. Cem blickte nach links. «Wo führt dieser Stollen hin?» Er zeigte den kahlen Tunnel hinunter, der von der Bergstation wegführte und in den nackten Fels geschlagen war.

«Der führt am zweiten Ausgang der Gletschergrotte vorbei nach draussen», sagte Willi, «auf die Hinterseite des Berggipfels. Dort gibt es eine Aussichtsplattform und Stufen, die hochführen über die Hängebrücke hin zum Ice Flyer.»

«Kommt mit.» Cem rannte los. Der Tunnel machte weiter vorne einen Neunzig-Grad-Knick nach links und verlief dann schier endlos lang geradeaus. Die in regelmässigen Abständen angebrachten Neonröhren verliehen dem Stollen ein unheimliches Licht-und-Schatten-Spiel. Der Betonboden und die rauen Wände waren feucht.

In Cems Kopf rotierte es. Er hatte etwas übersehen. Bloss was? Der Einzige, der vorhin gefehlt hatte, war Jonny. Es gab nur die Möglichkeit, dass er Lisi hatte oder dass die Kleine alleine davongelaufen war. Wo lag der Fehler?

Verdammt!

Der Koch. Qazim.

Er war ebenfalls nicht anwesend gewesen. Konnte Cem sicher sein, dass er in der Küche geblieben war? Nein, konnte er nicht. Doch was könnte Qazim mit dem Fall hier oben zu tun haben? Cem fehlte das Motiv. Ging es um Liebe, um Geld, um Erpressung oder doch um Terrorismus? Die arme Lisi. Hoffentlich ging es ihr gut.

Willi zeigte geradeaus. «Da vorne teilt sich der Stollen. Das kurze Stück auf der rechten Seite ist eine Sackgasse, links führt der Tunnel hinaus auf die Plattform.»

«Sollte die normalerweise nicht abgeschlossen sein?», fragte er Willi.

«Doch. Aber es ist kein Sicherheitsschloss und leicht aufzubrechen, wenn sich jemand damit etwas auskennt.»

Cem wusste nicht, ob ihn die Antwort beruhigte.

An der Gabelung schaute er kurz in den rechten Stollen hinein, es waren nur wenige Meter, und er endete an einem grossen Fenster, das nach draussen zeigte. Ein paar Kisten standen herum und eine Sitzbank, sonst war er leer. Cem wollte schon hineingehen, als ihn Willi rief.

Der linke Stollen war nur unwesentlich länger und endete

mit einer Metalltür. Willi zeigte auf das zersplitterte Schloss. Es war aufgebrochen worden. Was hätte Cem dafür gegeben, seine Waffe ziehen zu können. Er fühlte sich dem Schicksal ausgeliefert, als er langsam die Tür aufstiess. Sofort blies ihm der eisige Wind um die Ohren. Das war die Hölle da draussen. Die kleine Lisi würde unweigerlich über die Felsen geweht werden.

«Hallo?», hörte Cem eine Stimme rufen. Es klang ganz nach Jonny.

Cem schloss die Tür und eilte zurück in den anderen Stollen.

«Was tut ihr da?», rief er überrascht.

Jonny sass am Boden hinter den Holzkisten, Lisi auf seinem Schoss, fest von seinen Armen umschlungen. Sie blickte verängstigt auf, und Cem sah deutlich, dass sie geweint hatte.

«Lisi? Geht es dir gut?», fragte er und kniete sich neben sie. Sie schüttelte den Kopf, schluchzte laut los und vergrub ihren Kopf in Jonnys Daunenjacke.

«Was ist hier vorgefallen?», fragte er Jonny.

«Ich wollte etwas Sport treiben, bin die Stufen hoch- und hinuntergejoggt. Da sah ich, wie Lisi zur Grotte rannte. Ich bin ihr nach. Hier habe ich sie gefunden. Sie hat geweint und getobt und wollte nicht zurück zum Restaurant. Also haben wir uns für einen Moment verkrochen. Sie musste sich erst beruhigen. Offenbar haben sich ihre Eltern gestritten, statt sich um die Kleine zu kümmern. Ich bin stocksauer. Kinder gehen vor. Immer!»

«Sie hätten uns rufen sollen», sagte Cem.

«Wie denn? Sie haben uns die Handys abgenommen.»

Cem strich mit der Hand über Lisis Rücken, um sie zu wärmen. «Hey, Kleine, wollen wir zurückgehen?»

«Nein!», schrie sie ihm ins Gesicht.

Cem stand auf und schaute Willi an. «Geh du mit Oliver hoch und gib Entwarnung. Wir kommen mit Lisi nach, sobald sie sich beruhigt hat.»

«Geht klar», sagte Willi, schnappte sich den verdutzten Oliver und ging mit ihm den Stollen zurück.

«Jetzt erzähl», sagte Cem und setzte sich auf eine der Kisten, «weshalb bist du weggelaufen?»

«Immer streiten sie», erzählte Lisi. Eine blonde Haarsträhne hatte sich aus ihrem kunstvoll geflochtenen Haar gelöst. Sie blies sie mehr wütend als traurig aus dem Gesicht. «Sie wollten erst gar nicht zur Hochzeit kommen, aber Opa hat sie überredet. Statt sich für Onkel Alec zu freuen, hat Papi mit ihm gestritten.»

«Wann war das?»

«Na, gestern Abend. Ich war im Hotelzimmer, um mein Kleid abzuholen. Ich habe nicht genau verstanden, worum es ging. Alec wollte nicht ins Zimmer kommen, sie haben sich auf dem Flur gestritten. Onkel Alec sagte, er wolle uns nicht bei der Hochzeit dabeihaben, das habe ich genau gehört.»

«Was hat dein Vater geantwortet?»

«Nichts. Heute Morgen haben wir uns hübsch gemacht und sind auf den Berg gefahren. Papi und Alec haben kein Wort miteinander gesprochen.»

«Du weisst wirklich nicht, worum es ging?»

Lisi drückte sich enger an Jonny. Ihr war kalt. «Nein. Sie haben über Sachen von früher geredet. Papi hat zu Alec gesagt, das ist über fünf Jahre her, und er reitet noch immer darauf herum. Dann hat er bemerkt, dass ich an der Tür lausche, und hat mich zurück ins Zimmer geschickt.»

Cem atmete tief durch. Mit je mehr Leuten er sprach, desto mehr Fragen tauchten auf. Solch eine verlogene Hochzeitsgesellschaft war der Gipfel auf dem Gipfel. Hinzu kam das Verschwinden der Leiche der Braut. So viel war in den letzten Minuten passiert, dass er sich dieses Problems überhaupt nicht hatte annehmen können. Eigentlich liefen einem Leichen ja nicht weg. Willi würde sagen, der Berg habe sie verschlungen. Sicher war, dass Lisi zurück an die Wärme musste. Vorher wollte Cem ihr eine Frage stellen, die er sich lieber erspart hätte. «Es war sicher schlimm für dich, mitzuerleben, was mit der Braut passiert ist?»

«Ich habe nichts gesehen. Vor mir sass ein Mann, der war

so gross, dass ich Tante Jo kaum sehen konnte. Dann hat's geknallt, und Mami hat mir die Augen zugehalten. Ich weiss, dass Jo erschossen wurde. Ich sah später kurz das Blut auf ihrem Kleid. Sie lag am Boden.»

«Hast du eine Ahnung, wer geschossen hat oder woher der Knall kam?»

Sie schüttelte den Kopf.

«Kanntest du deine Tante gut?»

«Ein bisschen. Wir waren einmal am See picknicken, da war sie dabei. Sie war lustig und hat mit mir gespielt. Wir haben uns versteckt, ganz lange, bis alle nach uns gesucht haben. Danach hat Opa mit ihr geschimpft. Er fand das nicht lustig.»

Diese Jo war unberechenbar gewesen. Er konnte sie nicht wirklich fassen. Die Aussagen der Angehörigen und Freunde widersprachen sich, als ob es sich bei Jo um eine multiple Persönlichkeit gehandelt hätte.

«Wir müssen zurück», sagte Cem. «Es war gefährlich, einfach wegzulaufen. Jonny hat dich gerettet, was?»

«Ich mag Jonny. Wir haben heute Morgen Uno gespielt. Bei einer Hochzeit muss man immer so lange warten, bis alle bereit sind.»

Jonny grinste. «Ich mag Kinder, habe drei kleine Brüder. Ob Sie's glauben oder nicht, ich wäre gerne Lehrer geworden. Leider fehlt mir die Matura, und mit meinem Leumund habe ich keine Chance, in die Lehrergilde aufgenommen zu werden. Was soll's. Statt Kindern helfe ich einsamen Frauen. Ist auch 'ne Art Sozialdienst, nicht?»

Wo er recht hatte, hatte er recht. «Trägst du Lisi hoch? Ich komme gleich nach.»

«Klar. Na los, Lisi, gehen wir zurück. Mami macht sich grosse Sorgen.»

Cem liess Jonny mit dem Kind vor, griff nach seinem Handy und rief Eva an. Er war erleichtert, ihre Stimme zu hören. «Entwarnung», sagte er. «Lisi geht es gut. Jonny bringt sie gleich hoch zu euch.»

Bevor Cem zurückging, wollte er noch etwas überprüfen.

Er marschierte in den anderen Schacht, der nach draussen führte. Weshalb war das Türschloss aufgebrochen? Das konnte unmöglich ein Zufall sein. Ein mulmiges Gefühl breitete sich in Cems Magen aus. War Jos Leiche durch diese Tür aus der Bergstation geschafft worden? Wo wollte der Entführer sie verstecken? Wo wollte er mit einer Leiche hin?

Die Angeln der Tür knarrten, als er sie aufstiess. Sofort brach der Sturm mit voller Gewalt über ihn herein, als wollte er Cem davon abhalten, ins Freie zu treten. Obwohl kein Sonnenstrahl den Gipfel erreichte, blendete Cem der Schnee so stark, dass er sich die Augen kurz abschirmen musste. Weiss, alles war weiss, vom Himmel bis zum Abgrund, von dem Cem wusste, dass es ihn gab. Vorsichtig wagte er einen Schritt in den Neuschnee hinaus, der weich wie Daunenfedern am Boden lag und sich geräuschlos um seine Schuhe schloss wie eine eisige Hand, die ihn umschlang. Er war der tödlichen Natur des Berges ausgeliefert.

Dann sah er sie, die leuchtend rote Blutspur.

Cem kniete sich hin. Jetzt erkannte er auch die Spuren im Schnee, die fast verweht waren. Fussspuren.

Das war unmöglich, dachte er. Leichen bluten nicht mehr.

Er wagte sich einige Schritte weiter hinaus auf die Plattform, hielt sich dabei am Geländer fest. Verdammt, warum hatte er keine Handschuhe dabei? Das Aluminium des Geländers war so kalt, dass seine Finger beinahe daran festfroren. Lange würde er es hier draussen nicht überstehen. Hellwach, alle Sinne alarmiert, folgte Cem der roten Spur. Sie war kaum auszumachen und endete abrupt am Treppenansatz. «Wo zum Teufel …?» Zu seiner Rechten ging es in die Tiefe. Cem blickte über das Geländer der Plattform hinunter.

Seine Befürchtung bestätigte sich, aber anders als erwartet.

Da lag nicht die Leiche von Jo im Schnee.

Da lag ein Mann.

Ein Mann, den Cem noch nie gesehen hatte.

Ein Wunder, dass er nicht den steilen Abhang hinunter in die Tiefe gefallen war. Ein Felsbrocken hinderte ihn daran, abzurutschen. Glück im Unglück? Dieser Mann wäre für immer im Abgrund verschwunden.

Cem kniete sich hin und versuchte ihn durch die offenen Gitterstäbe des Geländers zu fassen zu kriegen, aber er konnte ihn nicht erreichen. Über das Geländer zu steigen wäre bei diesem Sturm der sichere Tod. Er schaute sich den Mann genauer an. Blut färbte den Schnee dunkelrot. Er musste aus einer üblen Wunde am Hinterkopf geblutet haben. Cem betrachtete sein Gesicht genauer, das ihm zugewandt war. Die Augen hatte er geschlossen. Die Wimpern waren weiss und bereits gefroren. Ein dunkler Hauttyp, schwarze Haare, kräftige Augenbrauen. Cem schätzte den Mann auf Mitte zwanzig. Ein gut aussehender Typ, vermutlich ein Südeuropäer oder ein Araber. Seine Lippen waren aufgeschlagen. Das machte Cem stutzig. Er schaute sich noch einmal die Fussspuren im Schnee an. Gut möglich, dass es die Spuren von zwei Personen waren. Aufgeschlagene Lippen und eine Wunde am Hinterkopf deuteten auf einen Kampf hin. Wenn ein Mensch unglücklich stürzt, schlägt er sich nicht Lippen und Hinterkopf gleichzeitig auf. Der Mann hatte im Abgrund verschwinden sollen. Dumm nur für den Mörder, dass er über diesem kleinen Felsvorsprung liegen geblieben war, unerreichbar für den Täter. Lange konnte der Mord nicht zurückliegen. Weniger als eine Stunde, vermutete Cem, sonst hätte der Sturm alle Spuren verwischt.

Wer war der Tote? Was hatte er auf dem Berg zu suchen? Das ergab keinen Sinn. Cem machte rasch einige Fotos mit seiner Handykamera, die in dem Schneegestöber nur von schlechter Qualität waren und wenige Details zeigten. Mehr konnte er im Augenblick nicht tun. Er stand auf und schaute sich um. Keine Menschenseele auszumachen. Der Mörder hatte sich verzogen. Cem erinnerte sich wieder an den Mann, den er draussen gesehen hatte, den Mann mit der Zigarette und der schwarzen Jacke mit den Schulterriegeln.

Oliver stand jetzt ganz oben auf seiner Verdächtigenliste.

SECHS

«Was heisst, Cem ist mit der Legalinspektion nicht durch?», fragte Susanne, die das Gespräch über die Lautsprecheranlage laufen liess. Unangenehmes Rauschen störte die Verbindung auf den Titlis.

«Ähm, Lisi, die Tochter von Etien und Isabel Chevalier, war verschwunden», erklärte Eva am anderen Ende der Leitung. «Wir mussten sie finden, das hatte Priorität.»

Barbara, die Susanne im Büro gegenübersass, klopfte ungeduldig mit einem Kugelschreiber auf die Tischplatte. Sie waren dabei gewesen, die Familie Hassan zu durchleuchten, als Eva anrief. Zuvor hatte sich Banz von der Obwaldner Polizei bereits zweimal beklagt, dass er nichts vom Gipfel hörte. Susanne gefiel nicht, was auf dem Berg vor sich ging. Evas Zögern verhiess nichts Gutes. «Geht es dem Kind gut?»

«Ja. Sie hat sich in einem Stollen verkrochen. Ein Streit zwischen den Eltern war das Problem. Cem sollte gleich zurück sein. Was habt ihr unterdessen über Jonas Keller herausgefunden?»

«Ein Leckerbissen, der sich zu verkaufen weiss», sagte Barbara. «Er betreibt eine Website. ‹Personal Trainer für gewisse Stunden›. Auf den ersten Blick seriös. Er hat ein Diplom als Fitnesstrainer und ist in Luzern als Selbstständigerwerbender gemeldet. Loggt man sich auf seiner Website ein, kommen appetitliche Bildchen zum Vorschein. Jede Frau möchte bei so einem Mannsbild Fitnessstunden nehmen.»

Susanne schaute Barbara mit zusammengekniffenen Augen an. Hatte sie sich soeben verhört? Meldeten sich weibliche Regungen aus der Versenkung zurück?

«Man kann den Traummann nicht nur über seine Website für gewisse Stunden buchen. Er ist übrigens für die nächsten zwei Wochen ausgebucht», fuhr Barbara fort. «Er hat zudem einige Nebengeschäfte am Laufen. Oder hatte zumindest. Jonas

Keller ist wegen Einbruch und Diebstahl vorbestraft. Hat vor zwei Jahren in eine Apotheke eingebrochen.»

«Callboy und Kleinkrimineller also», fasste Eva zusammen. «Körperverletzung? Ist er gewalttätig?»

«Ich denke nicht», sagte Susanne.

«Gibt es eine Verbindung zwischen ihm und der Braut, Johanna Iten?»

«Wir haben nichts gefunden», sagte Barbara.

Susanne hörte Geräusche durch die Leitung. Eine Tür wurde geschlossen.

«Ah, da ist Cem», sagte Eva. Für einen Moment wurde es still.

Susanne liess den beiden fünf Sekunden für einen Kuss, wie sie die Geräusche deutete, dann mischte sie sich ein. «Dein Bericht ist überfällig, Cem. Von der Legalinspektion ganz zu schweigen.»

Gemurmel.

Susanne verkniff sich ein Lächeln. Der türkische Sonnyboy war ihr Liebling bei den Luzernern. Hätte sie je Kinder gehabt, hätte sich Susanne einen Sohn wie Cem gewünscht. Sie versuchte, bei der Arbeit professionell zu bleiben, aber wenn Cem seinen Dackelblick aufsetzte, war es um ihre Strenge meist geschehen. Er wusste genau, wie er sie um den Finger wickeln konnte. Seit sie Abteilungsleiterin war, brachte Cem jeden Montag zum Lunch seinen legendären Börek spezial in die Zentrale. Natürlich war Susanne nicht entgangen, dass auch Barbara dazu neigte, Cem zu bemuttern. Er war mit über dreissig noch das Küken bei Leib und Leben. Ein Mann mit einem grossen Herzen, das Eva erstaunlich schnell repariert hatte, nachdem Lila es ihm nach Neujahr gebrochen hatte. Susanne kannte die Ex von Cem nur flüchtig, hatte sie einmal im Hexenfall vernommen. Sie hatte Cem absolviert und war mit ihrem neuen Lover, dem Journalisten Marius, nach Italien durchgebrannt. Erst war Susanne entrüstet gewesen über die Frau, die Cem den Laufpass gab, ahnte aber, dass sein Herz heimlich für Eva schlug. Lila musste es auch gewusst haben.

Heute war Susanne unschlüssig, ob sie wütend auf Lila oder ihr dankbar sein sollte.

Als hätte er ihre Gedanken durch die Leitung hören können, meldete sich Cem zu Wort: «Legalinspektion wird es keine geben.»

«Sag nicht, dein Magen hält das nicht aus», sagte Susanne.

«Wenn dem so ist, werde ich dich für eine Woche als Praktikant zu Dr. Berger nach Zürich ins Institut für Rechtsmedizin schicken. Der schnittige Doktor hat immer noch keinen Ersatz für seine Assistentin Vero gefunden. Kein Student traut sich an die freie Stelle.»

«Ich gehe gerne ins IRM», sagte Cem, «wenn Berger mir beibringen kann, wie man eine nicht existierende Leiche untersucht.»

Susanne schaute Barbara fragend an. Sie verstand den Hinweis nicht und zuckte ratlos mit den Schultern.

«Die tote Braut ist verschwunden», erklärte Cem. «Scheint, als hätte sie sich in Luft aufgelöst. Das Hochzeitskleid liegt nach wie vor in der Grotte. Der Leichnam fehlt.»

«Das ist unmöglich.» Susanne lehnte sich näher zum Lautsprecher vor. «Haben wir es mit Leichenraub zu tun?»

«Na ja, diejenige in der Grotte fehlt, dafür haben wir eine neue draussen im Schnee.»

Susanne hörte, wie Eva überrascht einatmete, und fragte: «Wen?»

«Keine Ahnung. Der Mann ist mir unbekannt. Er ist etwa fünfundzwanzig. Recht gross, schwarze Haare, Dreitagebart, trägt Jeans und eine teure Winterjacke. Gut aussehender Typ mit südeuropäischen oder arabischen Wurzeln, wie ich vermute.»

Bei Susanne schrillten die Alarmglocken. Barbara schien es gleich zu ergehen. Sie sprang vom Stuhl auf und griff nach dem Bild, das neben ihr auf dem Tisch lag.

Cem, der ihre Reaktion nicht mitbekam, fuhr fort: «Ich vermute, er wurde erschlagen. Vielleicht gab es einen Kampf. Er fiel über ein Geländer. Scheint, als hätte er sich beim Hinfallen den Hinterkopf an einem Felsvorsprung aufgeschlagen. Seine Lippe ist ebenfalls aufgeschlagen, daher denke ich nicht, dass es ein Unfall war. Ich tippe eher auf Totschlag.»

«Wie lange liegt er dort?», hörte Susanne Eva fragen.

«Nicht lange. Ich würde mal grob schätzen, der Mann verlor vor einer knappen Stunde sein Leben.»

«Wir haben also mit grosser Wahrscheinlichkeit einen Mörder auf dem Gipfel», sagte Susanne und beobachtete, wie Barbara mit ihrem Handy das Foto vor sich ablichtete.

«Cem, ich schicke dir gleich ein Bild zu», sagte sie. «Ist das der Mann?»

«Woher ...?», begann Cem und schwieg einen Moment.

Susanne hörte den Klingelton von Cems Handy, als Barbaras Nachricht ihn erreichte.

«Wie zum Geier ... verdammt! Ja, das ist er. Ich habe mit meinem Handy einige Fotos gemacht, die schicke ich euch gleich zu. Ihr seid mir eine Erklärung schuldig.»

Susanne lehnte sich auf dem harten Stuhl zurück und fuhr sich mit der Hand mehrmals durch ihr kurzes Haar. Sie hatten einen weiteren aussergewöhnlichen Todesfall zu bearbeiten, und der hatte es in sich. Amir bin Nuri logierte auf dem Bürgenstock im Kanton Nidwalden, wo seine Vermisstenanzeige aufgegeben wurde, verschwunden war er beim Hammetschwandlift im Kanton Luzern, und als Leiche fand Cem ihn auf dem Titlis im Kanton Obwalden. Das war ein kantonaler Grenzfall und ein bürokratischer Alptraum. Susannes Gedanken rotierten, während Barbara Cem und Eva über den Fall aufklärte.

«Die Geschichte wird immer verrückter», sagte Cem, nachdem er schweigend zugehört hatte. «Ich habe Oliver von Gilching vor etwa einer Stunde draussen gesehen. Der Zeitpunkt würde passen. Den Kerl knöpfe ich mir gleich vor.»

«Oliver von Gilching?», wiederholte Eva. «Was hast du gesehen?»

Cem erklärte, dass er beobachtet hatte, wie Oliver draussen auf der Terrasse eine Zigarette rauchte, als er nach Eva suchte.

«Er kann es nicht gewesen sein», hörte Susanne Eva erwidern. «Ich habe mich mit ihm unterhalten, nachdem ich in der Küche war. Wir trafen uns bei den Liften, er kam aus der Toilette. Wäre er draussen gewesen, wäre seine Haut von der Kälte gerötet gewesen und die Haare feucht vom Schneefall.» Barbara brach das Schweigen. «Vermutungen, Verdächtigungen. Das ist alles zu schwammig, und es gibt keine stichhaltigen Beweise. Ihr könnt alleine nicht viel ausrichten. Ihr seid nur zu zweit gegen zwanzig potenziell Verdächtige.»

«Ich sehe das genauso», sagte Eva. «Kümmern wir uns um die Sicherheit der Personen und hoffen, dass sich keine weiteren mysteriösen Todesfälle ereignen, bis sich das Wetter bessert und endlich Hilfe kommt.»

«Behaltet alle im Auge. Niemand darf sich mehr alleine auf der Station bewegen», bestätigte Barbara. «Cem, hast du eine Waffe dabei?»

«Nicht mal James Bond würde mit einer Waffe in der Hose in die Flitterwochen reisen, oder doch?»

Susanne verkniff sich eine Bemerkung. Ihr war nicht zum Lachen zumute. «Ihr tut gar nichts ausser die Gäste im Auge behalten wie ein Schäfer seine Lämmer. Kein Wort über Amir bin Nuri zu den anderen. Ich nehme umgehend mit den Kollegen von Ob- und Nidwalden Kontakt auf. Es muss einen verfluchten Weg auf den Titlis geben. In Engelberg wimmelt es von Bergführern. Die Kollegen müssen halt die Schneeschuhe anschnallen. Du hörst von mir, Cem, sobald ich mehr weiss.»

«Was ist mit der Leiche?», fragte er.

«Welche Leiche?»

«Na die, die wir noch haben. Was ist, wenn die auch verschwindet?»

«Und als Zombie wiederaufersteht? Cem, Leichen verschwinden nicht. Wenn die Kollegen nicht auf den Berg kommen, kommen die Toten auch nicht herunter. Die sind noch oben, alle beide, wo sie bleiben werden und du dich von ihnen fernhältst. Kümmere dich um die Lebenden, für die Toten sind andere zuständig.»

«Aye, Ma'am», erwiderte Cem, verabschiedete sich und legte auf.

«Puh», seufzte Barbara. «Da haben wir ganz schön was am Laufen. Ich streiche Kevin sein freies Wochenende. Wir brauchen ihn hier.»

«Tu das. Ich erledige einige Anrufe, und danach fahren wir auf den Bürgenstock.»

«Das wird die Nidwaldner nicht freuen, wenn wir in ihrem Revier auftauchen.»

«Egal. Ich nehme Metzger und sein Team mit. Sie sollen sich beim Hammetschwandlift umsehen. Das ist unser Territorium. Sollten die Nidwaldner sich querstellen, können wir dort mit den Hassans sprechen.»

Barbara wollte zurück in ihr Büro gehen, als sie sich unter der Tür umdrehte. «Denkst du, Cem und Eva sind in Gefahr?»

Es schmerzte Susanne, Barbara keine positivere Antwort geben zu können. «Ich hoffe es nicht.»

**

Cem liess sich in einen Stuhl fallen und beobachtete Eva. Sie stand still, spielte mit ihren lackierten Fingernägeln, wie sie es oft tat, wenn sie nachdachte, und starrte die Wand mit den Fotos an. Er liess ihr die Zeit, die sie brauchte, die neuen Informationen zu verarbeiten. Das war heftig, auch für ihn. Cem rieb sich die Ohren, die sich nach dem Schneespaziergang noch immer eisig anfühlten. Eva sah es aus den Augenwinkeln, kam auf ihn zu und setzte sich auf seinen Schoss. Mit ihren warmen Fingern massierte sie seine Ohren. «Wie real ist die Gefahr, dass es hier oben weitere Tote geben könnte?»

Cem strich ihr über den Rücken. Ihr roter Kaschmirpullover fühlte sich weich und flauschig an. «Der Schuss auf die Braut war ein gezielter Mord. Amir wurde eher im Affekt getötet. Oder es war ein Unfall während eines Kampfes. Unser Täter trägt grosse Wut in sich, aber ich denke nicht, dass er weitere Morde geplant hat. Es sei denn …»

«Was?»

«Es sei denn, er hat seine Hemmschwelle komplett überschritten und dreht durch. Dann könnte er es auf jeden abgesehen haben, den er für sein Unglück verantwortlich macht oder der ihn entlarvt.»

«Was, wenn es mehr als einen Täter gibt?»

«Möglich, aber eher unwahrscheinlich bei einem Beziehungsdelikt. Es sei denn, das Motiv liegt ganz woanders. Dann haben wir ein echt grosses Problem.»

«Wer könnte das nächste Opfer sein?»

«Keine Ahnung.»

Eva fuhr mit der Hand über Cems Kopf. «Wir gehen beim Mörder immer von einem Mann aus. Was ist mit einer Mörderin? Eifersucht ist ein gutes Motiv. Jo ist tot und Alec wieder zu haben, was bedeutet, dass seine beste Freundin Filipa das nächste Opfer sein könnte.»

«Oder Filipa selbst ist die Täterin. Doch diese kleine Person kann unmöglich den grossen Amir geschlagen und ermordet haben.»

Eva lächelte traurig. «Du vergisst leicht, wie stark wir Frauen sind.»

«Nein, bestimmt nicht.» Cem küsste ihre kleine Narbe an der Oberlippe.

Eva liess es für drei Sekunden zu, dann stiess sie ihn weg. «Cem, später.» Sie stand auf. «Gehen wir hinüber und schauen zu unserer Herde, wie es Susanne so schön ausgedrückt hat. Sie bleiben alle zusammen im Restaurant. Alleingänge sind verboten. Ohne Ausnahme. Sprechen wir mit ihnen, überprüfen das Alibi von jedem Einzelnen. Ich will wissen, wer sich wo und mit wem in den letzten zwei Stunden aufgehalten hat. Geben wir der feinen Hochzeitsgesellschaft den Tarif durch.»

Cem zählte durch. Es waren alle im Selbstbedienungsrestaurant anwesend, auch der Koch. Cem wollte mit der Leiche von Amir nicht die Angst unter den Gästen schüren und schwieg darüber. Er nutzte Lisis Verschwinden und das daraus folgende Chaos als Vorwand, dass alle zusammenbleiben mussten. Willi hatte sich im Treppenhaus einquartiert. Keiner kam unbemerkt an ihm vorbei. Qazim hatte die Anweisung erhalten, niemanden durch die Küche zu lassen, da auch von dort eine Treppe hoch- und hinunterführte.

Eva setzte sich mit Odermatts Laptop an einen ruhigen Tisch im Separee auf der rechten Seite des Restaurants. Eine Glaswand schirmte die Gespräche ab, die sie führen wollte, ermöglichte es Cem aber, Eva im Auge zu behalten. Als Erste rief Eva Filipa Stahl zu sich.

Cem hielt sich zurück und beobachtete die anderen. Alle sassen in ihren exklusiven Abendkleidern oder den teuren Anzügen an den Tischen, liessen die Köpfe hängen oder unterhielten sich aufgebracht, und zwischendurch hörte Cem Weinen und Schluchzen.

«*Excusez*», hörte er eine leise Stimme hinter sich.

Cem drehte sich um.

Isabel spielte nervös mit ihren transparenten Chiffonärmeln.

«Ich, ich wollte mich bei Ihnen bedanken. Sie haben Lisi zurückgebracht.»

«Sie müssen sich bei Jonny bedanken, er ist ihr Retter», sagte Cem. «Wie geht es Ihrer Tochter?»

«Gut. Sie schläft. Etien ist bei ihr.»

Cem spürte, dass Isabel etwas loswerden wollte. «Setzen wir uns zusammen an einen ruhigen Tisch», sagte er. «Bisher kamen wir nicht dazu, uns kennenzulernen.»

Isabel lachte einen Tick zu nervös und folgte Cem an einen Tisch am Fenster. Er rückte ihr den Stuhl zurecht. Isabel war eine aussergewöhnlich schöne Frau. Sie war gross. Fast so gross wie Barbara, und überragte Cem um eine halbe Kopflänge. Ihr eisblaues Satinkleid raschelte leise, als sie sich setzte. Der herzförmige, mit goldener Spitze besetzte Ausschnitt wurde durch einen Hauch Chiffon dezent überdeckt, was die Traumfigur der Frau mehr betonte als kaschierte.

Cem setzte sich Isabel gegenüber und blickte in ihre braunen Augen, die das Gold der Spitze zu reflektieren schienen. Ihre

Haut war hell und makellos, und ihre kurzen dunkelblonden Haare betonten die perfekte Kinnlinie. Doch all die Schönheit konnte nicht von ihrem nervösen Blick ablenken. Sie stand unter Strom, jeder Muskel war angespannt. Was Cem nicht an ihr mochte, war ihre helle, fast hysterisch klingende Stimme. Sie sprach perfekt Schweizerdeutsch, ein leichter französischer Akzent schwang mit.

«Wie geht es Ihnen?», begann Cem das Gespräch.

«Meine Schwägerin wurde ermordet. Was denken Sie, wie es mir geht?»

«Kannten Sie Jo gut?»

«Ein wenig.»

«Was war sie für ein Mensch?»

«Sie war eine gute Schauspielerin.»

«Wie meinen Sie das?»

«Sie wickelte die Leute um den Finger. Spielte das nette Mädchen von nebenan.»

«Das war sie nicht?»

«Manchmal. Aber sie konnte zu einem echten Biest werden.»

«Ihr Mann hat mir erzählt, dass Sie nicht gerne bei Ihren Schwiegereltern übernachten. Sie bevorzugen ein Hotel?»

«Ich mag Privatsphäre.»

«Hat das mit Jo zu tun? Sie wollten erst nicht zu der Hochzeit kommen, richtig?»

«Doch, ich wollte. Ich mag Alec. Eigentlich mochte ich auch Jo. Bis sie mich letzten Monat besucht hat und mir ihre niederträchtige Seite gezeigt hat.»

«Letzten Monat? Wann?»

«Es war der 27. März. Ein Donnerstag. Etien war bei der Arbeit und Lisi in der Schule. Jo stand plötzlich vor der Türe. Wir haben Kaffee getrunken und fröhlich geplaudert. Ich dachte, sie wäre eine Freundin, die mich besucht.» Isabel schwieg.

Cem schloss aus der Bemerkung, dass Isabel nur wenige Freundinnen besass.

Isabel spielte nervös mit ihrem Ehering. «Ich habe Jo vor

zwei Jahren ein Geheimnis anvertraut. Etwas sehr Persönliches. Etwas Heikles. Wir waren zusammen aus, hatten zu viel getrunken. Es ist einfach aus mir herausgeplatzt. Ich dachte, das Geheimnis sei bei ihr gut aufgehoben. Damals wusste ich ja nicht, dass sie Alec eines Tages heiraten würde. Doch letzten Monat, als sie bei uns auf dem Sofa sass, da …»

«Da hat sie Ihr Geheimnis ausgegraben?»

Isabel lachte hysterisch. «Sie hat gedroht, es zu verraten.»

«Sie hat Sie erpresst?»

«Wenn ich und Lisi auf der Hochzeit erscheinen, werde sie es ausplaudern, hat sie gedroht. Wir sollen gefälligst zu Hause bleiben. Sie wolle uns nicht dabeihaben.»

«Sie hat Lisi mit hineingezogen?»

«Ja.»

«Warum?»

Isabel biss sich auf die Unterlippe. «Das ist alles, was Sie wissen müssen. Mehr verrate ich nicht.» Isabels Kopf schnellte hoch. «Sie denken doch nicht, dass ich Jo erschossen habe?»

Cem setzte ein freundliches Lächeln auf. «Beruhigen Sie sich. Sie werden kaum geschossen haben, schliesslich stand Ihre Tochter während der Zeremonie direkt neben Ihnen. Ich frage mich, weshalb Jo das Geheimnis zwei Jahre hütete und es vor ihrer Hochzeit zu einem Problem wurde.»

Isabel presste die Lippen zusammen und senkte den Blick.

«Haben Sie eine Idee, wer für den Mord verantwortlich sein könnte?», fragte Cem.

«Die Eltern», schoss es aus Isabel heraus.

«Welche Eltern? Jos Eltern oder die Chevaliers?»

«Alle vier. Denen geht es um Ruhm, um Prestige, um Geld, um Ehre und um ihre scheinheilige Religion. Was ein einzelner Mensch dabei fühlt, ist denen egal.»

Cem ahnte, dass Isabel aus eigener Erfahrung sprach. «Sie denken ernsthaft, die eigenen Eltern und Schwiegereltern könnten so kaltblütig handeln und Jo ermorden lassen?»

«Bei denen ist alles möglich.»

«Welches Motiv hätten sie?»

Sie schwieg.

Isabels Wut auf ihre Schwiegereltern war stärker als die Vernunft. Dass die Eltern die Mörder waren, entsprang wohl eher ihrem Wunschdenken. «Wow, die Chevaliers haben Ihnen echt zugesetzt, wie mir scheint. Wie haben Sie und Etien sich kennengelernt?»

«Bei ‹Vivalier›.»

«Der Firma von Ihrer Schwiegermutter?»

«Sie hat mich mit sechzehn als Model unter Vertrag genommen. Vier Jahre war ich das Werbegesicht für ihre Produkte. Ich habe meine Eltern früh verloren, wissen Sie. Nach der Schule ging ich zu einer Agentur und bekam den Job bei ‹Vivalier›. Ich habe nie etwas anderes gemacht.»

«Dort haben Sie Etien kennengelernt?»

«Er studierte Betriebswirtschaft und machte sein Praktikum in der Firma seiner Mutter. Er war meine erste Liebe.»

Cem musste nicht lange rechnen, um nachzuvollziehen, was passiert war. Lisi war heute neun. Isabel konnte kaum älter als dreissig sein.

Sie nickte. «Mit zwanzig wurde ich schwanger, und Etien und ich mussten heiraten. Verstehen Sie mich nicht falsch, damals war ich überglücklich über diese Entscheidung. Heirat oder Abtreibung, eine Alternative gab es nicht. Wie hätte ich auch ein Kind alleine aufziehen können? Ich liebe meine Tochter über alles.»

«Ein uneheliches Chevalier-Baby passte nicht in die Familienpolitik, was?»

Wieder das hysterische Lachen. Diesmal konnte Cem es verstehen. Isabel war ohne eigene Familie, die ihr den Rücken stärkte, hatte keine Ausbildung und war sich einen Lebensstil gewohnt, den sie ohne ihren Mann nicht halten konnte. Das Einzige, was ihr blieb, war ihre Schönheit, die bald den Zenit überschritten haben würde. Und Lisi natürlich. Cem konnte durchaus nachvollziehen, weshalb sie das Mädchen vergötterte.

Isabel zupfte an ihrem Chiffonärmel. «Ich sollte zurück zu Lisi. Das alles hier ist zu viel für sie.»

Cem wollte etwas erwidern, als er eine Bewegung wahrnahm. Er drehte den Kopf und sah Celeste Chevalier auf sie zukommen. Wie eine Göttin schwebte sie über den Boden. Sie war eine stolze und selbstsichere Frau, was auf Isabel einschüchternd wirkte. Cem stand auf. Er wollte Celeste auf Augenhöhe begegnen. Bisher hatte er kaum Gelegenheit gehabt, mit ihr zu sprechen.

«Isabel», sagte diese und blickte ihre Schwiegertochter tadelnd an. Das Wort alleine klang aus ihrem Mund bereits wie ein Schuldspruch. «Solltest du nicht bei Lisanne sein? Deine Tochter braucht dich.»

«Etien ist bei ihr», startete Isabel den Versuch der Verteidigung.

«*Chérie*, deine Tochter braucht an so einem Tag die Mutter, nicht den Vater. Geh zu ihr.»

«Natürlich», presste Isabel hervor und verliess den Tisch.

Für sie würde Celeste immer die Chefin bleiben. Er konnte gut verstehen, weshalb Isabel nicht bei ihren Schwiegereltern übernachten wollte.

Ohne ein weiteres Wort drehte sich Celeste um und folgte Isabel. Für sie hatte Cem erst gar nicht existiert. Ach ja, er war ja nur ein Beamter, ein Mann niederer Klasse. Cem verschränkte die Arme und schaute grinsend der feinen Dame in ihrem pfirsichfarbenen Spitzenkleid hinterher. «Wir beide werden uns kennenlernen, Madame Chevalier, das verspreche ich Ihnen.»

Cem ging hinüber zu Eva. Sie sass alleine am Tisch und tippte auf der Tastatur des Laptops herum. «Hey, alles gut bei dir?»

«Ich habe bisher mit Filipa Stahl, Professor Breuning und Hedwig Iten gesprochen. Neues kam dabei nicht heraus. Der Nächste auf meiner Liste ist der Schauspieler Georg Alder. Kannst du ihn nachher zu mir schicken?» Sie seufzte. «Es fühlt sich an, als läge unsere Hochzeit Wochen zurück.»

Seine Finger suchten die Wärme ihrer Hand.

Ihre grossen, warmen Augen schauten ihn an. «Kannst du dich an unseren ersten Kuss erinnern?»

«Wie könnte ich den vergessen. Das Gewitter im Wauwilermoos, der Unterschlupf im Vogelbeobachtungsturm, dein klitschnasses transparentes Seidentop, deine frischen, feuchten Lippen …»

«Cem, du dichtest einen kitschigen Liebesroman zusammen.»

«Ich zähle nur Fakten aus meinen Memoiren auf.»

«Untersteh dich, an deinen Memoiren zu arbeiten. Das kannst du tun, wenn du alt und tatterig bist.»

Er strich ihr mit der Hand über die Wange. «Weshalb hast du den Kuss erwähnt?»

«Weil ich an jenem Tag etwas gesagt habe, das –»

Ein schriller Schrei unterbrach das Gespräch.

Cem schoss vom Stuhl auf.

Zora Pandora schlingerte im Restaurant umher, die Perücke lag schief auf dem Kopf, das Kleid sass verzogen, ihr rechter Busen hing halb heraus. Immer wieder klatschte sie sich mit den Handflächen gegen die bereits geröteten Wangen. «Hilfe!», schrie sie. «Mein Schmuck! Alles weg!»

Sofort eilten die Verwandten zu ihr hin. Celeste schob ihr die Brust zurück ins Kleid, packte harsch die Handgelenke ihrer Schwester und fuhr sie böse an: «Was hast du eingenommen? Keine Minute kann man dich alleine lassen.»

Zusammen mit Cem und Eva kam Jonny hinzu. Er hatte drüben bei Alec gesessen. «Zora, Darling. Was ist passiert?» Er nahm sie in die Arme wie ein Beschützer. Zora liess sich gegen seine Brust fallen, zu theatralisch, wie Cem fand.

«Sie haben alles genommen», stotterte sie. «Meine Juwelen, mein Gold.»

Cem bemerkte, dass ihre bisher mit mächtigen Klunkern bestückte Hand nackt daherkam, auch die protzige Halskette sowie die Ohrringe fehlten.

Jonny führte Zora zu einem Stuhl. «Wie ist das passiert?»

Sie setzte sich und griff nach Jonnys Hand, als wäre sie ein rettender Anker. «Ich, ich weiss nicht. Ich muss an dem Tisch da eingeschlafen sein. Ein Dieb hat meinen Schmuck mitgehen lassen.» Der Tisch stand in einer Nische am Durchgang zum Buffet.

Jonny runzelte die Stirn. «Wie geht das? Du hast keinen tiefen Schlaf.» Er schaute Cem an. «Sie wacht beim leisesten Geräusch auf.»

Celeste mischte sich ein. «Wetten, in deiner Handtasche finde ich eine Schachtel Valium. Beim Champagner hast du dich bestimmt auch nicht zurückgehalten.»

Zora schoss wie von der Tarantel gestochen auf, griff nach ihrer Clutch und schmiss sie Celeste an den Kopf. «Schau selbst nach, Miststück! Mit dem Valium-Scheiss bin ich durch. Seit Monaten.»

Celeste drückte sich die manikürten Hände gegen die Schläfe, da, wo sie die Clutch getroffen hatte. «Dir ist nicht mehr zu helfen. Dir war nie zu helfen.» Sie drehte sich um und ging.

Zora zeigte mit ihrem knochigen Finger der Schwester hinterher. «Sehen Sie, Herr Kommissar, was für ein kaltes Biest sie ist?»

Cem räusperte sich. «Ihr Schmuck wurde gestohlen, als Sie geschlafen haben. War niemand bei Ihnen?»

«Doch.» Zora wischte sich mit der Hand über die Stirn. «Mir ist schwindlig und übel. Ich kotz gleich.»

«Wer war bei Ihnen?», hakte Cem nach und versuchte, sich ihren letzten Satz nicht bildlich vorzustellen.

«Erst Jonny, gleich nachdem er mit Lisi zurückgekommen war, danach die reizenden Zwillinge. Als sie gingen, setzte sich Georg Alder zu mir. Dann … dann bin ich eingeschlafen.»

«Da trugen Sie Ihren Schmuck noch?», fragte Eva, die jetzt neben Cem stand.

«Ja.»

Cem schaute sich um. Alder sass zusammen mit den Itens an einem Tisch und starrte zu ihnen herüber. Cem winkte ihn zu sich.

«Wie wertvoll war der Schmuck?», fragte er unterdessen.

Jonny strich Zora über das Haar und versuchte so unauffällig wie möglich, die Perücke zu richten. Cem hatte kaum je eine liebevollere Geste gesehen. Er mochte den Typen, auch wenn er nicht begreifen konnte, warum sich ein Mann solch einen Job aussuchte.

«Ein halbes Vermögen», sagte Zora. «Bestimmt eine Million.»

Cem pfiff leise durch die Lippen. Eine Million! Das war ein Grund für alle möglichen Verbrechen. Mord eingeschlossen. Wenn der Täter einen Mord plante, nur um in aller Ruhe die Hochzeitsgäste auszurauben, musste es ein sehr dreister Kerl sein. Aber wie passte die Leiche von Amir ins Bild? Gar nicht. Raub als Motiv schien auf den zweiten Blick eher nicht plausibel.

«Herr Alder», übernahm Eva das Wort, als der Schauspieler zu ihnen trat. «Sie haben sich mit Frau Pandora unterhalten?»

«Ja», sagte er gedehnt. Das Gespräch war ihm unangenehm.

«Wann war das?»

«Vor fünfzehn Minuten.»

«Sie hatte ihren Schmuck noch?»

«Ähm, ich glaub schon. Ich habe nicht darauf geachtet.»

«Worüber haben Sie gesprochen?»

«Ich wollte mich bei ihr erkundigen, wie es ihr geht. Der Mord hat uns alle mitgenommen.»

Cem wechselte einen Blick zwischen Zora und Alder. «Kannten Sie sich vorher?»

Beide schüttelten den Kopf.

«Er ist einer der Guten hier», sagte Zora und zeigte auf Alder. «Ein Mensch, der weiss, was Mitgefühl ist.»

«War Frau Pandora wach, als Sie gegangen sind?», fragte Eva weiter.

«Frau Pandora», mimte Zora sie nach, «so nennt mich keiner. Schätzchen, sagen Sie Zora zu mir.»

Eva verzog keine Miene. «Wie Sie möchten.» Sie richtete den Blick auf Alder. «Also, war Zora wach, als Sie den Tisch verliessen?»

«Ja. Aber sie sah müde aus.»

Sie muss kurz darauf eingeschlafen sein, dachte Cem. Er berührte Eva am Oberarm und flüsterte ihr ins Ohr: «Bin gleich zurück.» Er ging hinüber an den Tisch, wo Oliver, Filipa, Mirella und Professor Breuning zusammensassen.

«Kurze Frage.» Cem schnappte sich einen Stuhl und setzte sich zu ihnen. «Professor, Sie kennen sich mit Betäubungsmitteln aus. Gibt es ein Medikament, das leicht verabreicht werden kann, sofort wirkt und das Opfer in einen tiefen Schlaf versetzt, der – sagen wir – zehn bis fünfzehn Minuten anhält, bevor es mit einem Brummschädel und Übelkeit erwacht?»

Breuning rückte seine dunkle Hornbrille zurecht. «Ähm, ja, solche Mittel gibt es. Bei einem Sedativum kommt es auf die Dosierung an. Der Wirkstoff Midazolam zum Beispiel, bekannter als Dormicum, der kann als Nasenspray verabreicht werden. Weiter gäbe es Propofol, das müsste allerdings injiziert werden. Oder natürlich den altbekannten Äther. Sicher gibt es weitere Drogen oder Anästhetika, die in Frage kämen.»

«Valium?»

«Valium sorgt für einen mehrstündigen Schlaf.»

«In Kombination mit Alkohol?»

«Der verstärkt die Wirkung weiter. Die Dame würde tief und fest schlafen.» Der Professor blickte hinüber zu Zora, die aufgeregt mit den Armen gestikulierte.

«Wurde sie betäubt?», fragte Filipa.

Cem schaute die junge Frau in ihrem roten, eng anliegenden Galakleid an. Die dunkelbraunen Haare trug sie kunstvoll hochgesteckt. Sie war attraktiv, aber nicht zu vergleichen mit einer Schönheit wie Isabel. Filipas dunkle Augen standen weit auseinander, die Nase war eher klein und flach, die Lippen zu betont mit glänzend rotem Lippenstift. Cem wich der Frage aus. «Frau Pandora, Zora, wurde bestohlen, das ist Fakt, alles andere Vermutung.» Er bedankte sich bei Breuning und ging hinüber zu Eva, die bemüht war, Zora zu beruhigen.

«Na? Eine Idee?», fragte er.

Eva seufzte und nahm Cem zur Seite. «Zora sass alleine am Tisch. Jeder hat sie schlafen sehen, und fast jeder ist einmal an ihr vorbeigegangen, um zum Buffet zu gelangen. Es kann folglich fast jeder der Dieb sein.»

«Jonny ist vorbestraft wegen Diebstahl.»

«Ich weiss nicht. Er wäre ja blöd, ausgerechnet jetzt Zoras Schmuck zu stehlen.»

«Blöd oder einfach frech und clever?»

«Was, wenn das alles nur ein Schauspiel ist?», fragte Eva. «Zora könnte den Schlaf vorgetäuscht und den Schmuck selbst abgelegt haben. Versicherungsbetrug?»

«Die Klunker müssten noch hier sein. Sie kann sie nicht weggebracht haben. Im Treppenhaus sitzt Willi, und Qazim bewacht die Küche.»

«Was, wenn sie einen Komplizen hat?»

«Wobei wir wieder bei Jonny wären», sagte Cem, hoffte aber, dass er unrecht hatte. «Was schlägt meine wunderbare Staatsanwältin vor? Alle durchsuchen?»

«Wir könnten –»

Lärm unterbrach Eva. Cem drehte sich um. «Bei Allah, nicht das noch! Hey, Jungs!»

Dominik und Roderick lagen sich in den Haaren. Sie wälzten sich am Boden, zerrten an ihren Anzügen, schlugen mit den Fäusten um sich, lautstark untermalt von bösen Worten. Die Keiferei der Zwillinge zog alle Blicke auf sich. Cem eilte sofort hin und ging dazwischen. Keine gute Idee. Eine Faust knallte hart gegen sein Kinn. «Au, verflucht!» Er zerrte den einen Bruder weg, der sofort wieder auf den anderen losging, kaum hatte er Raum für seine Schläge. Es war Willi, der Cem zu Hilfe eilte und sich den zweiten schnappte. Sie hielten die beiden fest im Griff.

«Du verlogener Scheisskerl!», rief der Zwilling, den Cem festhielt. «Das hast du mit Absicht gemacht.»

«Sicher. Sie war ein Leckerbissen, den ich mir nicht entgehen lassen wollte. Und sie war scharf auf mich.»

«Rick, verdammt! Sie war meine Freundin.»

«Die von deiner Keuschheit nicht viel hielt. Ein paar heisse Worte, ein paar Küsse, und das Mädchen war willig.»

«Du mieser, dreckiger Hund! Ich bring dich um.»

«Hey, jetzt mal langsam», mischte sich Cem ein, der sich nur zu gut vorstellen konnte, um was es hier ging. Eine Frau und zwei Männer, die sich zum Verwechseln ähnlich sahen, das war wohl der Fluch, wenn man einen eineiigen Zwilling hatte.

«Dominik! Roderick! Genug!» Annette Iten kam herbeigeeilt. Ihr Gesicht war vor Emotionen rot angelaufen. «Jo wurde heute ermordet. Sie war wie eine grosse Schwester zu euch, und ihr wisst nichts Besseres zu tun, als euch um eine blöde Liebschaft zu streiten? Schämt euch.» Annette hatte ihr Machtwort gesprochen und brach in Tränen aus.

Die Worte hatten ihre Wirkung nicht verfehlt. Die Zwillinge standen steif da und starrten ins Leere.

«Gut», sagte Cem. «Beruhigen wir uns wieder und setzen uns hin.» Er bedankte sich bei Willi, der zurück an seinen Platz im Treppenhaus ging. Der Mann war Gold wert.

Pfarrer Kleeb kam zurück und sprach ihn an. «Herr und Frau Iten möchten gerne mit Ihnen und der Staatsanwältin sprechen. Ginge das?»

SIEBEN

Willi und Odermatt hielten die Stellung, während Cem und Eva die Eltern von Jo nach hinten ins Büro führten. Es herrschte eine beklemmende Stimmung. Cem war froh, Eva bei sich zu haben. Instinktiv griff er nach ihrer Hand, als er die Tür aufschloss und Annette und Reiner Iten vorliess. Evas Hand fühlte sich warm und zart an. Womit hatten sie dieses unglückselige Wochenende bloss verdient?

«Kommen Sie, setzen Sie sich.» Eva bot den beiden einen Stuhl an und setzte sich ihnen gegenüber.

Annette starrte auf die Wand mit den Bildern. «Muss das sein?», fragte sie, unschlüssig, ob Wut oder Trauer in ihrer Stimme überhandnehmen sollte.

Ihr Mann sass zusammengesunken am Tisch. Seine lange Gestalt verkümmerte im Elend. Er schwieg und blickte auf seine Hände, die er wie zum Gebet gefaltet vor sich liegen hatte. Es waren grosse Hände, die Hände eines Arbeiters, nicht die eines Theologieprofessors. Er hatte eine Glatze. Seine Augen lagen tief, dominiert von perfekt geraden Augenbrauen. Die Lippen waren so schmal, dass sie fast nur zu erahnen waren. Reiner hatte sein Jackett ausgezogen, das weisse Hemd war zerknittert, und die obersten Hemdknöpfe waren offen.

«Sie wollten mit uns unter vier Augen sprechen», begann Eva.

Annette hob das Kinn und starrte sie einen Augenblick an. «Wir kennen alle Gäste, die zur Hochzeit geladen waren, und wir können versichern, unter ihnen gibt es niemanden, der zu diesem abscheulichen Mord fähig wäre.»

«Das kann man –»

«Lassen Sie mich ausreden», fuhr Annette Cem ins Wort. «Die einzigen Personen hier auf dem Gipfel, die wir nicht kennen, sind Sie beide. Sie sagen, Sie seien von der Polizei. Einen Ausweis habe ich nie gesehen. Sie mischen sich in unsere Angelegenheiten ein, reissen die Leitung an sich und erteilen uns Befehle.»

Cem schluckte schwer. Beschuldigte sie ihn und Eva, den Mord an Jo ausgeführt zu haben? Das war ein Witz. Andererseits, was würde passieren, wenn sie herausfänden, dass die Leiche weg war, dafür ein toter Araber draussen im Schnee lag? Cem war nicht ehrlich, damit hatte Annette Iten recht.

«Sie haben unsere Telefone eingesammelt. Weshalb? Damit wir nicht mit der Polizei im Tal kommunizieren können?» Sie stand auf und zeigte mit dem Finger drohend auf Cem und Eva. «Ich habe grossen politischen Einfluss. Sollte ich herausfinden, dass Sie hier ein mieses Spiel treiben, werde ich Ihnen die Hölle auf Erden bereiten. Ich will Ihr Handy und einen längst fälligen Anruf tätigen. Die Nummer der Kriminalpolizei in Sarnen suche ich mir selbst heraus.»

Eva zögerte nicht und reichte Annette ihr Smartphone, die sich sofort online die Telefonnummer heraussuchte und den besagten Anruf tätigte. Nach einem kurzen Gespräch schien sie überzeugt, gab das Handy zurück und setzte sich wieder. Ein Wort der Entschuldigung hielt sie nicht für angebracht.

«Wir wollen Ihnen helfen», begann Eva erneut.

«Helfen?», schoss es aus Annette heraus. «Wo waren Sie, als meine Tochter erschossen wurde?» Sie seufzte ein paarmal heftig, eh sie sich wieder unter Kontrolle hatte. «Mein Mädchen ist tot. Das ist seine Schuld.»

«Wen meinen Sie?», fragte Cem.

«Alec.»

«Erklären Sie mir das.»

«Er war nicht gut für sie. Er hat sie überredet, übte einen schlechten Einfluss auf sie aus, schon immer.» Annette nestelte mit den Fingern aufgebracht an ihrem rotbraunen Taftkleid herum. «Ich hätte die Hochzeit absagen sollen», wich sie aus. Sie hob den Kopf und versank mit den Gedanken in der Vergangenheit. «Johanna war eine schwere Geburt. Ich lag zwei Tage in den Wehen. Fast hätte ich es nicht überlebt. Danach konnte ich keine Kinder mehr kriegen. Johanna ist unsere einzige Tochter. Wir lieben sie …» Das leise Schluchzen ihres Mannes liess Annette für einen Augenblick innehalten.

Cem entschloss sich, sie sprechen zu lassen. Fragen konnte er später stellen.

«Johanna war unser Sonnenschein. Ein liebes Mädchen, voller Energie, neugierig, intelligent und leider manchmal eine Spur zu leichtsinnig. Sie liess sich gerne von Gefühlen leiten. Das ist ihr zum Verhängnis geworden.»

«Sie sind mit den Chevaliers befreundet, richtig?», fragte Eva, die sich fleissig Notizen machte.

«Wir sind Nachbarn, seit über fünfzehn Jahren. Die Chevaliers haben damals das Grundstück neben unserem gekauft und ihre Villa gebaut.» Annette rieb sich den Hals. «Die Bordüre dieses dummen Kleides treibt mich in den Wahnsinn. Und ja, wir sind Freunde, mal mehr, mal weniger. Im Sommer grillieren wir manchmal zusammen. Nach Neujahr fahren Celeste und ich für drei Tage ins Tirol zu einer Wellnesskur, das hat Tradition.»

«Doch Sie waren über die Hochzeit von Jo und Alec nicht glücklich?»

«Natürlich», schoss es aus Annette heraus.

Cem hatte irgendwie den Anschluss an das Gespräch verloren. Sie drehten sich im Kreis. War Annette nun glücklich gewesen über die Hochzeit oder nicht? Er wollte zu einer Frage ansetzen, als sich Reiner Iten zu Wort meldete.

«Nennen Sie meine Tochter nicht bei diesem Namen.» Er sprach leise, die Stimme heiser, den Kopf gesenkt. «Sie heisst Johanna. Das ist ein guter Name. Ein starker Name. Kein englischer Abklatsch ohne Bedeutung.» Er verfiel wieder in seine lethargische Starre.

Cem wollte sich hüten, noch einmal den Namen Jo in seiner Gegenwart in den Mund zu nehmen. Reiner schien ihm nach wie vor wie ein schlafender Vulkan, jederzeit bereit, auszubrechen.

«Johanna und Alec liebten sich», fuhr Annette fort, der es offensichtlich half, über ihre Tochter zu sprechen. «Ihre Liebe wollten sie vor Gott bezeugen und heiraten. Die Ehe ist ein heiliges Sakrament und die Familie das wichtigste Gut im Leben. Wir haben die beiden unterstützt.»

«Religionsfanatiker?», kritzelte Eva aufs Papier und schob es Cem hinüber.

Er sah das nicht dramatisch. Die Itens hielten an den alten Werten fest und waren religiös. Das war okay, vorausgesetzt, Johanna und Alec empfanden das gleich. «Haben Sie vorhin nicht gesagt, Sie hätten die Hochzeit absagen sollen?»

«Ja.» Mehr hatte Annette dazu offenbar nicht zu sagen.

«Wie dachten die Chevaliers darüber?», fragte Cem. «Waren sie mit der Hochzeit einverstanden?»

«Natürlich. Schon des guten Rufes wegen. Zwei Menschen, die sich lieben, müssen heiraten, so steht es in der Bibel.»

Cem verkniff sich die Frage, ob Jo denn als überzeugte Jungfrau den Bund der Ehe einging. Aus der Sicht ihrer Eltern sehr wohl, doch er zweifelte daran, nach allem, was er über sie gehört hatte. «Kam der Hochzeitswunsch nicht überraschend?»

Für die Frage erntete er einen bösen Blick. Annette war eine strenge Frau, die zu ihren Prinzipien und Überzeugungen stand. Cem erinnerte sich, dass sie im Luzerner Regierungsrat sass und eine Karriere in Bern anstrebte. Ihr Äusseres spiegelte ihre gutbürgerliche Einstellung: bieder und streng. Sie trug ihre haselnussbraunen Haare kinnlang, ein schlichter, praktischer Schnitt, den Pony zur Seite geföhnt. Das Make-up war dezent. Sie machte keinen Hehl daraus, dass sie sich in ihrem festlichen, langen Taftkleid unwohl fühlte.

Evas Stiefel schubste leicht an Cems Knöchel. Hatte sie die Frage über die rasche Hochzeit persönlich genommen, oder suchte sie einfach seine Nähe?

«Ist es nicht Ihre Aufgabe, den Mörder unserer Tochter zu fassen?», wechselte Annette das Thema.

Eva legte den Stift hin und drückte das Rückgrat durch. «Haben Sie einen Verdächtigen?»

Ausser uns, dachte Cem.

«Nicht in der Familie. Doch es gibt einen Mann, dem traue

ich nicht. Haben Sie sich Oliver von Gilching bereits vorgenommen?»

Schon wieder Oliver? Der kam verdächtig häufig zur Sprache. Entweder hatte er Dreck am Stecken, oder die Familien hatten sich gegen ihn verschworen.

«Den Trauzeugen?», fragte Eva. «Weshalb sollte er Johannas Tod wollen?»

«Er ist eine falsche Schlange. Er ist verdorben. Der Kerl schleicht um Alec herum wie ein Geist und manipuliert ihn. Er verfolgt einen Plan, da bin ich mir sicher. Ich weiss nur nicht, was er will. Über die Hochzeit war Oliver nicht glücklich, ich sah es in seinen Augen, auch wenn er gelächelt hat. Er hat ein Geheimnis. Seine Rolle als Freund und Trauzeuge spielt er gut. Alles Theater.»

«Wie verstand sich Johanna mit ihm?», fragte Eva.

«Er hat sie mit seinem falschen Charme eingewickelt und sicherte sich damit seinen Platz als Trauzeuge. Mich hat er nicht getäuscht. Ich habe eine hervorragende Menschenkenntnis», sagte Annette.

«Wir werden mit Herrn von Gilching sprechen», sagte Eva.

«Wann können wir von diesem Berg hinunter?», fragte Reiner. Er hob langsam den Kopf. Seine Augen waren blutunterlaufen und nass. «Meine Tochter liegt alleine in dieser eisigen Grotte. Ich will sie von hier wegbringen. Sie hat Besseres verdient.»

Cem schluckte schwer. Noch wollte er den Eltern sein schreckliches Geheimnis nicht verraten. Sie machten genug durch.

«Was ist mit den Zwillingen?», wechselte Eva geschickt das Thema. «Dominik und Roderick wohnen bei Ihnen. Sie sind ihre Pflegeeltern, richtig?»

Annette nickte. Obwohl sie gerne sprach, über dieses Thema wollte sie offenbar schweigen.

Eva gab nicht auf. «Seit wann leben sie bei Ihnen?»

Es war Reiner, der das Wort ergriff. «Seit neun Jahren. Mein Bruder ist bei einem Autounfall gestorben. Madeleine, seine

Frau, hat den Verlust nie überwunden. Sie brauchte ärztliche Hilfe. Wir haben Dominik und Roderick zu uns genommen.»

«Wie verstanden sie sich mit Johanna?», bohrte Cem nach.

«Was denken Sie denn?», fauchte ihn Annette an. «Das sind Jungs. Die haben Unsinn im Kopf. Aber Johanna hat sie immer beschützt. Sie liebte die beiden wie Brüder.»

«Jungs können anstrengend sein, was?», sagte Cem. Er erinnerte sich an den Streit von vorhin. Sein Kinn schmerzte noch immer. Die beiden waren mit allen Wassern gewaschen und genossen ihr Spiel mit der Täuschung. Der eine, Dominik, schien der Vernünftigere, zumindest benahm er sich gesitteter. Roderick hingegen war unberechenbar. Cem war sich sicher, die beiden an den Wochenenden auf den angesagtesten Partys zu finden. Er schnappte sich das Papier von Eva und kritzelte ein Memo darauf: «Kevin – Zwillinge – Social Media». Vielleicht fand sich ein Hinweis, der mit dem Mord an der Braut in Verbindung stand.

Eva nickte, als sie die Zeilen las.

Ihr Handy klingelte. «Das sind die Obwaldner Kollegen, da muss ich rangehen. Sie entschuldigen mich.» Eva stand auf und verliess das Büro.

«Wir gehen auch», beschloss Annette. «Das hier bringt nichts. Wenn Sie Neuigkeiten haben, erwarte ich, dass wir sie umgehend erfahren. Ich darf mich darauf verlassen, dass Sie Ihren Job gut machen? Wenn nicht, werde ich persönlich dafür sorgen, dass Sie beide keinen Lohn mehr aus Steuergeldern beziehen.»

Ja, klar, Druck tat immer gut. Er kannte einige türkische Fluchworte, die jetzt passend wären, aber er hielt sie zurück. Cem wunderte sich, dass Alec in diese Familie einheiraten wollte. Annette war das perfekte Schwiegermuttermonster. Andererseits, Celeste war kaum besser. Cem konnte sich glücklich schätzen, dass Evas Eltern das pure Gegenteil dieser Leute waren. Er schickte ein kurzes Dankesgebet Richtung Himmel.

Reiner stand langsam auf. Für einmal richtete er sich zu voller Grösse auf. Der Mann war beinahe eins neunzig gross.

«Finden Sie den Mörder meiner Tochter», sagte er und schlurfte seiner Frau hinterher zur Tür.

Als Cem alleine in dem Sitzungszimmer zurückblieb, fühlte er das Blut durch seine Adern rasen. Er steckte wieder einmal tief in der Kacke.

Eva kam lächelnd zurück. Es wirkte aufgesetzt. «Die Obwaldner haben sich über Susanne Oggenfuss beschwert. Sie führe sich auf wie eine Glucke.»

«Sie macht sich Sorgen um uns. Typisch.» Cem grinste, er konnte sich den Giftzwerg, wie Susanne hinter ihrem Rücken oft genannt wurde, bildlich vorstellen. Giftzwerg hin oder her, die Luzerner wussten, was sie an ihr hatten, obwohl sie erst seit wenigen Monaten Leiterin von Leib und Leben war.

Eva schmiegte sich an Cem. «Ich habe mit Kevin telefoniert. Gabi war nicht erfreut darüber, dass er dieses Wochenende arbeiten muss.»

«Seine Liebste wird es verkraften.»

«Schwangere Frauen neigen zu emotionaler Überreaktion.»

«Ist das so?»

«Ich spreche aus Erfahrung.» Sie schlang die Arme um ihn und legte den Kopf an seine Brust.

«Eva?»

«Hm?»

«Willst du mir etwas sagen?»

«Was denn?»

«Weiss nicht.»

Sie blickte auf.

«Schau mich nicht so an. Du bist ein cleveres Mädchen, du weisst, wovon ich spreche. Hey, das wäre –»

«Cem. Ich bin nicht schwanger.»

«Nicht?»

«Denkst du, ich heirate dich überstürzt, weil ich schwanger bin und Angst habe, dass du vor der Verantwortung davonläufst?»

Sie hatte ihn erwischt.

«Dann wäre ich eine echt miese Frau.»

Er zog sie näher an sich. «Schade. Ich wäre ein Spitzendaddy, und Alain würde –»

«Cem, wir sind seit einem Tag verheiratet. Über Nachwuchs sprechen wir nicht hier und jetzt.»

«Eva, jetzt verdirbst du mir die Vorfreude. Bei uns Türken geht das normalerweise zack, zack: Hochzeit, Hochzeitsnacht und neun Monate später die Nabelschnur durchtrennen.»

«Ich bin keine Türkin. Wir Schweizer gehen das bedeutend besonnener an.»

Cem wollte antworten, als es an die Tür klopfte.

«Ja, bitte», rief Eva und löste sich aus Cems Umarmung.

Mirella streckte den Kopf durch den Türspalt. «Pfarrer Kleeb ist hier und möchte euch sprechen. Habt ihr Zeit für ihn?»

«Sicher. Kommen Sie herein und setzen Sie sich», sagte Eva.

Das nächste Gespräch, dachte Cem. Wenigstens schien Kleeb eine angenehmere Person zu sein als die Itens vor ihm.

Mirella winkte ihn zu sich.

«Ich habe schlechte Neuigkeiten. Odermatt hat mit den Meteorologen telefoniert. Ich soll dir ausrichten, sie erwarten in den nächsten Stunden Windböen mit Spitzengeschwindigkeiten von über einhundertzwanzig Kilometern pro Stunde. Eine Evakuierung sei vor morgen Mittag unmöglich. Zudem ist durch den starken Schneefall die Lawinengefahr bedenklich gestiegen. Ein Aufstieg über die Pisten bei Tagesanbruch sei ein zu grosses Risiko.»

Cem blickte auf seine Uhr. Es war halb sechs. Sie würden sich definitiv auf eine Nacht auf dem Titlis einstellen müssen.

«Könntest du mit Odermatt überlegen, wie wir die Gesellschaft heute Nacht einquartieren können?»

«Wir kümmern uns darum», sagte Mirella. «Konzentrier du dich auf deine Arbeit.»

Cem bedankte sich, und Mirella ging zurück ins Restaurant.

Cem setzte sich an den Tisch, wo Kleeb bereits in ein Gespräch mit Eva vertieft war.

Kleeb lächelte. Er war ein sympathischer Mann. Cem schätzte ihn auf etwa siebzig. Trotz seines Alters schien er in Topform und hatte kaum Falten im Gesicht. Die Haut war leicht gebräunt, als ob er soeben aus den Ferien am Meer zurückgekommen sei. Sein volles Haar wie auch der kurz gestutzte Bart waren silberweiss und glänzten. Im Kontrast dazu wirkten seine buschigen Augenbrauen dunkel. Er war ein ruhiger Typ und strahlte eine freundliche, fast weise Aura aus.

«Was haben Sie auf dem Herzen?», fragte Cem.

«Ich kam auf den Titlis, um eine Trauung zu vollziehen. Stattdessen muss ich eine Beerdigung vorbereiten. Das ist eine grosse Last für ein altes Herz wie meines.»

«Wie gut kannten Sie die Braut?», fragte Eva.

«Ich habe Johanna getauft und sie bei der Erstkommunion und Firmung begleitet. Ich kenne ihren Vater gut. Reiner und ich sind Freunde. Ich war früher Dozent an der Fakultät und Reiners Mentor. Daraus ist Freundschaft entstanden.»

«Sie sind Pfarrer der römisch-katholischen Kirche in Meggen, korrekt?», fragte Cem.

«Ja. Seit bald vierzig Jahren.»

«Haben Sie einen Verdacht, wer Johannas Tod wollte?»

«Nein. Da kann ich Ihnen beim besten Willen nicht weiterhelfen.»

«Was war Jo für ein Mensch?», fragte Eva.

Kleeb stützte die Ellbogen auf dem Tisch ab und drückte die Handflächen gegeneinander. «Was soll ich sagen ... Ich mochte das Mädchen. Sie war talentiert, in vielerlei Hinsicht. Am besten war sie darin, zu verbergen, wer sie wirklich war. Johanna war eine sehr sensible, emotionale junge Frau, welche ihre Gefühle ungern preisgab. Sie spielte die taffe Frau, die ihr Leben selbst bestimmte. Dieser Wunsch kollidierte oft mit den Werten und Lebenseinstellungen ihrer Eltern. Reiner vergötterte seine Tochter und sah über ihre schlechten Eigenschaften hinweg, ignorierte diese. Annette hatte eine klare Vorstellung davon, wie sich Johanna benehmen sollte und was sie aus ihrem Leben zu machen hatte. Sie tolerierte keinen Widerspruch. In ihrem jungen Leben fand Johanna Mittel und Wege, Annettes strenge Richtlinien zu umgehen, ohne dass ihre Mutter es herausfand.»

Cem nickte. «Johanna war nicht die unschuldige Jungfrau, die ihre Mutter glaubte, zu verheiraten?»

«Nein, war sie wohl kaum.»

«Haben Sie eine Ahnung, weshalb die beiden überstürzt heirateten?», fragte Eva. «Sie waren erst seit Neujahr zusammen.»

«Ich denke, sie liebten sich, seit sie Teenager waren, standen aber nie zu der heimlichen Liebe. Es brauchte einen Funken oder ein Feuerwerk an Silvester, um die Flamme auflodern zu lassen. Vielleicht hat sich Johanna mit der Heirat ein Stück Freiheit und Unabhängigkeit von ihren Eltern erhofft. Sie studiert, hat kein eigenes Einkommen, ist sich aber einen gewissen luxuriösen Lebensstil gewohnt. Auf ein Leben in einer WG mit einem Aushilfsjob als Kellnerin hätte sich Johanna nie herabgelassen. Sie war ein verwöhntes reiches Mädchen, was nicht ihre Schuld war.»

Zum ersten Mal konnte sich Cem eine klare Vorstellung davon machen, wie Jo wirklich gewesen war. «Wer hatte die Idee, die Trauung hier oben in der Gletschergrotte zu vollziehen?»

«Das war Johanna.»

«Wissen Sie, weshalb?»

«Sie liebte den Schnee und die Berge. Sie war eine begnadete Skiakrobatin, hatte sogar ein Aufgebot im Schweizer Team zu den Olympischen Spielen. Aber das passte Annette nicht. Sie wollte, dass Johanna sich auf ihr Studium konzentriert. Für einmal war Reiner ihrer Meinung. Nicht wegen des Studiums, sondern weil er sich ständig um die Gesundheit und Sicherheit seiner Tochter Sorgen machte.»

In welchem Jahrhundert lebten diese Itens, fragte sich Cem. «Jo hat sich für das Erbe entschieden und ihren Ärger geschluckt?»

«Das war ihre Wahl.»

So ein Ultimatum verlangte nach Rache. Vor allem eine emotionale junge Frau wie Johanna liess diese Erpressung doch nicht einfach auf sich sitzen. Ein neuer Gedanke schoss ihm durch den Kopf. «Sagen Sie, die Predigt für die Trauung, haben Sie die vorbereitet, oder konnte das Brautpaar seine Wünsche anbringen?»

«Oh, Johanna hatte eine genaue Vorstellung davon, wie die Zeremonie ablaufen sollte.»

«Hat sie den Bibelvers ausgesucht?»

Eva schaute Cem verwundert an.

Er klärte sie auf. «Auf dem Altar lag eine aufgeschlagene Bibel mit einem markierten Vers.»

«‹Lege mich wie ein Siegel auf dein Herz›», rezitierte Kleeb die heiligen Worte, «‹wie ein Siegel auf deinen Arm. Denn Liebe ist stark wie der Tod und Leidenschaft unwiderstehlich wie das Totenreich. Ihre Glut ist feurig und eine gewaltige Flamme.› Es ist eine Stelle aus dem Alten Testament, aus dem Hohelied Salomons, Kapitel acht, Absatz sechs.»

«Wovon handelt der Text?», fragte Cem.

«Es ist vielmehr eine lose Sammlung von Liedtexten, ohne Handlung. Es geht um die Liebe und Erotik zwischen Mann und Frau, um Begehren und Verlangen, um Sehnsucht, aber auch um Trennung und Schmerz. Eine schöne Bibelstelle, die heute in der Kirche leider zu wenig Beachtung findet. Sie passte perfekt zu Johanna.»

Kurzes Schweigen beherrschte den Raum.

«Was ist mit den Zwillingen?», fragte Cem. «Was halten Sie von ihnen?»

«Dominik und Roderick hatten es schwer. Mit elf den Vater zu verlieren ist tragisch. Als die Mutter anfing zu trinken, Medikamente schluckte und in ärztliche Behandlung musste, nahmen Reiner und Annette die Kinder auf. Es waren keine einfachen Jungen. Sie begriffen bald den Vorteil genetischer Identität. Niemand konnte sie auseinanderhalten, wenn sie das nicht wollten. Niemand bis auf Johanna.»

Cem rieb sich das Kinn. «Täusche ich mich, oder benimmt sich der eine kultivierter und anständiger als der andere? Menschen können ja nicht komplett identisch sein. Um es mit einem

Bibelbeispiel auszudrücken: Die beiden scheinen mir wie Kain und Abel.»

Paul Kleeb lachte laut heraus. «Sie sind ebenfalls auf diese Masche hereingefallen.»

«Wie meinen Sie das?»

«Lassen Sie es mich im Polizeijargon ausdrücken: guter Cop, böser Cop.»

«Die beiden spielen das?», fragte Cem. Konnten Zwanzigjährige so abgebrüht sein?

«Als katholischer Geistlicher habe ich selber keine Kinder, aber ich habe viele Jahre Kinder und Jugendliche begleitet und unterrichtet. Da sind mir einige Flegel untergekommen. Die Kain-und-Abel-Show kam mir mit der Zeit suspekt vor. Konnte ein Junge anständig, aufmerksam, hilfsbereit und ehrlich sein, während der andere ständig Unruhe stiftete, andere Schüler ärgerte, dem Unterricht nicht folgte und schlechte Manieren zeigte? Ich habe einen Versuch gewagt und Dominik, wie ich glaube, zu Beginn des Unterrichts einen kleinen roten Punkt auf die Schulter seines T-Shirts geklebt. Die Jungs bestanden immer darauf, die gleichen Kleider zu tragen. Nach der Pause sass der Punkt plötzlich auf Rodericks Schulter, und der hat an dem Tag richtig Ärger gemacht.»

«Sie denken, die tauschen regelmässig ihre Rollen?»

«Der gute Cop ist im echten Leben ja auch nicht besser oder schlechter als der böse Cop.»

«Sie könnten den Punkt entdeckt und umgeklebt haben», bemerkte Eva. Sie war hellwach, fasziniert von dem Gespräch über die Zwillinge.

«Das denke ich nicht. Sie trugen an diesem Tag ein schwarzes T-Shirt mit aufgemalten bunten Graffitischriftzügen und ganz vielen Farbklecksern. Deshalb kam ich auf die Idee mit dem kleinen Kleber. Der Punkt war nicht zu entdecken, wenn man nicht gezielt danach suchte.»

Eva zeigte zur Tür. «Vorhin, der Streit unter den Zwillingen, könnte es sein, dass der nicht echt war?»

«Das vermute ich sogar. Deshalb bin ich zu Ihnen gekommen. Verstehen Sie mich nicht falsch. Ich mag die Jungs und will ihnen nichts Böses, aber der Streit war inszeniert, da bin ich mir sicher.»

Cem lehnte sich im Stuhl zurück und verschränkte die Arme.

«Wow, diese Schlitzohren kriegen von mir die Leviten gelesen, wenn wir das hier überstanden haben.»

Eva lehnte sich über den Tisch vor. «Herr Kleeb, wenn der Streit Show war, was sollte er bezwecken?»

«Bei dieser Frage kann ich Ihnen nicht weiterhelfen.»

Eva schaute Cem herausfordernd an.

«Du denkst, sie haben mit dem Diebstahl von Zoras Schmuck zu tun?», fragte Cem. «Oder schlimmer, mit den Morden selber?»

«Welchen Morden?», schoss es aus Kleeb heraus. Zum ersten Mal wirkte sein Gesicht unfreundlich. Er zog die Augenbrauen tief ins Gesicht.

Mist. Voll verplappert. Da half nichts als Ehrlichkeit. «Wir wollten die Gäste nicht weiter beunruhigen», sagte Cem. «Draussen fanden wir die Leiche eines unbekannten Mannes.» Mehr wollte er nicht verraten. Evas strenger Blick tadelte ihn genug.

«Sind wir in Gefahr?», fragte Kleeb. Eine berechtigte Frage, dachte Cem.

«Das wissen wir nicht», antwortete Eva. «Deshalb möchten wir, dass alle zusammen im Restaurant bleiben, so ist es am sichersten. Wir wären Ihnen dankbar, wenn Sie uns dabei unterstützen und die Augen offen halten. Sie kennen die Gäste. Aber bitte, kein Wort über die Leiche im Schnee. Panik ist das Letzte, was wir gebrauchen können.»

«Ich kann schweigen und Geheimnisse für mich behalten. Wir Priester müssen das früh lernen, wollen wir den Gläubigen die Beichte abnehmen.» Kleeb stand auf. «Ich gehe zurück und schaue nach Reiner und Annette.»

Cem begleitete den Pfarrer zur Tür.

Als er zurückkam, sass Eva auf dem Tisch, die Hände in die Hüften gestützt, der Blick todernst.

«Ich weiss», begann Cem, «das war –»

«Du bist nicht mehr das Greenhorn bei der Polizei, und Welpenschutz kriegst du bei mir nicht. Mensch, Cem, du darfst dich in einem Mordfall nicht verplappern!»

«Hey, sorry, okay. Ja, das war dumm. Kleeb hatte eine vertrauenswürdige Ausstrahlung. So stelle ich mir den perfekten Mentor vor. Ich habe einfach vergessen, dass er nicht zum Team gehört.»

«Das ist das Problem.» Eva streckte die Arme aus, und Cem ging zu ihr.

«Wie meinst du das?»

«Er hat die Zwillinge angeschwärzt. Seine Worte haben uns die Idee in den Kopf gepflanzt, dass sie mit den Morden oder dem Diebstahl zu tun haben könnten.»

«Ja, und? Jeder schwärzt hier jeden an.»

«Eben. Es sind nur Worte. Wir haben keine Beweise, die die Worte belegen. Woher wissen wir denn, dass Kleeb die Wahrheit sagt?»

«Du denkst doch nicht, der …?»

«Nein, denke ich nicht. Aber wir müssen vorsichtig sein und misstrauisch bleiben. Das ist unser Job.»

Cem grinste. «Manchmal frage ich mich, wie eine brillante Anwältin wie du einen Luftikus wie mich heiraten konnte.»

«Vielleicht gerade deshalb, damit du mich von meinem hohen Ross herunterholst und mir die Freude am Leben zeigst.»

«Wenn du das willst, wird mein erster Akt sein, deine einhundert Paar Designer-Stöckelschuhe gegen bequeme Sneakers auszutauschen.»

«Untersteh dich!»

«Okay, deine roten Mandolos lasse ich dir. Die sind sexy.»

Für diese Bemerkung erntete er einen Punch gegen den Oberarm. «Das sind Manolos, du Fashionbanause. Mein erster Akt wird sein, deine altmodischen Westen und Schiebermützen zu entsorgen.»

«Hey, keine Witze über mein Holmes-Outfit.»

Nachdem Cem Eva zurück ins Restaurant gebracht hatte, damit sie endlich ihr Abendessen verspeisen konnte, drehte er eine Runde durch die verlassenen Gänge und Räume der Station. Er schaute in der Gletschergrotte vorbei, in der leisen Hoffnung, dass die Leiche zurückgelegt worden sei. War sie nicht. Wenigstens lag Amir nach wie vor draussen im Schnee.

Cem ging zurück und wagte den Schritt hinaus auf das Perron der Seilbahn. Eine der beiden Kabinen hing gesichert in der Bergstation. Der Blick von hier oben den Berghang hinunter hätte kaum dramatischer sein können. Draussen dunkelte es bereits ein. Zu sehen waren nur Umrisse, die die Tiefe des Tales erahnen liessen. Die Kabel der Seilbahn wurden von den Wolken verschlungen. Noch schneite es, auch wenn die Schneeflocken kleiner geworden waren. Der heftige Wind wirbelte sie in alle Richtungen umher. Cem zog seine Mütze tiefer über die Ohren. Mit der anderen Hand hielt er sich am Geländer fest. Orkanartige Böen drangen bis auf das Perron vor.

Lila, schoss es Cem durch den Kopf. Er fühlte sich schuldig, ihr nicht von der Hochzeit erzählt zu haben. Aber wie denn, wenn sie seit Wochen nicht erreichbar war? Musste er sich ernsthaft Sorgen machen? Sollte ihr etwas passiert sein, würde er Marius dafür zur Rechenschaft ziehen. Cems Problem war, auch wenn er sich das nicht gerne eingestand, dass er sich nie mit Lila ausgesprochen hatte. Ja, sie waren nach der Trennung mit Small Talk telefonisch in Kontakt geblieben, aber über das Ende ihrer Beziehung hatten sie nie gesprochen. Lila hatte Cem sitzen gelassen und war mit Marius durchgebrannt, dabei kannten sich die beiden kaum. Ihr Abschiedsgeschenk an Cem war die Verkupplung mit Eva gewesen. Sie hatte alles perfekt eingefädelt. Cems gekränktes Ego hatte Eva rasch aufgepäppelt. Er war nicht nachtragend und hatte Lila vergeben. Sie war glücklich in Italien und fand eine Aufgabe, die sie liebte. Flüchtlinge aus dem Mittelmeer zu retten war ihre Bestimmung. Sie brauchte das Abenteuer, den Adrenalinkick und konnte ihrem Verlangen, anderen zu helfen, nachgehen. Lila trug eine schwere Vergangenheit mit sich, und am einfachsten ertrug sie die Last, wenn sie die Heldin sein konnte und nicht die Opferrolle einnahm. Das war Lila.

Das Klingeln seines Handys holte Cem aus den Gedanken. Er ging zurück ins Gebäude, damit seine Stimme nicht gegen den Sturm ankämpfen musste, und nahm den Anruf entgegen. «Hey, Kevin, alter Knabe. Die Oggenfuss lässt dir keine Zeit, dich von deinem gestrigen Rausch zu erholen, was?»

«Von welchem Rausch sprichst du, bitte schön? Gabi ist im dritten Monat schwanger, und ich bin solidarisch mit ihr auf Apfelschorle umgestiegen. Die lässt sich wunderbar im Champagnerglas trinken. Deine Hochzeit war auch alkoholfrei ein tolles Fest. Eigentlich wollte ich dir heute noch einmal gratulieren, aber ich denke, angesichts der neuesten Entwicklung ist eher mein Bedauern angesagt. Ein Doppelmord? Cem, wo hast du dich da wieder reingeritten?»

Sie sprachen ein paar Minuten über dies und das, und Cem genoss die Ablenkung. Kevin war nicht nur ein Arbeitskollege, er war mittlerweile auch sein bester Freund. Er war ein paar Jahre jünger als Cem und das pure Gegenteil von ihm. Der Blondschopf liebte sein Büro und mochte Ausseneinsätze nicht. Er war der Computerfreak bei Leib und Leben, der ruhige Pol, die gute Seele.

«Worauf hat die Oggenfuss dich angesetzt?», fragte Cem, um auf den Punkt zu kommen.

«Auf den Mord an der Braut. Sie und Barbara sind soeben losgefahren.»

«Bürgenstock?»

«Das gibt ein Drama. Susanne hat sich bereits mit den Nidwaldnern angelegt.»

«Wissen die Hassans vom Tod ihres Sohnes?»

«Die Nidwaldner werden die Nachricht überbringen. Susanne mischt sich da natürlich ein, du kennst sie ja.»

Cem beneidete seine Chefin nicht. Das war keine leichte Aufgabe.

«Sie hat mir eine Liste mit fünfundzwanzig Personen zugesteckt», sagte Kevin, «die ich im Netz, abseits der Polizeiakten, durchleuchten soll.»

«Die Hochzeitsgesellschaft?»

«Genau. Inklusive der Braut und der Angestellten. Hast du einen Vorschlag, mit wem ich beginnen soll? Können wir die Leute in, sagen wir, drei Prioritäten einteilen?»

«Beginne mit dem Brautpaar. Suche nach der Silvesterparty, die Jo und Alec gemeinsam gefeiert haben. Mit deren Beziehung war etwas falsch, hundertpro. Und über Filipa Stahl will ich mehr wissen, die Ex von Alec und Trauzeugin, sowie über Oliver von Gilching, den Trauzeugen. Die beiden Zwillinge Dominik und Roderick Iten, die haben garantiert auch Dreck am Stecken.»

«Okay, ich setze mich gleich dran. Was ist mit diesem Jonas Keller? Der Callboy ist ein Kleinkrimineller.»

«Lach nicht, aber ich mag den Typen. Für unschuldig halte ich Dalila Seidel, Jos Freundin, Mirella Kruschinski, die Fotografin, Oma Hedwig Iten und die Angestellten vom Titlis.»

«Alles klar, dann werde ich mir die Nacht um die Ohren schlagen und die Liste abarbeiten.»

«Noch etwas ist vorgefallen, wovon ich euch bisher nicht erzählen konnte», fuhr Cem fort und klärte Kevin über den Diebstahl von Zora Pandoras Schmuck auf.

«Oh Mann, was ist auf deinem Berg bloss los?», fragte Kevin. «Versprich mir, auf euch aufzupassen, und grüss Eva von mir, ja?»

Cem versprach es und verabschiedete sich. Kevin würde tief im Netz wühlen und jede Menge fiese Geheimnisse ausgraben, da war er sich sicher.

Sein Magen knurrte, und er beschloss, den Weg über die Treppe der Angestellten zur Küche hoch zu nehmen. Als er an einer der Vorratskammern vorbeiging, hörte er Stimmen. Hier sollten sich nur Qazim, Kadische und Odermatt aufhalten dürfen, aber das waren andere Stimmen. Wer immer Cems Regel brach, würde gehörigen Ärger kriegen. Er schlich sich an die Wand gedrückt näher.

«Wir dürfen nicht auffliegen», hörte er eine gedämpfte männliche Stimme.

«Alle wissen Bescheid», antwortete eine Frau.

«Sie ist noch keine sechs Stunden tot.»

«Das konnten wir nicht vorhersehen. Wie geht es mit uns weiter?»

«Echt jetzt, ist das dein einziges Problem?»

«Wieso ist das ein Problem? Für uns ändert sich nichts. Ich habe genug davon, mich im Hintergrund zu halten.»

«Das ändert alles», rief der Mann im Flüsterton. «Oder denkst du, ich kann mich nächsten Monat bereits mit dir auf einer Party zeigen? Meine Frau wurde erschossen.»

«Sie war noch nicht deine Frau.»

Schweigen.

«Schau mich an, Alec. Ich liebe dich. Das stehen wir gemeinsam durch. Wir haben Übung darin, uns zu verstecken. Dann ziehen wir das eben einige Wochen länger durch, wenn es nicht anders geht.»

Qazim und Kadische stürmten in die Küche, beladen mit dreckigem Geschirr. Cem zog sich zurück und versteckte sich in einer dunklen Ecke.

«Die ist echt ein Drachen», beschwerte sich Kadische. «Die hört nicht einmal auf, Feuer zu spucken, nachdem ihre Tochter erschossen wurde. Nein, die beklagt sich über den miesen Service. Ha, ich habe mir nicht ausgesucht, heute auf dem blöden Berg Überstunden zu schieben.»

Qazim schmiss die Teller in die Spüle. «Arrogantes Pack! Ich müsste längst zurück in Engelberg sein.»

«Oh, verpasst der süsse Koch ein heisses Date?»

«Leck mich!»

«Na, na, komm schon», säuselte Kadische. «Seit ich dich kenne, tust du nichts anderes als arbeiten und schlafen. Du hast keine Freunde in Engelberg. Weshalb also unbedingt zurück ins Dorf? Schlafen kannst du auch hier, und Arbeit hat es genug.»

«Halt die Klappe, Kadische, und hol mir eine Packung Kaffeebohnen aus dem Lager.»

Jetzt wurde es interessant. Alec und seine heimliche Geliebte kamen in die Bredouille. Kadische steuerte direkt auf den Vorratsraum zu, trat hinein – und kam nach wenigen Sekunden mit einer Packung Kaffeebohnen wieder heraus. Na so was! Entweder sie deckte die beiden oder ...?

Cem schlich vor und warf einen Blick in den Raum. Na toll, er war leer. Wie zum Teufel ...? Dann sah er die zweite Tür, die hinaus in den Korridor führte. Super. Marschierte denn jeder hier herum, wie er wollte? Cem schaute sich nochmals im Raum um. Nichts liess darauf schliessen, mit welcher Frau sich Alec hier getroffen hatte. Ein würziger Duft stieg ihm in die Nase. Ein Duft nach Zimt und Mandel. Er schaute sich die Regale an. Hier lagerten Packungen mit Reis, Kaffee, Mehl. Alles gut verpackte Lebensmittel, keine offenen Gewürze. Der Duft konnte nur von dem Parfum der Frau stammen. Vermutlich hatte sie sich vor dem heimlichen Gespräch mit ihrem Liebhaber grosszügig damit bestäubt.

Cem marschierte durch die Küche zurück ins Restaurant. Es gab nur zwei Frauen, die ein Verhältnis mit Alec haben konnten. Filipa Stahl oder Dalila Seidel. Es kam eine dritte dazu: Isabel Chevalier, aber Cem zweifelte, dass Alec und Isabel ein Verhältnis hatten. Oder war der Gedanke nicht so abwegig? Isabel hatte Cem ihr Geheimnis, womit Jo sie erpresste, nicht verraten. War Alec das Geheimnis?

Als er das Restaurant betrat, sass Alec bei seinen Eltern am Tisch. Dalila unterhielt sich an einem anderen Tisch mit dem Schauspieler Georg Alder. Isabel sass auf einer Bank, auf der Lisi schlief, den Kopf in den Schoss ihrer Mutter gebettet.

Cem suchte nach Filipa. Keine Spur von ihr. Er ging zu Willi ins Treppenhaus. «Hey, hast du Filipa Stahl gesehen?»

«Die junge Dame in dem roten Kleid? Sie ging vor zwei Minuten zur Toilette.» Willi zeigte zu den Toiletten hinter der Treppe.

Just in diesem Moment öffnete sich die Tür, und Filipa trat heraus. Sie nickte Cem und Willi kurz zu und marschierte schnurstracks zurück ins Restaurant, eine feine Duftwolke von Zimt und Mandel hinter sich herziehend.

Sie war Alecs Geliebte. Die Hochzeit zwischen Jo und Alec stand von Beginn an unter einem miesen Stern. Was auf Lügen aufgebaut war, konnte nicht funktionieren. Also hatte Annette richtiggelegen. Alec hatte Jo nicht geliebt. Warum dann die Hochzeit? Cem wollte zu Eva gehen, um ihr von seiner neuesten Beobachtung zu erzählen, als sein Handy klingelte. Er zog es aus seiner Jeanstasche und erstarrte.

Lila.

Cem meldete sich bei Willi ab und hechtete die Stufen hoch ins dritte Obergeschoss. Dort suchte er sich im Korridor eine ruhige Ecke und nahm den Anruf entgegen.

Ihre helle, klare Stimme klang erstaunlich nah. *«Salut, Cem.»*

«Hey.» Mehr brachte Cem nicht heraus. Er strich sich mit der Hand über den Scheitel. Wo sollte er anfangen?

«Ich bin okay», sagte sie. «Ich hab mich lange nicht gemeldet. Nicht böse sein.»

«Bin ich nicht.»

«Auf See hatte ich keinen Handyempfang.»

«Verstehe.»

«Cem, wir müssen uns aussprechen. Ich –»

«Wo bist du? Noch in Süditalien?»

«Ich bin hier.»

«Du bist zurück? Seit wann?»

«Seit heute Nachmittag.»

«Und Marius?»

«Ist in Lampedusa geblieben. Ich muss dich sehen, Cem. Es ist –»

«Lila. Ich muss dir etwas erzählen. Gestern haben –»

«Ich hab dich vermisst.»

«Lila!»

«Ich bin bei dir.»

«Wie, bei mir?»

«In deiner Wohnung. Ich habe noch den Schlüssel.»

«Du kannst nicht einfach –»

«Deine Bettwäsche riecht nach Evas Parfum.»

«Du kannst nicht –»

«Cem, halt die Klappe und hör mir zu. Die Reise war lang und anstrengend. Ich brauche deine Hilfe, dringend. Ich muss dich sehen. Alleine. Sag niemandem, dass wir miteinander telefoniert haben, auch nicht deiner Staatsanwältin. Ihr wird nicht gefallen, was ich dir zu sagen habe.»

«Du steckst in der Scheisse?»

«Hast du mich je anders kennengelernt? Komm einfach, so schnell du kannst, *mon nounours*. Ich warte auf dich.»

Aufgelegt.

Cem starrte auf das Display und drückte auf Wahlwiederholung. Vergebens. Lila hatte ihr Handy ausgeschaltet. Er versuchte es über seinen Festnetzanschluss in der Wohnung. Sie ging nicht ran. Das konnte doch nicht wahr sein. Cem schlug mit der flachen Hand gegen die Steinwand.

Ein Fehler.

Er hatte nicht bemerkt, dass Eva plötzlich im Treppenhaus stand. «Willi sagte, du seist hier oben. Das war Lila, hab ich recht?» Sie trat neben ihn. «Was ist mit ihr?»

Was sollte er Eva erzählen? Sollte er seine junge Ehe auch mit einer Lüge beginnen? Doch er kannte Lila. Wenn sie tief in der Scheisse steckte, konnte das für Eva gefährlich werden. Lila hatte das Talent, sich mit den ganz bösen Jungs anzulegen. Mist!

«Was ist los?», bohrte Eva nach.

Cem atmete tief durch und griff nach ihrer Hand. «Ja, das war Lila.»

ACHT

Beinahe fünfhundert Meter senkrecht über dem Vierwaldstättersee thronte das Bürgenstock Hotel. Ein Alpine Spa, zahlreiche Restaurants und Bars, die unvergleichliche Business-Infrastruktur und die traumhafte Aussicht mitten im Herzen der Schweiz lockten die Reichen und Superreichen in dieses kleine, in sich geschlossene Universum der Superlative. Die drei Wagen der Nidwaldner Polizei wirkten deplatziert zwischen all den Luxuskarossen.

Worauf selbst die vermögendsten Touristen keinen Einfluss hatten, war das Wetter. Es zeigte sich an diesem Freitagabend von seiner garstigsten Seite. Susanne wurde von einer Windböe erfasst und verlor beinahe die Balance, als sie aus ihrem grasgrünen Döschwo stieg. Es war Mitte April, aber der Frühling schien in weiter Ferne. Sie schaute zum Himmel hoch. Auch wenn es hier nicht schneite, so tropfte kalter Regen auf ihren Kopf. Die Sicht reichte höchstens ein paar hundert Meter weit. Weit genug, um die Lichter des Bürgenstock Hotels zu sehen. Seit dem Telefongespräch mit Cem und Eva waren zwei Stunden vergangen, zwei Stunden, in denen Susanne kaum Zeit fand, durchzuatmen. Sie hatte den Nidwaldner Kollegen die Bilder geschickt, die Cem von der Leiche im Schnee gemacht hatte. Es gab keinen Zweifel, dass es sich bei dem Toten um Amir bin Nuri handelte.

«Das ist das letzte Mal, dass ich mich in deine klapprige Ente zwänge», beschwerte sich Barbara. «Meine langen Beine haben da drin keinen Platz. Das nächste Mal nehmen wir den Dienstwagen.»

Susanne klopfte auf das Dach ihres Schmuckstücks: «Die alte Dame ist tipptopp in Schuss, beleidige sie nicht.»

Barbara überhörte Susannes Warnung eiskalt. «Bei diesem Sauwetter wird Metzger nichts finden. Der Regen hat alle Spuren beim Hammetschwandlift weggespült.»

Sie hatte Metzger und sein Team vom Kriminaltechnischen Dienst zu dem Ort geschickt, wo gestern Amirs Handy und Kopftuch gefunden worden waren, aber Susanne machte sich keine falschen Hoffnungen, deshalb wollte sie persönlich mit den Hassans sprechen, eine Forderung, die den Nidwaldnern nicht gefallen hatte. Der Kantönligeist machte vor den Behörden nicht halt. Niemand liess sich gerne von den anderen dreinreden. Zusammenarbeit ja, aber sich bloss nicht gegenseitig auf den Füssen herumtrampeln. Susanne war das egal. Sie war bereit, den anderen auf die Füsse zu treten, sollte es Cem und Eva helfen, die Katastrophe auf dem Titlis heil zu überstehen. Ausnahmesituationen verlangten nach Entscheidungen, die unbequem sein konnten.

Zusammen mit Barbara betrat sie das Hotel. Die Lobby war lichtdurchflutet, trotz der Dunkelheit draussen. Sie war riesig, fast hätte darin ein kleines Einfamilienhaus Platz gefunden. Susanne marschierte an die Rezeption. Sie hatte gelernt, dass das richtige Auftreten den Nachteil ihrer geringen Grösse mehr als kaschieren konnte.

Die Rezeptionistin schien erst keine Notiz von ihr zu nehmen. Susanne knallte ihren Ausweis mit der flachen Hand auf den Tresen. «Wir sind mit Heinz Kummer von der Nidwaldner Kriminalpolizei verabredet. Wo sind er und die Kollegen?»

Die Rezeptionistin lächelte geübt und tat, als schaue sie im Computer nach. Polizei schien sie nicht sonderlich zu beeindrucken. Wahrscheinlich war sie sich hier oben anderes Kaliber an VIPs gewohnt. Sie rief nach einem Hotelpagen, der sie zu einem der Sitzungszimmer brachte.

Als Susanne und Barbara eintraten, unterbrachen sie eine heftige Diskussion. Nuri bin Hassan marschierte mit patriarchaler Entschlossenheit an der riesigen Fensterfront des Raumes entlang, einen endlosen Schwall an arabischen Worten rezitierend. Bassem und seine zwei Brüder sassen am Tisch und unterhielten sich lautstark mit Kummer, der flankiert von zwei Kollegen seinen Standpunkt zu vertreten versuchte. Bassem gab den Nidwaldnern die Schuld, dass sie nichts unternommen hatten, um Amir rasch zu finden. Die Nachricht vom Tod ihres jüngsten Familienmitgliedes hatte die Familienharmonie aus der Bahn geworfen. Einer der Brüder jammerte mit gesenktem Kopf, während der andere ihn für seinen Gefühlsausbruch mit harschen Worten tadelte.

Kummer blickte auf, entgegen allen Vermutungen erleichtert, dass Susanne ihm zu Hilfe eilte. Als Bassem sie erblickte, schoss er von seinem Stuhl auf, griff nach dem Bild vor sich und stürmte damit auf Susanne und Barbara zu, noch bevor sie den Tisch erreicht hatten.

«Dieses Foto hat einer Ihrer Männer geschossen? Auf dem Titlis? Das ist unmöglich.»

«Ich fürchte, nein», sagte Susanne. «Es tut mir sehr leid, dass wir keine besseren Nachrichten haben. Mein Beileid.»

«Weshalb ist Amir auf diesem Berg?»

Barbara griff ein und führte Bassem zurück an den Tisch. Sie nickte kurz Kummer und den Kollegen zu und setzte sich neben Bassem auf einen freien Stuhl. «Sagen Sie Ihrem Vater, dass wir herausfinden werden, was passiert ist.»

Der Vater schwieg und hob seine offenen Handflächen zum Himmel empor, schloss die Augen und sprach offenbar ein Gebet. Er riss die Augen wieder auf, starrte Susanne an und kam auf sie zu. Wie ein General baute er sich vor ihr auf. *«Who killed my son?»*

«Mister Hassan, we do not know yet for sure that he has been killed.» Susanne warf Kummer einen fragenden Blick zu. *«Please, Mister Hassan, you need to calm down. Here, have a seat.»*

Susanne setzte sich neben Kummer.

«Was sollen wir unserer Mutter und unseren Schwestern sagen?», begann Bassem. «Sehen Sie sich das Bild an. Unser Bruder wurde ermordet.»

«Noch ist nichts bewiesen», widersprach Susanne. «Er könnte unglücklich gestürzt sein. Auf dem Gipfel ist der Sturm um einiges stärker.»

«Unsere Obwaldner Kollegen werten die Bilder der Überwachungskameras aus», sagte Kummer. «Um herauszufinden, wann Ihr Bruder auf den Titlis hochgefahren ist und mit wem. Leider dauert das seine Zeit, da eine Hochzeitsgesellschaft heute Morgen für viel Betrieb sorgte.» Kummer war ein Mittfünfziger. Ohne seinen prägnanten Schnauz wäre er als unauffällig durchgegangen: mittlere Grösse mit einem Hauch Wohlstandsspeck um die Hüften, braunes Haar mit grauem Ansatz, Jeanshose kombiniert mit einem altmodischen karierten Hemd. Susanne kannte ihn von einer Fachtagung. Seine beiden Ermittler kannte sie nicht. Sie hielten sich zurück, denn trotz seines gewöhnlichen Äusseren konnte sich Heinz Kummer schnell dominant aufspielen. Ein Charakterzug, der Susanne nicht unsympathisch war.

«Gibt es einen Grund, weshalb Ihr Bruder auf den Berg wollte?», fragte Barbara. «Kennen Sie eine Familie Iten oder Chevalier?»

Bassem verneinte.

Es schien, als ob die Hassans keine Ahnung hatten, was Amir da oben gewollt hatte. Er war definitiv ein Bruder mit tödlichen Geheimnissen gewesen. «Wenn wir Einblicke in seine Finanzen haben könnten, wäre das hilfreich. Können Sie uns sagen, ob er in letzter Zeit einen höheren Geldbetrag abgehoben oder transferiert hat?»

Bassem versprach, dem nachzugehen.

«Wie sieht es mit einer Freundin aus?», fragte Barbara.

Susanne sah den geschockten Blick in Bassems Augen. «Amir ist verlobt. In drei Monaten ist die Hochzeit.» Er hielt abrupt inne. «Wir müssen die traurige Nachricht Hadeer und ihrer Familie überbringen.»

«Die Hochzeit hätte in Katar stattgefunden?», fragte Kummer und strich sich seinen Schnauz glatt.

«Natürlich. Hadeer ist eine Cousine von uns», erklärte Bassem.

«Eine Liebeshochzeit?», fragte Susanne.

«Ja. Eine Hochzeit, die meinen Vater sehr glücklich gemacht hätte.»

Den zweiten Satz kaufte Susanne Bassem sofort ab. Das gedehnte Ja allerdings klang gepresst.

Der Vater mischte sich ein und fragte seinen Sohn etwas auf Arabisch.

Bassem übersetzte: «Wann können wir Amir mitnehmen? Ein Moslem muss laut Koran innerhalb eines Tages beigesetzt werden. Wir müssen den Rücktransport nach Katar so schnell wie möglich organisieren.»

Susanne wusste, dass ihre Antwort den Hassans nicht gefallen würde.

***

«Du hast es ihr verschwiegen?»

«Ich kam nicht dazu», verteidigte sich Cem. «Sie hat mich kaum zu Wort kommen lassen.»

Eva stolzierte im Treppenhaus auf und ab. «Sie kommt zurück und will dich gleich sehen? Was will sie von dir? Sie hat dich sitzen gelassen, schon vergessen?»

«Hey, easy.» Cem trat vor Eva und hielt sie an den Oberarmen fest. «Hey, schau mich an. Das mit Lila ist vorbei. Dich will ich. Dich habe ich geheiratet.»

Eva presste ihre Lippen zu einer schmalen Linie zusammen. Sie war den Tränen nahe. Cem hatte oft mit seinen eigenen Komplexen zu kämpfen gehabt. War er gut genug für Eva, intelligent genug, gebildet genug? Eva hatte studiert, ihr Bankkonto war besser gefüttert, sie verkehrte in höheren Kreisen und hatte bedeutend mehr Erfahrung als Mutter denn er als Vater. Die Tatsache, dass sie aus einer einfachen Bauernfamilie stammte, hatte Cem beruhigt. Wie sonst konnte er mit ihr mithalten? Was ihn deshalb überraschte, war die Unsicherheit, die sie jetzt zeigte. Nie wäre es ihm in den Sinn gekommen, dass Eva Zweifel haben könnte. Verglich sie sich mit Lila? Lila hatte nie eine Ausbildung genossen, war im Sumpf von Drogen und Prostitution versunken. Doch sie hatte sich durchgekämpft, überlebt und aus eigener Kraft zurück ins Leben gefunden.

Es waren diese unmenschlichen Umstände, die Lila zu einer starken und selbstbewussten Frau geformt hatten. Einer Frau, welche die Kunst der Verführung verstand und die Männer spielend um den Finger wickeln konnte. Eva hingegen war von der Liebe enttäuscht worden. Alains Vater hatte sie im Stich gelassen, als er von der Schwangerschaft erfahren hatte. Und dann gab es Viktor Romanowitsch Kasakow, den russischen Oligarchen, der Eva letzten Sommer für ihre Neugier zum Thema Menschenhandel hatte büssen lassen und den niemand zur Rechenschaft ziehen konnte.

Eva wischte sich die Augen trocken. «Was, wenn die Beziehung mit Marius aus ist und sie dich zurückhaben will?»

«Es geht nicht darum, was sie will. Ich habe mich entschieden, für die Richtige. Für die Frau, die ich liebe.» Er strich ihr über die Wange.

«Wo will sie dich treffen?»

Sollte Cem beichten, dass Lila bereits in seiner Wohnung sass? «Ich rufe sie an, wenn wir von diesem Berg runter sind, und kläre die Sache, versprochen.»

«Dir liegt noch etwas an ihr, hab ich recht?» Evas Stimme klang zittrig.

Cem wollte ehrlich sein. «Ja. Das wird es immer. Wir haben zusammen so einiges durchgestanden.»

Eva nickte. «Sorry, Cem. Ich führe mich auf wie eine eifersüchtige Zicke. Die Itens und Chevaliers färben auf mich ab. Ich bin einfach erledigt, habe zu wenig geschlafen und bin wütend über dieses Wochenende, das echt eine Katastrophe ist.»

Cem stellte sich hinter Eva und massierte ihre Schultern. «Odermatt ist dabei, das Nachtlager für die Gäste herzurichten. Sie werden im Restaurant auf den Bänken übernachten müssen. Willi und ich werden uns mit Wachehalten ablösen. Vielleicht können wir zwei uns für ein paar Stunden an einen ruhigen Platz zurückziehen.»

«Hallo?», hörten sie eine Stimme rufen. Mirella kam die Treppe hoch. «Willi schickt mich. Der Bräutigam dreht durch.

Er ist auf dem Weg in die Gletschergrotte. Aber er weiss ja nicht, dass ...»

Dass die Leiche weg ist, beendete Cem den Satz in Gedanken. «Eva, geh du mit Mirella zurück ins Restaurant. Ich versuche, Alec rechtzeitig abzufangen.»

Cem kam zu spät. Wie zu einer Eisfigur erstarrt stand Alec vor dem blutgetränkten Hochzeitskleid in der Grotte. Es musste schrecklich genug sein, seine Frau am Altar zu verlieren, doch die Vorstellung, dass ihr Körper danach einfach verschwindet, schien für Cem unvorstellbar. Es lief ihm kalt den Rücken hinunter. Er beklagte sich, weil er an diesem Wochenende arbeiten musste, das war nichts im Vergleich mit dem, was Alec durchmachte.

«Hey, ich wollte nicht, dass Sie das sehen. Nicht, bevor wir Antworten gefunden haben.» Cem stellte sich neben ihn, und gemeinsam schauten sie zu Boden. Das Hochzeitskleid musste sündhaft teuer gewesen sein. Tausende Kristalle funkelten an der Korsage. Die Steine hatten durch das getrocknete Blut den Glanz verloren.

«Sie hat mich verlassen», sagte Alec. Seine Stimme klang wie in Trance. «Bis dass der Tod uns scheidet. Dieser Satz ist Realität geworden, obwohl der Pfarrer nicht dazu kam, ihn auszusprechen.» Alec starrte Cem einen Augenblick verwirrt an. «Wo ist sie?»

«Ich weiss es nicht.»

«Ist sie aufgestanden und gegangen?»

«Sie wurde erschossen. Sie ist tot.» Cem wusste, dass die Leugnung des Todes oft mit der Trauer über den Verlust einherging. «Setzen wir uns einen Moment hin, okay?»

Alec folgte Cem und setzte sich in einen mit weissen Schleifen dekorierten Stuhl. «Das wollte ich nicht.»

«Was meinen Sie?»

«Ich wollte nicht, dass es so weit kommt.»

Wie sollte Cem die Worte des Bräutigams deuten? War er derart verwirrt? Alec schien nicht von dem Schlag Mann, der leicht die Nerven zu verlieren drohte. Hätte Cem ihn unter anderen Umständen kennengelernt, hätte er ihn schnell als coolen Typen eingestuft. Keiner, der jung heiratete und seine wilden Jahre der Ehe unterordnete. Er sah verdammt gut aus mit seinen langen schwarzen Locken, dem Dreitagebart und den dunklen Augen, die Frauen unweigerlich in den Bann ziehen mussten. Cem wusste, dass er Extremsportler war und mit seinem Snowboard abseits der Pisten die steilsten Hänge hinunterfuhr. Genauso gut hätte Cem ihn sich am Strand auf einem Surfboard vorstellen können. Alec studierte Medizin. Ob das der richtige Beruf für ihn war? Ein Arztkittel passte nicht zu seinem Auftreten.

Alecs Hände zitterten, als er eine Zigarettenschachtel aus seinem Jackett zog. «Wollen Sie?», fragte er und hielt Cem die Schachtel hin.

«Danke, bin Nichtraucher.»

Alec zündete sich eine an und inhalierte den Rauch tief in seine Lungen. «Das alles war ein Riesenfehler.»

«Was meinen Sie?»

«Die Hochzeit.»

«Sie konnten nicht ahnen, was passieren würde, oder?»

«Nein. Aber wir wären nicht glücklich geworden.»

«Erklären Sie mir das.»

«Ich liebe sie, schon immer. Jo hat für mich etwas Göttliches an sich. All die Jahre wollte ich das nicht zerstören, wollte unsere Freundschaft nicht aufs Spiel setzen, deshalb habe ich Abstand gehalten. Es war eine platonische Liebe, die uns verband.»

«An Silvester hat sich das geändert?»

Alec zog die Mundwinkel zu einem Lächeln hoch. «Laute Musik, die Hitze im Club, ausgelassenes Tanzen, Jo liebte es, zu tanzen, dann der Champagner, eine Prise Schnee – das hätte ich Ihnen besser nicht beichten sollen –, und unsere sorgfältig aufgebaute Mauer fiel.»

«Was ist mit Filipa? Waren Sie noch mit ihr zusammen?»

«Wir haben uns schon vor Monaten getrennt. Wieder einmal.

Mit Filipa verbindet mich eine ewige On-Off-Beziehung. Wie in einer Endlosschleife, verstehen Sie? Jo hat sie durchbrochen.»

Cem schaute Alec in die Augen, als er die nächste Frage stellte. «Seit Sie mit Jo zusammen waren, hielten Sie Abstand zu Filipa?»

«Sie denken, dass ich meine Verlobte betrogen habe?»

«Wenn Sie es so direkt ansprechen.»

«Hören Sie, Jo und mich verband etwas Einzigartiges. Aber wir sind beide jung. Uns zu lieben bedeutete nicht, in der Monogamie zu versauern. Jo stellte das rasch klar.»

«Sie hatte einen Liebhaber?»

«Sie hatte Männer. Jo liebte ihren Körper. Sie war eine Meisterin der Verführung. Es war ein Spiel, das wir seit Jahren spielten. Wir gingen zusammen in einen Club, suchten jeweils dem anderen ein Opfer aus und wetteten, wer zuerst zu seinem One-Night-Stand kam. Manchmal verliessen wir auch zu dritt den Club. Jo hat diese Wette nie verloren. Ich schon, meistens absichtlich.» Alec blies den Rauch seiner Zigarette in die Luft der eiskalten Grotte. Der Geruch verteilte sich wie feiner Nebel und hinterliess eine würzige Note, die der Tabak nicht vollkommen überdecken konnte. Cem schluckte sauren Speichel hinunter. War er altmodisch, weil er an die ehrliche Liebe glaubte? Der Gedanke jagte ihm unweigerlich einen Stich in seine Brust. War er denn ehrlich mit Eva gewesen? Warum hatte er ihr nicht gebeichtet, dass Lila bei ihm in der Wohnung auf ihn wartete? Es war schliesslich nicht seine Schuld. Er hatte sie nicht eingeladen. Cem beschloss, diesen Fehler umgehend zu bereinigen, wenn das Gespräch hier vorbei war. «Wie dachte Filipa über Ihre Hochzeit?», fragte Cem.

«Sie musste es akzeptieren. Filipa ist toll, aber eine gemeinsame Zukunft kam für uns nie in Frage.»

«Weshalb nicht?»

«Meine Mutter würde sagen, sie ist von niederem Stand und nicht gut genug für ihren Sohn.»

«Wir leben nicht mehr im Mittelalter.»

«Manchmal schon. Filipas Mutter war viele Jahre unsere Köchin, nur eine Bedienstete. Filipa selbst arbeitet in einem Modegeschäft als Verkäuferin. Sie können sich vorstellen, dass meine Mutter eine solch niedere Schwiegertochter nie akzeptieren würde.»

«Ach kommen Sie, die Klassengesellschaft gehört der Vergangenheit an.»

«Nicht, wenn man Blaublüter ist, auch wenn das Blau in meinem Blut sich über die Generationen ziemlich ausgewaschen hat. Über unzählige Gabelungen in unserer Ahnentafel sind wir mit dem französischen Sonnenkönig Louis XIV. verbunden. Das lässt uns unsere Mutter nie vergessen.»

«Wir leben im 21. Jahrhundert. Es ist nicht die Entscheidung Ihrer Mutter, mit wem Sie Ihr Leben teilen möchten.»

«Ich habe mich für Jo entschieden.» Alec starrte erneut das Hochzeitskleid an.

«Tut mir leid, dass Jo jetzt auch noch verschwunden ist. Keine Ahnung, weshalb sie nicht mehr in der Grotte liegt.»

«Ich studiere Medizin. Leblose Körper aufzuschneiden ist Teil der Ausbildung. Glauben Sie mir, da drin steckt nichts mehr von dem Menschen, der gestorben ist. Deshalb ist es nicht wichtig.»

«Könnte Filipa die Mörderin sein? Eifersucht ist ein gutes Motiv.»

Der Stummel der Zigarette hing Alec schief im Mundwinkel. Er brauchte einen Moment, ehe er antwortete: «Ja, Eifersucht ist ein gutes Motiv, aber Filipa ist keine Mörderin.»

«Wer dann?»

«Ich.»

Cem runzelte die Stirn. Alec konnte nicht geschossen haben. Hätte er den Lauf einer Waffe direkt auf Jos Brust gesetzt, hätte Cem Schmauchspuren am Kleid festgestellt. Zudem hätten die Gäste das mitbekommen. Nein, der Schuss kam aus einer gewissen Distanz. «Wie meinen Sie das?»

«Jo hatte Zweifel wegen der Hochzeit. Ich auch. Aber unsere Eltern haben uns gedrängt, und so habe ich sie überredet, das durchzuziehen.»

«Ahnte Jo, dass sie in Gefahr war?»

«Keine Ahnung.»

«Weshalb haben Ihre Eltern Sie gedrängt?»

Alec nahm den Zigarettenstummel aus dem Mund und schmiss ihn zu Boden. «Unsere Eltern haben die Hochzeit arrangiert, die Gäste eingeladen, die Presse informiert. Es sollte ein pompöses Fest werden. Es kam alles anders, und wir konnten nicht mehr zurück.»

Cem wurde hellhörig. «Was kam anders?»

Alec seufzte. «Der Tod kam.»

«Das verstehe ich nicht.»

Alec stand auf und ging in der Grotte hin und her. «Mann, Jo war schwanger. Es ist in der Silvesternacht passiert. Deshalb die rasche Hochzeit. Ein uneheliches Kind ist ein No-Go für unsere prüden Familien.»

«Verstehe.» Ein Kind war ein guter Grund für eine rasche Hochzeit. Oder nicht? Ein uneheliches Kind war heutzutage keine Tragödie mehr.

«Ich weiss, was Sie denken», fuhr Alec ihn an. «Wir waren in der Silvesternacht nicht darauf vorbereitet, es ist einfach passiert. Wir wollten das Kind. Können Sie sich das Drama vorstellen, das Jos religiöse Eltern veranstaltet haben? Die dachten echt, Jo sei noch Jungfrau.» Alec fuhr sich aufgebracht mit den Händen durch sein Haar. «Meine Alten waren keinen Deut besser. Ihr blaublütiger Sohn konnte unmöglich ein uneheliches Kind in die Welt setzen.» Alec drehte sich zu Cem um. «Sie haben meinen Bruder und Isabel kennengelernt. Was denken Sie, weshalb die verheiratet sind?»

«Lisi?»

«Bingo! Und jetzt wiederholte sich Etiens Fehler bei mir. Mum hat getobt.»

«Okay. Aber Sie haben von Tod gesprochen und dass Sie und Jo die Hochzeit absagen wollten.»

Alec wandte sich ab und starrte auf das Hochzeitskleid. «Sie hat es verloren, vor drei Wochen.»

Das war heftig. Cem bewunderte die Stärke dieses jungen Mannes. Erst das Kind und jetzt seine Frau.

«Fuck! Wie wir uns dabei fühlten, war unseren Eltern egal. Den Schein wahren, das zählte, um jeden Preis.»

«Tut mir leid.»

«Sparen Sie sich das Mitleid. Ich habe es nicht verdient.» Alec fischte sich eine neue Zigarette aus der Schachtel. Seine Hand zitterte.

«Wie soll ich das verstehen?»

«Müssen Sie nicht.»

Cem bohrte nicht weiter nach. Aus Alec brachte er nur etwas heraus, wenn der es wollte. «Wer wusste von der Schwangerschaft?»

«Niemand. Nur wir und unsere Eltern. Nicht einmal mein Bruder durfte eingeweiht werden.»

«Weshalb haben Sie sich den Eltern nicht widersetzt?»

«Sie verstehen das nicht. Jo und ich sind beide in Ausbildung, es kommt kein Cash rein. Die Wohnung, die wir beziehen wollten, war ein Geschenk von unseren Eltern. Wir haben nichts. Geld ist ein gutes Druckmittel.»

«Studenten verdienen sich mit Nebenjobs den Lebensunterhalt», konterte Cem.

«Jo liebte das Risiko. Es gab bloss eines, das sie nie eingegangen wäre: das Risiko, in Armut zu leben.»

«Wir sind in der Schweiz, Armut ist da kaum der richtige Begriff.» Er musste unweigerlich an Lila und Marius denken, die Flüchtlinge aus dem Mittelmeer zogen. In diesem Kontext hatte Armut eine völlig andere Bedeutung.

Alec zog an der Zigarette. «Ja, verurteilen Sie uns. Wir sind verwöhnte, reiche Kids. Sie haben recht.»

«Es ist nicht an mir, das zu beurteilen. Ich bin hier, um einen Mordfall zu lösen.»

«Haben Sie mit meinem Bruder gesprochen?»

Cem stutzte. Verdächtigte Alec seinen Bruder des Mordes? Ihm fiel das Gespräch mit Lisi wieder ein. Sie hatte erzählt, dass Alec und Etien sich im Hotel gestritten hatten. Cem entschloss sich, in die Offensive zu gehen. «Was wollten Sie gestern Abend im Hotel von Ihrem Bruder.»

Alec hob überrascht eine Augenbraue. «Er hat es Ihnen erzählt?»

«Lisi.»

Alec brachte ein schiefes Lächeln zustande. «Klar doch, Lisi. Es ging um Isabel und Lisi. Wir wollten sie nicht bei der Hochzeit dabeihaben.»

«Weshalb?»

«Es war Jos Idee. Sie hatte vor ein paar Jahren einmal mit Etien angebandelt. Nichts Ernstes, aber sie wollte an ihrem Hochzeitstag nicht Isabel in die Augen schauen müssen.»

Cem fand das seltsam. Warum plagten Jo nach all den Jahren Gewissensbisse? Es sei denn, die Affäre war noch am Laufen gewesen. Wenn dem so war, wusste Alec davon? Erklärte das, weshalb Jo kurz nach der Fehlgeburt Isabel aufgesucht hatte?

Alec ging zum Altar und strich mit den Fingern über die Bibel. «‹Denn Liebe ist stark wie der Tod und Leidenschaft unwiderstehlich wie das Totenreich.› Jo hat dieses Zitat geliebt. Es passte zu ihr. ‹Bis dass der Tod euch scheidet› war nicht ihr Ding. Sie konnte durchaus romantisch sein, na ja, nicht die kitschige Art von romantisch wie ‹auf immer und ewig›. Ihre Vorstellung von Romantik war dunkel, mysteriös, gefährlich, voller Leidenschaft und Leben. Jo sah den Tod nie als Grenze. Wenn es eine Frau schafft, über den Tod hinaus zu leben, dann Jo.»

Er konnte es durchaus verstehen, wenn ein persönliches Trauma einen in den Wahnsinn trieb und man nach Linderung jeglicher Art suchte. Ihm würde es gleich ergehen. «Sie und Professor Breuning haben den Tod von Jo festgestellt. Dass sie nicht mehr hier liegt, muss einen Grund haben.»

«Sie müssen es wissen, Sie sind der Bulle.»

Ja, er war der Bulle, er war aber auch der frischgebackene Ehemann, der an ein «auf immer und ewig» glaubte. Auf immer und ewig, schoss es ihm durch den Kopf. Für immer dein. *Forever yours!* Den verdammten Ring hatte er komplett vergessen. Ein Diamantring. Etien Chevalier hatte sehr wohl die Mittel, solch einen Ring zu besorgen. Und nicht nur er. Was war mit dem Araber? Ein reicher Katarer. War es möglich, dass er wegen Jo auf den Titlis gekommen war? Ein Liebhaber? Wollte er die Hochzeit verhindern, sich an ihr rächen, weil sie einen anderen heiratete? Es gab nur Fragen, aber keine Antworten. Cem fühlte sich ausgelaugt. Er verlor den Überblick. Es gab einfach zu viele potenziell Verdächtige auf diesem gottverlassenen Berg.

Eine Stunde später sass Cem mit Eva an einem Tisch im Restaurant. Es war nach zehn Uhr, und Müdigkeit machte sich unter den Gästen breit. Die nervliche Belastung, die Trauer und die Ungewissheit zerrten an der Substanz. Cem war dankbar für die Ruhe, die einkehrte, dankbar, dass Alec dichthielt und auch Pfarrer Kleeb und Mirella das Verschwinden der Leiche nicht ausplauderten.

Odermatt und Kadische hatten Decken organisiert, und einige der Gäste schliefen bereits auf Bänken hinter den Tischen, von denen es zum Glück genügend gab und die weich gepolstert waren. Eva legte ihren Kopf an Cems Schulter und unterdrückte ein Gähnen. Sie hatten die letzte Stunde Fakten sortiert und zu jedem der Anwesenden ein Dossier angelegt. Cem hatte Eva den Ring gezeigt, aus dem auch sie nicht schlau wurde. Er steckte wieder gut eingepackt in Cems Hose. Ohne eine Analyse im Labor brachte er sie nicht weiter. Bei einem Gespräch mit Banz von der Obwaldner Polizei hatte Cem all sein Wissen und seine Vermutungen weitergegeben. Er hatte die klare Anweisung erhalten, sich zurückzuhalten. Sein Job war es, für die Sicherheit der Gäste zu sorgen. Den Fall würden letztlich andere lösen. Sie mussten nur unbeschadet den Sturm aussitzen. Immerhin gab es einen kleinen Lichtblick. Morgen gegen Mittag sollte sich das Wetter bessern, sodass endlich Hilfe auf den Titlis kam. Vor einer halben Stunde hatte Kevin zurückgerufen. Viel hatte er nicht ausgegraben. Die Zwillinge waren wilde Kerle und liessen kaum eine Party sausen. Ausser Jonny und Professor Breuning hatte nie jemand der Anwesenden Probleme mit dem Gesetz gehabt. Georg Alder war knapp bei

Kasse und hatte eine Betreibung am Laufen, aber das kam in den besten Kreisen vor. Sonst gab es nichts, was Verdacht erwecken könnte. Susanne und Barbara waren bei den Hassans auch nicht weitergekommen. Es gab keine Hinweise, dass Amir mit den Itens oder Chevaliers in Kontakt gestanden hatte. Auch eine Beziehung zu Qazim konnte Kevin nicht bestätigen. Kurz, sie hatten nichts ausser einer anwesenden und einer verschollenen Leiche und gestohlenem Schmuck im Wert von einer Million.

Cem schnappte sich die Decke, die Odermatt ihm gebracht hatte, und legte sie Eva um die Schultern. «Wenig romantisch, was?»

«Ein Massenlager auf dem Titlis? Nein, wirklich nicht.» Sie legte sich auf der Sitzbank hin und bettete ihren Kopf in Cems Schoss.

Er strich ihr eine Locke aus der Stirn. «Ich mag deinen Wuschelkopf-Look lieber als den perfekten Anwältinnen-Style.»

«Ha, diesen Look hatte ich zuletzt im Kindergarten.»

«Ja, das kann ich mir vorstellen.» Aus dem Landmädchen war eine geachtete Staatsanwältin geworden, die Designerkleider liebte, High Heels trug und eine gewisse kühle Arroganz ausstrahlte, zumindest vor Gericht. Cem kannte sie besser. Tief drinnen war sie das einfache Mädchen geblieben. Wie verschieden Lila und Eva waren, dachte Cem. Lila war ein offenes Buch, wohl mit einem abschreckenden Umschlag versehen, aber leicht zu lesen, Eva hingegen war ein Buch mit sieben Siegeln mit einem edlen, parfümierten Cover. Einige der Siegel hatte Cem gebrochen, andere nicht, das war ihm bewusst. Eva war kein Mensch, der offen über Gefühle sprach.

«Woran denkst du?», fragte sie.

«An die Beichte, die ich gleich vorbringen muss.»

Sie zog ihre geschwungenen Augenbrauen zusammen.

«Lila, sie hat sich in meiner Wohnung einquartiert.»

«Was?» Eva setzte sich auf.

«Hey, ich wusste es nicht. Für Lila waren Türschlösser nie ein Hindernis. Sie wartet auf meine Rückkehr. Es sei dringend, meinte sie, und sie will mich alleine sprechen.»

«Was will sie von dir? Ist es zwischen ihr und Marius aus?»

«Keine Ahnung. Sie sagte, er sei noch in Italien, was immer das zu bedeuten hat.»

«Weiss sie von uns? Sei ehrlich, Cem.»

«Sie weiss, dass wir zusammen sind. Sie hat mich kaum zu Wort kommen lassen. Ich mache mir Sorgen, Eva. Etwas stimmt nicht. Lila ist wie ein Magnet, der Probleme anzieht.»

Evas Gesichtszüge entspannten sich. «Du musst mit ihr sprechen, wenn wir vom Titlis runter sind. Ich werde mich raushalten.»

«Du bist unglaublich, weisst du das?»

«Ich vertraue dir, Cem, sonst hätte ich dich nicht geheiratet.»

Vertrauen war ein Wort, das Lila schwergefallen war. Die Beziehung zu ihr war gescheitert, aber Cem wollte die Freundschaft nicht verlieren. Er musste daran denken, unter welchen Umständen Lila ihr ungeborenes Kind verloren hatte. Sie hatte den Verlust nie überwunden. Wie war das bei Jo? Konnte sie bereits drei Wochen nach einer Fehlgeburt eine glückliche Braut abgeben? «Sag mal, was fühlt eine Frau, wenn sie im dritten Monat schwanger ist?»

Eva schnappte nach Luft. «Du denkst, Lila ist schwanger von dir? Aber das –»

«Nein, nicht Lila. Hey, beruhige dich. Lila kann keine Kinder mehr kriegen, das solltest du wissen.»

«Das sagen die Ärzte», konterte Eva.

«Hör mir zu. Ich dachte dabei an Jo. Sie muss etwa im dritten Monat schwanger gewesen sein, als sie das Kind verlor. Wie gut kann das eine Frau verkraften?»

«Puh, das kannst du nicht allgemein beantworten», sagte Eva und legte sich wieder hin. «Ich habe mich sehr früh mit Alain verbunden gefühlt. Sicher trauert man dem Fötus nach. Das ist nicht einfach zu verarbeiten, auch nicht für den Vater.»

«Könntest du drei Wochen nach einer Fehlgeburt heiraten?»

«Nein. Ich bräuchte Zeit, das zu verarbeiten.»

«Ich verstehe diese Familien nicht. Keinen von denen.»

Eva fasste sich an den Bauch. «Sag mal, Cem, wir haben nie über Familiennachwuchs gesprochen. Das hätten wir vor der Hochzeit tun sollen. Willst du Kinder?»

«Ein Dutzend im Minimum. Wir Türken lieben Grossfamilien.»

«Ich bin doch nicht deine Gebärmaschine.»

Cem wurde ernst. Sie hatten tatsächlich nie über Kinder gesprochen. Was, wenn Eva keine mehr wollte? Was, wenn ihr die Karriere wichtiger war?

«Ich will weitere Kinder», sagte sie. «Eins, vielleicht zwei.»

«Wow, ich hatte schon Angst –»

«Ich weiss doch, dass du der perfekte Daddy bist. Aber etwas musst du dich noch gedulden. Erst muss ich in meinem Leben eine Sache in Ordnung bringen, danach kann mir der Job gestohlen bleiben.»

Cem hatte eine dunkle Vorahnung. «Kasakow?»

«Den Mistkerl bringe ich hinter Gitter, zusammen mit dem ganzen Menschenhändlerring.»

Sich mit Kasakow anzulegen, war gefährlich. Lebensgefährlich. Ein schrecklicher Gedanke huschte durch Cems Kopf. Eva hatte ihn geheiratet, und mit der Heirat würde Cem auch Alain adoptieren. Wollte Eva sicherstellen, dass ihr Sohn einen Vater hatte, sollte ihr etwas zustossen? Nein, so berechnend konnte sie nicht sein. Cem drängte den Gedanken zurück. Darüber wollte er später mit Eva sprechen. Nicht hier und nicht jetzt. «Schliess die Augen. Morgen wird ein langer Tag. Ich wache solange über die schwarzen Lämmer.»

Sie schloss die Augen. «Ich bin froh, dass ich dich habe, Cem. Ich liebe dich.»

***

«Ohne Liebe wäre das Leben einfacher», sagte Barbara und trank das halb volle Bierglas ex. «Sie bringt Schmerz über einen.» Sie rief nach dem Barkeeper und bestellte eine weitere Stange.

Susanne rührte in ihrem Lindenblütentee. Ihr kamen Zweifel, ob es eine gute Idee gewesen war, direkt nach Engelberg zu fahren. Sie hatte gehofft, sich bei einem Schlummertrunk mit Barbara aussprechen zu können, stattdessen betäubte Barbara ihr Elend mit Alkohol. Susanne machte sich Sorgen um sie. Wenn man psychisch nicht stabil war, konnte man den Job als Polizistin nicht mit der nötigen Distanz bewältigen. Barbara hatte sich von der Trauer der Hassans über den Tod von Amir mitreissen lassen. Ihre eigenen Erinnerungen kamen hoch. Soweit Susanne wusste, lebte Barbaras Mutter nicht mehr. Ihr Vater war nach dem Tod seiner Frau zurück nach Kalabrien gezogen. Verwandte hatte Barbara in der Schweiz nicht. Für sie war die Polizei die Familie. Mit dem Tod von Rolf hatte sie ihre grosse Liebe verloren. Es wurde Zeit, dachte Susanne, dass Barbara neuen Halt fand. «Die Liebe gehört zum Leben wie der Tod, man muss sich beiden stellen.»

Barbara schaute sie durch glasige Augen an. «Susi, ich weiss überhaupt nichts von dir. Du bist nach Neujahr einfach als Leiterin von Leib und Leben in Rolfs Büro marschiert und hast deine Arbeit aufgenommen.» Sie blies sich eine rote Haarsträhne aus der Stirn. «Deinem hässlichen Basler Dialekt nach zu urteilen, kommst du von dort. Was suchst du denn in Luzern, hm?»

«Abstand, einen Neuanfang.» Sie sprach nicht gerne über dieses Thema. Eigentlich sprach sie mit niemandem darüber. Vielleicht war genau das die Lösung, um Barbara zu knacken. «Ich bin hier, um das Leben zu finden.»

«Das verstehe ich nicht.» Barbaras Zunge war ungewohnt schwerfällig. Sie hatte definitiv über den Durst getrunken. «Du bearbeitest Gewaltverbrechen, Mordfälle. Der Tod ist immer nah.» Sie zeigte in eine Ecke des Lokals. «Da oben stecken Cem und Eva fest und legen sich gerade mit dem Tod an.»

«Ich spreche von meinem Leben, und zu meinem Leben gehört mein Tod», sagte Susanne und winkte den Barkeeper zu sich. «Bringen Sie mir einen Single Malt, einen Macallan, wenn Sie haben. Einen doppelten.»

154

Barbara zeigte mit dem Finger auf sie. «Du wolltest fahren. Mich kriegst du nicht mehr hinters Steuer.»

«Wir bleiben hier. Ich habe vorhin an der Rezeption bereits nachgefragt. Sie haben ein Doppelzimmer frei. Morgen können wir gleich zusammen mit Banz und seinem Team auf den Berg fahren. Cem braucht uns.»

Barbara lachte. «Du bist wie eine Glucke. Du hast mir mein Küken ausgespannt, weisst du das? Das … ist unfair.»

«Ich besorg dir ein neues.»

«Ja, das schuldest du mir.» Barbara rieb sich die Schläfe. «*Dio mio*, mein Schädel brummt.»

«Du solltest auf Kaffee umsteigen.»

«Du besorgst mir ein neues Küken, das ich bemuttern kann. Und einen Mann. Und ein Einzelzimmer. Mit dir im gleichen Bett schlafe ich sicher nicht. Wetten, du schnarchst?»

«Ich schnarche nicht. Wenn wir schon dabei sind … Nicht ich schulde dir etwas, sondern du mir. Ich will den Bürosessel zurück.»

«Niemals.»

Einen Versuch war es wert gewesen. «Was ist mit Berger?», wechselte Susanne das Thema.

«Was ist mit Dave?», lallte Barbara misstrauisch.

Cem hatte Susanne erzählt, dass sich Barbara mit dem Rechtsmediziner vom IRM in Zürich mehr als gut verstand. Berger war ein schnittiger Typ, sein Vater ein Afroamerikaner. Er war gross, muskulös, hatte eine polierte Glatze und trug ausnahmslos Rockershirts. Sein Äusseres deutete nicht darauf hin, dass er hochintelligent war, trotz seinem losen Mundwerk.

«Er stattet uns nächste Woche einen Besuch ab. Ich habe ihm angeboten, die Luzerner Kriminalpolizei besser kennenzulernen. Du wirst ihn herumführen.»

«Nicht dein Ernst.»

Der Barkeeper brachte den Whisky, und Barbara bestellte sich eine weitere Stange. «Sag mal, was hast du vorhin gemeint, von wegen: mein Tod, mein Leben und so?»

Vielleicht sollte sich Susanne wirklich öffnen. Morgen

würde Barbara sich mit einem Riesenkater herumplagen und sich kaum an das Gespräch erinnern. Doch sie zögerte. Sie hatte nie mit jemandem ausser dem Arzt über ihre Krankheit gesprochen.

«Komm schon, Susilein», stichelte Barbara. «Du kennst mein ganzes verfluchtes Leben. Gib mir was von dir zurück, wenn das mit uns beiden klappen soll.»

«Eigentlich bin ich tot», sagte Susanne. «Ja, ich müsste tot sein. Die Ärzte können es sich nicht erklären. Der Professor am Unispital in Basel zweifelte an seiner Kompetenz, weil ich nicht ableben wollte.»

«Was hattest du denn? Einen Autounfall?»

«Krebs.»

Das Wort brachte Barbara ins Stocken. «*Merda!*»

«Ja. Bauchspeicheldrüsenkrebs. Den überlebt man nicht. Eigentlich nie. Ich habe bei der Basler Polizei gekündigt, ohne einen Grund anzugeben. Ich wollte mir ein paar schöne letzte Wochen gönnen. Für eine OP war es zu spät, und eine Chemo- und Strahlentherapie habe ich mir nur kurz zugemutet. Die Ärzte gaben mir kein halbes Jahr mehr. Im Berner Oberland mietete ich ein Chalet, um diese Monate zu geniessen, so lange es ging. Als ich nach einem halben Jahr immer noch quickfidel täglich meine Wanderschuhe anzog, um spazieren zu gehen, zweifelte ich an der Diagnose der Ärzte. Beim nächsten Untersuch stellten sie fest, dass der Krebs verschwunden war. Einfach so. Weg. Ein medizinisches Wunder.»

«Der Krebs war weg und deine Stelle bei der Basler Polizei auch.»

«Ich habe ein halbes Jahr zugewartet, um sicherzustellen, dass der Krebs nicht zurückkam, und habe mich dann bei euch beworben. Ich dachte, ein Tapetenwechsel würde mir guttun. Ich konnte ja nicht ahnen, dass du mir den Chefsessel streitig machst.»

Barbara klopfte ihr auf die Schulter. «Du bist zwar ein kleiner, kratzbürstiger Zwerg, aber du bist okay, Chef. Am Montag kriegst du den elenden Sessel. Versprochen. Wo kämen wir denn da hin, wenn wir uns bei der Polizei nicht gegenseitig unterstützen? Wir sind eine grosse, liebe Familie. Und», Barbara wankte bedenklich auf ihrem Barhocker, «morgen holen wir unser Küken von dem Eisberg da herunter. Deshalb sind wir hier, nicht?» Sie legte Susanne den Arm um die Schulter. «Jetzt leg ich mich schlafen. Wehe, du schnarchst.»

Susanne lächelte, auch wenn sie es nach aussen nicht zeigte. Die Einzige, die heute Nacht mit Sicherheit schnarchen würde, war Barbara. Vielleicht hatte sie genau diesen Tiefpunkt gebraucht. Nur wenn man ganz unten war, konnte man sich mit den Füssen abstossen und wieder auftauchen, das hatte Susanne gelernt. Obwohl sie Barbara ihre Geschichte erzählt hatte, so hatte sie noch lange nicht alles offengelegt. Das würde sie auch nicht. Es gab Dinge, die blieben besser unausgesprochen.

NEUN

Die erste Nachtwache hatte Cem übernommen, Willi löste ihn um vier Uhr ab. Der Mann war die gute Seele auf dem Berg. Was würde Cem bloss ohne ihn machen? Schlaf hatte er dennoch kaum bekommen. Den Gästen war es nicht besser ergangen. Zwischendurch war leises Weinen zu hören gewesen, ein Flüstern, ein Fluchen. Reiner Iten war die halbe Nacht im Restaurant umhergeirrt wie ein Geist. Alec sass alleine an einem Tisch am Fenster und starrte in den Sturm hinaus. Die Windböen schienen heftiger als gestern über den Grat zu fegen. Der Himmel war dunkel, und der Schnee fiel wieder in dicken, tanzenden Flocken auf den Gletscher. So rasch würden sie heute Morgen nicht erlöst werden.

Es war bald acht, und Qazim und Kadische bereiteten das Frühstücksbuffet vor. Odermatt half ihnen. Fast alle waren wach. Eva hingegen lag auf der Bank und atmete entspannt. Cem liess sie schlafen. Er stand auf, reckte seine steifen Glieder und schaute sich um. Er zählte kurz durch. Alle anwesend. Gut so. Willi kam auf ihn zu. «Ein neuer Tag. Ich hoffe, der bringt keine bösen Überraschungen mehr. Wenigstens war die Nacht ruhig.»

Cem bedankte sich bei Willi für seinen Einsatz.

«Ist doch selbstverständlich. Jeder tut, was er kann. Ich habe vorhin bereits mit dem Wetterdienst telefoniert. Sieht nicht gut aus für uns. Der Sturm tobt weiter. Wir kommen frühestens heute Abend hinunter. Vorher ist nicht mit Hilfe zu rechnen.»

Odermatt trat zu ihnen. «Wir haben am Buffet ein Frühstück hergerichtet. Es ist bescheiden, aber niemand muss hungern.»

Lautes Klirren von berstendem Geschirr liess sie herumfahren. Gleich am Tisch hinter ihnen stand Kadische.

«Au, shit!» Sie verwarf die Hände. Ihr waren zwei Teller hinuntergefallen. «Scherben sollen Glück bringen, mir wäre besseres Wetter lieber. Sind jetzt alle wach?»

Cem schaute sich um. Tatsächlich. Der Weckruf hatte seinen

Zweck erfüllt. War der gar Absicht gewesen? Cem realisierte, dass er mit Kadische kaum gesprochen hatte. Dass sie einen temperamentvollen Charakter besass und kein Blatt vor den Mund nahm, das wusste er, mehr nicht. Er machte sich eine mentale Notiz, sich möglichst bald mit ihr zu unterhalten. Da der Eissturm nicht nachzulassen schien, bekam Cem die Gelegenheit, mit weiteren Gästen unter vier Augen zu sprechen, damit ja keine Langeweile aufkam. Oliver war ihm nach wie vor ein Rätsel. Er traute ihm nicht über den Weg. Mit Filipa musste er definitiv Tacheles reden. Dann war da die Schatzsuche, um die er sich kümmern musste. Zora wollte man nicht zur Feindin haben. Über die verschwundene Braut wollte Cem erst gar nicht nachdenken. Es gab also viel zu tun nach dem Frühstück.

Odermatt war zu Kadische hinübergegangen und versuchte, einen Tadel anzubringen, der postwendend an ihn zurückging.

«Urs, das ist nicht dein Ernst. Du beklagst dich über zwei zerbrochene Teller? Ich schiebe Sonderschichten und lese den Gästen die Wünsche von ihren Lippen ab, um sie glücklich zu machen.»

Gutes Mädchen. Dann stutzte Cem. Ihm war der Blick aufgefallen, den Kadische bei ihrem letzten Satz einem der Zwillinge zuwarf. Meinte sie das wortwörtlich? Die Zwillinge sassen am Fenster und gafften blöd in ihre Richtung. Sie meinte es wortwörtlich. Darauf würde Cem eine Wette abschliessen. Aber wie und wann war es diese Nacht zu Körperkontakt gekommen? Das Restaurant hatten sie nicht verlassen können, es sei denn, Kadische kannte ein Schlupfloch, das Cem entgangen war. Sie konnten also nur unter einem der Tische oder in der Küche auf Tuchfühlung gegangen sein. Cem nahm Willi beiseite. «Sag mal, sind Qazim und Kadische heute schon früh in die Küche, um das Frühstück vorzubereiten?»

«Ähm, ja. Kadische noch vor Qazim. Den hat sie um sieben geweckt.»

«Sonst war niemand in der Küche?»

«Einer der Zwillinge wollte sich einen Kaffee holen.»

«Vor sieben?»

«Vor sieben.»

«Welcher?»

Willi zuckte mit den Schultern. «Keine Ahnung. Wieso ist das wichtig?»

«Nur so», sagte Cem. Willi und Kadische arbeiteten beide auf dem Titlis. Er wollte das Arbeitsklima nicht beeinträchtigen und behielt seinen Gedanken für sich.

«Guten Morgen», flüsterte Eva in sein Ohr.

«Hey, mein Siebenschläfer. Wie waren deine Träume?» Er nahm sie in den Arm und drückte sie fest an sich.

«Dunkel und leer. Den Schlaf habe ich echt gebraucht. Für eine Dusche, frische Kleider, Make-up und mein Parfum würde ich diesen Morgen ein Vermögen bezahlen.»

«Wenigstens tragen Sie Hosen und einen Pullover und kein Abendkleid», meinte Willi und liess sie alleine.

«Und?», fragte Eva, «ist der Alptraum bald überstanden?»

«Scheint nicht so. Aus der Evakuierung heute Mittag wird nichts. Wir sitzen mindestens bis zum Abend fest.»

«Oh nein.»

«Die Stunden bringen wir auch noch rum. Was soll jetzt noch passieren? Lass uns frühstücken.»

Qazim brachte eine Schüssel mit dampfendem Rührei zum Buffet. Kadische hatte die zerbrochenen Teller weggeräumt, und Odermatt schaltete die Kaffeemaschine ein. «Wie wäre es mit einem Lebenszeichen von unten?», rief er Cem zu. «Ich schalte das Radio ein.» Drei Sekunden später drang Cat Stevens' «Morning Has Broken» aus den Lautsprechern.

Die Zwillinge waren die Ersten am Buffet.

«Hey, hamstert nicht», mahnte Cem. «Wer weiss, wie lange der Vorrat reichen muss.»

«Herr Kommissar», sagte einer, «ich lade Sie und Ihre Frau heute Abend ins ‹Montana› zum Abendessen ein, wie finden Sie das?»

Eva zuckte neben Cem unwillkürlich zusammen.

«Das ist eine blöde Idee», sagte er kurz angebunden. Die Worte klangen zu harsch. Sie konnten ja nicht wissen, dass Eva das «Montana» mit jener Nacht im August verband, in der sich ihr Leben für immer verändert hatte. Im «Montana» hatte sie mit Kasakow diniert, bevor …

«Dominik! Roderick! Stellt euch hinten an.» Oma Hedwig Iten trat resolut ans Buffet und wies ihre Enkel zurecht. «Ihr seid jung und stark, ihr könnt warten, bis die ältere Generation sich bedient hat. Wo bleibt euer Anstand?»

Die Zwillinge stellten ihre Teller zurück. Gegen ihre Oma kamen sie nicht an. Cem reichte ihr einen Teller.

Sie bedankte sich mit einem reservierten Nicken.

Es war acht Uhr. Vielleicht brachten sie im Radio Neuigkeiten über den Sturm.

Nachrichten.
Mord auf dem Titlis. Gestern Nachmittag wurde während einer Hochzeitszeremonie in der Gletschergrotte die Braut erschossen. Die Gäste flüchteten in Panik. Nicht alle konnten wegen des aufkommenden Sturmes rechtzeitig evakuiert werden. Nach wie vor harren etwa zwanzig Personen auf der Bergstation aus, darunter auch prominente Personen aus Wirtschaft und Unterhaltung. Über das Motiv und den Tathergang ist nur wenig bekannt. Aus ermittlungstechnischen Gründen gibt die Obwaldner Polizei im Moment keine Stellungnahme heraus. Beunruhigend ist die Tatsache, dass die Leiche der jungen Frau wenige Stunden nach dem Mord verschwunden sein soll. Pakistan. Die Regierung von …

Cem hörte nicht mehr hin. Ein Raunen ging durch die Menschen im Restaurant.

Wie zum Teufel …?

Eva packte ihn am Arm. «Mein Gott!»

Alle Augen waren auf sie gerichtet. Entsetzte Augen. Ein Entsetzen, das bald Wut wich.

Annette schrie auf: «Johanna, wo ist meine Tochter? Was haben Sie mit ihr gemacht?» Ihr Finger zeigte auf Cem und Eva.

Jetzt waren sie nicht mehr die Ermittler, jetzt waren sie die Lügner, die sich einer Lynchjustiz stellen mussten. Wie Geier kreisten die Anwesenden sie ein.

Cem warf den Kopf herum und schaute zu Alec hinüber, der regungslos auf seinem Stuhl am Fenster sass. Er war die Ruhe selbst. Hatten sie ihm den Verrat zu verdanken? Aber wie konnte Alec mit den Medien kommunizieren? Gab es ein Handy, das Cem nicht beschlagnahmt hatte? An das Festnetztelefon auf dem Titlis kam Alec nicht ran, die Apparate standen in verschlossenen Büros, da hatten nur Willi und Odermatt Zugang.

Pfarrer Paul Kleeb kämpfte sich zu Cem und Eva vor. Er übernahm das Wort. «So beruhigt euch», rief er.

«Die haben uns belogen», sagte Zora und verwarf ihre Hände.

«Was ist mit Jo?», fragte Etien. Sein Gesicht war bleich. «Wo ist sie?»

«Ich weiss es nicht», sagte Cem.

Celeste trat vor. «Warum haben Sie uns das nicht gesagt? Seit wann ist sie verschwunden?»

«Wir wollten keine Panik auslösen», sagte Eva. Sie hatte wieder diesen Staatsanwältinnen-Ton in der Stimme.

Cem wurde harsch am Kragen gepackt und geschüttelt.

«Wo ist Johanna?», schrie ihn Reiner an. «Wo ist meine Tochter? Lebt sie?»

«Hey», versuchte Cem, die Situation zu entschärfen. «Beruhigen Sie sich. Ich werde Ihnen alles erzählen, okay?»

«Lügner! Wer sagt denn, dass wir Ihnen vertrauen können?» Reiner packte Cem fester am Kragen. «Wir kennen Sie überhaupt nicht. Wer sind Sie?»

Es wurde Cem zu bunt. Mit drei geübten Polizeihandgriffen hatte er sich aus der Umklammerung befreit und Reiner seinen eigenen Arm auf den Rücken gedreht. «Verlieren Sie nicht die Nerven. Wir sind hier, um Ihnen zu helfen.»

«Ich muss das mit eigenen Augen sehen», schrie Annette hysterisch. «Ich gehe in die Grotte. Ich glaube nicht, was die sagen.»

«Das geht nicht», sagte Eva. «Je mehr Menschen dort herumlaufen, desto mehr Spuren werden verwischt. So finden wir den Mörder Ihrer Tochter nie.»

«Es geht hier um meine Tochter», herrschte Annette zurück. «Das wird ein übles Nachspiel für Sie beide haben.» Mit diesen Worten drehte sie sich um und ging. Die Chevaliers samt Etien, Oma Hedwig Iten und den Zwillingen folgten ihr. Auch Dalila, Filipa, Oliver und Georg Alder schlossen sich dem Tross an. Reiner riss sich aus Cems Griff los und rannte hinterher.

Das war eine Katastrophe. Die wenigen, die zurückblieben, starrten ihn fragend an.

«Ihnen scheint die Kontrolle zu entgleiten», sagte Zora giftig. «Geholfen haben Sie beide uns bisher jedenfalls nicht.»

«Lass gut sein», sagte Jonny. «Sie tun, was sie können.»

«Das bezweifle ich.» Sie schnappte sich einen Teller vom Buffet. «Wenigstens muss ich jetzt nicht um das Rührei kämpfen.»

Cem nahm Eva beiseite. «Wenn die durchdrehen und sich zusammenschliessen, sind wir geliefert.»

«So weit wird es hoffentlich nicht kommen. Wer hat bloss mit der Presse gesprochen?»

«Es muss jemand von hier oben gewesen sein. Nur wir, Mirella und Kleeb wussten vom Verschwinden der Braut.»

«Und Alec», fügte Eva hinzu.

«Mist, jetzt stampft die halbe Hochzeitsgesellschaft in der Gletschergrotte herum. Die zerstören alle Spuren.» Cem rieb sich den Nasenrücken. Ein Gedanke schlummerte in seinem Kopf, den er nicht fassen konnte. Etwas machte ihn stutzig. Er schaute zu Alec hinüber. Ihm schien der Aufruhr gleichgültig zu sein.

Cem steckte seine Hände in die Jeanstaschen. Er musste versuchen, sich zu entspannen und einen klaren Kopf zu behalten. Er ertastete den kleinen Gegenstand, den er völlig vergessen hatte.

Der Ring.

Er zog ihn aus der Jeanstasche. «Was, wenn ein heimlicher

Liebhaber den Ring für Jo fertigen liess? Was, wenn der der Mörder ist?»

«Aber wie kam der Ring auf den Boden der Grotte? Könnte er dort platziert worden sein?»

«Was, wenn nicht? Was, wenn der Täter ihn in dem Chaos verloren hat und unbemerkt hineinging, um nach ihm zu suchen.»

«Und um in die Grotte zu gelangen, ohne aufzufallen, musste er dieses Theater inszenieren?»

«Genau.»

«Wir müssen hin», schlug Eva vor.

«Damit die uns in der Grotte lynchen?»

«Ja, aber …»

Cem schaute auf und winkte Jonny zu sich. «Können Sie mir einen Gefallen tun?»

«Klar doch, Herr Kommissar.»

«Einfach Cem.»

«Ich war noch nie mit einem Bullen per Du. Abgefahren.»

«Macht es einfacher. Kannst du den anderen in die Gletschergrotte folgen und beobachten, ob jemand nach einem kleinen Gegenstand am Boden sucht?»

«Du willst mich als Spion? Geil. Aber nach was soll diese Person denn suchen?»

«Sei mir nicht böse, wenn das mein Geheimnis bleibt. Dir wird auffallen, wenn sich jemand anders verhält.»

«Okey-dokey. Bin schon weg. Dass ich mal undercover für die Bullen arbeite, hätte ich nie gedacht. Löscht das meinen Eintrag im Strafregister?»

«Darüber sprechen wir später.»

Kaum war er weg, kam Pfarrer Kleeb zu ihnen. «Tut mir leid, was hier passiert. Von mir hat die Presse keinen Hinweis erhalten.»

«Das denken wir auch nicht», sagte Eva.

«Was ist mit Alec?», fragte Kleeb. «Warum bleibt er so ruhig?»

«Er wusste von Jos Verschwinden», sagte Cem.

«Kein junger Mensch sollte eine so schlimme Erfahrung machen.»

Mirella sass alleine an einem Tisch und schaute zu ihnen herüber. Cem entschuldigte sich bei Kleeb und ging zu ihr.

«Darf ich mich setzen?»

Sie nickte nervös. «Ich weiss, was du denkst, aber ich habe die Presse nicht informiert, ehrlich. Ich habe ja auch überhaupt kein Handy bei mir.»

«Das glaube ich dir. Sag mal, ist dir auf dem Titlis ein Araber aufgefallen?»

«Wann denn?»

«Vor der Zeremonie.»

«Ja, da gab es ganz viele. Der Titlis ist nicht nur bei den Asiaten beliebt.»

«Ein junger Typ, gut aussehend, gestutzter Bart. Vielleicht einer, der sich unter die Hochzeitsgesellschaft gemischt hat?»

«Nein, sorry, so einer ist mir nicht aufgefallen. Ich kann die Fotos durchsehen. Vielleicht ist er irgendwo im Hintergrund zu sehen.»

Es war einen Versuch wert.

**

Eine Konferenzschaltung mit Engelberg war dringend nötig. Die Neuigkeit in den Nachrichten schlug hohe Wellen. Die Berichterstattung war zwar rücksichtsvoll gewesen, doch die Klatschpresse würde unweigerlich mit Fotos und marktschreierischen Schlagzeilen nachziehen. Es war kein Geheimnis, um wen es sich bei der Braut handelte. Die Mutter eine bekannte Politikerin, der Schwiegervater ein prominenter Fernsehmoderator, das war ein gefundenes Fressen für die Geier. Bilder von Jo waren im Netz weit gestreut, an die kam jeder drittklassige Journalist heran. Cem hätte sein bestes Hemd darauf verwettet, dass es ein Paparazzo vor Banz auf den Titlis schaffte.

«Wer zum Kuckuck wusste von der verschwundenen Leiche?», fragte Susanne.

Cem starrte auf den Monitor des Laptops, darüber blinkte die kleine grüne Lampe, die bestätigte, dass die eingebaute Kamera auch ihn und Eva erfasste. Susanne und Barbara sassen mit Hans Peter Banz in einem Zimmer der lokalen Polizeistation. Hinter ihnen stand Staatsanwältin Frighetto. Sie starrte ohne zu blinzeln in die Kamera, hatte ein Pokerface aufgesetzt, die Arme vor der Brust verschränkt. Sie war eine hagere Frau zwischen vierzig und fünfzig. Ein androgyner Typ. Sie war schmal und feingliedrig, wirkte aber gleichzeitig streng und maskulin. Sie trug einen schwarzen Rollkragenpullover. Ihr Haar war rotblond, an den Seiten ultrakurz geschnitten und auf dem Kopf zu wilden Strähnen hochgeföhnt. Ihre Augenbrauen wie auch die Wimpern waren unsichtbar auf ihrer hellen Haut. Make-up schien sie nicht zu kennen.

Eva griff unter dem Tisch nach Cems Hand, bevor sie antwortete: «Alec Chevalier, Pfarrer Kleeb und die Fotografin Kruschinski wussten Bescheid. Wenn sie nicht geplaudert haben, muss es mindestens einen unbekannten Mitwisser auf dem Titlis geben.»

«Der Entführer der Leiche selbst», sagte Cem. «Wir brauchen Verstärkung, Banz. Lange haben wir die Verwandten nicht mehr unter Kontrolle. Die Leute drehen durch, sie zerstören alle Spuren in der Grotte. Menschen in Panik sind unberechenbar. Entweder wir bekommen umgehend Verstärkung, oder ich muss denen einen Täter liefern, um sie ruhigzustellen.»

«Wir arbeiten daran», sagte Banz in seinem urchigen Obwaldner Dialekt. Er war gross und kräftig, mit einem prächtigen Vollbart. Eigentlich hätte ein Sennechutteli besser zu ihm gepasst als das hellgraue Hemd und die gestreifte Krawatte, die er trug. Sein Alter war unmöglich zu schätzen. Er konnte dreissig sein oder sechzig. Seine Augen blickten hellwach unter kräftigen Augenbrauen hervor. Es war nicht zu leugnen, dass Banz eine gewisse anziehende Ausstrahlung besass. Er sass neben Barbara, die heute Morgen sonderbar unkonzentriert schien. Die Schatten unter ihren Augen waren dunkler als üblich. Ihr ging es nicht gut.

«Wir werden das überstehen», sagte Cem. Die Worte waren für Barbara gedacht. «Hat Kevin mehr erfahren?»

«Unwichtige Details», sagte Susanne, «nichts, das uns weiterhilft. Metzger und sein Team von der Spurensicherung nehmen sich gerade die Villa der Itens vor. Vielleicht liefert uns das einen Hinweis auf den Tod und das Verschwinden der Braut.»

«Wir haben Neuigkeiten, was die Videoauswertung betrifft», sagte Banz. «Es geht um den Araber, um Amir bin Nuri. Er hat um Viertel vor zwei die Rotair auf dem Titlis verlassen.»

«Also ist er nach uns hochgefahren», ergänzte Cem, «kurz vor dem Mord an Jo. Ist etwas Spezielles auf den Bildern zu sehen?»

«Nein», sagte Frighetto.

«Heinz Kummer von der Nidwaldner Polizei wird heute Morgen zu uns stossen», sagte Susanne. «Dieser Grenzfall hat es in sich.»

«Wem sagst du das», erwiderte Cem. «Ist bei euch sonst alles okay?»

«Ja. Wir bleiben in Engelberg, bis wir euch zwei heil von dem Berg heruntergeholt haben.»

«Habt ihr nach wie vor keine Verbindung zwischen Amir und der Hochzeitsgesellschaft gefunden?», fragte Eva. «Die muss es geben.»

«Negativ», sagte Banz. «Die scheinen sich nicht zu kennen.»

«Setzt Kevin darauf an», sagte Cem.

«Er ist dran», antwortete Susanne.

Cem musste an den Ring denken. Es wurde Zeit, ihn erneut ins Spiel zu bringen. Er zog ihn aus der Hosentasche, wickelte ihn aus der Serviette und hielt ihn vor die Kameralinse des Laptops. «Der könnte der Schlüssel zu dem Fall sein. Innen ist ‹Forever yours› eingraviert. Scheint ein teurer Klunker zu sein.»

Banz pfiff leise durch die Lippen. «Ist das ganz sicher nicht der Ehering von Johanna Iten?»

«Nein», sagte Cem. «Alec hat ihr seinen Ring an den Finger gesteckt, nachdem auf sie geschossen worden war. Es war definitiv nicht dieser.»

«Wer weiss von diesem Ring?»

«Nur Eva und ich.»

«Schickt mir zur Analyse detaillierte Bilder. Ich spreche mit den Juwelieren der Gegend. Vielleicht bringt uns das weiter.» Cem nickte.

«Was unternehmen wir wegen der Presse?», fragte Frighetto.

Banz fuhr sich lässig mit der Hand durchs Haar. Keine Geste eines Sechzigjährigen. «Wir gehen offensiv vor. Verhindern lässt sich die Lawine nicht mehr.»

«Gut. Ich setze auf heute Mittag eine Pressekonferenz an», sagte Frighetto.

«Susanne, du hilfst ihr dabei. Es sind deine Leute auf dem Berg», sagte Banz.

Cem hob überrascht die Augenbrauen. Banz ging energisch an die Sache heran. Es musste ein echter Kerl in ihm stecken, wenn er es wagte, Susanne Befehle zu erteilen.

«Wann können wir mit Verstärkung rechnen?», fragte Eva.

«Frühestens heute Abend», sagte Banz. «Der Sturm fegt auch in Engelberg heftig. Keine Chance, eine Kabine hinaufzufahren.»

«Dann werden wir mal versuchen, Ruhe und Ordnung auf dem Titlis herzustellen.» Eva seufzte leise. «Und wir suchen nach dem Verräter.»

«Alles klar. Auf Willi Hurschler könnt ihr zählen. Ich kenne ihn persönlich. Guter Mann.» Banz verabschiedete sich, vergass aber, die Laptopkamera auszuschalten. Cem beobachtete, wie er sich Barbara zuwandte, die bisher kein Wort gesagt hatte. «Du kannst mir bei den Juwelieren helfen.»

«Wenn du Hilfe brauchst …»

«In meinem Büro liegt eine Packung Aspirin. Nimm eine Tablette, hilft gegen den Brummschädel.»

Barbara schaute ihn überrascht an. «Ist das so offensichtlich?»

Unter seinem Vollbart schien Banz zu lächeln. «Ich habe heute Morgen mit Diego Squash gespielt.»

«Diego?»

«Der Barkeeper ...» Banz blickte zurück in die Kamera. «Ihr seid noch da? Wartet keine Hochzeitsgesellschaft auf euch?»

Cem war mit den Gedanken bei Aspirin und Brummschädel.

«Sind schon weg», sagte Eva. «Viel Spass beim Juwelier.»

Banz nickte knapp. «Wir sprechen uns wieder kurz vor Mittag.»

Der Bildschirm wurde schwarz.

Eva starrte Cem an. «Was läuft zwischen Banz und Barbara?»

«Hoffen wir, dass er nicht nur Aspirin, sondern auch das Rezept gegen ihre Trauer hat.» Cem grinste. «Der Typ gefällt mir.»

«Er ist unmöglich.»

«Nur ehrlich.»

Es klopfte an die Tür, und Valentin Chevalier trat unaufgefordert ein. «Es stimmt», sagte er. «Jo ist verschwunden. Wie konnte das passieren?»

«Wir wissen es nicht», sagte Eva.

«Jemand wusste es, und dieser Jemand hat es an die Presse verraten. Ich brauche Ihr Handy.»

«Weswegen?», fragte Cem. Er hatte bisher kaum mit Valentin gesprochen. Er schien ein vernünftiger Mann zu sein, hielt sich eher im Hintergrund und beobachtete. Er war attraktiv, wirkte seriös, das perfekte Gesicht, um im Fernsehen eine Politsendung zu leiten.

«Jos Tod und ihr ominöses Verschwinden wurden an jemanden beim Radio verraten. Ich habe die richtigen Kontakte, um auf inoffiziellem Weg die Hintergründe zu erfahren. Lassen Sie es mich versuchen. Die Journalisten werden ihre Quelle vor der Polizei schützen, ich kann das umgehen. Es geht hier um meine Schwiegertochter.»

Ein guter Vorschlag. Weshalb war Cem nicht auf die Idee gekommen?

«Sie können mein Handy haben», sagte Eva. «Cem, geh du zurück ins Restaurant. Ich bleibe mit Herrn Chevalier hier, bis er den Anruf erledigt hat.»

Cem zögerte. Konnte er Eva mit ihm alleine lassen? Sie bemerkte seine Zweifel und nickte ihm zu. «Ich komme klar, geh, bevor der nächste Streit ausbricht.»

Cem trat in den Korridor hinaus, da stürmte ihm bereits Odermatt entgegen. «Die benehmen sich wie eine Horde Wilde. Die laufen auf der Bergstation herum, als gäbe es keine Regeln. Willi und ich können sie nicht mehr im Restaurant zusammenhalten.»

«Das habe ich befürchtet», sagte Cem. «Schauen wir uns den Schaden an.»

Die Hälfte der Gäste fehlte. Diejenigen, welche anwesend waren, unterhielten sich aufgebracht und starrten Cem feindselig an, als er das Restaurant betrat. Er hatte seinen Bonus verspielt. Der Einzige, der ruhig zu bleiben schien, war Alec. Er sass wie zuvor am Fenster und starrte in die Schneelandschaft hinaus.

Cem zog Odermatt in eine ruhige Ecke. «Kannten Sie das Brautpaar vor der Hochzeit?», fragte er.

«Nur die Braut. Sie war zweimal hier. Mit ihr und unserer Eventmanagerin habe ich alle Details besprochen.»

«Wann war das?»

«Im Februar hatten wir den ersten Termin. Eigentlich wollte ich die Hochzeit nicht genehmigen, aber Frau Iten konnte sehr überzeugend sein. Eine energische junge Frau, die ein Nein nicht akzeptierte.»

«Was war sie für ein Mensch?»

«Erst war sie mir sympathisch. Sie hatte ein bezauberndes Lächeln. Doch sie hatte etwas Dunkles an sich. Es ist schwer zu beschreiben. Sie war sehr bestimmend. Als sie mit ihrem Charme bei mir nicht weiterkam, versuchte sie es mit Bestechung und letztlich mit Drohung.»

«Drohung?»

«Sie drohte, den Ruf der Titlisbahnen zu schädigen.»

Cem kam das seltsam vor. Warum wollte sie um jeden Preis auf dem Titlis heiraten? Was gab es auf dem Berg, das ihn einzigartig machte? War es die Grotte? «Wann war Ihr zweites Gespräch mit ihr?»

«Das war vor zwei Wochen. Am 29. März, auch ein Samstag. Sie hat sich alles zeigen lassen, machte sich Notizen und übergab mir einen detaillierten Plan, wie die Hochzeit abzulaufen hatte. Ich würde sagen, sie war eine Perfektionistin. Eine ohne Herz. Bräute sprudeln vor Emotionen und Vorfreude über, bei ihr schien es, als plane sie einen Geschäftsanlass.»

Vor zwei Wochen, überlegte Cem. Ihre Fehlgeburt war vor gut drei Wochen. Den Streit mit Isabel hatte sie am 27. März. Jo war viel unterwegs gewesen kurz vor ihrer Hochzeit. Würde sich eine Frau nach einer Fehlgeburt nicht erst erholen wollen? Cem machte sich eine mentale Notiz. Sie mussten Kontakt mit Jos Gynäkologen aufnehmen.

Aus den Augenwinkeln beobachtete er, wie sich Filipa an Alecs Tisch setzte und ihre Hand auf seinen Arm legte.

«Mann, da bist du ja.» Jonny kam auf Cem zugestürmt. «Ich hab was für dich.»

Den hatte Cem total vergessen. Er bat Odermatt um Entschuldigung und ging mit Jonny hinaus in den Flur. «Wie hat sich die Gesellschaft in der Grotte aufgeführt?»

«Was denkst du denn? Mehr Drama und Gezanke ging nicht. Die Chevaliers und Itens haben sich voll angeschrien; eigentlich waren es nur Annette und Celeste. Die sind jetzt wohl keine besten Freundinnen mehr. Egal, ich habe darauf geachtet, wer die Grotte nach etwas absucht, so wie du es gesagt hast. Es gab zwei, die sich verdächtig aufgeführt haben.»

Gleich zwei Personen. Das war seltsam.

«Die Zwillinge», platzte es aus Jonny heraus.

War ja klar.

Krach im Restaurant liess ihn aufhorchen. Das nächste Donnerwetter braute sich zusammen. Gemeinsam gingen Cem und Jonny zurück. Diesmal lagen sich Filipa und Oliver in den Haaren. Sie standen sich Auge in Auge gegenüber. Wenn Blicke töten könnten … Interessant war Alecs Desinteresse. Er blieb sitzen und schaute nur angewidert zu, wie die beiden sich giftige Sätze zuwarfen, die tödliches Potenzial besassen. Das Thema war rasch klar definiert: Eifersucht.

«Jo wurde gestern erschossen, und du schmust um Alec herum, als wäre er Freiwild», sagte Oliver.

«Ich sorge mich um Alec», konterte Filipa. «Es gibt Menschen, die kümmern sich um andere und nicht nur um das eigene Wohl.»

«Kümmern? Dass ich nicht lache. Jeder hier weiss, dass du es nie verkraftet hast, dass er dich abserviert hat.»

Cem wurde bewusst, dass er kaum Privates über Oliver wusste. Der Schönling stammte aus wohlhabenden Verhältnissen, hatte Eva erzählt. Oliver war Alecs bester Kumpel, auch ein Snowboarder. Cem stufte ihn eher als ruhigen Typen ein. Nachdem Eva ihm das Alibi gegeben hatte, hatte Cem den Trauzeugen als Verdächtigen im Todesfall von Amir ausgeschlossen. Zu früh? Oliver konnte Zähne zeigen, was er jetzt tat.

Filipa liess sich nicht einschüchtern. In dem roten sexy Kleid sah sie aus wie eine wilde Furie. Sie streckte den Hals und stemmte die Hände in die Hüften. «Stell dir vor, es gibt Menschen, die können nach einer gescheiterten Beziehung Freunde bleiben. Ich zum Beispiel, im Gegensatz zu dir.»

Ja sicher, dachte Cem und musste wieder an das Gespräch denken, das er heimlich in der Vorratskammer belauscht hatte. Eine Heilige war Filipa mit Sicherheit nicht.

«Ach, halt die Klappe!», schnauzte Oliver zurück und wollte gehen, aber Filipas Finger krallten sich in seinen teuren Anzug. «Ich stehe zu meinen Gefühlen. Jo hat das auch getan. Der einzige Feigling bist du.»

Cem horchte auf. Was meinte sie damit? Auch die anderen Anwesenden verstummten und lauschten dem Gespräch, das laut genug war, dass jeder die Worte hören konnte.

Oliver schüttelte Filipas Hand ab. Ein nervöser Blick huschte zu Alec, der zum ersten Mal Interesse an dem Streitgespräch zu zeigen schien. «Lass es», sagte Oliver und ging, Filipas Lachen im Rücken.

«Vor mir konntest du es nie verbergen», rief sie ihm nach. «Wann wolltest du Alec beichten, dass du auf ihn stehst, hm? Du hast deine Eifersucht auf mich und Jo gut überspielt.»

Oliver schoss herum. Sein Blick traf den von Alec, dem die Kinnlade offen stand.

Au Backe. Filipa genoss ihren Auftritt und trieb es auf die Spitze: «Du hattest das Talent, immer dann aufzutauchen und Alec für dich zu beanspruchen, wenn wir Frauen einen romantischen Augenblick mit ihm verbringen wollten. Plötzlich warst du da und nicht mehr aus dem Haus zu vertreiben.»

Alec stand auf. Langsam ging er auf Oliver zu, ohne ein Wort zu sagen.

«Hätte einer einen Grund gehabt, Jo zu töten, dann Oliver», sagte Filipa. Sie warf den Kopf herum und schaute Cem an. «Sie sollten ihn verhaften, Herr Kommissar.»

Womit sie vermutlich recht hatte. Die Schlinge um Olivers Hals zog sich zu. Irgendwie tat Cem der arme Kerl leid. Sein Outing hätte nicht peinlicher ausfallen können. Es wurde Zeit, einzuschreiten. Alecs Hände ballten sich bereits zu Fäusten.

Rasch trat Cem neben Oliver. «Sie sind mir eine Erklärung schuldig», sagte er, packte Oliver am Oberarm und zog ihn von Alec weg. «Wir brauchen frische Luft. Wo ist Ihre Jacke?»

Oliver schnappte sich eine marineblaue Winterjacke vom Tisch nebenan.

Cem runzelte die Stirn, während er nach seiner eigenen Jacke griff, die auf der Sitzbank eines anderen Tisches lag. Im Treppenhaus sprach er Oliver darauf an. «Das ist aber nicht Ihre Jacke.»

«Doch.»

«Als wir Lisi gesucht haben, haben Sie eine andere getragen.»

«Fuck! Was für eine Rolle spielt das? Die Zicke hat mich da drinnen gerade vorgeführt.»

«Die Jacke ist wichtig», sagte Cem ruhig.

«Wir hatten es eilig, Lisi zu finden, da habe ich mir Alecs Jacke geschnappt.»

«Die mit den Schulterriegeln.»

«Ja, Mann.»

Als sie auf dem fünften Obergeschoss per Knopfdruck die Tür entriegelten, blies Cem eisiger Wind ins Gesicht. Die Kälte war eine willkommene Abwechslung und perfekt, um erhitzte Gemüter abzukühlen. Über Nacht hatte sich eine beachtliche Schneedecke über den Titlisgletscher gelegt. Cem legte einen kleinen Prospektständer vor den Sensor, damit sich die Tür nicht wieder schloss, und trat hinaus auf die Terrasse.

Oliver folgte ihm und kickte mit seinem Fuss frischen Schnee in die Luft. «Sie hatte kein Recht dazu. Sie zerstört alles.»

«Hey», sagte Cem. «Alec wird das verstehen. Liebe kann nicht falsch sein, ausser man mordet im Namen der Liebe. Haben Sie Jo umgebracht? Seien Sie ehrlich, das erspart Ihnen viel Ärger. Ich kriege es eh heraus.»

«Ich bin kein Mörder.»

«Wer wusste von Ihrer Neigung?»

«Niemand!»

«Jo?»

«Nein.»

«Filipa weiss es. Woher?»

«Keine Ahnung, Mann. Sie ist ein Freak. Ein Kontrollfreak. Sie ist es doch, die Alec ständig aufgelauert hat und eifersüchtig auf Jo war. Bestimmt hat sie uns nachspioniert, uns heimlich beobachtet.» Oliver verwarf die Hände. «Ich bin ruiniert. Meine Eltern werden niemals tolerieren, dass ich … dass ich anders bin. Alec wird mich zum Teufel jagen und … Fuck!»

«Jetzt schalten Sie einen Gang zurück. Wir leben nicht im Mittelalter. Vielleicht fühlt Alec nicht so, aber das heisst nicht, dass er Sie nicht versteht.» Cem kam sich vor wie ein Therapeut. Dalila, sie hatte Oliver spontan als Verdächtigen genannt. Weshalb? Wusste sie, dass er schwul war? Oder verwechselte sie sein Interesse an Alec mit etwas anderem? Cem musste Dalila dringend darauf ansprechen.

«Ich bin fünfundzwanzig. Haben Sie eine Ahnung, was es bedeutet, seine Neigung zu unterdrücken, nur um in das Schema des perfekten Sohnes und Freundes zu passen?»

Es musste die Hölle sein. «Haben Sie eine Zigarette?», fragte Cem nebenbei.

«Ich rauche nicht. Ich habe Asthma. Rauch in meinen Lungen ertrage ich nicht.»

Also hatte Eva recht, Oliver konnte nicht der Mann sein, den Cem hier oben beobachtet hatte. Aber Alec rauchte, und die Jacke mit den Schulterriegeln gehörte ihm. Ihn hatte Cem beobachtet. Hatte sich Alec mit Amir getroffen? Der Zeitpunkt könnte passen. War Alec ein Mörder? Die Frage gefiel Cem nicht. «Was war Jo für ein Mensch?», wechselte Cem das Thema.

Oliver vergrub seine Hände in den Taschen der Winterjacke. «Sie war okay. Jedenfalls besser als Filipa, diese eifersüchtige Zicke. Jetzt ist ihre Rivalin weg, und sie kann sich Alec erneut krallen.»

«Wussten Sie, dass Alec und Jo eine Art offene Beziehung führten?»

Oliver nickte. «Jo hat mich einmal zu ihrem Liebesspiel dazugeholt.»

«Eine Ménage-à-trois?»

Oliver lachte zynisch. «Sie sagten ja selbst, wir leben nicht mehr im Mittelalter. Hatten Sie noch nie einen flotten Dreier?»

Nein, hatte er nicht. «Wann war das?»

«Wieso ist das wichtig?»

«Ist es.»

«So vor einem Monat.»

«Da war Jo schwanger.»

«Sie war schwanger?» Jetzt war es Oliver, der aus allen Wolken fiel.

«Das wussten Sie nicht? Interessant. Alec ist Ihr bester Freund und hat Ihnen nicht erzählt, dass er Vater wird?»

Oliver kam ins Stottern. «Weshalb hat er das verschwiegen?»

«Tja, das ist die grosse Frage. Vor drei Wochen hat Jo das Kind verloren.»

Oliver fuhr sich mit der Hand über das Gesicht. Seine Reaktion zeigte ehrliches Mitgefühl. Der Typ war okay.

«Was denken Sie, hatten Jo und Alec auch eine sexuelle Dreiecksbeziehung mit Filipa?»

«Niemals.»

«Was macht Sie so sicher?»

«Alec erfüllte Jo jeden Wunsch. Sie war in dieser Beziehung egoistischer. Niemals hätte sie eine zweite Frau im Bett toleriert. Jo wollte im Mittelpunkt stehen. Wollte umworben werden. Sie liebte es, sich wie eine Königin zu fühlen. Dass eine andere Frau ihr diese Position streitig machte, hätte sie nicht akzeptiert.»

«Aber sie wusste, dass Alec sich noch mit Filipa traf?»

«Nein, ich denke nicht.»

«Sie wussten es?»

«Ich ahnte es.»

«Haben Sie es Jo gesagt?»

«Nein. Ich hatte ja keine Beweise.»

In diesem Moment trat Alec ins Freie. Er trug die Winterjacke mit den Schulterriegeln. Eine Zigarette hing in seinem Mundwinkel. «Ich muss mit Oliver sprechen», sagte er harsch.

«Geht nicht», sagte Cem. «Das Risiko ist zu gross. Ich weiss nicht, ob ich Ihnen beiden trauen kann. Einen weiteren Mord erträgt der Berg nicht.»

«Welchen Grund hätte ich, Oliver zu töten?», fragte Alec.

Die beiden starrten sich einen Augenblick schweigend an.

Cem gab nach. «In Ordnung. Sie können sich im Separee des Restaurants ungestört unterhalten. Aber ich werde Sie im Blickfeld haben. Keine tätlichen Angriffe, verstanden?» Er zeigte auf Alec. «Danach unterhalten wir beide uns unter vier Augen.»

Alec nickte, nahm den Stummel der Zigarette aus dem Mundwinkel und warf ihn in den Schnee. Die Glut zischte kurz auf und erlosch. «Alles klar. Gehen wir hinunter. Die illustre Gesellschaft wartet schon gierig.» Er warf Oliver einen undeutbaren Blick zu und ging vor.

ZEHN

Cem stand beim Buffet und beobachtete, wie Alec und Oliver sich im Separee unterhielten. Diese Aussprache war mehr als nötig. Von seinem Stehplatz aus hatte Cem zudem einen guten Überblick über das Selbstbedienungsrestaurant und die anderen Gäste. Er hatte die Lage wieder im Griff.

Jetzt, da er endlich kurz durchatmen konnte, geisterten ihm die Fragen wie verlorene Puzzleteile durch den Kopf: die verschwundene Leiche der Braut, der tote Araber im Schnee, der gestohlene Schmuck, die Zwillinge, die in der Grotte nach dem Ring suchten … Den Jungs traute er nicht über den Weg. Richtige Gestaltwandler waren das.

«Es war eine Frau.»

Cem drehte sich zu der Stimme um. Valentin kam auf ihn zu, hinter ihm stolzierte seine Frau. «Wie, es war eine Frau?», fragte er irritiert.

Celeste stellte sich neben ihren Mann und schaute zum Separee hinüber. «Ist es eine gute Idee, die beiden alleine zu lassen?»

«Ich habe sie im Blickfeld», sagte Cem.

«Niemals hätte ich Oliver so eingeschätzt.» Celeste seufzte. «Ich kenne seine Eltern. Ich denke, sie wissen kaum darüber Bescheid …»

«Hier geht es nicht um Oliver», sagte Cem. «Es geht um den eiskalten Mord an Ihrer Schwiegertochter.»

Schnippisch hob Celeste das Kinn. «Sieht mir nicht danach aus, als suchten Sie angestrengt nach dem Mörder.»

Cem wollte sich verteidigen, aber Valentin fiel ihm ins Wort: «Die Quelle, welche der Presse von dem Mord erzählte, nannte keinen Namen. Sie rief von einer unterdrückten Nummer an. Es war eine Frau am Telefon, der Stimme nach eine junge Frau.»

Eine Frau als Verräterin? Damit hatte Cem nicht gerechnet. Viele kamen nicht in Frage: Filipa, Dalila oder Isabel. Vielleicht konnte man noch Kadische zu dem Kreis der Verdächtigen zählen, sie hätte sich am einfachsten Zugang zu einem der Festnetztelefone auf dem Titlis verschaffen können, aber dann wäre die Nummer sicher nicht unterdrückt gewesen. Was wusste Cem eigentlich über Kadische? So gut wie nichts. «Die Quelle muss ihre Behauptung belegt haben, oder glauben die beim Radio jeder anonymen Meldung, die eingeht?»

Valentin fasste Cem am Oberarm. Berührungsängste kannte der Mann nicht. Cem konnte sich vorstellen, dass er als Moderator bei den Ladys gut ankam. Er strahlte etwas Vertrauenswürdiges aus, schien ruhig und besonnen. In ihrer Beziehung war eindeutig Celeste die temperamentvollere und die schwierigere Natur. Sie versprühte Glanz und Glamour und eisige Kälte. Sie war eine schöne Frau, auch wenn vermutlich nicht alles an ihr echt war. Die Augen waren eine Spur zu katzenartig, die Nase zu gerade und schlank, die Lippen einen Hauch zu voll, und Fältchen kannte das porzellanhafte Gesicht nicht. Selbst der Körper besass makellose Rundungen, die durch das eng anliegende Meerjungfrauenkleid perfekt in Szene gesetzt wurden. Ihre kastanienbraunen Haare waren eine glänzende, weich fliessende Pracht. Wetten, da verbargen sich Extensions darunter. Doch anders als ihre Schwester Zora verzichtete Celeste auf zu viel Make-up, auf zu viel Glitzer und Pomp. Sie war eine Frau, welche die Beautybranche kannte. Das musste man ihr lassen. Sie hatte Stil und Eleganz, war beeindruckend, was aber nicht mit Sympathie zu verwechseln war. Cem mochte sie nicht.

«Sie schickte dem Sender Beweisfotos», erklärte Valentin.

«Was für Fotos?»

«Bilder von dem blutgetränkten Hochzeitskleid.» Er schwieg einen Moment. Der Mord an Jo liess wenigstens ihn nicht kalt.

Wenn sie Fotos von dem Kleid ohne Leiche gemacht hatte, musste sie ein Handy mit Kamera oder eine Kamera dabeigehabt haben. Mirella. Als sie zusammen das Fehlen der Leiche entdeckten, war Cem aus der Grotte gestürmt, ohne auf Mirella zu achten. Er hatte sie dort alleine zurückgelassen. Verdammt.

Die unscheinbare Fotografin hatte er in den letzten Stunden komplett vernachlässigt. War es ein Fehler gewesen, ihr zu vertrauen?

«Ich kann es nach wie vor nicht fassen, dass Jo ermordet wurde», sagte Valentin.

«Wie standen Sie zu ihr?»

Valentin seufzte. «Ich liebte sie.»

«Valentin», zischte Celeste.

«Was? Ich bin nur ehrlich. Ich liebte sie fast wie eine eigene Tochter. Das darf man so sagen. Wir kannten Jo, seit sie ein kleines Mädchen war.»

«Was war sie für ein Mensch?»

Ein Schmunzeln schlich sich auf Valentins Lippen. «Sie brachte uns zum Lachen. Sie war ungestüm, hatte tausend Ideen im Kopf. Sie liebte das Leben und machte es ihren Eltern oft schwer. Annette ist der konservative Typ, Jo war innovativ und experimentierfreudig, schwierig zu kontrollieren. Aber sie hatte ein grosses Herz und viel Liebe zu geben. Sie und Alec waren füreinander bestimmt. Ich wusste, dass er sie seit der Schulzeit heimlich liebte. Die ungeplante Schwangerschaft kam natürlich überraschend, aber als sie mir von den Hochzeitsplänen erzählten, war ich erleichtert. Ich befürchtete, Filipa würde sich meinen Sohn angeln.»

«Filipa mögen Sie nicht?»

Er wich der Frage aus. «Mir war Jo tausendmal lieber. Sie tat Alec gut. Sie verstanden sich blind. Manchmal benahmen sie sich wie ein altes Ehepaar. Sie stritten, nur um sich lachend wieder in den Armen zu liegen.»

Celeste starrte zu Alec und Oliver hinüber. «Ich mag es nicht, wenn er Oliver so nahe kommt. Ich sollte hinübergehen.»

«Lass die beiden in Ruhe», herrschte Valentin sie unerwartet harsch an.

«Es wissen zu viele Bescheid», schnippte sie zurück, setzte ein Lächeln auf und hakte sich bei ihrem Mann unter. «Aber du hast recht, mein Lieber. Es ist nicht der richtige Zeitpunkt, sich darum zu kümmern. Wir müssen herausfinden, wer mit der Presse gesprochen hat, um nicht noch mehr Schaden zu erleiden.»

Schaden? Cem glaubte sich verhört zu haben. «Hier geht es um ein Menschenleben, nicht um einen Schaden.»

«Exakt», sagte sie, seine Bemerkung elegant abwertend. «Und Ihre Aufgabe ist es, den Täter zu fassen. Stattdessen stehen Sie herum und sperren uns in diesem Restaurant ein.»

«Der Sturm ist kaum meine Schuld», entgegnete Cem.

«Sie haben zugelassen, dass Jo verschwindet. Wie konnten Sie den Itens das antun? Eine der jungen Frauen muss ein Handy bei sich tragen. Finden Sie es.»

«Erklären Sie mir nicht meine Arbeit.» Cem verschränkte die Arme vor der Brust. «Meine oberste Priorität ist es, Sie alle zu beschützen, den Mord klären andere auf. Ihre Schwiegertochter wurde gestern getötet, Frau Chevalier. Dieser Umstand scheint Sie nicht besonders zu belasten.»

«Natürlich.»

«Liebten Sie Jo auch?»

Wieder das schnippische Kopfheben. «Alec liebte sie. Das Glück meines Sohnes ist mir am wichtigsten.»

«Soll heissen, Jo wäre nicht Ihre Wahl gewesen?»

«Ich verstand mich sehr gut mit Jo. Und die Itens sind gut betuchte, anständige Menschen, aber –»

«Aber durch ihre Adern fliesst kein blaues Blut?» Cem hätte darauf gewettet, dass Celeste eine entfernt verwandte Comtesse oder Baronesse als Schwiegertochter vorgesehen hatte.

Valentin schritt ein. «Unsere Familienangelegenheiten gehen Sie nichts an.»

Kurzes Schweigen.

«Wussten Sie von der Fehlgeburt?», fragte Cem weiter.

«Natürlich», platzte es aus Celeste heraus.

«Alec und Jo wollten die Hochzeit absagen. Sie haben das zu verhindern gewusst.»

«Nach einer Fehlgeburt ist es normal, dass man als Frau Zweifel bekommt. Wir waren uns mit den Itens einig, dass eine Hochzeit Jo und Alec am einfachsten über den Verlust hinweghelfen würde.»

«Seltsame Logik», sagte Cem. «Wie hat Jo den Verlust ihres Kindes verkraftet?»

«Wie wohl? Sie hat zwei Tage geweint und sich dann zusammengerissen. Sie hat das Kind früh verloren. Vielen Frauen passiert das. Wir stehen das durch und machen weiter.»

Cem schloss aus der Bemerkung, dass Celeste ebenfalls eine Fehlgeburt gehabt hatte. Unweigerlich musste er an Lila denken. Auch sie verlor ein Kind, aber nicht auf natürliche Art. Ihr Baby wurde ihr brutal aus dem Leib geprügelt. Cem kam ein schlimmer Gedanke. Hatte Jo das Kind wirklich auf natürliche Art verloren? Oder führten andere Umstände zu dem Verlust?

Cem beobachtete, wie sich Alec und Oliver gegenseitig auf die Schultern klopften. Das Gespräch schien Früchte getragen zu haben. Cem drehte sich zu den Chevaliers um. «Wie hat Jo ihr Kind verloren?»

Celeste stutzte über die Frage. «Das passierte ohne Vorwarnung. Annette hat uns angerufen. Sie fuhr ins Spital und konnte Jo noch am gleichen Tag heimbringen.»

«Wie hat es Alec verkraftet?»

«Ihm stand das Wohl von Jo an erster Stelle», sagte Valentin.

«Liebster», sagte Celeste, «wir haben uns lange genug mit dem Polizisten unterhalten.»

Polizisten? Aus Celestes Mund klang es, als sei Cem ein unerfahrener Verkehrspolizist. Unglaublich, mit welcher Arroganz diese blaublütige Madame ihn abservierte. Tatsächlich hatte sich seit dem Mittelalter nicht viel geändert.

Es war bereits elf Uhr, als Cem endlich zu seinem Frühstück kam. Viel war nicht mehr übrig. Zwei Scheiben Brot, ein Stück Käse und ein Apfel. Wenigstens war genügend Kaffee vorhanden. Kadische servierte ihm mit strahlendem Lächeln einen zweiten Espresso.

«Da hat jemand gute Laune», bemerkte Cem.

«Ja, ich weiss, es ist unangebracht, aber frau macht das Beste daraus.»

«Welcher der beiden ist der Glückliche?»

Sie beugte sich verschwörerisch zu ihm vor. «Ach, das spielt keine Rolle. Sie sehen beide gut aus. Küssen tun sie auch gut, beide, denke ich zumindest. Der eine schmeckt nach Minze, der andere nach Vanille.»

Cem verkniff sich ein Grinsen. Für einmal war es die Frau, die mit den Zwillingen spielte.

Kadische setzte sich zu Cem an den Tisch. «Sie haben gesagt, ich soll mich umhören. Genau das tue ich.»

«Ich sagte nicht, dass Sie mit den Gästen gleich auf Tuchfühlung gehen müssen.»

«Ist eine angenehme Nebensache.»

Kadische war eine junge Frau, die kein Blatt vor den Mund nahm und tat, was sie wollte. Cem gefiel das. Ihr Äusseres entsprach so gar nicht ihrem Charakter. Sie hatte ein langes, schmales Gesicht mit grossen braunen Augen, einer kleinen Nase und rosafarbenen Lippen. Ihre hellbraunen langen Haare schmiegten sich um ihre zarten Wangen. Sie war eher klein, sehr feingliedrig, fast wie eine Balletttänzerin. «Kadische ist kein Schweizer Name. Ihren Akzent kann ich nicht zuordnen.»

«Albanien. Ich bin seit sieben Jahren in der Schweiz. Ist ganz okay. Etwas langweilig manchmal. Nicht immer. Nicht dieses Wochenende.»

«Können Sie mir Neuigkeiten liefern?»

«Ich würde den Bruder des Bräutigams und seine Frau genauer unter die Lupe nehmen. Ich glaube, sie hasst ihn. Ich vermute, er betrügt sie.»

«Mit wem?»

Kadische zuckte mit den Schultern. «Soll ich mich an ihn ranschmeissen, um zu sehen, wie treu der Kerl ist?»

Allah bewahre. Cem kam sich vor wie ein Zuhälter. «Nein. Keine weiteren Küsse mit den Gästen.»

Sie zog einen Schmollmund. «Schade. Er ist süss und bestimmt schwerreich.»

«Da fällt mir ein», sagte Cem, «ich muss dringend mit meinem Boss sprechen. Darf ich mir kurz Ihr Handy leihen, bei meinem ist der Akku aufgebraucht.»

«Aber, aber, Herr Kommissar. Die Handys haben Sie uns doch abgenommen. Ich bin vollkommen von der Umwelt abgeschnitten. Eine Katastrophe ist das. – Moment mal, war das ein Test?»

«Sorry, musste sein. Reine Routine», sagte Cem und setzte seinen Dackelblick auf.

«Jemand hat noch ein Handy auf dem Berg?»

Kadische war clever, das musste man ihr lassen.

«Nur eine Vermutung. Haben Sie noch andere Verdächtige im Visier?»

«Dalila. Die dreht bald durch.»

Diese Antwort überraschte Cem.

«Kennen Sie den Spruch nicht, stille Wasser sind tief? Hören Sie, diese Dalila ist mir zu lieb, zu unschuldig, zu verletzlich. Sie gibt sich als zartes Wesen, als treue Freundin, aber ich glaube, sie hatte mit Jo eine Rechnung offen.»

«Geht das konkreter?»

«Boah, ist doch logo, es geht um einen Mann. Jo hat ihr ihren Freund ausgespannt. Das hat das Herzchen von Dalila gebrochen. Wetten, sie wollte Rache?»

Cem runzelte die Stirn. Die Geschichte hatte aus Dalilas Mund anders geklungen. «Wie haben Sie das erfahren?»

«Na, ich habe sie gefragt, warum sie nicht in Begleitung zur Hochzeit kam. Sie heulte los und meinte, es sei wegen Jo. Sie habe dafür gesorgt, dass ihr Ex Lorenzo sie verliess. Drei Jahre ist das her. Drei Jahre! Für eine neue Beziehung habe sie noch nicht die Kraft. Das arme Ding hat mir von ihrer Heilerin erzählt, die ihr helfe, über ihr Schicksal hinwegzukommen. Sie wollte mir tatsächlich verklickern, dass Engel, Feen und andere Fabelwesen um uns herumwuseln. Die ist nicht ganz dicht. Sex würde ihr guttun. Hilfsbereit, wie ich bin, sagte ich ihr das und versuchte, sie zu trösten. Sie begann zu hyperventilieren, und ich musste sie beruhigen. Die ist mit den Nerven fertig. Ich frage mich, weshalb. Weil ihr Ex weg ist oder weil ihre Freundin ermordet wurde?»

Cem stürzte den bereits lauen Espresso die Kehle hinunter.

«Soll ich Ihnen noch einen bringen?» Kadische stand auf und griff nach der leeren Tasse.

Cem bemerkte die goldene Armkette mit eingefassten grünen Steinen. «Die ist hübsch.» Das Schmuckstück passte nicht zu Kadisches Typ.

«Die hat mir Dominik geschenkt, oder war es Roderick? Egal.»

«Er hat einfach so ein Schmuckstück bei sich, um es zu verschenken?»

«Es war als Hochzeitsgeschenk für Jo gedacht. Sie braucht es ja nicht mehr. Er sagte, das gute Stück mache ihn traurig. Er wollte es loswerden. Und ich habe nicht Nein gesagt.»

«Darf ich mal sehen?»

«Sicher.» Sie streckte ihm den Arm entgegen.

Cem war kein Experte, aber das schien eine echte, schwere Goldkette zu sein, die Steine waren vermutlich Smaragde. Er zählte fünf Stück. «Die sieht teuer aus.»

Kadische nickte. «Ist sie. Für dieses Schätzchen küsse ich gerne einen gut aussehenden Mann, auch im Doppelpack. Und? Noch einen Espresso?»

Cem verneinte. Als Kadische ging, suchte er im Restaurant nach den Zwillingen. Sie standen an einem Fenster und unterhielten sich. Cem ging auf sie zu.

Einer der beiden sah ihn kommen und rempelte seinen Bruder an. «Drah di net um», sang er laut genug, «schau, schau, der Kommissar geht um.»

Beide grölten. Sie führten sich auf, als gäbe es keine tote Cousine. Na ja, irgendwie gab es sie ja auch nicht mehr. Das Verschwinden der Leiche blieb ein Rätsel.

«Ihr könnt mir bestimmt weiterhelfen», begann Cem. «Wir haben uns so sehr mit den Ereignissen hier oben beschäftigt, dass ich überhaupt nicht gefragt habe, wie die Hochzeitsfeier nach der Trauung in der Gletschergrotte hätte ablaufen sollen.»

«Na, wie wohl? Party, Mann. Party, Weiber und noch mehr Party. Haben Sie die heissen Bräute nicht gesehen, die leider viel zu früh vom Titlis runter sind?»

Das musste Roderick sein, der Rotzlöffel.

«Das Château Gütsch in Luzern war für uns reserviert», sagte der andere. «Die Absage wird einen schönen Batzen Geld kosten.»

«Dominik, richtig?»

«Nein, Roderick. Dieser Idiot hier nennt sich Dominik.»

Die verarschen mich. Gab es keine Möglichkeit, sie zu kennzeichnen, damit sie endlich eindeutig identifiziert werden konnten? «Was ist mit Geschenken?»

«Ja, Geschenke sind üblich bei einer Hochzeit», sagte wer auch immer.

«Wer von Ihnen wollte Jo die goldene Armkette mit den Smaragden schenken?»

Die Brüder schauten sich überrascht an und prusteten dann gleichzeitig laut los. «Jo und Schmuck? Nee, Alter, sicher nicht. Sie trug nie Schmuck. Na ja, bis auf den Ehering, den war sie bereit, sich anstecken zu lassen.»

Cem trat einen Schritt zurück. «Wer hat Kadische die Armkette geschenkt?»

«Welche Armkette? Welche Kadische? Kennen wir eine Kadische, Bruder?»

Cems Blut begann gefährlich zu kochen. «Kadische, die Servicefachangestellte, die hier arbeitet.»

«Ach, diese heisse Schnecke. Die küsst super.»

Die Zwillinge starrten sich an. «Sag bloss, du hast sie auch geküsst.»

«Diese rosa Lippen lasse ich mir nicht entgehen.»

«Ich habe sie zuerst geküsst.»

«Sicher nicht, das war ich.»

«Lügner!»

«Selber!»

«Hey, hey, das reicht», mischte sich Cem ein, bevor die Sache ausartete. «Ich will nur eines wissen: Hat einer von Ihnen Kadische eine Armkette geschenkt?»

Ein Unisono-Kopfschütteln war die Antwort.

Cem knurrte ein Danke und wandte sich ab. Jemand belog ihn. Entweder einer der Zwillinge oder beide oder Kadische selbst. So oder so, der Plan war, ihn zu verwirren. Ohne stichhaltige Beweise konnte Cem niemanden festnehmen, denn inzwischen war er sich sicher, zu wissen, woher der Schmuck stammte.

Er steuerte auf Zora Pandora zu, die mit Jonny an einem Tisch sass. Cem setzte sich zu ihnen. «Eine Frage: War eines der Schmuckstücke, die Ihnen gestohlen wurden, eine goldene Armkette mit fünf eingefassten grünen Steinen?»

Zora streckte ihm ihr Handgelenk entgegen. Durch zu viel Solariumbräune war ihre Haut trocken und faltig. «Mein Lieblingsstück. Die Kette hat mir ein Verehrer geschenkt. Haben Sie sie gefunden?»

Cem stand auf. «Ich verfolge eine Spur. Ich komme zurück, wenn ich mehr weiss.»

Cem beschloss, die Zwillinge und Kadische gleichzeitig zu vernehmen. Vorher musste er jedoch etwas Wichtiges erledigen.

«Eva, ich brauche deinen roten Lippenstift.»

Sie sass alleine an einem Tisch und machte sich Notizen. Überrascht hob sie die Augenbrauen. «Hast du mir etwa eine gewisse Neigung von dir verschwiegen, Süsser?», scherzte sie.

«Lippenstift und Nylonstrümpfe machen mich heiss», flüsterte Cem in ihr Ohr.

Sie lachte und stemmte die Hände in die Hüften. «Wenn das so ist, beichte ich dir, dass ich auf Lack, Leder und Fesselspiele stehe und am liebsten ungezogene Bullen bestrafe.»

Die Antwort brachte Cem kurzzeitig aus dem Konzept. Lernte er eine neue Seite von Eva kennen? Er setzte sich neben sie und drückte ihr einen Kuss auf die glänzenden Lippen. «Dein Lippenstift ist von guter Qualität, richtig?»

«Ich lasse doch keine Billigprodukte an meine Lippen.»

Cem nahm sie in den Arm. «Deine Lippen küsse ich, wären sie auch nur mit Vaseline befeuchtet.»

«Igitt!»

Sie mussten lachen und schwiegen dann einen Moment. Das Klima auf dem Titlis war nicht das richtige, um glücklich zu sein. «Ich brauche den Lippenstift, um einen Rotzlöffel zu markieren», sagte Cem.

«Verstehe. Eine gute Idee. Doch für diese Aktion hätte auch ein Billigprodukt aus dem Supermarkt gereicht. Was hast du herausgefunden?»

Cem klärte sie über die goldene Armkette auf.

«Du denkst, dass entweder die Zwillinge oder Kadische die Diebe sind?», fragte Eva nachdenklich.

«Ja. Aber so vorlaut und frech sie auch sind, es sind keine abgebrühten Profis. Meinem Verhör werden sie nicht lange standhalten.»

«So gefällst du mir.»

Cem ging hinüber zu den Zwillingen, den Lippenstift im Ärmel versteckt, und kam noch einmal auf die Armkette zu sprechen. «Haben die Herren eine Ahnung, wer Kadische den Schmuck geschenkt haben könnte? Eine Idee? Es ist wichtig.» Cem gab sich verschwörerisch, lehnte sich vor und markierte dabei unauffällig einen der beiden mit dem roten Lippenstift hinten am Kragen des weissen Hemdes, das sie unter dem Armani-Anzug trugen.

Ein Schrei hallte durch das Restaurant.

Die Gäste verstummten.

Eva kam zu Cem herüber. «Wer war das?»

Es war die Stimme einer jungen Frau. «Sie ist auf einer der oberen Etagen», sagte Cem und rannte los. Eva folgte ihm. Willi und Jonny schlossen sich ihnen an.

Wieder der Schrei. Ein Schrei wie aus einem Horrorfilm. Ein Schrei in Todespanik. Solange sie schreit, lebt sie, dachte Cem und hetzte im Treppenhaus die Stufen hoch. Ein Stockwerk höher war niemand zu sehen. Sie musste weiter oben sein. Ein eisig kalter Windhauch streifte seinen Nacken. Das gefiel ihm nicht. Er rannte weiter. Bereits nach wenigen Stufen stürzte ihm Dalila entgegen und fiel ihm in die Arme. «Hilfe! Helfen Sie mir.»

Sie schien unversehrt. Cem schaute sich um, entdeckte nichts Ungewöhnliches.

Eva schloss zu ihm auf und zuckte ratlos mit den Schultern. «Was ist passiert?», fragte sie Dalila und legte ihre Hand auf den Arm der Frau, die heftig zitterte. Dalila blickte zurück und zeigte hoch zur vierten Etage. Cem drückte sie Eva in die Arme. «Wartet hier.»

Zusammen mit Willi und Jonny eilte er die letzten Stufen hinauf. Auf diesem Stockwerk lagen das Fotostudio und die Lounge. Jonny rannte weiter hoch auf die fünfte Etage, wo sich der Ausgang zur Terrasse befand. Cem und Willi schauten sich auf der vierten Etage um. Sie entdeckten nichts Ungewöhnliches. Kurz darauf kam Jonny kopfschüttelnd zurück. «Da ist niemand. Alles in Ordnung.»

Eva kam mit Dalila im Arm zu ihnen hoch. Die Frau war völlig verstört. «Wir setzen uns in die Panoramalounge, und Sie erzählen uns, was Sie so erschreckt hat», schlug Eva vor. Dalila war totenbleich und klammerte sich an Eva, die sie zur Lounge führte. Eva setzte sie in einen Stuhl, denn lange würde sie nicht mehr stehen können.

«I… ich … Oh mein Gott!», stammelte Dalila, ohne Evas Hand loszulassen.

«Was hat Sie so verängstigt?», fragte Cem. «Sie sehen aus, als hätten Sie einen Geist gesehen.»

«Ja, genau das. Ich habe einen Geist gesehen. Den Geist von Jo. Sie … sie stand direkt vor mir.»

Bei Allah. An Weihnachten ermittelte er gegen eine Hexe, und jetzt spukte ein Geist durch die isolierte Bergstation. Er musste verflucht sein. «Bestimmt haben Sie sich getäuscht.»

«Nein. Sie stand plötzlich vor mir. Sie … sie hob die Hände und drohte, dass der Schuldige die gerechte Strafe erhalten wird. Ich solle ihn warnen. Sie werde sich rächen.»

Ihn warnen, überlegte Cem. Wieso sprach der Geist von einem Mann als Täter? Absicht?

«Wie sah Jo als Geist denn aus?», fragte Jonny. «Schwebte sie über dem Boden wie in den Horrorfilmen?»

«Nein. Sie stand plötzlich hinter mir, mitten auf dem Flur. Sie trug ein weisses kurzes Gewand. Ihre Beine waren nackt, das Haar zerzaust, das Augen-Make-up verschmiert. Ein schrecklicher Anblick. Ihr Blick war wild und zornig. Sie meinte jedes Wort ernst, das sie sagte. Mein Gott, es wird weitere Tote geben. Sie wird uns alle umbringen.»

«Na, na», versuchte Cem sie zu beruhigen, «sie hat Ihnen nichts getan.»

Dalila nickte heftig. Noch immer hielt sie Evas Hand und drückte sie so stark, dass Cem erkennen konnte, wie Eva litt, doch sie hielt sich tapfer. Dalila brauchte Trost und Halt, dringend.

Cem zog Willi beiseite. «Was hältst du davon?»

«Weiss nicht. Sie scheint durchzudrehen. Der Stress, die Trauer um ihre Freundin, die Höhenluft. Der Berg verlangt ihr alles ab. Da spielt einem der Kopf schon mal einen Streich.»

«Kadische warnte mich, dass Dalila mit den Nerven am Ende sei. Dass sie spirituell veranlagt ist, war mir klar. Aber angenommen, sie hat recht, sie hat Jo tatsächlich gesehen?»

«Als Geist?»

«Als Mensch.»

«Die Braut ist tot», sagte Willi. «Der Bräutigam und der Professor haben das bestätigt.»

«Ja, ich weiss. Angenommen, jemand gab sich als Jo aus. Wie hätte diese Person vor uns flüchten können? Wir haben niemanden auf den Stockwerken vier oder fünf gesehen. Hinunter konnte sie nicht, wir standen im Treppenhaus, und auch der Lift fuhr nicht.»

«Dann gäbe es nur einen möglichen Fluchtweg», sagte Willi, «über die Tür nach draussen auf die Terrasse. In einem kurzen Kleid würde sie im Eissturm allerdings nicht lange durchhalten.»

«Der kalte Luftzug. Hast du den auch gespürt, als wir hochkamen?»

«Nein.»

Entweder der Luftzug kam von der sich öffnenden Terrassentür oder vom Geist selbst. Da Cem nicht an den Geist glauben wollte, ging er hoch zum Terrassenausgang. Mit dem Notschalter liess er sich von innen öffnen. Cem drückte darauf. Kaum öffnete sich die Schiebetür, fegte ihm die Kälte ins Gesicht. Er wagte einige Schritte hinaus. Da war niemand. Auch Fussspuren entdeckte er keine, die hätte der heftige Wind aber auch gleich verwehen können. Ein leises Zischen der Hydraulik kündigte an, dass sich die Tür gleich wieder automatisch schloss. Cem ging rasch zurück ins Innere der schützenden Bergstation. Mit einem leisen Klicken verriegelte sich die Tür.

Willi schloss zu ihm auf. «Wenn eine Frau halb nackt da hinausläuft, ist das ihr Ende. Das überlebt sie nicht.»

«Kann sie auf einem anderen Weg zurück in die Station gelangen?»

«Sie könnte eines der Fenster von der Terrasse her einschlagen, aber das hätten wir gehört. Wenn sie das Talent eines James Bond hätte, könnte sie allenfalls aussen am Gebäude entlang den Weg hinunterlaufen und durch die Tür unter der Gondel ins Gebäude gelangen. Oder sie rannte hinüber zum Ice Flyer, über die Hängebrücke, die Stufen hinunter bis zum Stollen, der sie zurück ins Gebäude bringt.»

Willi sprach von dem Stollen, vor welchem die Leiche von Amir bin Nuri lag. Um diesen Weg zu wählen, müsste die Frau über den Gletscher laufen. Barfuss, nur mit einem kurzen Gewand bekleidet, wie es Dalila aussagte, war das bei diesen Windböen und der Kälte nur schwer zu schaffen. «Hör zu», sagte Cem. «Ich will, dass du sofort hinuntergehst und Filipa, Isabel, Kadische, Mirella und die Zwillinge zu dir rufst. Fehlt eine dieser Personen, könnte das unser Geist sein. Alle anderen schliesse ich aus.»

«Mirella auch?» Willi runzelte die Stirn.

«Nur um sicherzugehen», beruhigte ihn Cem.

Willi rief nach Jonny, und zusammen gingen sie zurück ins Restaurant.

Cem ging zu Eva, die eine weinende Dalila an ihrer Brust wiegte. Die junge Frau war mit den Nerven komplett am Ende. Cem setzte sich neben sie, sagte aber nichts. Wie konnte es sein, dass Jo vor den Augen einer ganzen Hochzeitsgesellschaft erschossen wurde und plötzlich wieder zum Leben erwachte? All das Blut, das musste doch echt sein. Cem hatte die Tote berührt, sie hatte sich kalt angefühlt, wie eine Leiche eben. Er hätte es bemerkt, hätte sie noch geatmet. Oder hatte sie wie durch ein Wunder überlebt und wollte sich jetzt für den Mordanschlag rächen? «Gehen wir zurück», schlug er vor.

Dalila blickte auf. «Sie … sie hat noch etwas gesagt, aber ich wollte nicht, dass die anderen es hören.»

Cems Eingeweide verknoteten sich. Das konnte nichts Gutes bedeuten.

«Jo sagte, wenn der Bulle sich nicht aus der Angelegenheit raushält, wird sie seine Frau holen kommen.»

ELF

Die Obwaldner Polizei quartierte sich in einem Seminarraum im Hotel Bellevue in Engelberg ein. In einer knappen Stunde, um zwölf Uhr dreissig, war die Pressekonferenz angesetzt. Der Medienandrang draussen vor dem Hotel war schon jetzt enorm.

Susanne sass mit Frighetto vorne am Tisch. Bei ihnen würde auch Banz Platz nehmen. Kummer von der Nidwaldner Polizei wollte später dazukommen, sich im Hintergrund halten und nur im Notfall einschreiten, sollte jemand von der Presse über Amir bin Nuris Tod Bescheid wissen. Frighetto wollte auf alle Eventualitäten vorbereitet sein und hatte Kummer deshalb aufgetragen, sich für das Worst-Case-Szenario vorzubereiten. Niemand wusste, ob der Verräter auf dem Berg weitere brisante Nachrichten an die Presse lieferte.

Susanne bestellte sich einen Kaffee. Sie hätte lieber der Luzerner Pressesprecherin Doris Mörgeli den Vortritt gelassen, aber Mörgeli lag mit einer Grippe im Bett. Frighetto, die den Fall offiziell leitete, versicherte Susanne, dass sie selbst kaum Fragen beantworten müsse. Es sei jedoch wichtig, dass ein Vertreter der Luzerner hier vorne sitze, das signalisiere eine gute Zusammenarbeit zwischen den kantonalen Behörden.

Banz trat in den Seminarraum, Barbara folgte ihm. Die beiden hatten die Juweliere der Gegend wegen des Ringes angefragt. Dem Grinsen in Banz' bärtigem Gesicht nach zu urteilen, waren sie erfolgreich gewesen, denn selbst Barbara schmunzelte. Schien, als hätte ihr die Zusammenarbeit mit dem Obwaldner Kollegen gefallen.

«Wir waren ein gutes Team. Wir haben was», bestätigte er Susannes Vermutung und gab Barbara ein Zeichen, fortzufahren.

«Der Ring wurde bei Gübelin in Luzern gekauft. Am Mittwochnachmittag.»

«Vor drei Tagen», sagte Susanne. «Am Mittwochnachmittag schickten die Hassans Amir in die Stadt, um Geschenke für die Familie einzukaufen. Ist es so, wie ich vermute?»

Barbara nickte. «Der Klunker kostete eine Viertelmillion und wurde per Banküberweisung von Amir bin Nuri bezahlt. Kevin überprüft gerade die Transaktion.»

«Er nahm den Ring nicht gleich mit, sondern wollte ihn graviert haben», ergänzte Banz.

«*Forever yours*», sagte Barbara und seufzte leise.

Banz fuhr fort: «Amir hat den Ring am Donnerstagabend, kurz vor Ladenschluss, abgeholt.»

«Da vermissten ihn die Hassans bereits», sagte Susanne. «Amir ist tatsächlich vor seiner Familie getürmt, weshalb sonst hätte er sein Handy und das Kopftuch beim Hammetschwandlift zurückgelassen? Den Ring hat er kaum für seine Verlobte in Katar besorgt. Amir war verliebt und wollte durchbrennen.»

«Mit Johanna Iten?», mischte sich Frighetto in das Gespräch ein.

Susanne überlegte. Wusste Amir von ihren Hochzeitsplänen, und wollte er sie im letzten Moment überzeugen, mit ihm zu gehen?

«Es muss sich bei seiner Auserwählten nicht zwingend um Johanna handeln», sagte Banz.

«Unsere Kriminaltechniker haben sich alle Handys angesehen, die Kollegin Roos Cengiz uns überbracht hat», sagte Frighetto. «Auf keinem konnten sie eine Verbindung zu Amir finden.»

Susanne stimmte zu. «Auch unsere Kollegen vom Kriminaltechnischen Dienst haben in Itens Villa und im Zimmer von Johanna keinen Hinweis auf den Araber gefunden.»

«Wir können einzig mit Sicherheit davon ausgehen», sagte Banz, «dass sich Amirs Geliebte auf dem Titlis befand. Vermutlich war sie bei der Zeremonie in der Gletschergrotte dabei. Wie sonst kam der Ring dorthin? Sie muss ihn in die Grotte gebracht haben. Amir stand nicht auf der Gästeliste.»

«Er ist auch auf keinem der Bilder drauf, welche die Fotografin gestern aufgenommen hat», sagte Frighetto. «Kollegin Roos Cengiz hat sie uns alle zugestellt, ich habe jedes einzelne durchgesehen.»

Susanne gab Barbara die Anweisung, sich gleich mit Kevin in Verbindung zu setzen. Er musste herausfinden, welche der Damen von der Hochzeitsgesellschaft Amir kannte.

«Kevin ist bereits hier», sagte Barbara.

Susanne schob sich überrascht die runde Hornbrille auf den Haarschopf.

«Er ist uns einen Schritt voraus», erklärte Barbara stolz.

Als wäre das sein Zeichen, klopfte es an der Tür, und Kevin trat ein. Heinz Kummer folgte ihm. «Ich war vorhin auf dem Bürgenstock bei den Hassans, zusammen mit Heinz», erklärte Kevin.

«Auf wessen Anordnung?», fragte Susanne.

«Auf unsere», sagte Barbara und trat neben Banz.

Hatten die beiden sich gegen Susanne verschworen? Sie nahm es mit stillem Humor. Es war schön, zu sehen, wie Barbara neben Banz aufblühte.

«Bassem, der Bruder, wollte uns unter vier Augen sprechen», erklärte Kevin. «Er vertraute uns an, dass der Vater als strenger Patriarch die Familie führe. Er sei ein guter Mann, aber sich ihm zu widersetzen werde nicht geduldet. Amir habe sich oft schwergetan mit den strengen Sitten in Katar. Er sei ein Poet gewesen, ein Träumer, ein Mensch, der gerne feierte und das Leben genoss. Ihr Vater habe sich deswegen Sorgen gemacht und fürchtete, die Ausbildung in der Schweiz habe ihn zu sehr beeinflusst. Deshalb beschloss er, Amir mit seiner Cousine Hadeer zu verheiraten. Es habe deswegen Streit in der Familie gegeben.»

«Hatte Amir bereits eine Freundin in der Schweiz?», fragte Susanne.

«Bassem vermutet es», sagte Kevin. «Die Verbindung mit einer gewöhnlichen Schweizerin, die keine Muslimin ist, wäre für den Vater niemals in Frage gekommen. Die Beziehung musste geheim bleiben. Amir war im Dezember mit Freunden für eine Woche zurück in der Schweiz zum Skifahren. Ich habe das nachgeprüft. Er logierte in einer Deluxe-Junior-Suite im ‹Gstaad Palace›.»

«Bassem hat die Vollmacht über Amirs Konten», sagte Kummer und legte Frighetto Bankauszüge auf den Tisch. «Hier ist eindeutig die Zahlung an Gübelin verzeichnet, wie auch die Ferienwoche in Gstaad, die sich Amir einiges kosten liess. Interessanter sind aber die Transaktionen, die seit einem Jahr monatlich an eine Bank in Singapur überwiesen werden. Umgerechnet etwa einhunderttausend Schweizerfranken pro Transaktion.»

Susanne pfiff leise. «Wow, da kommt was zusammen.»

«Nein, für die Massstäbe der Hassans kaum», sagte Kevin. «Die Überweisungen waren zu geringfügig, als dass sie auffielen. Amirs Konto in Katar ist mit rund zwanzig Millionen Dollar gefüllt.»

Susanne schluckte leer. Der Junge hatte gutes Taschengeld erhalten. Wenn sie den Betrag auf jedes der Kinder von Nuri bin Hassan hochrechnete … Er hatte vier Söhne und drei Töchter … Der Mann musste Milliardär sein.

«Ich habe einige Nachforschungen angestellt», sagte Kevin. «Ratet mal, wer im Dezember ebenfalls in Gstaad in den Ferien war.»

Das Klingeln ihres Handys riss Susanne aus der Anspannung. Sie hob den Zeigefinger. «Einen Moment, das ist Cem. Cem, ich stelle dich auf Lautsprecher um. Wir sind hier alle im Seminarraum des Hotel Bellevue in Engelberg versammelt.»

«Leute», begann Cem ohne Umschweife. «Wir haben ein unheimliches Problem: Es spukt auf dem Titlis.»

«Wie meinst du das?», fragte Barbara.

«Dalila Seidel hat einen Geist gesehen. Den Geist von Johanna Iten. Er hat gedroht, Eva etwas anzutun, sollten wir die Ermittlungen nicht einstellen.»

Einen Augenblick herrschte Stille im Saal.

«Cem, ich hab was für dich.»

«Kevin? Bist du da?»

«Ja. Hör zu. Ich kann beweisen, dass Amir bin Nuri und Johanna Iten ein Verhältnis hatten.»

Erneut Stille.

Kevin räusperte sich und fuhr fort. «Sie verbrachte mit Amir im Dezember eine Woche Ferien in Gstaad. Amir hat den Ring, den du gefunden hast, am Mittwoch bei Gübelin gekauft und gravieren lassen. Du trägst gerade eine Viertelmillion in deiner Hosentasche mit dir herum. Amir hat zudem seit einem Jahr Bargeld nach Singapur überweisen lassen. Das hat mich auf eine Idee gebracht. Ich habe die Passagierlisten der Flüge nach Singapur nach Amir und Johanna durchsuchen lassen. Sie wollten gestern den Nachtflug nach Singapur nehmen. First Class. Sitze nebeneinander, aber einzeln gebucht. Daraufhin habe ich das Bankkonto in Singapur genauer unter die Lupe genommen. Johanna hat die Vollmacht darüber.»

«Amir ging auf den Titlis, um seine Freundin zu holen und mit ihr durchzubrennen?», fragte Frighetto.

Banz strich sich über den Bart. «Das war wohl der Plan. Aber jemand hat davon Wind bekommen und interveniert. Dieser Jemand ist vermutlich der Mörder.»

«Am ehesten kämen die Hassans in Frage», fügte Barbara an.

«Die waren zur Tatzeit bei uns auf der Polizeistation», sagte Susanne. «Sie können Johanna unmöglich erschossen haben.»

Barbara nickte. «Damit verschafften sie sich ein bombenfestes Alibi. Sie könnten einen Auftragsmörder angeheuert haben.»

«Was ist mit dem Koch, Qazim?», fragte Banz.

«Echt jetzt?», meldete sich Cem. «Er ist Syrer, und wie ein Mörder kommt er mir nicht vor. Ausserdem arbeitet er seit Jahren auf dem Titlis. Die Tat kann nicht lange im Voraus geplant worden sein.»

Eva meldete sich durch den Lautsprecher: «Mit genügend Geld lassen sich Menschen zu allen möglichen Taten überreden.»

Cem war nicht überzeugt. «Leute, ihr vergesst den Geist.

Wer immer den gespielt hat, es muss eine junge Frau gewesen sein, um Dalila zu überzeugen, dass sie Jos Geist ist. Willi Hurschler hat gleich nachgesehen, ob eine der jungen Frauen fehlte. Es waren alle im Restaurant anwesend, allerdings kam Filipa erst später dazu. Sie behauptete, auf der Toilette gewesen zu sein.»

«Du glaubst Dalila?», fragte Kummer, der sich bisher zurückgehalten hatte.

«Ja. Dalila war in Panik, das kann sie nicht gespielt haben. Hinzu kommt, dass eine Frau die Presse über das Verschwinden der Leiche informiert hat. Valentin Chevalier hat seine Beziehungen zum Sender spielen lassen.»

«Dann ist eine Frau die Auftragsmörderin», sagte Frighetto. «Und sie ist noch auf dem Titlis.»

«Hätten Amir und Jo wirklich vor der Hochzeit durchbrennen wollen», sagte Cem, «so haben wir einen wichtigen Punkt ausser Acht gelassen.»

«Der wäre?», fragte Kummer.

«Der gehörnte Ehemann. Vielleicht hat er es erfahren und rächte sich an den beiden, bevor sie fliehen konnten.»

«Wie soll er das gemacht haben?», fragte Eva. «Er kann nicht geschossen haben, sonst wären die Schmauchspuren an dem Hochzeitskleid zu sehen gewesen. Und wir hätten Zeugen. Der Schuss kam aus einer gewissen Distanz.»

«Das ist der Punkt», sagte Cem. «Alec hat das Motiv und die Frau, die er braucht, um den Plan umzusetzen.»

«Filipa!», schoss es aus Evas Mund.

«Sie vergöttert ihn», erklärte Cem. «Das war ihre Chance, Alec zu bekommen.»

«Ihr vergesst da etwas», sagte Barbara. «Weshalb sollte Amir auf den Titlis kommen, um mit Jo durchzubrennen? Vielleicht hat sie ihn versetzt und wollte tatsächlich Alec heiraten. In diesem Fall wäre Amir der gehörnte Liebhaber. Auch ein gutes Mordmotiv.»

Frighetto klopfte so fest mit der Hand auf den Tisch, dass alle zusammenzuckten. Sie schmiss die Papiere, die sie vor sich liegen hatte, zu Boden. «Die neuen Indizien sind ein Alptraum. Meine sauber formulierte Erklärung an die Presse kann ich vergessen. Ich muss die Sache neu überdenken. Wir müssen vorsichtig sein, wie wir mit den Informationen umgehen und was wir der Öffentlichkeit weitergeben. Banz, verschiebe die Pressekonferenz um drei Stunden auf halb vier. Kummer, ich will, dass du noch einmal mit den Hassans sprichst. Die müssen etwas mitbekommen haben.»

✳✳✳

«Ich habe selten einen Fall bearbeitet, bei dem es so viele offene Fragen gab», sagte Eva, nachdem das Gespräch mit Engelberg beendet war. «Die Einzige, die alle Antworten kennen würde, wäre Jo.»

«Wir können versuchen, ihren Geist heraufzubeschwören, und ihn befragen», schlug Cem vor. Sie sassen alleine in der Lounge im vierten Obergeschoss. Auf dieser Etage traf Dalila auf den Geist. Cem seufzte. «Wir sollten Alec und Filipa wegsperren. Die Hinweise verdichten sich, dass sie in die Morde involviert sein könnten.»

«Ohne die Anweisung von Frighetto können wir das nicht. Du hast sie gehört, sie will nachdenken.»

«Hallo?», rief eine männliche Stimme.

Cem stand von seinem Sessel an der Fensterfront auf und ging dem Besucher entgegen. Georg Alder stand im Foyer. Seine Lippen zuckten nervös. «Kann ich Sie sprechen?»

«Klar. Was haben Sie auf dem Herzen?», fragte Cem.

«Ich wollte mit Ihnen über die Familie Chevalier sprechen.»

Cem machte eine einladende Geste. «Setzen Sie sich zu uns in die Lounge.»

Alder wusste nicht recht, wo beginnen. Er legte die Knie übereinander und wackelte mit dem Fuss.

Eva machte ihm den Einstieg leicht. «Ich mochte die Komödie, die das Schweizer Fernsehen letztes Jahr ausgestrahlt hat. Sie spielen darin einen Banker und Vater von vier Kindern, der alles hinschmeisst und mit der Familie in eine verlassene Berghütte an einem Fluss zieht. Wie hiess der Film noch gleich ...?»

«‹Das Herz der Bachforelle›.»

«Genau. War lustig.»

Cem runzelte die Stirn. Was für ein Titel, dachte er. «Ein Familiendrama. Was sich hier oben abspielt, könnte auch Stoff für ein Drehbuch sein.»

«Das ist nicht lustig», erwiderte Alder. «Hören Sie, ich weiss nicht, weshalb auf Jo geschossen wurde. Es hat die Chevaliers sehr mitgenommen. Sie liebten Jo wie eine eigene Tochter.»

«Tatsächlich? Welche Art von Liebe empfand Valentin für sie?», fragte Cem.

Alder starrte ihn entsetzt an. «Was behaupten Sie da? Das ist –»

«Oder Etien, Alecs Bruder?», doppelte Cem nach.

Alder schluckte leer, ein Zeichen, dass er von dessen Verhältnis mit Jo wusste. Alder schien die Familie gut zu kennen.

«Sind Sie oft bei den Chevaliers eingeladen?», fragte Eva.

«Ja. Ich kenne die Jungs, seit sie Kinder sind.» Alder scharrte mit den Füssen am Boden. «Alec und Jo wollten heiraten, aber, wie sag ich das ...? Etien hat mir ... nun, er hat mir anvertraut, dass seine Ehe mit Isabel schwierig ist. Vor Jahren hat er für Jo geschwärmt. Natürlich habe ich es ihm ausgeredet. Sie war damals erst sechzehn, auch wenn man sie älter schätzte. Zu Etiens Verteidigung muss ich sagen, dass es Jo war, die ihn verführte. Für sie war es ein Spiel.»

«Sie hat ihn verführt?», fragte Cem.

«Ja. Die Affäre dauerte aber nicht lange. Nachdem sie ihn erobert hatte, war Etien für Jo nicht mehr interessant.»

Jetzt war es Cem, der leer schlucken musste. Konnte eine Sechzehnjährige so durchtrieben sein? «Das hat Ihnen Etien erzählt?»

«Er brauchte jemanden zum Reden. Jemanden ausserhalb der Familie.»

«Was haben Sie ihm geraten?», fragte Eva.

«Zurück zu seiner Familie zu gehen und Jo zu vergessen.»

Cem marschierte vor der Fensterfront auf und ab. «Wann haben Sie vernommen, dass Jo Alec heiraten will?»

«Valentin hat es mir gesagt, etwa eine Woche, bevor die Einladungen verschickt wurden. Das war Anfang Februar.»

«War er glücklich über die Vermählung der beiden?»

«Ja. Valentin schon. Celeste weniger.»

«Wussten die Chevaliers von der Affäre zwischen Jo und Etien?», fragte Eva.

Alder zögerte, was Cem als ein Ja wertete. «Wussten Sie, dass Jo schwanger war?»

Seine Augen weiteten sich. «Sie war schwanger? Nein, das wusste ich nicht.»

«Ein guter Grund, auf einer Hochzeit zu bestehen, nicht? Ich meine, ein uneheliches Kind ziemt sich nicht in der feinen Gesellschaft.»

«Wie? Nein. So ist Valentin nicht.»

«Er nicht, aber Celeste.» Cem trat vor Alder und schaute auf ihn hinab. «Jo hat das Kind vor drei Wochen verloren. Wäre es nicht naheliegend, die Hochzeit abzusagen?»

«Ähm, was wollen Sie damit sagen?»

«Wenn Jo und Alec die Hochzeit trotzdem wollten, wer könnte Interesse daran haben, sie gewaltsam aufzuhalten?»

«Was?»

«Genau das ist meine Frage. Was, wenn das Kind nicht von Alec war? Was, wenn sie ihm ein Kuckuckskind unterschieben wollte. Wie würden die Familien das aufnehmen?»

«Hören Sie auf, so über die Chevaliers zu sprechen.»

«Ach ja? Sprechen wir doch einmal über Isabel. Ihre Geschichte schien sich bei Jo zu wiederholen. Oder wurde Isabel nicht dazu genötigt, Etien zu heiraten?»

«Sie liebten sich.»

«Eine Liebe, die bald erlosch, oder weshalb suchte Etien das Abenteuer bei Jo?»

Eva warf Cem einen warnenden Blick zu. Er ging zu weit, aber Cem war noch nicht fertig. «Wenn Sie die Chevaliers so gut kennen, können Sie mir sicher sagen, weshalb Jo Isabel gedroht hat, sollte sie mit Lisi zu der Hochzeit erscheinen. Was wusste Jo? Womit konnte sie ihre Schwägerin erpressen?»

«Das weiss ich nicht.» Alder schoss vom Sessel auf.

«Was wissen Sie über Isabel?», bohrte Cem nach.

Alder verwarf die Hände. «Sie arbeitete als Model für ‹Vivalier›. Isabel hatte Probleme, Probleme wie die meisten Mädchen in der Branche. Sie wissen schon: Magersucht, Pillen, Aufputschmittel. Sie kam in eine Rehaklinik. Etien stand ihr bei. Aus seiner Hilfe wurde Zuneigung und letztlich Liebe, eine Liebe, die zu einer Schwangerschaft führte. Die beiden heirateten. Fünf Jahre später kam die grosse Ehekrise, und Isabel wollte die Scheidung. Celeste liess das nicht zu. Valentin hat mir erzählt, dass sie Isabel drohte, ihr Lisi wegzunehmen, sollte sie auf der Scheidung bestehen. Celeste würde nicht zulassen, dass Lisi in armen Verhältnissen aufwuchs, denn das würde sie bei ihrer Mutter. Isabel unterschrieb bei der Hochzeit einen Ehevertrag. Im Falle einer Scheidung ginge sie leer aus.»

«Die wollten ihr die Tochter wegnehmen?» Eva schüttelte entsetzt den Kopf. «Und Valentin spielte mit?»

Alder zuckte mit den Schultern. «Er war nicht begeistert. Celeste überzeugte ihn, dass Lisi unmöglich bei einer Mutter aufwachsen könne, die stark gefährdet war, wieder den Drogen und der Bulimie zu verfallen. Wahrscheinlich wäre Celeste damit vor Gericht sogar durchgekommen. Wie hätte sich Isabel auch wehren können, ohne Geld, ohne eigene Familie und Freunde im Rücken und ohne Berufsabschluss? Sie blieb bei ihrem Mann.»

«Wusste Etien davon?», fragte Cem.

«Nein. Nicht von der Erpressung.»

«Jo fand es heraus», mutmasste Eva.

«Auch wenn Isabel sich ihr anvertraute», sagte Cem, «weshalb erpresste Jo ihre Schwägerin? Weshalb sollten sich Isabel und Lisi von der Hochzeit fernhalten?»

Eva blickte auf. «So wie Jo beschrieben wird, war sie ein wilder Charakter, nicht immer gut und ehrlich, aber mit der

Neigung, Schwächeren zu helfen. So wie sie es bei Dalila tat, richtig?»

Alder nickte.

«Was willst du damit sagen?», fragte Cem.

«Es liegt auf der Hand. Jo war angespannt und nervös, das sagte Mirella über sie aus. Jo wollte nicht, dass Lisi zur Hochzeit kam, weil sie wusste, oder zumindest ahnte, dass Blut fliessen würde.»

Cem kratzte sich das bereits stoppelige Kinn. «Du meinst, jemand drohte ihr mit dem Tod, sollte sie Alec heiraten?»

«Ja.»

«Sie hat es trotzdem durchgezogen und ihren Mut mit dem Leben bezahlt. Deshalb der Bibelvers: ‹Denn Liebe ist stark wie der Tod und Leidenschaft unwiderstehlich wie das Totenreich.› Jo war nicht wie Isabel. Lieber starb sie, als sich einschüchtern zu lassen.»

«Wer hat sie bedroht?», fragte Eva.

«Amir. Wetten, das Kind war von ihm?»

«Welcher Amir?», fragte Alder.

Cem zeigte mit dem Finger auf ihn. «Kein Wort zu niemandem, verstanden? Und weil Sie gerade hier sind, ich hätte da noch eine Frage. Nach dem Schuss, als in der Grotte Panik ausbrach, da halfen Sie einer Dame, die auf dem eisigen Boden stürzte.»

Alder nickte.

«Weshalb sprach die Dame von einem terroristischen Anschlag in der Grotte?»

«Die Zwillinge», sagte Alder. «Der Schuss fiel, die Menschen schrien, und ich hörte, wie die Zwillinge ‹Terroristen› riefen. Dann brach das nackte Chaos aus.»

Warum hatte das bisher niemand erwähnt?, wunderte sich Cem. Wahrscheinlich weil jeder wusste, dass es unmöglich ein terroristischer Anschlag gewesen sein konnte. Aber im richtigen Moment eingesetzt, hatte dieses eine Wort die Panik ausgelöst, auch wenn die meisten es wohl nur im Unterbewusstsein aufgenommen hatten.

«Ich dachte, das sei ein dummer Ausruf gewesen», sagte Alder, sichtlich verstört. «Aber Sie haben etwas von einem Amir gesagt ...»

«Vergessen Sie's», sagte Cem.

«Über laufende Ermittlungen dürfen wir keine weiteren Auskünfte geben», sagte Eva versöhnlich. «Das verstehen Sie sicher. Besten Dank, dass Sie zu uns gekommen sind, und für Ihre Offenheit.»

Verdattert verliess Alder die Lounge.

«Wird er schweigen?», fragte Eva.

«Kaum. Das kann für uns von Vorteil sein. Wenn er plaudert, wird er die Gesellschaft aufscheuchen.»

«Du denkst, Amirs Tod war ein Racheakt für Jos Tod?»

«Womit wir bei Alec wären. Das erklärt allerdings nicht den Diebstahl», sagte Cem.

«Ein Gelegenheitsdieb, der die chaotischen Zustände ausnutzte.»

«Was ist mit dem Geist?»

«Den hat Filipa gespielt. Niemand hat sie unten im Restaurant gesehen, als Dalila hier oben auf den Geist traf.»

«Du denkst, der Geist ist ein Ablenkungsmanöver, das sich Alec und Filipa ausgedacht haben, um uns zwei zu bedrohen und von den Ermittlungen abzuhalten?»

«Sie wollen Verwirrung stiften, damit wir nicht hinter die Affäre von Jo und Amir kommen.»

«Das will mir nicht in den Kopf», sagte Cem. «Wenn Alec auf Amir traf und es kam zum Kampf mit tödlichem Ausgang, weshalb hat Alec uns das nicht einfach erzählt? Er wäre straffrei davongekommen. Selbstverteidigung. Er wäre als Held gefeiert worden, weil er Jos Mörder überführte.»

Eva legte sich in Cems Arme. «Du hast recht. Unsere Version weist bedenkliche Lücken auf.»

«Wir sollten von vorne beginnen.»

«Wie meinst du das?»

«Hast du die Notizen dabei, die Willi in der Grotte gemacht hat?»

«Du meinst den Sitzplan, wer wo sass oder stand, als der Schuss fiel?»

Cem nickte.

«Die Notizen sind im Büro.»

Sie gingen hinunter. Cem warf kurz einen Blick ins Restaurant. Alles schien ruhig. Willi hielt pflichtbewusst ein Auge auf die Gäste. Cem schaute auf die Uhr. Mittag war vorüber. Wetterbesserung war keine in Sicht. Bloss nicht noch eine Nacht hier oben, dachte er.

Im Büro suchte Eva die gewünschte Notiz heraus. «Was erhoffst du dir davon?»

Sie setzten sich an den Tisch. Cem griff nach Papier und Stift und fertigte einen Plan an. «Okay, die Grotte verläuft v-förmig. Hier ist die Drehtür, die von der Bergstation im ersten Obergeschoss in die Grotte führt. Nennen wir dies den Korridor A. Der Gang verläuft mehr oder weniger gerade bis zum Altar mit der kleinen Eismauer. Hier weitet sich die Grotte, dann führt sie in einem spitzen Winkel den anderen Korridor, Korridor B, wieder hinaus, bis zu der Drehtür, die in dem unterirdischen Stollen endet, der rechts zurück zur Station und links hinaus aus dem Berg führt.»

«Das ist der Stollen, in dem sich Lisi versteckt hatte.»

«Genau, und vor dessen Tür Amir draussen im Schnee liegt.»

«Hier ist der Altar.» Eva zeigte mit einem Kugelschreiber auf die Spitze von Cems Entwurf. «In Korridor A stehen jeweils zwei Stühle nebeneinander, zehn Reihen, macht zwanzig Sitzplätze. Korridor B ist breiter. Hier stehen drei Stühle nebeneinander, aber es sind nur sieben Reihen. Total fanden einundvierzig Personen einen Sitzplatz. Das Fussvolk dahinter musste stehen. Odermatt sagte, dass sechzig Personen in die Grotte gelassen wurden. Weitere vierzig mussten draussen bleiben und vertrieben sich bei Champagner und Lachsbrötchen im Restaurant die Zeit.»

Cem zeichnete mit Kreisen die Positionen der Stühle ein. «Nach dem Schuss flüchteten die meisten Personen durch Korridor A hinaus, der brachte sie am schnellsten in Sicherheit. Demzufolge würde es Sinn machen, wenn der Schütze sich in Korridor B positioniert hätte.»

«So konnte er schneller und unbemerkt entkommen», sagte Eva.

Cem nahm Willis Notiz und fügte den vorderen Stühlen die Initialen der verbliebenen Gäste auf dem Titlis hinzu, damit er sich ein Bild machen konnte, wer wo gesessen hatte. «Die ersten zwei Stühle in der Zweierreihe in Korridor A waren für Jo und Alec reserviert, dahinter sassen die Itens. Oma Hedwig und Breuning in der dritten Reihe, gefolgt von den Zwillingen. Die Trauzeugen sassen in der vordersten Dreierreihe, der dritte Stuhl war für Pfarrer Kleeb reserviert, dahinter kamen gleich die Chevaliers und Etien. Kannst du mir nochmals die Bilder zeigen, die Mirella gemacht hat, jenes direkt vor dem Schuss und jenes danach.»

Eva holte die Bilder auf den Monitor des Laptops.

«Siehst du», sagte Cem. «Jo hat sich nur Sekunden vor dem Schuss den Gästen zugewandt. Den Gästen, die in Korridor A sassen. Sie drehte sich zu ihrer eigenen Familie um, dann fiel der Schuss. Das nächste Bild zeigt bereits, wie sie in Alecs Arme fällt.»

«Der Schuss muss aus Korridor A gekommen sein», sagte Eva. «Hätte jemand aus Korridor B geschossen, wäre die Kugel seitlich in ihren Brustkorb eingedrungen. Weshalb wählte der Schütze diesen Durchgang als Standort?»

«Vielleicht wurde ihm dort ein Platz zugewiesen. Ich vermute aber, dass der Schütze stand. Wenn du sitzt, musst du die Waffe ziehen, zwischen den Köpfen der Gäste vor dir hindurchzielen und abdrücken. Das wäre sicher beobachtet worden, und mindestens zwei Personen hätten einen Hörschaden.»

«Das bestärkt unsere Vermutung, dass Amir geschossen hat. Von ganz hinten aus Korridor A.»

Cem verzog den Mund. «Eine Sache ist eigenartig. Siehst du, wie schnell Alec reagiert hat? Ein Schuss lähmt einen Menschen im Normalfall für Sekunden. Alec jedoch hat Jo blitzschnell aufgefangen, bevor sie zu Boden fallen konnte.»

«Du willst damit sagen, er wusste, dass auf sie geschossen wird? Er war vorbereitet?»

«Ist eine Möglichkeit, ja.»

«Dann musste er einen Komplizen haben. Mir kommen spontan Oliver und Filipa in den Sinn, die sassen aber in Korridor B und können nicht die Schützen sein.»

«Gehen wir einen Schritt weiter. Was geschah nach dem Schuss?»

«Panik brach aus. Die meisten suchten die Flucht. Nur die engsten Verwandten und Freunde blieben in der Grotte.»

Eva lehnte sich im Stuhl zurück und legte neugierig den Kopf schief.

«Was tat Alec in den ersten Minuten nach dem Schuss?», fragte Cem. Er genoss das Gespräch.

«Er drückte die Wunde ab, vermute ich. Mirella hat keine Bilder davon gemacht. Sie stand unter Schock.»

«Dann kam Professor Breuning hinzu», sagte Cem.

«Genau, das war der Moment, in dem wir in die Grotte rannten. Alec und Breuning sassen neben Jo am Boden. Dann ist Oma Iten in Ohnmacht gefallen.»

Cem nickte. «Breuning will Erste Hilfe bei Jo leisten, Oma Iten fällt in Ohnmacht, und Alec schickt ihn sofort zu ihr, weil, wie er selbst aussagte, kein Arzt mehr Jo helfen konnte.»

«Ist das ein logisches Verhalten?», fragte Eva.

«Es ist logisch, aber nicht natürlich. Der erste Impuls eines Menschen ist es, den Tod zu leugnen, sich an jede Hoffnung zu klammern. Wenn ein Mensch, den du liebst, erschossen in deinen Armen liegt, willst du ihn retten. Du willst hundert Ärzte neben dir, die irgendetwas tun. Du schickst keinen Arzt weg, um nach der Oma zu sehen, die in Ohnmacht gefallen ist.»

«Alecs Reaktion war demnach überlegt und emotionslos.»

«Ja, weil er den Professor von der Leiche fernhalten wollte. Omas Ohnmacht kam gerade im richtigen Augenblick. Du hast sie selbst erlebt, Eva. Schien sie dir zerbrechlich, zartbesaitet, schwach?»

«Nein, im Gegenteil. Sie ist eine äusserst starke Frau.»

Cem stand auf. «Ich vermute, dass Zora betäubt wurde, damit man ihren Schmuck stehlen konnte. Was, wenn der Täter das Gleiche mit Oma Iten machte, um Breuning von Jo wegzulocken?»

«Und Alec war eingeweiht. Was war an Jos Körper, das Breuning nicht entdecken durfte?», fragte Eva.

«Das ist die Quizfrage. Was immer es ist, es ist auch der Grund, weshalb die Leiche verschwunden ist.»

«Sag jetzt nicht, da gäbe es einen spirituellen Hintergrund, damit Jo als Geist auferstehen konnte.»

Cem zeigte mit dem Finger auf seine Skizze. «Dieser Stuhl hier in der siebten Reihe in Korridor A war leer. Willi hat notiert, dass Dalila zu spät zur Zeremonie kam, sich nicht mehr vordrängen wollte und hinten stehen blieb.»

«Dalila ist niemals eine eiskalte Mörderin.»

«Wir dachten, Alec arbeite mit Filipa zusammen. Was, wenn Dalila seine Komplizin ist?»

«Dann hat sie nie einen Geist gesehen. Es war alles nur Show, um uns abzulenken?»

Cem grinste. Endlich eine heisse Spur.

«Wir müssen herausfinden, weshalb Oma Iten in Ohnmacht fiel», schlug Eva vor.

Cem drückte ihr einen Kuss auf die Lippen. «Befragen wir sie, und Breuning gleich dazu.»

Eva fuhr sich mit der Zungenspitze über die frisch geküssten Lippen. «Hol die beiden her. Die Staatsanwältin ist bereit für ein Verhör.»

Oma Hedwig Iten schien erbost, dass man sie ins Büro beorderte. Professor Borchardt Breuning hingegen war besorgt. Er ahnte, dass Cem von seinem hängenden Verfahren wusste.

Hedwig nahm unaufgefordert oben am Tisch Platz. «Meine Enkelin wurde ermordet», begann sie. «Ich wünsche, bei meinem Sohn und der Familie zu sein. Sie brauchen Trost. Also fassen Sie sich kurz. Weshalb sind wir hier?»

Cem überliess Eva das Wort und hielt sich im Hintergrund.

«Frau Iten, noch einmal unser herzliches Beileid. Leider sind unbequeme Fragen notwendig, um den Fall zu klären. Wie ich erfahren habe, standen Sie und Jo sich sehr nahe?»

«Ja.»

«Waren Sie überrascht über die überstürzte Hochzeit mit Alec?»

«Nein.»

«Nein?»

«Jo liebte ihn seit Jahren. Heimlich. Als ich sie einmal darauf angesprochen habe, meinte sie, wenn sie ihm sage, dass sie ihn liebe, würde sie ihre Freundschaft gefährden. Sie würde es sich nie verzeihen, Alec als Freund zu verlieren, sollte ihre Liebe nicht für die Ewigkeit gemacht sein.»

«Das klingt sehr dramatisch», sagte Eva. «Haben Sie Jo ermutigt, ihn zu heiraten?»

«Natürlich. Die beiden gehörten zusammen.»

«Sahen das ihre Eltern gleich?»

«Mein Sohn wollte einzig Jos Glück. Annette hingegen ging es immer um Ansehen, religiöse Werte, um Prestige.»

Eva verschränkte die Arme und setzte sich auf die Tischkante. «Sie wussten, dass Jo schwanger war?»

«Mir hat sie es als Erste anvertraut.»

«Ein Schock?»

«Ein Kind sollte in der Ehe gezeugt werden.» Sie machte eine gewichtige Pause. «Hören Sie, ich lebe nicht im Mittelalter. Die jungen Leute halten sich kaum daran, vor dem Bund Gottes auf gewisse Vergnügungen zu verzichten. Ich habe Jos Offenheit nicht begrüsst, aber konnte sie nicht von ihrem freizügigen Leben abhalten. Jeder macht Fehler. Die einen lernen daraus …»

Oder sterben deswegen?, fragte sich Cem im Stillen.

«Sie haben in der Gletschergrotte das Bewusstsein verloren», fuhr Eva fort. «Ist Ihnen das früher schon passiert?»

«Noch nie», sagte Hedwig und hob gekränkt das Kinn. «Ich kann es mir nicht erklären. Plötzlich drehte sich alles, und mir wurde schwarz vor Augen.»

Eva wandte sich an Breuning. «Sie haben sich gleich um Frau Iten gekümmert?»

«Ja, ja. Sie hatte eine Kreislaufschwäche. Es muss der Schock gewesen sein. Das passiert.»

Cem studierte Oma Hedwig genau. Eine starke Frau, körperlich wie geistig. «Haben Sie vor der Zeremonie etwas gegessen oder getrunken?»

Hedwig schaute ihn überrascht an. «Ich war beim Apéro wie all die anderen Gäste.»

«Nein, ich meine, in der Grotte, kurz bevor der Schuss fiel, haben Sie da etwas zu sich genommen?»

«Nein.»

Eva wandte sich an Breuning. «Sie haben Erste Hilfe bei Jo geleistet.»

«Sie war nach wenigen Sekunden tot. Die Kugel muss ihr Herz getroffen haben.»

«Sicher? Könnte sie das Herz verfehlt haben?»

«Da war sehr viel Blut. Die Kugel muss das Herz oder die Aorta getroffen haben.»

«Hatte sie Puls?»

«Nein. Aber ich war nur kurz bei Jo, dann hat einer der Zwillinge gerufen, weil –»

«Können Sie den Tod von Jo bezeugen?», fragte Cem. «Oder könnte sie noch gelebt haben?»

«Ausgeschlossen. Sie war tot. Kein Puls, keine Atmung und das viele Blut lassen keine Zweifel zu.»

«Nachdem Sie sich um Frau Iten gekümmert haben, haben Sie sich die Leiche von Jo nicht mehr angesehen, ist das korrekt?»

Breuning bejahte. «Alec ist Medizinstudent. Hätte Jo gelebt, hätte er es gewusst.»

Was war das Geheimnis von Jos Leiche?, fragte sich Cem. Was hatte er übersehen?

Es klopfte hektisch an die Tür, und ohne eine Antwort abzuwarten, stürmte Etien ins Büro. «Professor! Schnell! Filipa, sie … sie erstickt.»

Cem und Eva rannten hinter Breuning und Etien ins Restaurant zurück. Cem unterdrückte das Verlangen, nach Evas Hand zu greifen. Noch ein Opfer ertrug er nicht. Nicht heute, nicht auf diesem Berg.

Filipa lag neben dem Buffet am Boden. Sie war kreidebleich, keuchte und röchelte, die Augen weit aufgerissen. Es schien, als wollte sie schreien, aber kein Ton kam aus ihrer Kehle. Schaumiger Speichel lief ihr aus dem Mund. Ihre Hände ballten sich zu Fäusten, die wie von Geisterhand wieder aufgerissen wurden. Ihr Oberkörper bäumte sich auf, nur um Sekunden später wieder zu erschlaffen.

Was Cem hier vor sich sah, war eine Frau im Kampf gegen den Tod.

Eva erstarrte neben ihm, die Hand vor dem Mund. «Mein Gott!», flüsterte sie.

Alec kniete neben Filipa, hielt sie fest und blickte hilflos auf. «Professor! Helfen Sie ihr.»

Die Anwesenden hatten sich um die Szene versammelt und starrten mit entsetztem Blick auf Filipa hinab.

«Was ist passiert?», fragte Breuning und kniete sich sofort neben Filipa.

«Sie bekommt keine Luft», sagte Alec. «Etwas ist mit ihrem Hals. Sie hat Wasser getrunken, sich an den Hals gefasst, geschrien und ist zusammengebrochen.»

«Ich brauche eine Taschenlampe», schrie Breuning.

Cem zog sein Handy, schaltete die Taschenlampenfunktion ein und reichte es Breuning. Während Alec Filipas Kopf nach hinten hielt, öffnete Breuning den Mund und schaute hinein. Filipa schlug mit den Beinen um sich und wand sich vor Schmerzen.

«Jemand muss sie festhalten», schrie Breuning. «Und ich brauche Wasser.»

Cem warf sich sofort neben Filipa und hielt sie an den Beinen fest. Mirella eilte ans Buffet, um Wasser zu holen.

«Ihre Kehle ist verätzt», sagte Breuning. «Was hat sie getrunken? Wo ist die Wasserflasche?»

«Hier liegt sie, am Boden», sagte Celeste und wollte sie aufheben.

«Nicht anfassen», schrie Cem. «Das ist Gift. Womöglich sind wichtige Spuren auf der Flasche.»

Eva reagierte schnell und stellte sich neben die Flasche, damit ja niemand sie berührte.

«Filipa», sprach Alec auf sie ein, auch wenn Cem bezweifelte, dass sie ihn hören konnte, «halte durch. Du musst kämpfen, bitte. Kämpfe für mich.»

«Sie muss in ein Spital, sofort», sagte Breuning. «Rufen Sie die 1414, die Rettungsflugwacht, an. Irgendwie müssen die hochfliegen können.»

Eva griff nach ihrem Handy.

Cem wusste, dass es nicht möglich sein würde. Bei diesem Wind auf dieser Höhe konnte kein Helikopter fliegen, geschweige denn auf einem Gletscher landen.

«Wasser», rief Breuning. «Wo ist das Wasser?»

«Hier», rief Mirella und kam mit zwei Wasserflaschen zurück.

Filipa zuckte so heftig, dass Cem sie kaum festhalten konnte.

«Nein!», schrie Alec.

«Sie bekommt keine Luft», sagte Breuning. «Ich brauche ein Messer und einen Kugelschreiber. Schnell. Und Latexhandschuhe, wenn Sie haben.»

Kadische rannte los in die Küche.

Cem sah, wie Filipa bereits die rot unterlaufenen Augen verdrehte.

«Ruhig, Filipa», redete Alec auf sie ein. «Atme. Langsam. Du schaffst das.»

Cem tauschte einen Blick mit Breuning, der alles sagte. Für einen Luftröhrenschnitt war es zu spät. Es war nicht nur die verätzte, zugeschwollene Kehle, es war auch das Gift, das

Filipa schon im Körper hatte und welches sie kaum überleben würde.

Cem sah, wie Eva am Telefon diskutierte, die Hände verwarf und dann entmutigt die Hand mit dem Handy sinken liess. Sie schüttelte kaum merklich den Kopf.

ZWÖLF

«Es spukt ein Serienmörder auf dem Titlis, und wir sitzen hier tatenlos herum.» Susanne hielt es nicht mehr auf dem Stuhl aus. Sie marschierte im Seminarzimmer auf und ab. Barbara und Kevin waren bei ihr. Die Neuigkeit vom Tod von Filipa Stahl hatte sie vor einer Viertelstunde erreicht. Die junge Frau war nach einem halbstündigen Todeskampf verstorben. Gegen das Gift und die schlimmen Verätzungen war selbst der Professor machtlos gewesen. Ein weiterer Mord, zu dem es nicht hätte kommen dürfen. Cem konnte die mit Gift gefüllte PET-Flasche sicherstellen. Eva erklärte am Telefon, dass die Flüssigkeit wie Wasser aussah und eigenartig roch, wenn auch nicht sehr stark. Es war Qazim, der Koch, der das Gift rasch identifizierte. Er kannte den Geruch. Es handelte sich um einen hochkonzentrierten Industrie-Entkalker, der in einem grossen Plastikbehälter im Putzraum am Boden stand, wo er nicht hingehörte. Üblicherweise stand er im obersten Regal. Das Problem: Jeder hätte in dem Chaos, das zurzeit herrschte, unbemerkt in den Putzraum neben der Küche schleichen können. Er war nie abgeschlossen. Folglich galt jede Person auf dem Titlis als potenzieller Verdächtiger. Solange sie die Flasche nicht nach Fingerabdrücken absuchen konnten, war sie als Hinweis nahezu nutzlos.

«Das war eindeutig ein Mordanschlag», sagte Barbara. «Woher hatte Filipa die Flasche?»

«Cem arbeitet daran», sagte Susanne. «Die Befragung der Leute ist schwierig, sie stehen unter Schock. Wir wissen nicht, ob Filipa gezielt vergiftet wurde oder ob jemand anders das Gift trinken sollte.»

Kevin meldete sich zu Wort. Er sass am Tisch vor seinem Laptop, einen Kugelschreiber in der Hand. Im Sekundentakt klickte er die Mine rein und raus. «Ich denke, Filipa war das Ziel. Es macht Sinn. Erst Jo und jetzt Filipa. Beide waren mit Alec liiert.»

«Habe ich das richtig in Erinnerung, dass Filipas Mutter bei den Chevaliers angestellt war? Kevin, mach sie ausfindig. Uns bleibt nicht erspart, ihr die traurige Nachricht zu überbringen.»

«Mache ich», sagte Kevin mit wenig Begeisterung.

«Wie passt Amirs Tod da hinein?», fragte Barbara.

Kevin beantwortete auch diese Frage: «Amir war ein Kollateralschaden. Er sollte nicht auf dem Titlis sein. Vielleicht sah er zu viel und musste deshalb aus dem Weg geräumt werden.»

«Wen hast du auf deiner Verdächtigenliste?», fragte Susanne.

«Oliver von Gilching. Er hat das Motiv, und er wäre stark genug, Amir im Kampf zu töten.»

«Vertuschung ist ein gutes Motiv», sagte Susanne. «Was mir nicht aus dem Kopf geht, ist dieser Geist. Ich dachte, Filipa spielt ihn, aber das können wir jetzt wohl ausschliessen.»

«Den Geist gab es nie», sagte Kevin.

Susanne und Barbara schauten ihn überrascht an.

«Seht euch das an.» Kevin holte ein Foto auf den Bildschirm seines Laptops. «Das habe ich soeben entdeckt. Ich habe mir von der Silvesternacht, in der sich Alec und Jo nähergekommen sind, Hunderte von Bildern angeschaut, die in den sozialen Netzwerken herumgeistern. Das muss eine Megasause gewesen sein. Sie waren im Casineum im Casino Luzern. Schaut genau hin.»

«Das sind Alec und Jo auf der Tanzfläche», sagte Barbara und trat näher. «Er hat den Arm um sie gelegt.»

Kevin schüttelte den Kopf. «Nicht die beiden. Sieh dir die Menschen dahinter an, diejenigen an der Bar.»

Susanne entdeckte ihn als Erste. «Das ist Oliver.»

«Genau. Ich habe das Bild bearbeitet, um mehr Schärfe zu erzeugen. Was seht ihr jetzt?» Kevin holte eine Vergrösserung auf den Bildschirm.

«Neben Oliver sitzt Dalila Seidel», rief Barbara erstaunt aus. «Ihre Hand liegt auf Olivers Arm.»

«Oliver schaut Alec und Jo beim Tanzen zu», bemerkte Susanne. «Er scheint nicht erfreut.»

«Genau», sagte Kevin. «Es macht den Anschein, als wolle Dalila ihn beruhigen, ihn zurückhalten, was denkt ihr?»

Barbara atmete tief durch. «Du denkst, sie wusste, dass er in Alec verschossen war?»

«Ja, denke ich.»

«Cem beschreibt Dalila als sensibel, zartbesaitet und esoterisch angehaucht», sagte Susanne. «Das klingt nicht nach einer knallharten Komplizin, sollte Oliver sie für die Morde an seiner Seite gebraucht haben.»

«Deshalb habe ich mir Dalila vorgenommen. Sie ist tatsächlich eine anständige junge Frau. Ich fand nichts über sie in unseren Akten. Doch manchmal hat man einfach Glück. Bättig kannte sie.»

«Unser Bättig?», fragte Susanne. Bättig war ein Kollege und arbeitete ebenfalls bei Leib und Leben.

«Ja. Er war heute Morgen im Büro, als ich zusammengepackt habe, um herzufahren. Er warf einen Blick auf die Bilder unserer Hochzeitsgesellschaft. Er konnte sich gut an Dalila Seidel erinnern. Es ist etwa drei Jahre her. Bättig war wegen eines anderen Falles im Kantonsspital, als ihn eine Krankenschwester ansprach. Eine junge Frau war von ihrem Freund eingeliefert worden. Sie behauptete, von der Treppe gestürzt zu sein. Für die Krankenschwester war es ein klarer Fall von häuslicher Gewalt. Sie lockte den Freund für einen Moment von Dalila weg, damit Bättig mit ihr sprechen konnte. Erfolglos. Sie war zu verängstigt, um ihren Freund anzuzeigen.»

«Mistkerl!», rief Barbara.

Kevin fuhr fort: «Bättigs Aussage deckt sich mit dem Gespräch, das Cem mit Dalila führte.»

«Wie hilft uns das weiter?», fragte Susanne.

«Dalila machte keine Anzeige, aber sie sagte etwas, das Bättig nie vergass. Sie sagte, wegen des dummen Sturzes könne sie morgen nicht zur Aufnahmeprüfung nach Zürich gehen. Sie wollte an die Hochschule der Künste, um Schauspielerin zu werden.»

Kevin drehte den Kugelschreiber zwischen seinen Fingern. «Wenn sie diesen Wunsch hatte, muss sie ein gewisses schauspielerisches Talent besitzen. Deshalb vermute ich, dass sie die Sichtung des Geistes und ihre Angst durchaus spielen konnte.»

«Im Auftrag von Oliver», bemerkte Barbara und strich eine rote Haarsträhne hinters Ohr. «Aber es macht keinen Sinn. Laut Cem hat Jo Dalila von ihrem Ex befreit. Weshalb wollte sie dann ihren Tod?»

«Vielleicht weiss sie nicht, dass Oliver der Mörder ist», sagte Kevin. «Er bat sie einfach um einen Gefallen, um die Polizei zu verwirren. Dalila ist wenig selbstsicher und leichtgläubig.»

Barbara setzte sich auf die Tischkante. «Laut Dalila sagte der Geist, wenn Cem sich nicht raushalte, werde Eva etwas Schlimmes zustossen. Weshalb brachte sie Eva ins Spiel?»

«Weil das Cems wunder Punkt ist», sagte Susanne. «Der Täter hat ihn genau beobachtet.»

«Wie real ist die Gefahr für Eva?», fragte Kevin.

«Unser Mörder ging bisher über drei Leichen.» Susanne stellte sich ans Fenster und blickte hinaus. Gegenüber der Strasse lag der Bahnhof. Der Himmel war tief grau verhangen. Der heftige Wind blies einen Papiersack über die leere Strasse. «Die Frage ist, würde er einen vierten Mord begehen, um Cem in Schach zu halten?»

***

Die Hochzeitsgesellschaft sowie die Angestellten vom Titlis hatten sich im Restaurant versammelt. Die Stimmung war geladen und kurz vor einer weiteren Explosion. Vor fünf Minuten erst schrien alle durcheinander, rempelten sich an, beschuldigten sich gegenseitig. Celeste hatte einem der Zwillinge eine Ohrfeige verpasst. Etien und Jonny kriegten sich in die Haare. Cem musste den Streit schlichten, nur um von Zora beschuldigt zu werden, ein Versager zu sein. Willis donnernde Stimme verhinderte letztlich eine Meuterei. Vorerst. Eva verbot, Lebensmittel zu konsumieren. Wasser durfte nur direkt aus dem Wasserhahn getrunken werden. Filipas qualvoller, langer Todeskampf traf Alec besonders schwer. Er war in eine lethargische Starre verfallen, nicht bereit, mit jemandem zu kommunizieren. Oliver sass schweigend neben ihm an einem abgelegenen Tisch am Fenster.

Cem hatte sich mit Eva in eine ruhige Ecke zurückgezogen. Es war besser, wenn sie die Gesellschaft aus der Distanz beobachteten. Cem konnte die Menschen verstehen. Sie fürchteten um ihr eigenes Leben. Jeder oder jede könnte der Nächste oder die Nächste sein.

Zusammen mit dem Professor und Jonny hatte er die Leiche von Filipa nach hinten in einen Kühlraum gebracht. Ihr Tod war grausam gewesen und Breunings Luftröhrenschnitt eine blutige Angelegenheit. Cem würde die Bilder nicht so rasch aus seinem Kopf kriegen. Er rieb sich die Schläfen. Vor ihm auf dem Tisch lag die Wasserflasche, eingepackt in eine Plastiktüte. Metzger und sein Team vom Kriminaltechnischen Dienst könnten Fingerabdrücke nehmen, wären sie hier. Alles, was Cem brauchte, war ein Hinweis.

Eva griff nach der Plastiktüte. «Ich bringe die nach hinten und schliesse sie im Büro ein. Das ist unser wichtigstes Beweisstück.»

Cem berührte ihre Hand. «Ich möchte, dass du dich auch im Büro einschliesst. Es ist zu gefährlich hier im Restaurant. Die Stimmung kann jeden Augenblick kippen.»

«Cem, ich überlass dich nicht den Geiern zum Frass. Ich bin deine Frau, schon vergessen? Wir stehen das zusammen durch. Ich bin gleich zurück.»

Er schaute ihr nach, wie sie im Korridor verschwand. Das war wirklich ein grauenvolles Wochenende. Eva hatte Besseres verdient, viel Besseres. Zum Teufel mit Lila und dem Dienstplan. Sobald sie von diesem Berg runter waren, würde er mit Eva und Alain in den nächsten Flieger steigen und ein paar Tage unauffindbar bleiben für den Rest der Welt.

Cem hörte leise Schritte näher kommen. Er drehte sich um. Dalila stand hinter ihm. Eine bleiche, zitternde Person. Cem befürchtete, dass sie jeden Moment in Ohnmacht fallen könnte, und bot ihr den Stuhl neben sich an. «Wie geht es Ihnen?»

«Ich habe Angst.»

«Wir haben es bald überstanden. In wenigen Stunden wird sich der Sturm legen, und wir können von dem Gipfel hinunter.» Cem bemerkte, dass Dalila einen zerknüllten Papierfetzen in der Hand hielt. «Was ist das?», fragte er.

«Eine Nachricht. Aber zuerst muss ich Ihnen etwas beichten. Ich hielt es nicht für wichtig, oder vielleicht wollte ich es nicht wahrhaben ... Er ist ein netter Kerl ...»

«Von wem sprechen Sie?»

«Von Alec.»

«Was ist mit ihm?»

Dalila wischte sich eine Träne von der Wange. «Vor der Zeremonie haben sich Alec und Jo unterhalten. Ich kam zufällig dazu und hörte, wie Alec zu Jo sagte, er werde sie vor dem Altar ins Totenreich schicken.»

«Das hat er gesagt?» Cem konnte seine Stimme kaum im Zaum halten. «Und Sie hielten das nicht für wichtig?»

«Nein, weil es ein Scherz war. Jo hat gelacht, und dann haben sie sich leidenschaftlich geküsst.»

«Ein Scherz also. Weshalb kommen Sie damit zu mir?»

Dalila drückte den Papierfetzen in ihrer Hand gegen ihre Brust. «Nach Filipas Tod herrschte Chaos, alle waren abgelenkt. Ich stand dahinten, beim Korridor. Da habe ich den Geist wieder gesehen.»

«Jo?»

«Ja. Sie sagte, sie komme aus dem Totenreich zurück, um Rache zu nehmen. Sie sei verraten worden. Mit Filipas Tod sei die Schuld beglichen. Ich sollte Alec diese Nachricht hier überbringen. Nur ihm. Aber ich dachte, es wäre besser, damit zu Ihnen zu kommen.»

Cem öffnete auffordernd seine Hand. «Richtig gedacht. Geben Sie sie mir.»

Dalila zögerte kurz und überreichte ihm den Zettel. «Es ist ihre Schrift. Ich erkenne sie gut. Jo muss das geschrieben haben.»

Cem faltete das Papier vorsichtig auseinander und las die schnörkellosen Zeilen.

«Auge um Auge, Zahn um Zahn», so steht es in der Bibel
geschrieben. Du kennst mich gut genug, um zu wissen,
dass ich die Bibel beim Wort nehme.
Meine Wut ist verebbt, deine auch? Die Zeit der Auferste-
hung rückt näher, die Zeit der Freiheit für einen ruhelosen
Geist. Doch vorher will ich einen letzten Kuss. Denn Liebe
ist stark wie der Tod und Leidenschaft unwiderstehlich
wie das Totenreich. Ihre Glut ist feurig und eine gewaltige
Flamme, selbst in der kältesten Gletschergrotte, wo sie ge-
frorene Herzen wieder zum Bluten zu bringen vermag.
Wir treffen uns um vier Uhr am Altar und bringen es zu
Ende. Wie auch immer das Schicksal entscheidet ...
Jo

PS: Kümmere dich nicht um die Bullen, das erledige ich.

Cem starrte Dalila fassungslos an. «Wann hat sie Ihnen den
gegeben?»

«Vor zehn Minuten.»

«Warum bringen Sie mir die Nachricht erst jetzt?»

«Ich wusste nicht, was ich tun sollte», stotterte Dalila.

Eva. Sie war alleine im Büro. Bei Allah ...

Er schoss von seinem Stuhl auf und griff nach seinem Handy
in der Jeanstasche.

Es war weg.

Wie zum Teufel ...? Natürlich. Er hatte sein Handy dem
Professor gegeben, damit er für den Luftröhrenschnitt mehr
Licht hatte.

Breuning sass nur drei Tische weiter. Als Cem ihn ansprach,
behauptete er, das Handy neben die Kasse beim Selbstbedie-
nungsbuffet gelegt zu haben, bevor sie Filipas Leiche nach
hinten in den Kühlraum getragen hatten.

Cem schaute nach. Dort lag kein Handy. Verdammt. Jemand
hatte es in dem Durcheinander gestohlen. Er legte einen neuen
Sprintrekord hin und polterte an die abgeschlossene Bürotür.

«Eva!»

Erschrocken öffnete sie ihm. «Cem? Was …?»

Er schloss sie fest in die Arme.

«Cem, du drückst mir die Luft ab. Was …?»

Widerwillig entliess er sie aus seiner Umarmung und nahm ihre warmen Wangen zwischen seine Hände. Er fühlte, wie sein Puls bis hoch in den Kopf hämmerte. «Eva.» Er küsste sie, lange und innig.

Als sie sich nach einer gefühlten Ewigkeit trennten, schaute sie ihn irritiert an. «Was ist passiert?»

Cem führte sie zum Tisch und erzählte von dem Brief.

«Dieser Geist droht uns tatsächlich?», fragte Eva und starrte auf die Nachricht von Jo, die er ihr überreichte.

«Ich dachte schon, ich komme zu spät. Eva, wenn –»

«Beruhige dich. Es geht mir gut. Aber ich verstehe nicht, was die Nachricht bedeutet. Auge um Auge? Auferstehung? Herzen zum Bluten bringen?»

«Scheint so, als habe Jo vor, aus dem Reich der Toten zurückzukommen.»

«Das ist nicht gut. Hier dreht jemand durch. Was mir allerdings mehr Sorgen macht, ist das hier.» Sie hob den Telefonhörer hoch, der auf dem Tisch lag. «Der Sturm scheint die Leitung zerstört zu haben. Ich kriege keine Verbindung ins Tal.»

Cem langte sich an die Stirn. «Eva, wo ist dein Handy?»

«Hier, auf dem Tisch. Aber die Batterie ist leer. Dabei war es vor Kurzem noch halb voll geladen.»

«Gib es mir.»

Cem schaute sich das Smartphone an, drehte es um und öffnete die hintere Abdeckung. «Die Batterie fehlt.»

«Was?»

«Und mein Handy ist weg. Was ist mit dem Internetanschluss?»

Eva verlor alle Farbe aus dem Gesicht. «Lahmgelegt. Cem, wir können nicht mehr mit unseren Kollegen kommunizieren. Wir sind mit einem psychopathischen Mörder von der Umwelt abgeschnitten.»

«Ja. Und wir sind die Nächsten auf seiner Todesliste.»
Sie griff nach seiner Hand. «Was tun wir jetzt?»
«Am besten setzen wir uns alle zusammen im Restaurant in einem Kreis auf den Boden, sodass jeder jeden beobachten kann, und dann warten wir, bis heute Abend Verstärkung eintrifft.»
«Du willst die Sache wortwörtlich aussitzen?»
«Eine bessere Idee?»
«Cem, die machen da niemals mit. Die sitzen nicht ruhig am Boden. Den Mörder finden wir dadurch auch nicht.»
«Das ist nicht unsere Aufgabe», sagte Cem. «Ich setze dich keinem Risiko aus.»
«Hör zu, von dem Brief wissen nur der Mörder, Dalila und wir. Der Mörder weiss aber nicht, dass wir es wissen, hoffe ich mal.»
«Was hast du vor?»
«Dalila soll Alec den Brief bringen. Er wird um vier Uhr die Gletschergrotte aufsuchen. Wir folgen ihm und überführen so den oder die Mörder.»
«Glaubst du, dass der Geist tatsächlich erscheinen wird?»
«Es spielt keine Rolle. Wir kommen ihm zuvor.»
«Wie das?»
«Indem wir den Spiess umdrehen.»
Eva erklärte Cem ihren Plan. Ein Plan, der ihm nicht gefiel, aber er war der einzige, den sie hatten. «Mit diesem Vorhaben übertriffst du alle meine wahnwitzigen Ideen, die ich bisher hatte, um Mordfälle zu lösen. Metzger wird uns das nie verzeihen.»

«Wir haben keine Möglichkeit zur Kommunikation?», fragte Odermatt.

«Scheint so.» Cem sass mit Willi und Odermatt im Restaurant. «Die Leitung ist tot und unsere Handys weg oder ohne Batterie. Wir werden eindeutig sabotiert. Das gefällt mir nicht.»

«Die nächsten vier bis fünf Stunden werden wir noch aussitzen müssen», sagte Willi. «Dann soll sich gegen Abend das Wetter beruhigen. Halten wir so lange durch? Noch eine Leiche will ich nicht zu sehen bekommen.»

«Warum tut er das?», fragte Odermatt. «Was will der Mörder?»

«Das Motiv ist Rache, nehme ich an.» Cem blickte auf seine Uhr. Es war fünf vor drei. Er schaute hinüber zum Fenster, wo Alec regungslos an einem Tisch sass. Der Tod von Filipa hatte ihm arg zugesetzt. Cem erkannte, wie die Wut in Alec brodelte, die Wut, nicht die Trauer, wie es bei Jo der Fall gewesen war. Alec vermochte seine Gefühle gut hinter einem Pokerface zu verbergen, aber nicht gut genug.

«Es gibt eine Möglichkeit zur Kommunikation», sagte Willi und riss Cem aus den Gedanken. «Der Richtstrahlturm. Er ist unterirdisch durch einen Stollen mit der Bergstation verbunden und vollgepackt mit Kommunikationstechnologie. Wenn wir hineinkönnten, fänden wir mit Sicherheit einen funktionierenden Telefonanschluss.»

«Es gibt nur ein Problem», sagte Odermatt. «Der Richtstrahlturm gehört zwar den Titlisbahnen, aber fällt nicht in meine Zuständigkeit. Ich habe keinen Schlüssel. Und ohne eine Verbindung zu meinen Kollegen im Tal weiss ich nicht, wie ich an einen rankommen sollte.»

Vielleicht sollte Cem einfach auf Evas Plan vertrauen und abwarten.

«Derjenige, der die Leitungen durchtrennt hat, muss sich hier oben gut auskennen», fuhr Odermatt fort.

Er hatte recht. Den Verteilerkasten fand man in dieser grossen Bergstation nicht einfach so. Das Telefonfestnetz, das Internet und damit auch das Radio und Fernsehen waren lahmgelegt. Das Mobiltelefonnetz würde noch funktionieren, hätten sie Mobiltelefone zur Hand.

«Wie stehen Sie zu Qazim?», fragte Cem.

Odermatt schien über die Frage erstaunt. «Qazim? Für ihn würde ich meine Hand auf die Herdplatte legen. Ein zuverlässiger Angestellter und hervorragender Koch.»

Cem hatte seine Zweifel. Qazim kannte sich im Gebäude gut aus, und da er in der Küche arbeitete, hatte Willi ihn nicht im Visier. Zudem schien Qazim nervös, etwas beschäftigte ihn. Dass er Araber war, brachte ihn gezwungenermassen mit Amir in Verbindung, wenn auch weit hergeholt.

Cem massierte sich die Stirn. Er hatte tausend Fragen und keine Antworten. Als er aufblickte, war der Platz am Fenster leer.

Alec war weg.

Cem schaute auf seine Uhr. Eine Minute vor drei. Er sprang von seinem Stuhl auf. «Herr Odermatt, ich will, dass Sie alle Anwesenden – auch die Angestellten – zusammentrommeln und eine Ansprache halten, die mindestens zehn Minuten dauert.»

«Was soll ich?»

«Willi, du sitzt daneben und führst Protokoll. Ich will wissen, wer anwesend ist, wer fehlt und ob jemand später kommt oder früher geht.»

Willi nickte. «Das kann ich machen.»

«Über was soll ich sprechen?», fragte Odermatt.

«Erzählen Sie etwas, um die Leute abzulenken und zu beruhigen. Erzählen Sie eine schöne Geschichte.»

«Und wozu?», fragte Willi. «Was hast du vor?»

«Ich schnappe mir den Mörder.»

Cem eilte ins Treppenhaus und verlangsamte seine Schritte. Er nahm die Stufen hinunter zum ersten Obergeschoss. Wenn Dalila seinen Anweisungen folgte, so war sie bereits am vereinbarten Ort. Und Alec auf dem Weg dorthin. Cem schaute durch die grosse Fensterfront im Treppenhaus hinaus in die Berglandschaft. Weiss, so weit das Auge reichte. Wenigstens fiel kein Schnee mehr. Er blickte hinab auf den Schneepfad, der von der Terrasse oben vor dem Gebäude entlang zur Rotair hinunterführte. Für Touristen war der Weg normalerweise nicht zugänglich.

Cem ging weiter, verliess das Treppenhaus, hielt sich links, vorbei an den Liften, dem Kiosk und dem Souvenirladen. Es wurde frisch.

Er blieb stehen. Vor ihm bog der Korridor nach rechts ab zu einem Durchgang, der zur Gletschergrotte führte, entlang einer grossen Fensterfront, die hinaus auf den Schneepfad zeigte, der hier nur einen Meter tiefer lag.

«Was willst du?», hörte er Alecs Stimme.

Gut so. Alles lief nach Plan.

«Ich habe eine Nachricht für dich», hörte er Dalila antworten. «Eine Nachricht von Jo.»

Schweigen.

Cem blickte vorsichtig um die Ecke. Die beiden standen im Durchgang auf dem Gitterboden direkt am Fenster. Perfekt. Er warf einen Blick auf seine Uhr. Noch eine Minute.

«Jo ist tot», sagte Alec.

«Ich habe ihren Geist gesehen.»

«Drehst du komplett durch?»

«Nein, ehrlich.»

«Ihren Geist also. Arbeitest du mit ihr zusammen? Habt ihr euch gegen mich verschworen?»

«Ich verstehe nicht, was –»

«Hast du Filipa ermordet?»

Cem beobachtete, wie Alec Dalila an den Schultern packte und gegen das Fenster drückte. Mistkerl. Aber er wollte noch nicht eingreifen. Alecs Reaktion war aufschlussreich. Weshalb verdächtigte er Dalila des Mordes an Filipa? Und weshalb sollte sie mit Jo zusammenarbeiten? Jo war tot.

«Alec, lass mich los», flehte Dalila. «Ich bin keine Mörderin.»

Er schaute ihr tief in die Augen und trat einen Schritt zurück. «Was soll diese ominöse Nachricht?»

«Jo hat mir das hier gegeben.» Dalila reichte ihm den zusammengefalteten Zettel.

«Wann?»

«Vor einer Stunde.»

Er nahm das Papier an sich und öffnete es langsam, ohne den Blick von Dalila zu nehmen. «Warum gibst du ihn mir erst jetzt?»

Sie seufzte: «Ich ... ich hatte Angst. Alle halten mich für verrückt, weil ich Jos Geist sehen kann.»

«Du bist nicht verrückt», sagte Alec, seine Stimme wurde milder. «Jo musste immer das letzte Wort haben, offenbar auch nach ihrem Tod.»

«Alec», schluchzte Dalila. «Das ist unfair.»

Gutes Mädchen. Sie hielt sich an das vereinbarte Skript. Sie besass tatsächlich schauspielerisches Talent. Fast tat sie ihm leid, dass er sie heimlich auf die Probe stellen musste, aber Cem konnte ihr nicht trauen, nicht wirklich. Der Verdacht, dass Dalila die Geisternummer abzog, um sich am Mörder für Jos Tod zu rächen, war nicht unbegründet. Wollte sie damit den Täter aus der Reserve locken? Oder lag Cem falsch, und Dalila hatte wirklich einen Geist getroffen? Bald würde er es wissen.

«Fairness hat keinen Stellenwert mehr», hörte er Alec sagen. «Oder ist es fair, dass Jo weg ist? Ist es fair, dass Filipa sterben musste? War es fair, dass der Araber alles zerstörte?»

«Welcher Araber?», fragte Dalila verwirrt.

Cem schnappte ebenfalls nach Luft. Das war der Beweis. Alec wusste von Amir. Er hatte definitiv Dreck am Stecken, so viel war klar. Cem konnte sich ein Grinsen nicht verkneifen.

Alec prustete laut Luft aus seinen Lungen. «Sag nicht, Jo hat dir den Typen verschwiegen? Tu nicht so scheinheilig.»

«Welchen Typen denn? Ich weiss von nichts.» Die Angst in Dalilas Stimme war deutlich hörbar. Sie blickte hilfesuchend in Cems Richtung.

Er zog den Kopf zurück hinter die Wand, aus dem Blickfeld der beiden. Nein, dachte er, tu das nicht. Du darfst mich nicht verraten.

«Vergiss es», hörte er Alec sagen.

Stille.

Cem wagte wieder einen Blick um die Ecke. Er sah, wie Alec die Nachricht las.

Er liess sich Zeit, dann blickte er auf. «Hat den Brief sonst noch jemand gelesen?»

«Nein.»

Alec wedelte mit dem Zettel durch die Luft und lachte freudlos. «War ja klar, Auge um Auge, Zahn um Zahn.» Er zerknüllte das Papier, steckte es in seine Hosentasche, zog eine Packung Zigaretten aus seinem Jackett und zündete sich einen Glimmstängel an. Lässig blies er den Rauch aus seinen Lungen, eine Geste, die an Coolness kaum zu überbieten war. Plötzlich erstarrte Alec. «Was zum Teufel …?» Er zeigte mit dem Finger nach draussen.

Dalila drehte sich um.

«Da, da ist sie wieder», rief Dalila. «Das ist Jos Geist.» Ihre Stimme bebte, und sie trat näher an Alec heran, so als ob sie Schutz suchte.

Ihre Reaktion war echt, die konnte nicht gespielt sein, was bedeutete, dass sie tatsächlich an den Geist glaubte. Dalila war ein Opfer und eine der Guten. Cem konnte nicht leugnen, dass er froh darüber war.

Ein Knall holte ihn aus den Gedanken. «Was soll das?», rief Alec und schlug mit der flachen Hand erneut gegen die Fensterscheibe.

Da stand sie. Draussen im Schnee auf dem Pfad.

Sie trug das Hochzeitskleid.

Der rote Fleck auf der Brust bot einen harten Kontrast zu dem alles verschlingenden Weiss um sie herum. Das Gesicht konnte Cem unter dem Brautschleier nicht erkennen. Wie ein Geist schwebte sie über den Schnee. Der eisige Wind zerrte an dem weiten Rock und dem Schleier.

«Jo, verdammt!», schrie Alec.

«Das ist ihr Geist», stotterte Dalila. «Sie will sich an ihrem Mörder rächen.» Sie starrte Alec an. «Du hast sie getötet, nicht? Deshalb will sie dich in der Grotte um vier Uhr treffen.»

«Halt die Klappe!», schnauzte er sie an und blickte sich hektisch um. «Der Notausgang.» Alec rannte den Gang entlang auf Cem zu.

Cem zog sich weiter zurück, denn direkt vor ihm, auf der anderen Wandseite des Korridors, gab es eine Tür, die nach draußen führte. Eigentlich sollte sie sich für Notfälle öffnen lassen, aber Cem hatte vorgesorgt. Alec zerrte daran, zu abgelenkt, um Cem hinter sich zu sehen. Die Tür liess sich nicht öffnen, da halfen selbst die Kicks mit den Füssen nicht. «Verdammtes Ding, geh auf!»

«Sie geht weg», rief Dalila und zeigte dem Geist nach, der in die andere Richtung, den Weg hoch, aus dem Blickfeld verschwand.

Alec gab auf und rannte den Korridor zurück, entlang der Fensterfront, und schlug mit der Hand immer wieder gegen das Glas. «Jo! Verdammt. Jo, warte.»

Weg war sie.

«Du glaubst nicht an den Geist?», fragte Dalila.

«Nein.»

«Aber Jo ist tot. Du hast ihre Leiche in den Armen gehalten.»

«Ja.»

«Wie ist das möglich?»

«Nicht dein Problem.»

«Alec, hast du Jo getötet?»

Er trat wieder gefährlich nahe an Dalila heran. Cem sah deutlich die Wut in seinem Gesicht. «Ich habe diese Frau geliebt, verdammt noch mal.»

«Bist du ihr Mörder?»

Dalilas Hartnäckigkeit und ihr Mut überraschten Cem.

«Nein. Ich habe Jo nicht getötet.»

«Wer dann?»

Alec rieb sich aufgebracht mit der Hand über das Gesicht.

«Alle suchen einen verdammten Mörder. Warum zieht niemand die Option Selbstmord in Betracht, hm?»

«Aber sie wurde erschossen.»

«Das hat sie euch glauben lassen. Ihr kapiert es nicht, was? Jo wird unterschätzt, von allen und jedem.»

In Cems Kopf rotierten die Gedanken. Selbstmord? Wie war das möglich? Was wusste Alec? Vor allem irritierte Cem die Tatsache, dass Alec das Präsens benutzte, wenn er über Jo sprach. Auch wenn sie Alec durch den Geist kein Geständnis entlocken konnten, so hatten sie immerhin neue Informationen erhalten und die Gewissheit, dass Alec von Amir wusste und ihn vermutlich getötet hatte. Das reichte, um Alec in Gewahrsam zu nehmen.

Cem trat in den Korridor hinaus. «Ein interessantes Gespräch. Wollen wir uns im Büro weiter unterhalten?»

Alec erstarrte.

Dalila brach in Tränen aus. «Gott sei Dank. Ich hatte solche Angst. Haben Sie den Geist gesehen? Glauben Sie mir jetzt?»

«Ja, ich habe den Geist gesehen», sagte Cem. «Gehen Sie zurück ins Restaurant, dort sind Sie in Sicherheit.»

Sie nickte und wollte gehen, als Alec sie plötzlich packte und den Arm um ihren Hals legte.

Dalilas Schrei erstickte im Keim.

«Hey, Mann», versuchte Cem die Situation zu entschärfen. «Was soll der Scheiss? Lassen Sie Frau Seidel los. Sie hat Ihnen nichts getan.»

«Sie hat mir eine Falle gestellt. War das Ihre Idee?»

«Ja.»

«Die mit dem falschen Geist auch?»

«Es war einen Versuch wert.»

Alec stolperte einige Schritte rückwärts. «Wer war sie, hm? Hat Ihre Frau Jos Hochzeitskleid angezogen? Guter Versuch. Dumm nur, dass ich nicht an Geister glaube.»

«Es … es war eine Falle?», stotterte Dalila.

Cem hob defensiv die Hände. «Reiten Sie sich nicht tiefer rein, Alec. Lassen Sie Frau Seidel gehen. Sie hat Ihnen nichts getan.»

«Was ist mit der Nachricht?», fragte Alec. «Von wem haben Sie die?»

«Ich dachte, Sie können mir das sagen.»

«Ja, könnte ich, wenn ich wollte.»

«Geben Sie auf.»

«Sie kriegen mich nicht.» Alecs Stimme klang kalt und entschlossen. «Aber ich kriege Ihre Frau. In dem Kleid kann sie nicht schnell genug vor mir flüchten, nicht draussen im Schnee bei diesem Sturm.»

«Drohen Sie mir nicht.»

«Ja, es ist scheisse, die eigene Braut am Hochzeitstag zu verlieren, wie?» Er stiess Dalila hart von sich weg und rannte los, den Gang nach hinten, vorbei an der Gletschergrotte und hinein in den langen Stollen, der letztlich nach draussen führte, dorthin, wo Amir im Schnee lag.

Cem nahm die Verfolgung auf, doch im Sprint hatte er das Nachsehen. Weit vor sich sah er, wie Alec das Tor aufstiess, in die weisse Hölle hinaustrat und das Tor hinter sich wieder schloss. Als Cem am Ende des Tunnels ankam, war es fest verschlossen. Der Mistkerl musste von aussen einen Riegel vorgeschoben haben.

Cem konnte ihm nicht folgen. Er war weg.

Eva.

Sie war den Pfad nach oben zur Terrasse gegangen. Alec wollte sie abfangen. Oh verdammt! Cem rannte den Stollen wieder zurück. Er würde ganze fünf Stockwerke nach oben rennen müssen oder die Geduld aufbringen, auf einen der Lifte zu warten. Panik machte sich breit. War Alec schneller bei ihr? Er musste ebenfalls Stufen hocheilen, über die Hängebrücke rennen, was bei diesem Sturm nicht einfach war, und dann über den Schnee des Gletschers zurück zur Bergstation sprinten. Auch wenn er bei guter Kondition war, Alec trug die feinen Lederschuhe eines Bräutigams, die boten keinen Halt auf rutschigem Boden.

Cems Herzschlag beruhigte sich leicht. Er würde schneller bei Eva sein.

Zurück bei der Gletschergrotte rannte er an der verdatterten Dalila vorbei, die weinend an der Fensterfront stand.

«Gehen Sie zurück zu den anderen», rief er ihr zu und rannte weiter zu den Liften. Bingo! Eine Kabine war hier. Cem drückte auf die Fünf.

Oben angekommen rannte er zur Terrassentür, die sich ohne Schlüssel nur von innen mit dem Notausgangknopf öffnen liess, sie war zugesperrt. Eva hätte den Prospektständer dazwischenschieben sollen, damit die Tür sich nicht automatisch schliessen konnte, als sie in Jos Hochzeitskleid über die Terrasse nach draussen ging.

Cem drückte auf den roten Knopf. Es zischte leise, und die Tür öffnete sich. «Eva!» Seine Stimme verlor sich im Sturm. Mist. Er schaute sich den Boden an. Da waren Fussspuren, Spuren von Eva, wie sie das Gebäude verlassen hatte, und Spuren, wie sie zurückgekommen war. Keine Abdrücke von Alec. Allah sei Dank.

Cem schloss die Tür. Sollte sich der Mistkerl doch draussen den Arsch abfrieren. «Eva!»

«Cem, hier.»

Sie musste eine Etage tiefer sein. Er hechtete die Stufen hinunter. Im vierten Obergeschoss befand sich das Fotostudio und dahinter leicht erhöht die Lounge. «Eva, wo bist du?»

«Hier. Im Fotostudio.»

Cem runzelte die Stirn und rannte hin. Die Tür war offen. Eva stand mitten im Raum und zwängte sich aus dem Hochzeitskleid. «Hilf mir bitte. Ich will es loswerden.»

Hastig eilte er zu ihr und half ihr mit der Korsage und dem bauschigen Brautrock. Als sie nur mit Unterwäsche bekleidet vor ihm stand, schloss er sie fest in seine Arme. Sie zitterte am ganzen Körper. Er rieb ihr den Rücken, um sie zu wärmen. «Wo sind deine Kleider?»

«Hinten in der Lounge.»

Cem überlegte nicht lange, riss eines der Sennechutteli von der Stange und streifte es Eva über. Für Touristen war ein Erinnerungsfoto in einer traditionellen Schweizer Tracht auf dem Titlis der Hit. Auch die Accessoires fürs perfekte Foto fehlten nicht: Alphorn, Handörgeli, Jagdgewehr, Kletterausrüstung, antike und moderne Skier, alles war vorhanden. Eva in einem roten Sennechutteli zu sehen, war schräg. Sie schien es nicht zu stören, für einmal nicht Gucci oder Armani zu tragen. Sie schmiegte sich fest an ihn. «Hat es funktioniert?», fragte sie.

«Sozusagen. Dalila hat tatsächlich einen Geist gesehen oder jemanden, der sich als Geist ausgab.» Cem erzählte, was vorgefallen war.

Eva blickte ihm irritiert in die Augen.

Es gab Cem einen Stich ins Herz. Nie hätte er es sich verziehen, wäre ihr etwas passiert. Wie hatte er ihrem Plan zustimmen können? Es war leichtsinnig gewesen, sie alleine hinaus auf den Gletscher zu lassen.

«Geht es Dalila gut?», fragte sie.

«Ja, ihr ist nichts passiert, und er hat sie gehen lassen. Aber er hat gedroht, dir etwas anzutun, wenn ich mich nicht zurückhalte.»

«Die gleiche Drohung, die der Geist ausgesprochen hat. Wo ist Alec jetzt?»

«Entkommen. Er schleicht sich draussen im Schnee herum. Ich hatte Angst, dass er vor mir zu dir kommt und dich –»

«Schhht …» Sie drückte ihm ihren Finger auf die Lippen. «Alec kriegt mich nicht, okay?»

Cem nickte wenig überzeugt. «Draussen können wir ihn nicht suchen, aber ich weiss, wo er in einer knappen Stunde sein wird.»

«Die Nachricht von Jo? Nimmt er sie ernst?»

«Ich denke, er hat angebissen, auch wenn er vorgewarnt ist. Alec ist ein Draufgänger, er liebt den Adrenalinkick. Er wird kommen. Oben kann er nicht rein in die Bergstation. Die Tür des Stollens hat er von aussen verschlossen. Ich vermute, er ist längst wieder im Gebäude und hält sich irgendwo versteckt.» Cem schaute sich im Fotostudio um, fand einen Strickschal und wickelte ihn Eva um den Hals. «Sag mal, wie kamst du hier herein? War das Fotostudio nicht abgeschlossen?»

«Zufall. Ich wollte nach hinten in die Lounge, wo meine Kleider liegen. Als ich hier vorbeikam, stand die Tür offen. Seltsam, nicht?»

«Mehr als das.» Cem schaute sich genauer um und ging hinter den Verkaufstisch. «Wow. Ein Nachtlager. Hier hat der grosse unbekannte Geist übernachtet. Wetten, hier fand er auch ein weisses Untergewand, um Dalila einen gehörigen Schrecken einzujagen.»

«Sie hat ihn hier gesehen, auf dieser Etage.»

Cem kratzte sich den Hinterkopf. «Von den Hochzeitsgästen, die wir kennen, kann niemand hier übernachtet haben, was bedeutet, dass noch jemand auf dem Berg ist, von dem wir bisher nichts wussten.»

«Eine unbekannte Frau?» Eva griff nach Cems Hand. «Aber wer? Wer spielt hier mit uns?»

«Keine Ahnung.»

«Was, wenn es Jo selbst ist?»

Cem drehte sich zu Eva um. «Jo ist tot.»

«Vielleicht hat sie ihren Tod überlebt. Alec sagte, es war ein Suizid. Vielleicht war es nur ein inszenierter Suizid. Deshalb spricht er von ihr in der Gegenwart.»

«Wie soll sie das gemacht haben?» Cem gefiel die Idee nicht.

«Sie muss Komplizen auf dem Berg haben.»

«Die Zwillinge», schoss es aus Cem heraus. Sie waren die perfekten Clowns, welche die Zuschauer von den Tricks der Zauberin ablenkten. Schneewittchen war auferstanden – auferstanden in seiner übelsten Ausführung.

***

Barbara tobte. Wie eine Furie wirbelte sie im Seminarraum umher, griff nach einem Stapel Akten und warf ihn zu Boden.

Selbst Frighetto wagte nicht, einzuschreiten. «Die sind mit einem Serienmörder da oben, und wir können nicht mit ihnen kommunizieren?»

«Beruhige dich», sagte Susanne. «Cem kann auf sich und Eva aufpassen.»

«Ach ja?» Barbara warf ihr einen bösen Blick zu.

All das Vertrauen, das Susanne seit gestern gewonnen hatte, schien verloren. Sie musste sich etwas einfallen lassen, sonst würde Frighetto dafür sorgen, dass Barbara von dem Fall abgezogen wurde. Susanne wechselte mit Banz einen Blick. Er stand in einer Ecke, die Arme verschränkt, ein stiller Beobachter, aber seine Augen hellwach. Er nickte Susanne kaum merklich zu. Sie erwiderte seine Geste. Wenn jemand Barbara beruhigen konnte, dann der bärtige Hüne, der Susanne an einen Wikingerkrieger erinnerte. Susanne hatte sich über ihn schlaugemacht. Hans Peter Banz war neunundvierzig. Er wuchs als Bauernsohn in Engelberg auf. Sein erster Beruf war Zimmermann. Dann heuerte er auf einem Frachter an und verbrachte als Seemann fünf Jahre auf See. Zurück in der Schweiz besuchte er die Polizeischule. Er machte schnell Karriere und arbeitete sich zur Kriminalpolizei hoch. Er war ein passionierter Kletterer, Mountainbiker und arbeitete nebenbei als Divemaster in einer Tauchschule in Hergiswil. Der Mann schien unermüdlich zu sein.

«Weshalb kriegen die Techniker die Leitung auf den Titlis nicht wiederhergestellt?», fragte Barbara. «Was, wenn …?»

«Du hast recht», sagte Banz und trat vor. «Wir können nicht tatenlos herumsitzen.»

Frighetto schaute Banz an. «Solange das Wetter sich nicht bessert, können wir nicht hoch.»

«Nein, nicht mit der Rotair und nicht mit den kleinen Kabinen des Titlis Xpress», sagte Banz. «Aber der Wind hat leicht nachgelassen. Wir nehmen die Standseilbahn über die Gerschnialp zum Trübsee. Dort können wir mit der alten Gondel bis zur Sektion Stand hochfahren. Diese wird noch heute für Warentransporte benutzt. Es ist eine robuste alte Kabine. Was denkst du, Barbara, mutest du dir eine luftige Schaukelfahrt zu? Das letzte Stück vom Stand auf den Titlis werden wir kaum fahren können.» Banz trat vor Barbara. «Wie fit bist du?»

«Für Cem würde ich einen Marathon in Weltrekordzeit laufen.»

«Schuhgrösse?»

Barbara schaute ihn irritiert an.

«Wir brauchen Schneeschuhe. Vielleicht können wir zu Fuss über die Rotegg hoch. Ich muss die Lage vor Ort abklären. Die Lawinengefahr ist erheblich. Es ist viel Neuschnee gefallen.»

«Banz, du kannst da nicht hoch», sagte Frighetto.

«Hier rumsitzen bringt auch nichts. Die Pressekonferenz schafft ihr ohne uns. Barbara, gehen wir?»

Barbara liess sich das nicht zweimal sagen.

Was immer der verrückte Kerl vorhatte, dachte Susanne, er hatte soeben Barbara den schönen Hintern gerettet. Vorausgesetzt, sie fror ihn sich bei der Schneetour nicht ab. Susanne atmete tief durch und wollte ihre Akten durchgehen, als die Tür zum Seminarraum wieder aufgerissen wurde.

Nuri bin Hassan stürmte mit hochrotem Kopf herein, seine Söhne im Schlepptau. Kummer von der Nidwaldner Polizei hatte die Familie hergebracht. Er nickte Susanne kurz zu.

Nuri bin Hassan donnerte gleich auf Arabisch los.

Susanne machte eine beruhigende Geste, was wenig half.

Es war Bassem, der vortrat, seine Stimme nicht weniger aufgebracht. «Stimmt es? Wir haben von Ihrem Kollegen erfahren, dass auf dem Titlis eine Braut ermordet wurde. Was hat das zu bedeuten?»

«Wir stecken noch in laufenden Ermittlungen und suchen nach den Zusammenhängen.»

«Was hat die tote Braut mit Amir zu tun? Das ist doch kein Zufall», fragte Bassem.

Nuri bin Hassan redete auf Bassem ein. Es dauerte einen Moment, bis er sich beruhigt hatte und Susanne weitersprechen konnte. «Ihnen wird nicht gefallen, was wir herausgefunden haben, aber ich will ehrlich sein. Amir hatte ein Verhältnis mit

Johanna, der Braut. Alle Anzeichen deuten darauf hin, dass Ihr Bruder sie von der Hochzeit wegholen wollte. Es scheint, als wollten die beiden durchbrennen. Jemand hat Wind davon bekommen und …»

«… und jetzt sind sie tot», vervollständigte Bassem den Satz. Er ging an einen Tisch und setzte sich. Diese Nachricht musste er erst sacken lassen. Seine Familie drängte ihn zu einer Erklärung. «Wie soll ich das meinem Vater beibringen?», fragte er und schaute Susanne hilfesuchend an. «Sein Herz ist schwach. Einen Verrat durch seinen Lieblingssohn verkraftet er nicht.»

«Sagen Sie, dass wir an dem Fall arbeiten, aber solange wir nicht auf den Titlis hochkommen, gibt es keine Antworten.»

Bassem übersetzte, was einen neuen Tobsuchtsanfall bei Nuri bin Hassan auslöste.

Susanne entfernte sich möglichst unauffällig von den Hassans. Sollte doch Frighetto übernehmen. Susanne bemerkte, wie Kevin ihr zuwinkte. Sie schlich sich hinaus in den Hotelflur, wo er auf sie wartete. «Sag mir, dass du gute Neuigkeiten hast.»

«Habe ich. Ich weiss, wo Amir die Nacht vor seinem Tod verbracht hat. Er logierte im ‹Baur au Lac› in Zürich.»

«Nobel, nobel. Ein Einzelzimmer?»

«Doppelzimmer. Bar bezahlt. Das Zimmer war allerdings auf einen anderen Namen gebucht.»

«Lass mich raten: Johanna Iten?»

«Fast. Dominik Iten.»

«Einer der Zwillinge? Wie hast du das herausgefunden?»

Kevin zeigte auf seine Nasenspitze. «Spürnase. Es war anzunehmen, dass Amir in einem schicken Hotel absteigt und nicht in einer Bruchbude. Da er gestern Abend nach Singapur fliegen wollte, war Zürich naheliegend. Ich habe Anfragen an die umliegenden Hotels versendet, ob sie Gäste auf die Namen bin Hassan oder Iten bei sich aufgenommen hatten. Das ‹Baur au Lac› meldete einen Dominik Iten, und das ist nicht alles. Ich habe dem Personal Bilder von Amir, Johanna und den Zwillingen per Mail zugestellt. An Johanna konnte sich niemand erinnern, der Barkeeper aber sehr wohl an Amir und einen der

Itens. Diese hatten sich am späten Abend in der Bar getroffen. Was ich jedoch nicht mit Sicherheit sagen kann, ist, ob es sich dabei um Dominik oder Roderick handelte.»

«Wie auch immer, einer war in Zürich und hat Amir sein Hotelzimmer überlassen, während er wieder zurück nach Meggen ging. Der andere hat in jener Nacht vor der Hochzeit im selben Hotel wie Cem in Engelberg übernachtet. Kevin, weisst du, was das bedeutet?»

«Die Zwillinge sind mitschuldig.»

«Guter Mann.»

Kevin blieb ernst. «Eines verstehe ich nicht. Weshalb hat einer der beiden in Engelberg übernachtet? Cem meinte, er wollte am Morgen mit seinen Skiern auf den Titlis. Ich meine, auch wenn einem Skifahren Freude macht, man hetzt doch bei diesem Wetter nicht auf den Berg für eine Abfahrt, geht gleich zurück ins Hotel, zieht sich um und fährt am Mittag im Anzug erneut auf den Titlis. Oder doch?»

Susanne kannte die Antwort nicht. Wenn sie Cem bloss die Neuigkeiten mitteilen und ihn vor den Zwillingen warnen könnte. Sie bereute bereits, nicht mit Banz und Barbara hochgefahren zu sein.

Hilflosigkeit war ein schreckliches Gefühl.

VIERZEHN

Eva trug wieder ihre Hosen und den roten Kaschmirpullover, als Cem mit ihr zurück ins Restaurant ging. Odermatt machte seine Sache gut und sprach noch immer auf die Gäste ein. Er erzählte stolz die Geschichte der Titlisbahnen, was die angeschlagene Hochzeitsgesellschaft wenig interessierte, aber sie hörte zu, einfach froh, abgelenkt zu sein.

Cem winkte Willi zu sich. «Und? Hat sich jemand vor Odermatts Vortrag gedrückt?»

«Einzig Alec und Dalila. Alle anderen waren die ganze Zeit über anwesend.»

«Auch beide Zwillinge?»

«Da habe ich besonders darauf geachtet. Die sassen nebeneinander. Dalila kam einige Minuten vor euch zurück. Sie war aufgelöst. Mirella musste sie erst beruhigen. Was ist da unten passiert?»

«Dalila hat den Geist gesehen. Wo ist sie jetzt?» Cem konnte sie unter den Gästen nicht ausmachen.

«Sie sitzt da drüben, zusammen mit Oliver.»

Cem klopfte Willi auf die Schulter. «Gut gemacht. Haltet die Leute noch fünf Minuten in Schach, dann übernehme ich.»

Zusammen mit Eva ging Cem zu Dalila. Oliver hatte den Arm um sie gelegt.

Er schaute wütend auf, als Cem und Eva sich setzten. «Sie haben Dalila als Lockvogel missbraucht.»

«Sorry, es musste sein», sagte Cem. «Wir mussten sichergehen, dass ihre Geschichte von dem Geist echt ist.»

«Sie haben mir nicht geglaubt?» Dalila war den Tränen nahe.

«Wir können niemandem trauen», versuchte Eva sie zu beruhigen.

«Stimmt es?», fragte Oliver. «Hat Alec sie als Geisel genommen?»

Cem nickte.

Oliver fuhr sich mit der Hand aufgebracht durchs Haar. «Das glaube ich nicht. Alec ist nicht gefährlich.»

«Jeder kann gefährlich werden, wenn der Druck gross genug ist», sagte Cem.

«Woher kennen Sie beide sich?», fragte Eva.

«Von einer Party», antwortete Oliver. «Ich war mit Alec dort, und Jo kam mit Dalila hin.»

«Sie sind Freunde?», hakte Cem nach.

Dalila zuckte mit den Schultern. «Nicht wirklich. Wir kennen uns nur flüchtig. Das letzte Mal haben wir uns an Silvester gesehen.»

Cem wunderte sich, weshalb Dalila Oliver bei ihrem ersten Gespräch als Verdächtigen genannt hatte. «Sie wussten, dass Oliver ein Auge auf Alec geworfen hatte?», fragte er deshalb.

Dalila nickte.

Darum der Verdacht. Eifersucht war ein gutes Mordmotiv.

«Es tut mir leid. Ich hätte das nicht sagen dürfen», sagte Dalila zu Oliver, dann schaute sie Cem an. «Er hat mit der Sache nichts zu tun.»

Eva ging das Problem direkt an. «Das möchten wir gerne glauben, nur leider hätten Sie ein gutes Motiv, Herr von Gilching, die beiden Frauen in Alecs Leben zu töten.»

«Ach ja, glauben Sie? Vorher würde ich mir selbst eine Kugel in den Schädel jagen. Jo und Filipa zu ermorden wäre umsonst gewesen. Alec liebt die Frauen. Ich habe keine Chance bei ihm. Niemals. Das hat er mir vorhin klar und deutlich signalisiert.»

Womit er recht hatte.

«Was ist mit Alec?», fragte Dalila. «Wo ist er hin?»

«Entkommen», sagte Eva.

«Er kann unmöglich der Mörder sein», sagte Oliver. «Er stand am Altar neben Jo. Er hat nicht geschossen.»

«Wir machen ihn nicht für den Mord an Jo oder Filipa verantwortlich», sagte Cem. «Kennen Sie einen Amir bin Nuri?»

«Von dem haben Sie vorhin schon gesprochen», sagte Dalila. «Wer ist das? Weshalb ist er wichtig?»

Eva nickte Cem zu.

«Es gibt auf dem Titlis eine dritte Leiche. Sie müssen mir versprechen, diese Information vertraulich zu behandeln. Amir bin Nuri liegt draussen vor dem Stollen im Schnee. Erschlagen. Für diese Tat machen wir Alec verantwortlich.»

Dalila hielt sich entsetzt die Hand vor den Mund und schmiegte sich trostsuchend enger an Oliver, der den Atem anhielt. «Für den Mord an Filipa hingegen machen wir Jos Geist verantwortlich.»

«Wer ist dieser Geist? Und wo ist Jo?», fragte Oliver.

Das war die Quizfrage. «Dalila, ich habe Ihnen aufgetragen, alles zu notieren, was Sie vor und während der Zeremonie gesehen haben.»

Sie nickte. «Ich hole die Notizen. Sie liegen da drüben, bei meinen Sachen.» Sie ging los und kam kurz darauf zurück. Ihre Hand zitterte, als sie Cem das Papier überreichte. Beide Seiten waren vollgeschrieben. Cem begann zu lesen.

«Wonach suchst du?», fragte Eva.

Cem tippte mit dem Zeigefinger auf eine Zeile. «Das hier. Danach habe ich gesucht. Ich glaube, ich weiss, wie Jo erschossen wurde. Dalila und Oliver, gehen Sie bitte zusammen hoch zur vierten Etage. Jos Hochzeitskleid liegt dort im Fotostudio auf dem Ladentisch. Bringen Sie es mir nach hinten ins Büro, möglichst unbemerkt.» Cem stand auf. «Eva, du musst mir Jonny nach hinten schmuggeln, ich brauche ihn. Ich hole unterdessen Qazim.»

«Was hast du vor?», fragte Eva.

«Den Spiess umdrehen. Jetzt spielen wir mit den Tätern. Wir richten Chaos an und schnappen uns den Geist.»

Während Dalila und Oliver das Kleid holten und Eva unauffällig Jonny ins Büro brachte, stellte sich Cem vor die Gäste, die um Odermatt versammelt waren. Die Stimmung war aufgeladen.

«Unsere internen Ermittlungen haben neue Fakten hervorgebracht. Wir glauben zu wissen, wer für die Morde und den Diebstahl verantwortlich ist.»

Ein Raunen ging durch die Anwesenden, gefolgt von gebanntem Schweigen.

Cem zog die Auflösung in die Länge, um Dalila, Oliver und Eva mit Jonny Vorsprung zu verschaffen.

«Wer hat meine Tochter ermordet?», rief Reiner Iten wütend. «Haben Sie sie gefunden? Ich will zu ihr.»

Sofort brach hektisches Gemurmel aus. Die Stimmen überschlugen sich.

Cem flüsterte Willi zu, er solle ihm Rückendeckung geben, sollte die bevorstehende Verhaftung in Tätlichkeiten ausarten. Er hob die Hand und bat um Ruhe. «Das Motiv war Geld. Alec schuldete einem gewissen Amir bin Nuri ein kleines Vermögen. Als er nicht zahlte, machte der Araber seine Drohung wahr. Er liess Jo durch einen Profikiller ermorden.»

Celeste stiess einen wütenden Schrei aus.

«Sie lügen», sagte Valentin und zeigte drohend mit der Hand auf Cem. «Das ist Verleumdung. Alec schuldete niemandem Geld. Woher haben Sie diese falschen Informationen?»

«Wo ist Alec?», rief Etien. «Ich will zu ihm.»

«Wir haben ihn in Sicherheit gebracht», sagte Cem.

Alder mischte sich ein. «Wer soll der Auftragsmörder dieses ominösen Arabers sein? Jemand von uns?»

Cem musste nicht antworten. Alle Blicke richteten sich auf Qazim. Einzig die Herkunft machte einen Mann zu einem Mörder. In welcher Zeit leben wir bloss?, dachte Cem, es war beschämend. Allerdings gab es zwei Personen, die sich nicht für Qazim interessierten: die Zwillinge. Die schauten einander verdutzt an. Bingo!

Jetzt musste Cem rasch handeln. Qazim stand ein paar Schritte von ihm entfernt. Der Koch war so verwirrt, dass er in Schockstarre keinen Muskel bewegen konnte. Cem packte ihn am Arm und flüsterte in sein Ohr: «Kommen Sie mit. Alles wird gut.»

«Der Mistkerl hat meine Tochter ermordet», schrie Reiner Iten und stürmte auf Qazim los.

Willi war vorbereitet und hielt Reiner Iten auf Distanz.

Gegen einen Schrank wie Willi hatte auch der gross gewachsene Reiner keine Chance.

Cem zog Qazim rasch mit sich aus dem Restaurant. Er musste ihn im Büro in Sicherheit bringen. Die Gäste tobten und riefen ihnen wüste Schimpfworte nach.

Als sie das Büro betraten, erwartete man sie bereits. Das Hochzeitskleid lag auf dem Tisch. Cem verriegelte hinter sich die Tür. «Wow, das war eng.» Er liess Qazim los. «Alles okay?»

«Okay? Nein. Ich bin doch kein Auftragsmörder. Was soll der Scheiss?»

«Sie sind unser Köder», sagte Cem. «Anders ging es nicht. Sorry.»

«Köder?»

«Cem», sagte Eva, «ich denke, du bist uns eine Erklärung schuldig. Was tun wir hier?»

Cem stellte sich an den Tisch und schaute die anderen an. «Ich denke, ich weiss, wie es abgelaufen ist und wer unsere Täter sind. Es war ein genialer Plan, der perfekt aufgegangen wäre, hätte zum einen das Wetter mitgespielt und wäre zum anderen Amir nicht so eifersüchtig und misstrauisch gewesen.»

«Von welchem Amir sprechen Sie die ganze Zeit?», fragte Qazim. «Ich habe nichts mit der Sache zu tun.»

«Ich weiss. Ich spreche von Jos Geliebtem. Sie wollte mit ihm, Amir, durchbrennen.» Cem hatte die volle Aufmerksamkeit. «Gestern Morgen im Hotel in Engelberg hat mich einer der Zwillinge fast mit seinen Skiern über den Haufen gerannt, als er aus dem Hotelzimmer stürmte. Wir haben uns kurz unterhalten. Er wollte zum Skifahren auf den Titlis. Ich sagte ihm, das Wetter sei nicht ideal dafür. Er ging trotzdem. Ich kann mich gut an die Skier erinnern. Sie waren schwarz mit einem roten Blitz aufgedruckt. Ebendieses Paar Skier steht im Fotostudio, wo es definitiv nicht hingehört. Eva und ich haben entdeckt, dass hinter dem Tresen jemand sein Nachtquartier eingerichtet hat. Dieses Studio diente als Versteck, weil der Berg keine Talfahrt auf Skiern mehr zuliess.»

«Du meinst, einer der Zwillinge fuhr hoch, liess die Skier auf dem Berg und fuhr mit der Gondel zurück ins Tal?», fragte Eva.

«Richtig. Die Skier waren sozusagen der Fluchtwagen in unserem Fall, aber der Sturm hat dies verhindert.»

Oliver legte den Kopf schief. «Die Flucht von wem?»

Cem genoss die wenigen Sekunden, bevor er mit der Lösung herausplatzte. «Von Jo. Sie ist nicht tot.»

«Aber sie wurde vor unseren Augen erschossen», flüsterte Dalila.

Cem lächelte. «Schneewittchens Zaubertrick. Es passt alles zusammen. Eva, kannst du mir nochmals die Bilder vom Apéro zeigen, die Mirella gemacht hat?»

«Sicher.» Sie holte die Bilder auf den Monitor des Laptops.

Cem klickte sich durch, bis er das Bild fand, nach dem er suchte. «Wenn eine Braut vor den Altar tritt, nimmt sie kaum ihr Handy mit, richtig? Seht genau hin. Ich dachte, sie gibt hier einem der Zwillinge das ihre. Dabei ist es genau umgekehrt. Er steckt ihr ein Handy zu, vermutlich ein Prepaid-Telefon, von dem niemand sonst die Nummer hat. Als wir alle Mobiltelefone einsammelten, war auch das von Jo darunter. Filipa trug es bei sich. Und jetzt kommt's. Dalila, Sie haben notiert, dass sich Jo fünf Minuten vor der Trauung auf die Toilette zurückzog und alleine sein wollte. Sie haben vor der Tür gewartet und gehört, wie sie ein kurzes Telefonat führte.»

«Ja, sie hat mit jemandem gesprochen. Aber verstanden habe ich durch die Tür nichts.»

«Egal. Direkt anschliessend haben Sie Jo zur Gletschergrotte gebracht und ihrem Vater übergeben.»

«Ja.»

«Sie hat Filipa vor der Trauung nicht mehr gesehen, um ihr das Handy zu geben.»

«Nein.»

«Was bedeutet, dass sie ihr das Handy schon vorher gebracht haben muss. In der Toilette hat sie mit dem Prepaid-Gerät telefoniert.»

«Mit wem?», fragte Eva.

«Ich vermute, sie hat Amir angerufen. Die Polizei konnte auf ihrem Handy keine Verbindung zu Amir feststellen. Sie müssen sich anders kontaktiert haben.»

«Wenn Jo lebt und im Besitz eines Handys ist», sagte Oliver, «dann hat sie selbst damit die Presse informiert?»

«Sieht danach aus», sagte Cem.

«Aber wie hat sie das mit dem Schuss gemacht?», fragte Jonny.

Jetzt kam das Beste. «Es gab nie einen Schuss. Schaut euch dieses Foto an, es wurde kurz vor der Tat aufgenommen. Konzentriert euch auf die Stickerei auf dem Hochzeitskleid, auf der Höhe des Herzens. Und jetzt schaut euch das Kleid vor euch an.»

Eva verglich es mit dem Foto auf dem Monitor. «Das Muster der aufgestickten Glasperlen, hier, es ist nicht identisch. Diese Blütenblätter verlaufen in eine andere Richtung.»

«Das Einschussloch war schon immer da», sagte Cem. «Jo hat es mit einem kleinen Stück aufgenähtem Stoff kaschiert. Die Korsage ist so reich bestickt, da ist das nicht aufgefallen.»

«Aber den Schuss, den haben wir alle gehört», sagte Oliver.

«Ich vermute, das war einfach ein Knallfrosch, den einer der Zwillinge zündete und bei dem Chaos, das ausbrach, wieder einsammelte. Der Knall war das Zeichen. Jo fasste sich ans Herz, taumelte zurück und riss sich den aufgenähten Stofffetzen vom Kleid. Darunter trug sie einen Beutel mit Blut, das sie sich wohl ein paar Tage vorher abgezapft hatte, und voilà, schon sah es aus, als sei sie getroffen worden.»

«Aber Alec und der Professor haben ihren Tod festgestellt», wandte Eva ein.

«Über Alecs Rolle bin ich mir nicht im Klaren», sagte Cem. «Der Professor war bei Jo, ja, aber er hat sie nur kurz berührt, dann wurde er zu Oma Hedwig gerufen, die in Ohnmacht gefallen war. Eine sonst äusserst robuste Dame fällt genau in dem Zeitpunkt in Ohnmacht, in dem der Professor bei Jo ist.»

«Hat Oma Hedwig auch eine Show abgezogen?», fragte Jonny.

«Ich denke nicht. Aber wer stand neben der Oma?», fragte Cem in die Runde.

«Die Zwillinge», rief Eva.

«Genau. Es brauchte nur etwas Äther oder Ähnliches vor der Nase von Hedwig Iten, und schon lag sie am Boden.»

«Ein Ablenkungsmanöver», dämmerte es Oliver.

«So ist es. Nach Plan hätte die Grotte evakuiert werden sollen, bis die Polizei auf den Titlis kommt, was etwa eine Stunde gedauert hätte. Genug Zeit für Schneewittchen, von ihrem Tod aufzuerstehen, sich umzuziehen, in die Skier zu steigen und unbemerkt ins Tal zu fahren.»

«Wir waren das Problem», sagte Eva. «Wir haben die Handys eingesammelt. Jo konnte nicht mehr mit den Zwillingen kommunizieren. Dann wurde der Sturm zu heftig, um die Fahrt ins Tal zu wagen. Jo musste sich auf der Bergstation verstecken. Sie hat im Fotostudio übernachtet.»

«Aber wie passt dieser Amir ins Bild?», fragte Qazim. «Weshalb war er auf dem Titlis?»

«Ich vermute, Jo hatte nicht mit ihm gerechnet. Vielleicht misstraute er Jo und befürchtete, sie könnte tatsächlich Alec heiraten. Er kam zu spät und hörte von der Ermordung der Braut. Dann ist er durchgedreht, ist auf Alec gestossen, es kam zum Streit, und Amir zog den Kürzeren.»

«Amir war in der Grotte», sagte Eva. «Er hat den Ring dort verloren. Fragt sich nur, ob er Jos angebliche Leiche oder ein leeres Hochzeitskleid vorgefunden hatte. Cem, du hast sie berührt. Wie konnte sie so täuschend echt eine Leiche abgeben?»

«Das wunderte mich auch. Sie fühlte sich kalt an. Aber eigentlich kein Wunder. Sie ist schulterfrei vor den Altar getreten. Auch bei Lebenden fühlt sich die Haut rasch kalt an, wenn sie sich einer Umgebungstemperatur von unter null aussetzen. Vielleicht hat sie noch ein Mittel eingenommen, um in einen tiefen Schlaf zu fallen, ein Mittel, das Puls und Atmung herabsetzte. Alec ist Medizinstudent, er kennt sich aus.»

«Moment mal», warf Oliver ein. «Wenn Alec den Geliebten von Jo ermordet hat, wer hat dann Filipa vergiftet? Auch Alec?»

«Auge um Auge, Zahn um Zahn», flüsterte Dalila entgeistert. Bisher hatte sie sich still verhalten, zu sehr mitgenommen von den Ereignissen. «Die Nachricht von Jos Geist.»

«Jos Geist war immer Jo und nie ein Geist», sagte Cem.

«Bis auf das eine Mal», erwiderte Eva.

«Sie waren das, draussen im Schnee?», fragte Dalila.

Eva nickte.

Jonny hob die Hand wie in einer Schulstunde. «Soll das heissen, Jo hat Filipa, die Ex-Freundin von Alec, aus Rache ermordet, weil Alec ihren Liebhaber kaltmachte?»

«So ist das Bibelzitat aufzufassen», antwortete Cem.

«Das ist ja ein Ding. Die sind wie Bonnie und Clyde.»

«Nicht ganz», korrigierte Eva den Vergleich. «Bonnie und Clyde waren ein Verbrecherpaar, das sich am Ende gemeinsam das Leben nahm, um nicht gefasst zu werden. Alec und Jo scheinen eher gegeneinander zu arbeiten.»

Oliver zeigte zur Tür. «Die beiden müssen sich jetzt echt hassen. Und beide laufen da draussen frei herum. Die jagen sich bestimmt. Einer wird nicht überleben.»

Cem wechselte einen Blick mit Eva. Auf diese Idee war er bisher nicht gekommen. Sie mussten sie finden. Rasch. Am einfachsten ging das über die Zwillinge, die steckten mit Jo unter einer Decke, so viel war klar.

«Wir ködern Dominik und Roderick mit dem gestohlenen Schmuck.»

«Die haben ihn?», fragte Dalila.

«Hundertpro», sagte Cem. «Das passt zu ihnen. Der Diebstahl war ein weiteres perfektes Ablenkungsmanöver, um Eva und mich in die Irre zu führen. Die Nummer mit dem Äther hatten sie ja schon einmal durchgezogen, weshalb sie nicht auch bei Zora einsetzen? Und nebenbei brachte das Ablenkungsmanöver noch ein Milliönchen ein.»

Qazim lief im Zimmer auf und ab. «Deshalb bin ich hier? Als Lockvogel.»

Cem nickte. «Oliver und Jonny, ich will, dass ihr je einen der Zwillinge im Auge behaltet. Ich habe den einen hinten am Hemdkragen mit Lippenstift markiert. Ich denke, das ist Roderick. Auf jeden Fall könnt ihr sie so auseinanderhalten. Folgt ihnen unauffällig. Ich werde gleich vor die Gäste treten und verkünden, dass Qazim festgenommen ist und dass wir bei ihm Zoras Schmuck gefunden haben.»

Oliver durchschaute Cems Plan. «Die Zwillinge werden in die Falle tappen.»

«Richtig», bestätigte Cem.

«Und Jo und Alec lassen wir unterdessen auf dem Berg ihr Katz-und-Maus-Spiel spielen?», fragte Eva.

Cem schaute auf seine Uhr. «Nicht ganz. Wir wissen, die beiden können nicht miteinander kommunizieren. Alec hat kein Handy. Aber wir wissen, dass sie sich um vier Uhr in der Grotte treffen wollen. Wir haben eine knappe halbe Stunde Zeit, uns vorzubereiten. Wir kriegen die beiden in flagranti.»

Cem und Eva gingen zurück ins Restaurant. Celeste stürmte gleich auf sie los. «Wo ist mein Sohn? Was haben Sie herausgefunden? Ist der Koch der Mörder?»

Cem rief alle Anwesenden zu sich. «Wir haben Qazim Ali vernommen. Er hat die Morde nicht gestanden.» Cem schaute Zora an. «Aber er hat zugegeben, Sie bestohlen zu haben. Wir haben Ihren Schmuck gefunden. Darf ich Sie daher bitten, mir eine Liste zu schreiben, auf der alle Schmuckstücke verzeichnet sind? So können wir sicherstellen, dass alles da ist.»

Zora bekreuzigte sich, eine Geste, die nicht zu der exzentrischen Dame passte, trat vor Cem und drückte ihm einen dicken Kuss auf die Wange. «Wusste ich doch, dass Sie ein Schatz sind. Sie haben was gut bei mir.»

Wie hielt Jonny bloss die nassen Küsse der roten Zora aus?, wunderte sich Cem, ehrlich darum bemüht, seine Abscheu zu verbergen und dem Drang zu widerstehen, sich die Wange trocken zu reiben. Eva, die neben ihm stand, zwinkerte ihm amüsiert zu.

Während Cem mit seinem Ammenmärchen fortfuhr, beobachtete er möglichst unauffällig die Zwillinge, die sich langsam zurückzogen. Die Jungs bekamen Schiss. Jonny und Oliver lauerten schon, um ihnen zu folgen. «Wir müssen ruhig bleiben und die Nerven bewahren», sagte Cem und versuchte, möglichst viel Autorität in seine Stimme zu legen. «Alec ist in Sicherheit. Sie bleiben hier im Restaurant zusammen, ohne Ausnahme. Wenn Sie ein Anliegen haben, sprechen Sie mit Herrn Hurschler oder Herrn Odermatt. Wie Sie sicher bemerkt haben, flaut der Wind ab. Ich darf Ihnen aber nicht gestatten, nach draussen zu gehen. Durch den Schneefall ist die Lawinengefahr enorm gestiegen. Die gute Nachricht ist, dass man uns in den nächsten Stunden vom Berg evakuieren wird. Haben Sie noch ein wenig Geduld.»

Alle sprachen drauflos. Eva übernahm das Wort und kümmerte sich um die Gäste. Cem nutzte die Gelegenheit, Isabel beiseitezunehmen. «Wir zwei müssen uns unterhalten.»

Sie wollte Lisi mitnehmen, aber Cem schlug vor, sie bei Etien zu lassen.

«Ich bringe Ihre Frau gleich zurück», beruhigte Cem Etien. «Sie kann mir vielleicht weiterhelfen, okay?» Er führte sie in das Separee des Restaurants. «Setzen wir uns.»

«Was wollen Sie von mir?» Isabel war nervös.

«Einen Handel.»

Sie zögerte. «Ich habe nichts anzubieten.»

«Wir tauschen Informationen aus. Informationen, die unter uns bleiben.»

«Ich … ich kann nicht.»

Cem versuchte seinen Dackelblick aufzusetzen. «Ich bin Ihr Freund. Ich werde nichts tun, das Sie oder Lisi in Gefahr bringt. Sie müssen mir dabei helfen, Jo als Mensch zu verstehen.»

«Sie ist tot.»

«Nein, ist sie nicht.»

«Was?»

Cem erklärte, dass Jo vermutlich ihren eigenen Tod inszeniert hatte. «Wenn eine junge Frau eine so grausame Tat vor ihren eigenen Eltern plant, bedeutet es, dass sie ihre Eltern hasst und sie bestrafen will.»

Isabels zitternde Finger spielten mit ihrem Ehering.

«Jo hat Sie erpresst», fuhr Cem fort, «aber in guter Absicht. Sie wollte Sie und Lisi nicht bei der Hochzeit dabeihaben, weil …»

«Weil sie Lisi den Anblick von ihrem Tod ersparen wollte?» Cem nickte. Diese Show hatte Jo bis ins Detail geplant, und doch lief letztlich alles schief. Er wollte zumindest fair sein und versuchen, Jo zu verstehen. Vielleicht konnte er sie zur Vernunft bringen, wenn er ihr gegenüberstand.

«Ich glaube das nicht», flüsterte Isabel. «Wie kann Jo so grausam sein? Wie …?» Isabel blickte erschrocken auf. «Was ist mit Filipa? Lebt sie auch noch?»

«Nein, leider. Über die Umstände ihres Todes wissen wir nur wenig. Es ist wichtig, dass wir Jo rasch finden, bevor noch ein Unheil geschieht. Womit hat sie Sie erpresst? Sagen Sie es mir.»

«Ich kann nicht», schluchzte Isabel. «Die Chevaliers werden mich verstossen und mir Lisi wegnehmen.»

Cem legte seine Hand auf die von Isabel. «Das werde ich nicht zulassen. Sie sind eine gute Mutter, Isabel. Nur das zählt. Was in Ihrer Jugend passiert ist, ist Vergangenheit.»

Sie nickte schwach. «Etien und ich, das ging nicht lange gut. Wir sind zu verschieden, haben uns gestritten und entfremdet. Ich wusste, dass er mich betrügt. Was ich allerdings erst beim Besuch von Jo erfahren habe, ist, dass er mich mit ihr betrogen hatte. Sie sagte, es sei fünf Jahre her. Sie war damals erst sechzehn. Noch fast ein Kind.»

«Damit kann sie Sie doch nicht erpressen? Sie haben nichts falsch gemacht. Es war Etiens Fehler.»

«Vor zwei Jahren war ich mit Lisi über Weihnachten bei meinen Schwiegereltern zu Besuch. Etien war geschäftlich in Paris. Am zweiten Weihnachtsabend gingen Celeste und Valentin zu einem Promi-Galadinner. Ich brachte Lisi um neun ins Bett und sass alleine mit Alec am Cheminée. Es war ein herrlich ruhiger Abend. Wir haben lange geredet. Plötzlich ist alles über mich hereingebrochen, die Probleme mit meinem Mann, mit meinen Schwiegereltern … Ich musste weinen. Er hat mich getröstet. Und dann ist es einfach passiert.» Sie machte eine Pause und wischte sich die Augen trocken. «Es war nur das eine Mal, und ich dachte, dass es nie jemand herausfinden wird, aber Alec muss Jo von dieser Nacht erzählt haben.»

«Und damit hat sie Sie erpresst.» Cem konnte sich ausmalen, was passieren würde, würden die Chevaliers von dem Fehltritt erfahren. «Trotzdem sind Sie zur Hochzeit gekommen?»

«Celeste drohte mir, sollte ich der Hochzeit fernbleiben. Vor ihr fürchtete ich mich mehr als vor Jo.»

Cem zweifelte, ob sie mit ihrer Vermutung richtiglag. «Haben Ihre Schwiegereltern Jo gedroht, sollte sie in letzter Minute einen Rückzieher machen?»

Isabel zuckte mit den Schultern. «Keine Ahnung. Aber sie würden niemals akzeptieren, dass jemand ihren Sohn vor dem Altar stehen lässt.»

«Was ist mit Alec? Wie ist er als Mensch?»

«Unberechenbar. Er hat Charme und ist intelligent. Einmal ist er gütig, dann wieder egoistisch. Auch wenn er einen ruhigen Eindruck macht, er kann sehr temperamentvoll und hitzköpfig sein, ohne gross über Konsequenzen nachzudenken.»

«Liebt er Jo?»

«Ich denke schon. Er hat Etien nie wirklich vergeben, dass er mit Jo geschlafen hat. Manchmal denke ich, er hat mich mit Absicht verführt, um sich an seinem Bruder zu rächen.»

«Dann wusste er von der Affäre zwischen Jo und Etien.»

Isabel nickte.

Es war zehn vor vier, als Cem Isabel zurück ins Restaurant führte. Er winkte Mirella zu sich. «Kannst du dich um Frau Chevalier kümmern? Ihr geht es nicht so gut.»

«Sicher. Kommen Sie, setzen wir uns ans Fenster.»

Cem nahm sich vor, Mirella für ihren stillen Einsatz zu danken. Sie hielt sich dezent im Hintergrund, doch wenn man sie brauchte, war sie da.

Jonny und Oliver steuerten auf Cem zu und zogen ihn in den Flur zurück.

«Mann, die Zwillinge haben es voll drauf», sagte Jonny. «Wir sind ihnen nachgeschlichen wie Profispione. Sie haben den Schmuck in der Küche versteckt. In einer Pfanne mit Deckel. Genial. Hätte man ihn gefunden, wäre Qazim der Sündenbock gewesen.»

«Gut. Liegt der Schmuck noch dort?»

Beide nickten.

«Na dann, holen wir die Herren ins Büro zu einem Verhör. Ihr flankiert mich, sollten die beiden versuchen zu fliehen.»

Jonny rieb sich freudig die Hände. «Wie grob darf ich werden?»

«Gewaltfrei», sagte Cem. «Wir sind hier nicht im Wilden Westen, auch wenn es mir so vorkommt.»

Sie gingen zurück ins Restaurant. Cem nahm Eva beiseite. «Kannst du mir als Staatsanwältin einen Haftbefehl für Dominik und Roderick Iten erteilen? Sie werden des Diebstahls beschuldigt.»

Eva lächelte. «Nein. Aber ich kann dir einen guten Tipp geben: Schnapp dir die Kerle.»

Cem beugte sich zu ihrem Ohr vor. «Weshalb klingt das aus deinem Mund so verdammt sexy?» Benebelt von ihrem blumigen Duft riss er sich mit Mühe los. Das Vergnügen kam später. Er drehte sich um und marschierte auf die Zwillinge zu. «Dominik und Roderick Iten, Sie sind verhaftet.»

Wie vermutet sprinteten sie los, aber auf Cems Hilfssheriffs war Verlass. Jonny und Oliver überwältigten die Halbstarken problemlos und hielten sie fest.

«Abführen. In mein Büro», kommandierte Cem.

Betroffene Gesichter schauten ihnen nach. Diese Verhaftung brachte die Hochzeitsgesellschaft vollends aus dem Konzept.

Die Zwillinge gaben sich lässig, hingen in den Stühlen wie coole Typen. Cem beeindruckte das nicht, auch nicht Jonny, der breitbeinig mit verschränkten Armen vor der Tür stand.

An dem Muskelpaket kamen sie niemals vorbei. Oliver stand am Fenster und beobachtete sie aufmerksam. Qazim sass mit verschränkten Armen auf einem Stuhl.

Cem griff nach einem wasserfesten Filzstift vom Tisch und trat vor den einen Zwilling. «Sie sind …?»

«Mann, hey, suchen Sie sich einen Namen aus.»

Grob packte Cem ihn am Hemdkragen und drückte den Kopf zur Seite. «Lippenstift. Ich denke, Sie sind Roderick.» Mit dem Filzstift schrieb er ein fettes R auf dessen Stirn, den Protest ignorierend.

«Das ist Folter. Das dürfen Sie nicht», rief sein Bruder.

«In meinen Adern fliesst türkisches Blut. Ich kann noch ganz anders.» Er trat vor den anderen, packte ihn am Kinn und schrieb ein D auf dessen Stirn. «So, jetzt weiss ich, mit wem ich spreche. Sie hören mir gut zu, ich sage das nur einmal: Ich kriege Sie wegen schweren Diebstahls hinter Gitter. Das gibt ein paar fette Jahre. Im Knast können Sie sich Partys, heisse Bräute, guten Stoff und jeglichen Luxus abgewöhnen. Das ist die schlechte Nachricht.» Cem schritt demonstrativ vor den beiden auf und ab. «Es gibt auch eine gute Nachricht. Ich kann sehr grosszügig und nachsichtig sein, und hey», er beugte sich zu Roderick vor, «ich habe eine echt innige Beziehung zu der Staatsanwaltschaft. Ich kann bei meiner Frau ein gutes Wort einlegen, dass sie vor Gericht für Sie beide nur eine milde Strafe fordert, vielleicht kommen Sie mit Bewährung davon. Ich brauche dazu aber Ihre Mitarbeit, verstanden? Sie geben mir etwas, und ich gebe Ihnen etwas zurück, ist ganz einfach, ein Tauschhandel. Wir wissen längst, dass Jo am Leben ist und es nie eine tote Braut gab. Sie beide beichten mir alles, was Sie darüber wissen.» Cem schaute auf seine Uhr. «Ich gebe Ihnen genau drei Minuten. Wer zuerst redet, bekommt nur die halbe Strafe des anderen aufgebrummt.»

Es dauerte zwei Sekunden, bis D sein Geständnis ablegte und R wichtige Informationen nachlieferte. Langsam lichtete sich das Dunkel, das Jo umgab. Schneewittchen erwachte zum Leben. Aber Cem würde nicht ihr Retter sein.

Es war Punkt vier Uhr, als er die Zwillinge an den Stuhl gefesselt mit Jonny, Oliver und Qazim im Büro zurückliess. Cem musste sich beeilen. Im Restaurant winkte er Willi zu sich. «Ich brauche ein letztes Mal deine Hilfe. Ich muss zur Gletschergrotte.»

Willi schaute ihn überrascht an.

«Erklär ich dir später. Halt du hier die Stellung, das ist wichtig. Lass die Gäste nicht aus den Augen.» Cem blickte sich im Restaurant um. «Wo ist meine Frau?»

«Nicht bei dir?», fragte Willi. «Sie wollte vor fünf Minuten zu dir ins Büro.»

Cems Herzschlag setzte aus. «Eva ist nie im Büro angekommen.»

FÜNFZEHN

«Abmarsch!» Frighetto packte zusammen. «Die Meteorologen haben sich mit den Verantwortlichen der Titlisbahnen abgesprochen. In der nächsten Stunde können wir endlich hochfahren.»

Wurde auch Zeit, dachte Susanne. Der Seminarraum hatte sich inzwischen geleert. Die Pressekonferenz war kurzfristig ausgefallen. Frighetto gab sich bedeckt und vertröstete die verärgerten Reporter auf den nächsten Tag. Gefühlt einhundert erhobene Hände und ein Blitzlichtgewitter hatten sie wenig beeindruckt. Die Frau ist gut, dachte Susanne.

Kevin steckte sein Handy weg und trat neben sie. «Das war Barbara. Sie und Banz sind auf der Sektion Stand angekommen. Es liegt viel Neuschnee. Zu viel. Sie kommen über die Rotegg nicht weiter. Die Lawinengefahr ist erheblich.»

Susanne war insgeheim erleichtert. Sie wollte sich nicht zusätzlich um Barbara Sorgen machen.

«Ich bin nochmals über die Bücher», sagte Kevin, «und habe mir die Transaktionen von Amirs Geld genau angesehen. Erst ist es mir nicht aufgefallen, weil ein kleiner Betrag von zehntausend Franken für ihn fast nicht nennenswert ist. Amir hat vor einer Woche diesen Betrag auf ein Schweizer Bankkonto einbezahlt. Das Konto gehört Dominik Iten.»

«Willst du damit sagen, die haben von den Fluchtplänen der beiden gewusst und sie erpresst?»

«Das, oder sie verlangten für ihre Mithilfe eine Entschädigung.»

«Wie gefährlich sind die Zwillinge? Wären sie fähig, zu morden?»

«Keine Ahnung. Ich hoffe bloss, Cem ist ihnen auf die Schliche gekommen.»

Susanne setzte sich auf einen der leeren Stühle, die man für die Reporter aufgestellt hatte. Sie war müde und brauchte dringend Schlaf. Barbara hatte letzte Nacht im Hotelzimmer geschnarcht und sie wach gehalten. «Ich fahre mit Frighetto und der Kavallerie auf den Titlis, sobald wir grünes Licht haben. Kummer bleibt hier und kümmert sich um die Familie Hassan. Wir konnten sie hier im Hotel unterbringen. Sie weigern sich, zurück auf den Bürgenstock zu fahren. Hast du die Mutter von Filipa Stahl schon ausfindig gemacht?»

«Ja. Bättig wird sie herbringen.»

«Gut. Ich will, dass du hierbleibst, die letzten Puzzleteile zusammenträgst und mit den Obwaldner Kollegen die Rückkehr unserer Hochzeitsgesellschaft vorbereitest.»

Kevin wollte protestieren, aber Susanne richtete ihre Brille auf der Nase und schaute ihn über den Rand hinweg an. Es war ihre Geste, um auszudrücken, dass das letzte Wort gesprochen war. Statt zu schmollen, grinste Kevin. «Ich habe mit dem Gynäkologen gesprochen.»

«Ist mit Gabi alles in Ordnung?»

«Hä? Ach so. Ja, unserem Nachwuchs geht es prächtig. Ich sprach auch nicht mit Gabis Gynäkologen, sondern mit Dr. Zumstein.»

Susanne brauchte einen Moment, um die Zusammenhänge zu begreifen. «Jos Gynäkologe? Weiss er etwas, das uns weiterhilft?»

Kevin nickte. «Ich will auf den Berg.»

Der kleine Hosenscheisser erpresste sie. Susanne stand auf und trat vor Kevin. «Was weisst du?»

«Ich will auf den Berg. Cem ist mein Freund. Ich bleibe nicht hier sitzen und erledige Bürokram.»

Susanne stemmte die Hände in die Hüften. «Ihr Luzerner seid unmöglich. Ihr kennt keinen Respekt, keine Disziplin und kein Benehmen.» Länger konnte sie das Schmunzeln nicht mehr unterdrücken. «Gut, ausnahmsweise.»

«Jo hatte keine Fehlgeburt.»

***

Cem schlitterte über den eisigen Boden der Gletschergrotte. Er hatte ausdrücklich angeordnet, dass alle anderen oben im Restaurant bleiben sollten. Er konnte hier unten niemanden gebrauchen, der das Leben von Eva gefährdete, denn Cem war sicher, dass Alec oder Jo, wer immer Eva hatte, sie herbringen würde. Eva war die Garantie zu entkommen. Wie hatte Cem so leichtsinnig sein können, Eva aus den Augen zu lassen? Nach allem, was die Zwillinge ihm über Jo verraten hatten, musste sie ein eiskaltes Biest sein. Mit ihrem vorgetäuschten Tod wollte sie ihre eigenen Eltern auf die schlimmste Art verletzen. Jo hätte einfach mit ihrem arabischen Liebhaber durchbrennen können, so wie sie es anscheinend schon lange plante. Den Grund, weshalb sie dieses Hochzeitsdrama inszenierte, begriff Cem nicht.

Er verlangsamte seine Schritte. Es war still in der Grotte. Still und kalt. Die Wände reflektierten das Licht in tausend Blautönen. Vor sich sah er den Altar. Hektisch warf er einen Blick auf die Uhr. Zwei Minuten nach vier.

Er war alleine.

«Scheisse, verdammt!», rief er und kickte mit dem Fuss gegen die Eismauer vor dem Altar. Lag er falsch? Kamen weder Alec noch Jo hierher? Hatten sie sich zufällig vorher gefunden? Kommunizieren konnten sie ja nicht miteinander. Was, wenn sie sich bereits zu Fuss auf den Weg hinunter vom Berg machten? Der Sturm flaute ab, es wäre möglich …

Und Eva? Sie war in der Gewalt von Mördern.

Leise Schritte liessen Cem aufhorchen. Vorsichtig drehte er sich um.

Alec.

Er kam direkt auf Cem zu, wenig erstaunt, ihn hier zu treffen. In seinem Mundwinkel hing eine brennende Zigarette. Er trug den dunklen Lockenkopf gesenkt, die Hände in den Hosentaschen vergraben. Selbst in einem Moment der Niederlage wirkte er in seiner James-Dean-Pose lässig.

Oder war das keine Niederlage?

Er kam alleine. Jo war nicht bei ihm.

«Wo ist meine Frau?», schoss es aus Cem heraus.

Alec blickte auf. «Ihre Frau?»

Die Überraschung schien echt, was bedeutete, dass Eva in Jos Gewalt war. Cem wusste nicht, ob ihn das beruhigen sollte. Alec schnappte sich einen Stuhl und setzte sich verkehrt herum darauf. Die Arme stützte er auf der Stuhllehne ab. «Jo wird kommen.»

«Was macht Sie sicher? Sie wollte durchbrennen, Sie am Altar stehen lassen.»

«Ich weiss.»

«Sie kannten ihren Plan?» Warum überraschte es Cem nicht?

«Jo und ich, wir haben uns nie belogen; das dachte ich zumindest. Ich sagte bereits, Jo sei wild. Eine Frau wie sie kann man nicht einsperren.»

«Das wäre für sie die Hochzeit gewesen? Ein Gefängnis? Wollten Sie einzig wegen des Babys heiraten?»

«Die Bedingung unserer Eltern.»

«Ach kommen Sie. Wir leben im 21. Jahrhundert.»

Alec schmiss die Zigarette zu Boden. «Für Geld brachten Menschen schon schlimmere Opfer.»

«Opfer? Einander zu heiraten war ein Opfer?»

Alec blickte auf. «Nicht für mich.»

«Aber für Jo. Sie liebte einen anderen.»

«Ja.»

«Sie wussten von der Beziehung.»

«Sicher.»

«Und obwohl Sie Jo lieben, halfen Sie ihr, mit Amir durchzubrennen?»

«Ist nicht genau das Liebe?»

Wow, darauf wusste Cem keine Antwort. Egal, was für ein Ekel Alec war, er war bereit gewesen, sich für Jos Glück zu opfern. Oder nicht? «Dank dem inszenierten Tod hätte Jo mit Amir durchbrennen können, ohne zu befürchten, dass ihre Eltern sie suchen würden. Amir war reich, das Erbe ihrer Eltern brauchte Jo deshalb nicht. Aber Sie, Sie wären enterbt worden, hätten Sie die Hochzeit abgesagt. Durch Jos Tod war Ihnen die Gunst Ihrer Eltern sicher.»

Alec nickte.

«Jo hätte Sie auch einfach vor dem Altar versetzen können.» Weshalb fiel es Cem schwer, die Logik dieser jungen Menschen zu verstehen?

Alec zog sich eine neue Zigarette aus der Schachtel. «Sie haben ja keine Ahnung, welchen Blick meine Mutter aufsetzen kann, wenn man sie enttäuscht. Sie hätte mich als Versager angesehen. Einen Versager schliesst man aus der Familie aus.»

«Durch den Mord konnten Sie Ihr Gesicht wahren.» Langsam begriff Cem die Zusammenhänge.

«So war der Plan, leider ging er schief. Mehr als das. Jo hat mich belogen.»

«Aber Sie wussten doch über Amir Bescheid.»

«Über die Affäre, ja. Nicht aber, dass es sein Kind war, welches sie in sich trug.»

Cem begriff langsam, welches Drama sich auf dem Titlis abgespielt hatte. «Wenn Sie glaubten, dass es Ihr Kind war, weshalb willigten Sie ein, Jo bei ihrer Flucht mit Amir zu helfen? Sie hätte Ihr Kind mit sich genommen.»

«Ich willigte ein, nachdem Jo das Kind verloren hatte.»

«Jo liess Sie um ein Kind trauern, das nicht Ihres war. Wann haben Sie davon erfahren? Hat Sie das nicht wütend gemacht?»

Gemächlich zündete Alec die Zigarette an und sog den Rauch tief in seine Lungen.

Cem zog einen Stuhl heran und setzte sich neben ihn. «Können Sie mir Ihre Geschichte von vorne erzählen, der Reihe nach?»

«Ich wusste von Jo und Amir. Sie lernte ihn vor über einem Jahr kennen, und sie gestand mir, dass sie eines Tages mit ihm durchbrennen werde. Was an Silvester passierte, war von mir nicht geplant. Diese Nacht veränderte alles zwischen uns, und ich war so blöd zu glauben, dass sie ihren Araber vergessen würde. Als sie mir Anfang Februar sagte, dass sie schwanger sei, war ich wie vor den Kopf gestossen. Aber der Gedanke gefiel mir. Das Kind würde uns auf ewig verbinden, also machte ich ihr auf Druck unserer Eltern einen Heiratsantrag. Mir war es recht. Ich liebe Jo.»

«Dann verlor sie das Baby.»

«Ja. Jo wollte die Hochzeit absagen, aber unsere Eltern machten Terror und sprachen von Enterbung. Es war alles arrangiert. Die Peinlichkeit einer kurzfristig abgesagten Hochzeit war inakzeptabel. Jo war durcheinander. Der Verlust des Kindes hat sie arg mitgenommen. Sie hat wieder Kontakt zu Amir aufgenommen, und da wusste ich, dass ich sie gehen lassen musste.»

«Zu jenem Zeitpunkt wussten Sie aber nicht, dass es Amirs Baby war, das sie verloren hatte?»

«Nein, ich dachte, es sei meines.»

«Sie hat den Plan mit ihrem inszenierten Mord geschmiedet und die Zwillinge eingeweiht.»

«Unfreiwillig. Sie haben uns belauscht und mitgekriegt, dass Jo mit einem Moslem durchbrennen will. Sie verlangten Geld – Jo im Gegenzug brauchte ihre Hilfe.»

Was für eine Brut. «Was ging schief?»

«Was? Das fragen Sie mich?» Alec schoss von seinem Stuhl auf. «Alles. Der Sturm. Sie und Ihre Frau, und dann tauchte da plötzlich der Araber auf.»

«Sie kannten ihn nicht?»

«Nein. Irgendwoher hat er von der Hochzeit erfahren und ist auf den Titlis gekommen.»

Cem kannte die Lösung, sagte aber nichts, um Alec nicht zu unterbrechen.

«Er war nicht eingeweiht in ihren Plan mit dem Mord. Er sollte in einem Hotel in Zürich auf Jo warten. Die Zwillinge hatten das arrangiert. Aber er hat von der Hochzeit erfahren, vermutlich aus einem blöden Boulevardblatt. Er kam auf den Berg, um die Trauung zu verhindern. Doch was fand er vor? Die Leiche seiner Geliebten. Logisch, dass er mir auflauert und mich des Mordes beschuldigt und bedroht.»

Amir musste den Ring in seiner Wut und Trauer auf den Boden geschmissen haben. «Aber Jo war nicht tot. Weshalb hat sie es ihm nicht erklärt?»

«Als sie nach dem falschen Schuss in meine Arme fiel, habe ich ihr ein Mittel gespritzt, das sie kurz in einen sehr tiefen Schlaf versetzte.»

Deshalb hatte Alec ihr sein Jackett angelegt. Verdammt, der Plan war schlau gewesen. «Der Prinz fand sein Schneewittchen und drehte durch», murmelte Cem.

«Was?»

«Amir hat Sie abgefangen, und es kam zum Kampf draussen vor dem Stollen, richtig? Warum haben Sie ihm nicht erklärt, was Sache ist?»

Die Frage machte Alec nervös. Er stand auf und schritt in der Grotte auf und ab. «Ich kam nicht dazu. Er sagte, ich hätte seine Frau und sein Kind umgebracht. Er wusste nicht, dass sie das Kind verloren hatte.»

Cem brauchte einen Moment, um die Information zu verarbeiten. «Amir wusste nichts von Ihnen. Er glaubte, das Kind sei von ihm?»

«Ja, verflucht!», schrie Alec. «Jo hat mich belogen. Als sie Ende Dezember bemerkte, dass sie von Amir schwanger war, kriegte sie Torschlusspanik. Die Silvesternacht ist nicht einfach so geschehen. Sie hat mich mit Absicht verführt.»

«Und gestern, als Ihnen Amir die Wahrheit sagte ...»

«... da drehte ich durch. Wir haben gekämpft, draussen vor dem Stollen. Ich habe ihn gestossen, er fiel über das Geländer und schlug mit dem Kopf auf dem Felsvorsprung auf ...»

Cem nahm sich die Zeit, um durchzuatmen, bevor er weitersprach. «Weshalb wollte Jo Ihnen das Kind anhängen? Sie hätte abtreiben können.»

«Ich habe abgetrieben.»

Cem schreckte hoch, als er die Stimme hörte, die vom Eiskorridor her kam.

Jo.

Sie stürmte auf sie zu. Neben sich hielt sie Eva gefangen, ein Messer an deren Kehle. «Es war die falsche Entscheidung. Das Kind wäre das Einzige gewesen, was mir von Amir blieb. Du hast ihn ermordet, Alec.»

Cems Finger ballten sich zu Fäusten. Eva. Er traf ihren Blick. Ihre Augen verrieten Angst, aber auch Wut und Unglauben. Die Klinge an ihrem Hals drückte so fest gegen ihre Halsschlagader, dass sie bereits leicht die Haut einritzte. Eine falsche Bewegung, und Eva war tot.

Cem starrte die junge Frau an, von der er so viel gehört hatte. Jo war hübsch, schlank und gross und dennoch zierlich. Wie konnte eine so reizende Person zu einem Monster mutieren? Er glaubte, im falschen Film zu sein. So sah ein Bösewicht einfach nicht aus. Sie hatte ihre dunklen Haare seitlich zu einem Zopf geflochten. Jo trug einen Skianzug. Sie war die Einzige, die in dieser Eishölle nicht frieren musste.

Eva zitterte, die Lippen zu einer schmalen Linie gepresst. Aber sie gab sich tapfer, hielt den Kopf hoch, die Schultern zurück. «Jetzt können Sie mich freilassen. Sie machen es nur schlimmer.»

«Scht, Frau Staatsanwältin», sagte Jo. Ihre Stimme war unerwartet tief und samtweich. «Für einmal halten Sie die Klappe. Das hier ist etwas zwischen Alec und mir. Sie sind einzig meine Rückversicherung, um Ihren Bullen auf Distanz zu halten.»

Cem trat einen Schritt vor. «Johanna, Sie –»

«Fuck! Nennen Sie mich nicht bei diesem scheinheiligen Namen. Ich bin Jo, verstanden? Stellen Sie sich hinter den Altar und schweigen Sie. Ich habe mit dem Mörder meines Geliebten ein Hühnchen zu rupfen.» Sie starrte Alec an. «Nein, es muss wohl ein gewaltiger Strauss seine Federn lassen, du Arsch!»

Cem trat zurück hinter den Altar. Jo hatte die Kontrolle in der Grotte. Solange sie sich mit Alec stritt und er sich ruhig verhielt, würde sie Eva nichts antun.

Jo und Alec starrten einander wütend an, abgelenkt. Cem nutzte den Moment und gab Eva ein Zeichen, sich still zu verhalten. Er hielt sich für eine Millisekunde den Zeigefinger vor die Lippen. Sie verstand und nickte mit den Augenlidern.

Alec machte einen Satz und stellte sich so nahe vor Jo, dass seine Stirn die ihre fast berührte, Eva ignorierte er komplett. «Ha, ich ein Mörder? Verdreh nicht die Wahrheit, du Mörderin.

Dein Araber hat mich angegriffen. Er behauptete, du seist von ihm schwanger gewesen. Erst glaubte ich ihm nicht. Aber es stimmt. Es macht alles Sinn. Du wolltest mir ein Kuckuckskind unterjubeln, du falsche Schlange. Ich hätte es wissen müssen.»

«Das gab dir nicht das Recht, Amir zu töten.»

«Er ist mit den Fäusten auf mich los. Aber dein Wüstenprinz war ein Weichling. Ein kleiner Schubs von mir, er fällt hin und ist gleich tot. Mit so einem Waschlappen wolltest du durchbrennen? Echt jetzt, Jo. Ich kenne dich besser. Du wärst vor Langeweile umgekommen. Die brave Frau zu spielen, steht dir nicht.»

Jo stiess ihn harsch mit ihrer freien Hand von sich weg. «Du hast recht, ich wollte Amir nicht heiraten, Mutter werden und ein familiäres Leben im Exil führen. Deshalb habe ich unser Versprechen gebrochen und dich verführt.»

«Ich war als deine Rettung gedacht?»

«Mit dir war das Leben nie langweilig. Dich kannte ich. Nach dem positiven Schwangerschaftstest konnte ich in den ersten Tagen keinen klaren Gedanken fassen. Ich dachte erst an Abtreibung. Aber Abtreibung ist eine Todsünde, das haben mir meine katholischen Eltern seit Kindheit eingetrichtert.»

«Wann hast du von der Schwangerschaft erfahren?»

«In der Nacht auf den 31. Dezember.»

«Und keine vierundzwanzig Stunden später machst du dich an mich heran?» Alex fasste sich in die Haare.

«Es war ein Reflex. Unüberlegt.» Die Worte aus Jos Mund klangen nicht wie eine Entschuldigung, aber ihre Stimme wurde weicher. «In jener Nacht ist etwas passiert, das ich nicht vorhersehen konnte. Es war die schönste Nacht in meinem Leben, und da wusste ich, dass Amir nie mit dir mithalten konnte.»

Alec starrte sie ungläubig an. Er atmete heftig, griff nach der Zigarettenschachtel und holte eine Zigarette hervor. Jo liess ihm die Zeit, den Glimmstängel zu entzünden. Er nahm ein paar tiefe Züge und liess die Zigarette in seinem Mundwinkel hängen. «Soll heissen, du hast dich in mich verliebt?»

Jo nickte.

«Du hast es nie gesagt.»

«Du auch nicht.»

Schweigen.

Die benahmen sich wie Teenager. Er hätte laut lachen können, wäre die Situation für Eva nicht so gefährlich gewesen. «Warum setzen Sie sich nicht hin und sprechen sich in Ruhe aus? Dazu brauchen Sie meine Frau und mich nicht», schlug er deshalb vor.

Alec nahm die Zigarette aus dem Mundwinkel. «Blöd sind wir nicht. Sie sperren uns hier ein und lassen uns verhaften, kaum sind Ihre Kollegen auf dem Berg.»

«Bis die lahmen Bullen hier sind», sagte Jo, «sind wir längst weg. Aber keine Angst, wir sind keine eiskalten Killer. Seien Sie schön brav, und Sie können heute Abend Ihre Frau zum Essen ausführen. Ist das nicht ironisch? Ausgerechnet ein frisch verheiratetes Beamtenpaar macht uns den Plan zunichte.»

Cem musste sich zurückhalten, um der frechen Göre nicht die Bibel an den Kopf zu knallen, die vor ihm auf dem Altar lag. Die scheinheilige Johanna hätte kein passenderes Vollstreckungsinstrument verdient, um ihre Strafe zu erhalten.

Alec wandte sich Jo zu. «Du wolltest nach unserer Silvesternacht mit dem Araber Schluss machen?»

«Ja.»

«Hast du aber nicht.»

«Das war nicht so einfach. Er wollte nicht, dass ich ihn in Katar anrufe. Er vermutete, dass seine Familie ihn kontrollierte, vermutlich auch die Anrufe und Mails. Der Patriarch wacht über seine Liebsten wie ein paranoider König. Amir wollte weg, wollte seine Freiheit, genau wie ich. Aber dann war da diese Nacht mit dir …» Jo zögerte einen Moment. Sie schien unsicher. «Du hast recht, ich habe dich belogen wegen des Kindes, doch ich wollte meinen Fehler beheben. Unsere Beziehung durfte nicht auf einer Lüge aufgebaut sein. Es war keine leichte Entscheidung … Ich habe Amirs Kind abgetrieben. Du kannst mir also nicht vorwerfen, dass ich dir ein Kuckuckskind unterjubeln wollte.»

«Du hast es getötet, um mit mir zusammen zu sein?»

Jo nickte.

Wow, das konnte nur das Opfer einer Wahnsinnigen sein.

«Deine Eltern …»

«Sie glaubten, ich hätte das Kind auf natürliche Art verloren. Ich habe den Gynäkologen sehr überzeugend auf seine ärztliche Schweigepflicht hingewiesen.»

«Weshalb wollten Sie die Hochzeit dann trotzdem absagen?», fragte Eva. Sie war von der Geschichte so gefesselt, dass sie für einen Augenblick ihre gefährliche Lage zu vergessen schien.

Jo spuckte vor Alecs Füsse. «Wegen ihm. Er hat die Beziehung mit Filipa nur auf Eis gelegt, aber nie beendet.»

«Das ist Quatsch», widersprach Alec. «Filipa und ich waren nur noch Freunde, das wusstest du.»

«Wieso kam sie dann zwei Tage nach der Abtreibung zu mir und erzählte, wie sie sich um dich gekümmert hat und dass du ihr gestanden hast, dass du froh seist, das Kind nicht mehr am Hals zu haben? Es gäbe keinen Grund mehr für dich, mich zu heiraten. Sie hat mir meine Hand gestreichelt und gesagt, ich sei sicher auch froh, diese Lüge beenden zu können und dich nicht heiraten zu müssen.»

Ach du dickes Ei.

«Du hast ihr geglaubt?», fragte Alec.

«Weshalb sollte ich nicht? Wir haben uns geschworen, wie Bruder und Schwester zu leben. Die Schwangerschaft hat unseren Schwur auf den Kopf gestellt.»

«Du hast recht», sagte Alec aufgelöst und schritt die enge Grotte auf und ab. «Ich war am Tag nach deiner Fehlgeburt bei Filipa. Mir ging es mies. Ich dachte, mein Kind sei gestorben. Ich habe mich bei ihr ausgesprochen, und ja, sie hat erwähnt, dass wir die Hochzeit jetzt auflösen könnten. Aber ich sagte ihr, ich habe mich in dich verliebt und wolle dich heiraten, auch ohne Kind.» Alec trat vor Jo und legte seine Hand an ihre Wange. «Warum hast du nicht mit mir darüber gesprochen?»

Sah Cem tatsächlich Tränen in ihren Augen?

«Meine Gefühle spielten keine Rolle», sagte sie. «Wir haben uns versprochen, uns niemals zu bevormunden, uns niemals in Ketten zu legen. Deshalb wollte ich die Hochzeit absagen.»

«Wegen mir?»

Sie nickte.

Cem sah, wie Eva tief Luft holte. Shakespeare hätte keine dramatisch schönere Liebesgeschichte schreiben können. So wie «Romeo und Julia» in einer Tragödie endete, so würde auch dieses Liebesdrama kein gutes Ende nehmen. In dieser Version waren Schneewittchen und der Prinz verdammt.

Alec setzte sich auf einen Stuhl. Das alles war etwas viel für ihn. «Du wolltest mir die Freiheit zurückgeben und hast deshalb beschlossen, mit deinem Araber durchzubrennen? Er wusste nichts von deinen Heiratsplänen, richtig? Aber er wusste von der Schwangerschaft?»

«Ich sagte ihm, ich sei schwanger, obwohl ich zu diesem Zeitpunkt bereits abgetrieben hatte. Ich wollte sichergehen, dass er mit mir nach Singapur fliegt.»

Cem trat hinter dem Altar hervor. «Weshalb dann der ganze Aufwand mit dem Tod? Das verstehe ich nicht. Weshalb haben Sie nicht einfach die Hochzeit abgesagt und sind mit Amir ins Ausland verschwunden?»

Jo warf ihm einen bösen Blick zu. «Haben Sie unsere Eltern nicht kennengelernt? Die hätten mich überall auf der Welt aufgespürt. Dass ihre heilige Johanna mit einem Moslem durchbrennt, hätten sie niemals akzeptiert. Vorher hätten sie mich auf einen Scheiterhaufen gebunden.» Sie atmete tief durch. «Der einzige Weg, frei zu sein, war zu sterben. So konnte ich mich von meinen Eltern lösen und sie gleichzeitig bestrafen. Ein perfekter Plan.»

«Er ging schief», sagte Cem. «All das Theater wäre nicht nötig gewesen, hätten Sie sich ausgesprochen. Dann hätten Sie eine schöne Hochzeit gefeiert und wären jetzt in den Flitterwochen. Und Eva und ich müssten unser bescheidenes Flitter-Weekend nicht auf diesem eisigen Gipfel mit lauter Psychopathen verbringen.»

«Halten Sie die Klappe!», schrie ihn Jo unerwartet heftig an, drückte dabei die Klinge so fest gegen Evas Hals, dass sie einen kurzen Schrei ausstiess.

Cem hob abwehrend die Hände und trat wieder einen Schritt zurück. Die Klappe halten wollte er nicht. Er musste das Gespräch so lange wie möglich am Laufen halten und darauf hoffen, dass Willi für einmal seine Anweisung missachtete, als Superman in die Grotte stürmte und sie befreite. «Wie haben Sie Ihren eigenen Tod inszeniert? Roderick verriet, dass er einen Knallfrosch zündete. Woher kam das viele Blut?»

«Alec hat mir vor einigen Tagen zwei Beutel mit Blut abgezapft», sagte sie mit einem Anflug von Stolz. «Den einen legte ich kurz vor der Trauung unter die Korsage.»

«Als Sie alleine auf der Toilette waren?», fragte Cem.

«Woher wissen Sie davon?»

«Dalila hat es erzählt. Sie hörte Sie mit jemandem telefonieren. Mit Amir?»

«Nein, leider, sonst hätte ich ihn davon abhalten können, auf den Berg zu kommen. Ich bin mit Dominik die letzten Details durchgegangen.»

Richtig. Zu diesem Zeitpunkt hatten sie noch die Handys. «Was war mit dem anderen Blutbeutel?», fragte er, um wieder zum Thema zurückzukommen.

«Den trug ich in meinem Smoking», sagte Alec. «Nach dem Knall liess sich Jo in meine Arme fallen. Ich riss ihr die Stoffapplikation weg und durchstach mit einem Nagel den Blutbeutel unter der Korsage.»

«Wir brauchten viel Blut auf dem Boden», fuhr Jo fort. «In dem Chaos, das entstand, konnte Alec unbemerkt den Beutel aus seiner Tasche hervorholen und das Blut auf den eisigen Boden leeren. Wir wussten, dass es eine Weile dauern würde, bis die Spurensicherung auf dem Titlis sein würde. Bis dahin wäre mein Blut gefroren, niemand hätte herausgefunden, dass es einige Tage alt war.»

«Weil Alec Ihnen ein Betäubungsmittel spritzte, hat niemand Ihre flache Atmung bemerkt», sagte Cem. «Natürlich fühlte sich Ihre Haut kalt an, Sie trugen ein schulterfreies Kleid bei Minustemperaturen.»

Jo lächelte. «Der Plan war genial. Man hätte die Grotte geräumt, und während alle auf die Polizei warteten, wäre ich aufgewacht, hätte mich in den Stollen geschlichen, wo Roderick am Morgen für mich den Skianzug und die Skier deponiert hatte. Ich wäre unbemerkt ins Tal gefahren und am Abend mit Amir nach Singapur geflogen.»

«Die verschwundene Braut wäre ein ungelöstes Rätsel geblieben», sagte Cem.

«Aber der Sturm kam Ihnen dazwischen», sagte Eva.

«Scheisswetter», fluchte Jo. «Ich konnte nicht auf den Skier hinunterfahren. Man sah nicht mal mehr die Hand vor den Augen.»

Jetzt war es an Cem, zu grinsen, auch wenn die Situation nicht lustig war. «Dann müssen ausgerechnet eine Staatsanwältin und ein Bulle von der Kriminalpolizei Ihnen das Leben schwer machen. Zu allem Übel kreuzte Amir auf dem Titlis auf. So stand das nicht im Drehbuch, was?»

«Nein», sagte Jo und knirschte mit den Zähnen. «Keine Ahnung, wie Amir von der Hochzeit erfahren hat.»

«Dominik hat sich verplappert», erklärte Cem, «als er Amir ins Hotelzimmer liess, das er auf seinen Namen gebucht hatte. Er hat mir vorhin alles gebeichtet. Auf die Zwillinge ist kein Verlass, die hätten Sie nicht einweihen sollen.»

«Wir hatten keine Wahl. Die Jungs haben mir nachgeschnüffelt und unseren Plan mitbekommen. Ausserdem brauchten wir Komplizen. Wir konnten sie nur zum Schweigen bringen, indem wir ihnen Geld überwiesen und ich sie zu Mittätern machte.»

«Sie sagten mir, Amir habe ihnen Geld auf ein Konto überwiesen», sagte Cem.

«Amir dachte, sie bräuchten es, um mir bei meiner Flucht zu helfen. Er wusste nicht, dass es Schweigegeld war.»

«Haben Sie ihn gesprochen?», fragte Cem. «Er kam zu Ihnen in die Grotte, nachdem wir die andern Gäste evakuiert hatten.»

«Er muss geglaubt haben, ich sei tot», sagte Jo. «Ich habe ihn nicht gesprochen. Als ich aufwachte, trug ich seinen Ring an meinem Finger statt den Hochzeitsring von Alec. In Panik habe ich ihn mir vom Finger gerissen. Er ist davongerollt, und ich fand ihn nicht mehr. Mir war von dem Medikament noch schwindlig.»

«Deshalb haben Sie die Nachricht an die Presse geschickt, weil Sie wussten, dass Ihre Verwandten die Grotte stürmen würden, sollten sie von Ihrem Verschwinden erfahren. Damit gaben Sie Dominik und Roderick die Möglichkeit, in der Grotte nach dem Ring zu suchen.»

«So war's.»

Cem seufzte. «Geben Sie auf. Stellen Sie sich, und ich lege vor Gericht ein gutes Wort für Sie beide ein. Es macht keinen Sinn, weiterzuspielen. Sie haben verloren.»

Jos Stimme wurde scharf. «Ich lasse mich von Ihnen nicht wegsperren, nicht –»

«Jo.» Alec zeigte in den Eiskorridor hinein. «Da kommt jemand.»

«Mist. Übernimm du.» Jo übergab ihm Eva.

Alec zögerte kurz.

Jos Blick wurde unerbittlich. «Sei kein Feigling. Wir hängen da zusammen drin. Und wir beenden das zusammen.»

Dieses Biest, dachte Cem. Alec war ihr hörig.

Alec nahm ihr Eva ab. Cem war sich nicht sicher, ob das gut oder schlecht war. Alec war stärker, aber sein Wille war schwächer. Cem tauschte einen aufmunternden Blick mit Eva. Alles wird gut, flüsterte er tonlos. Sie las seine Lippen und deutete tapfer ein Nicken an.

Die Schritte kamen schnell näher. Es mussten zwei Personen sein. Cem hoffte, dass Willi ihm zu Hilfe eilte, doch rasch wurde ihm bewusst, dass das nicht Willis Schritte sein konnten. Niemals.

«Verdammte Brut!», hörte er Zoras Stimme, noch bevor er sie sehen konnte. Zusammen mit Kadische stürmte sie herbei, ihr grünes Kleid flatterte wild hinter ihr her. Die Perücke sass leicht schief, und die Frisur war heillos zerzaust. «Alec!», schrie sie ihren Neffen an, als sie das Messer an Evas Hals sah. «Lass die Staatsanwältin los, sofort!»

Jo reagierte am schnellsten. Sie legte ihre Hand auf Alecs Arm, damit er nicht nachgab. Dann trat sie vor ihn, als wollte sie ihn beschützen. «Was wollt ihr hier?»

Kadische trat neben Zora und hielt das goldene Armband in die Höhe. «Es ist eines der Schmuckstücke, die gestohlen wurden. Die Zwillinge waren das. Deine Cousins. Wir haben sie zur Rede gestellt.»

Wie das?, wunderte sich Cem. Er hatte die beiden im Büro eingeschlossen, mit Jonny, Oliver und Qazim als Aufpasser.

Zora deutete seinen irritierten Blick richtig. «Jonny arbeitet für mich, nicht für Sie, Herr Kommissar. Er musste uns ins Büro lassen.» Sie stemmte die Hände in die Hüften und starrte Jo an. «Du Luder, du lebst also noch? In welche Scheisse hast du meinen Neffen mit hineingezogen? Alec, lass die Staatsanwältin los.»

Alec reagierte nicht.

Kadische trat vor. «Deine Cousins sind Schwachmaten. Und mir wollten sie den Diebstahl in die Schuhe schieben. ‹Jo ist tot, die braucht ihr Hochzeitsgeschenk nicht mehr. Ich schenke es dir, Kadische, weil du eine so tolle Frau bist.› Sag mal, für wie blöd haltet ihr mich eigentlich?»

«Wie habt ihr uns gefunden?», fragte Cem.

«Dalila ist leicht einzuschüchtern. Sie hat von dem Brief und dem Treffen hier unten erzählt», antwortete Kadische. «Sie haben mich ja damit beauftragt, rumzuschnüffeln.»

«Die Idee, Dalila als Medium zu nutzen, war perfekt.» Jo schaute Alec an. «Irgendwie musste ich ja mit dir in Kontakt treten. Du hast mir gefehlt.»

Zoras Wut bauschte sich auf. «Lass das Liebesgesäusel. Dein dramatischer Tod war nur eine inszenierte Show. Was ist mit der Trauzeugin? Spaziert die auch quickfidel auf dem Gipfel herum?»

«Sie ist tot», sagte Jo, keine Spur von Bedauern in der

Stimme. Sie schaute Alec an. «Sie hat es verdient, das heuchlerische Luder. Ich habe sie heimlich beobachtet. Als sie auf der Toilette war, habe ich in die Trinkflasche, die sie in ihrer Handtasche hatte, Entkalker gefüllt. Es hat schon seine Vorteile, wenn man die Gewohnheiten der Rivalin auswendig kennt. Filipa trug immer eine Flasche Wasser mit sich herum. Immer.»

«Deine Braut ist eine Mörderin», sagte Zora. «Sie hat deine Ex-Freundin kaltblütig ermordet. Alec, warum stehst du noch zu ihr? Weshalb haltet ihr die Staatsanwältin gefangen? Du bist unschuldig. Das ist nicht dein Problem, Junge.»

«Doch, ist es. Ich habe den verfluchten Araber umgebracht.»

Kadische schnappte nach Luft. «Ich habe Qazim vorhin im Büro –»

«Nicht Qazim. Der hat mit der Sache nichts zu tun.» Alec starrte Jo an, die vor ihm stand. «Ich habe ihren Liebhaber ermordet.»

«Moment mal», Zora fuchtelte irritiert mit dem Zeigefinger hin und her. «Du ermordest ihren Liebhaber, und sie ermordet deine Ex?»

«Auge um Auge, Zahn um Zahn», sagte Jo, drehte den Kopf und schaute Alec an. «So steht es in der Bibel geschrieben. Wir sind quitt.»

«Ihr seid Mörder!», rief Kadische. «Ihr kommt damit nicht durch.»

«Vermutlich schon», sagte Zora. Sie stemmte ihre Fäuste in die Hüften. «Ich reisse euch persönlich die Köpfe ab, wenn Frau Roos Cengiz etwas geschieht. – Keine Angst, Kindchen, ich werde nicht zulassen, dass sie Ihnen wehtun.» Der letzte Satz war an Eva gerichtet. Ohne Vorwarnung trat Zora vor und klatschte Jo ihre flache Hand mit voller Wucht gegen die Wange. «Geh mir aus dem Weg, du elendes Weib. Alec, genug!»

Alec schien an einem Punkt angelangt zu sein, wo Zoras Autorität nicht mehr greifen konnte. Er trat entschlossen einen Schritt zurück, hielt Eva noch fester umklammert, das Messer satt an ihrer Kehle.

Cem glaubte, sein Herz bleibe stehen.

«Tante Chenille, halt dich da raus. Jo und ich werden jetzt gehen. Ihr bleibt hier, und wenn ihr keine Dummheiten macht, lassen wir unsere Gefangene frei, sobald wir in Sicherheit sind.»

«Wie wollt ihr denn fliehen?», fragte Eva, die Stimme klang heiser und trocken. «Ihr könnt nicht hinaus auf die Piste. Die Lawinengefahr ist zu gross. Das ist euer Tod. Das kann doch nicht die Lösung sein.»

«Besser tot als eingesperrt», sagte Jo bitterernst. «Los, Alec, wir verduften.»

«Untersteh dich, Johanna!», rief eine harsche Frauenstimme.

Alle drehten sich um, als Annette Iten mit Pfarrer Kleeb im Schlepptau auf sie zumarschierte.

Für den Bruchteil einer Sekunde verlor Jo die Farbe im Gesicht. So mutig, verwegen und wild sie war, eine direkte Konfrontation mit ihrer Mutter schien sie zu scheuen.

«Damit kommst du mir nicht davon, junge Dame. Was fällt dir ein, uns so einer Tortur auszusetzen? Dein Vater ist nervlich am Ende.»

Jo trat näher zu Alec heran, als suchte sie Schutz. Sie hatte Angst vor ihrer Mutter, erkannte Cem.

«Alec, lass sofort Frau Roos Cengiz frei. Was fällt euch ein? Gott behüte, ihr seid vom Teufel besessen.»

«Lass mich mit deinem Religionsquatsch in Ruhe, Mum. Soll mir der Pfarrer den Teufel austreiben? Ist er deshalb hier?»

«Johanna!» Annette trat näher, aber Alec drückte Eva das Messer gleich wieder fester gegen den Hals.

Cem ballte seine Hände zu Fäusten. Wenn sie Eva verletzten, würde er zum Mörder werden. Er holte tief Luft, zu allem bereit.

«Hast du überhaupt eine Ahnung, was für eine scheinheilige Rabenmutter du bist?», schrie Jo.

Alec griff mit seiner freien Hand nach der von Jo, sagte aber nichts.

«Du hast mich ständig kontrolliert», fuhr Jo fort, «mich bevormundet, nie war ich dir gut genug. Du hast mich mit deinem Glauben, deinen Prinzipien, deinen Ideologien regelrecht einer

Gehirnwäsche unterzogen. Doch ich habe mich deinem Terror nur einmal gebeugt, damals, als du mir die Teilnahme an den Olympischen Spielen verboten hast. Aber weisst du was, liebe Mutter? Es hat nicht funktioniert. Du hast mich nicht gebrochen, nicht mit deinen Schlägen, wenn Papa ausser Haus war, nicht mit deinem Psychoterror und nicht mit den unzähligen Beichten in der Kirche, zu denen du mich gezwungen hast.» Jo tippte sich mit dem Zeigefinger gegen die Stirn. «Ich habe mir meine eigene Meinung gebildet und alles gemacht, was du mir verboten hast. Ich habe rumgehurt, habe gestohlen, gelogen und betrogen, mich von Gott abgewandt, euch mit meinem inszenierten Tod gequält, und ja, ich habe auch das fünfte Gebot gebrochen: Du sollst nicht töten.»

«Was sagst du da?»

Cem fühlte, wie die Kälte ihn schaudern liess.

«Ich hatte keine Fehlgeburt. Ich habe abgetrieben, habe das ungeborene Kind ermordet, wie ich auch Filipa getötet habe.»

Annette taumelte zurück. Kleeb konnte sie gerade noch stützen.

«Ich habe in den Nächten Gott verflucht», fuhr Jo unbeeindruckt fort, «und wollte nach diesem letzten Schauspiel mit einem Moslem durchbrennen. Es gab da nur ein paar Komplikationen.» Sie schaute Alec an. Noch immer hielten sie sich an den Händen. Plötzlich lächelte Jo. «Es ist gut so, wisst ihr. Denn endlich ist alles raus, und ich kann offen sprechen. Etwas, das mir nie gestattet war, ausser wenn ich mit Alec zusammen sein konnte.»

Er lächelte zurück.

Cem dämmerte, dass da bedingungslose Liebe zwischen den beiden war. Eine Liebe, die jeden Wahnsinn entschuldigte, eine Liebe, die Mord entschuldigte.

«Lass uns gehen», sagte er liebevoll. «Wir bringen das gemeinsam zu Ende.»

«Was immer kommt?», fragte sie.

«Was immer kommt», bestätigte er.

Sie drückte ihm einen innigen Kuss auf die Lippen.

Eva wollte den Augenblick nutzen und sich aus seinem Griff lösen, aber Alec reagierte schnell. «Schön hiergeblieben. Sie sind unser Ticket in die Freiheit, Frau Staatsanwältin.» Er flüsterte Jo etwas ins Ohr. Sie nickte und rannte den Korridor entlang, der zur Bergstation führte.

«Setzt euch», gab Alec den Befehl. «Eine falsche Bewegung, und ich zerschneide Ihrer Frau das Gesicht, Herr Kommissar.»

Cems Magen krampfte sich zusammen. Er drohte Eva mit Folter. Eva schien die Drohung eher wütend zu machen, als zu verängstigen.

Cem gab den anderen ein Zeichen, sich zu setzen, selbst nahm er auf dem vordersten Stuhl Platz.

Sie warteten eine Minute schweigend. Cem hielt Blickkontakt mit Eva. Sie war tapfer und atmete ruhig.

Jo kam zurück, diesmal aus der anderen Richtung. «Erledigt. Die vordere Drehtür ist von aussen verriegelt, die bekommen sie nicht auf.»

Alec nickte. «Gehen wir.» Er ging mit Eva vor in den Eiskorridor, der zum Stollen führte.

Jo drehte sich noch einmal um. «Wenn ihr uns folgt, ist sie tot, verstanden? Mum, sag Papa Lebewohl. Und Zora, lass den Jungs den Schmuck. Den haben sie sich verdient. Mit den Morden haben sie nichts zu tun. Sie brauchen das Geld, um sich von meiner Rabenmutter zu lösen.»

Als sie sich umdrehte, um Alec zu folgen, rief Cem sie zurück. «Was ist mit Eva? Sie hat euch nichts getan.»

Jo warf den Kopf herum. «Sei brav, Bulle, und du kriegst deine Braut zurück. Ich bin kein Monster.»

Wer's glaubte. Die Kids waren in einem Zustand zwischen Blutrausch und Liebestaumel, in dem sie nicht mehr vernünftig handeln konnten und unberechenbar geworden waren.

SECHZEHN

Als die Teams der Luzerner, Ob- und Nidwaldner Polizei auf der Sektion Stand aus der Kabine der Gondel stiegen, waren die Gesichter bleicher als der Neuschnee, der gefallen war. Wie Banz und Barbara zuvor waren sie vom Trübsee her mit der alten Luftseilbahn hochgefahren. Da die Bergstation Stand sich auf dem Gebiet des Kantons Nidwalden befand, hatte Kummer darauf bestanden, seine eigenen Leute mit hochzuschicken, auch wenn er selbst in Engelberg bei den Hassans blieb. Die Station Klein-Titlis hingegen, ganz oben auf dem Berg, gehörte wieder den Obwaldnern.

Die Stimmung unter den Polizeicorps war angespannt. Es gab kleine Rangeleien, was die Zuständigkeit betraf, aber im Grossen und Ganzen arbeiteten sie bei diesem Grenzfall gut zusammen. Das Problem ist die Machtlosigkeit, dachte Susanne. Sie waren alle Profis und konnten doch nichts tun. Sie lehnte sich einen Augenblick an die Wand, um durchzuatmen. Ihr war schwindlig von der Fahrt in der Gondel.

«Geht es dir gut?», fragte Kevin.

«Jetzt weiss ich wieder, weshalb ich nie in ein Boot steige.»

Einige Kollegen drängten sich an ihnen vorbei. «Es wird eng. Viel Platz ist nicht hier oben», sagte Kevin. «Es kommt gleich eine zweite Gondel nach mit Versorgungsmaterial und medizinischem Fachpersonal. Sie werden die Skihütte öffnen, damit wir uns dort einquartieren können. Ich habe mit einem Verantwortlichen der Bergbahnen gesprochen. Er schätzt, dass wir in ein bis zwei Stunden ganz hochfahren können.»

«Gut, stellen wir uns darauf ein. Ich will, dass du weiter an der Kommunikation arbeitest. Wir müssen doch irgendwie eine Verbindung hoch auf den Gipfel bekommen. Ich will wissen, ob Cem und Eva die Lage im Griff haben und es ihnen gut geht.»

Barbara und Banz kamen ihnen entgegen. «Das war ein Ritt, was?», sagte Barbara. Sie lächelte beinahe schadenfreudig.

«Kommt», sagte Banz. «Wir haben es uns in der urchigen Skihütte bequem gemacht. Aus dem Spaziergang über die Rotegg wird nichts. Kurt, der Bergführer, der mit uns hochgefahren ist, hat uns dringend davon abgeraten.»

«Bleibt nur die Rotair», sagte Barbara.

Zusammen verliessen sie die Station der Seilbahn und gingen hinüber zur Skihütte.

Etwa zwanzig Personen hatten sich bereits dort eingefunden. Eifrig wurden Sicherheitsausrüstung und Waffen ausgebreitet, Erste-Hilfe-Material vorbereitet, die Ausrüstung der Spurensicherung bereitgestellt, Tee und Kaffee gekocht.

Die Kavallerie hat sich aufgestellt, dachte Susanne. Jetzt mussten sie nur noch da hoch. Hoffentlich kamen sie nicht zu spät.

***

Cem glaubte, innerlich zu explodieren, als Jo hinter Alec und Eva im Eistunnel verschwand. Er konnte nichts für Eva tun. Sie war in der Gewalt des mörderischen Liebespaares und er nutzlos gefangen in der Gletschergrotte.

«Wir werden erfrieren», jammerte Zora.

«Es sind minus eins Komma fünf Grad Celsius hier drinnen, so schnell bringt uns das nicht um», beruhigte sie Kleeb. «Sie werden uns suchen kommen, nicht wahr, Herr Kommissar?»

Zu erfrieren war Cems kleinste Sorge, auch wenn niemand von ihnen so geistesgegenwärtig gewesen war, sich vorher eine Winterjacke überzuziehen.

«Es ist Ihre Schuld!», schrie ihn Annette an. «Sie haben die Kinder in die Enge getrieben mit Ihren Verhören, Fragen und Ermittlungen.»

Dieser Satz überspannte den Bogen. Cem stürmte auf Jos Mutter los, packte sie an den Oberarmen und starrte ihr wütend in die Augen, die sich entsetzt weiteten. «Meine Schuld? Verdammt! Wer hat Jo zu dem Menschen gemacht, der sie geworden ist? Ich schwöre Ihnen, sollte meiner Frau etwas zustossen, mache ich Sie dafür verantwortlich. Ich werde so lange im Dreck wühlen, bis ich Beweise für Kindesmisshandlung gegen Sie in der Hand habe. Jo hat von Schlägen gesprochen. Wie oft haben Sie sie geschlagen, hm?»

«Sie ... ich ... lassen Sie mich sofort –»

«Genug. Setzen Sie sich hin und kein Wort mehr.» Cem liess von ihr ab, wandte sich um und holte tief Luft. Durchdrehen half nicht. Er musste klar denken, um Eva helfen zu können. Vermutlich nahmen sie sie mit hinaus auf den Gletscher. Der einzige Fluchtweg war die Skipiste. Jo und Alec waren Profis, und sie kannten das Gebiet in- und auswendig. Hatten sie Skier unter den Füssen, konnte Cem sie nicht verfolgen. Er schwor, auf Willis Angebot einzugehen und bei ihm Skiunterricht zu nehmen, wenn das hier vorbei war. Er drehte sich zu den anderen um, die ihn wie paralysiert anstarrten. «Kadische, geh zur Tür, die zur Station führt. Versuche sie zu öffnen. Nimm einen Stuhl mit und schlag auf das Glas ein. Mach Lärm, sodass uns vielleicht jemand hört.»

Das musste man Kadische nicht zweimal sagen. Sie rannte sofort mit einem Stuhl unter dem Arm los.

«Zora, Sie bleiben bei Frau Iten. Sie rührt sich hier nicht vom Fleck, verstanden?»

«Ich bin Ihr Wachhund, Herr Kommissar.» Zora grinste. «Sollte das Miststück nur mit der Wimper zucken, beisse ich zu.» Ein Laut, der einem Knurren glich, drang aus ihrer Kehle. Annette fuhr zusammen.

«Pfarrer Kleeb, Sie kommen mit mir. Wir müssen die Tür aufkriegen, die zum Stollen führt. Ich muss meine Frau befreien. Suchen Sie nach Gegenständen, die uns helfen könnten, die Drehtür aufzubrechen.»

Cem schnappte sich einen Stuhl und rannte vor. Die Drehtür bestand aus vier Flügeln mit gerahmtem Glas. Sie wurde nicht automatisch betrieben, sondern musste beim Durchgehen aufgestossen werden. Cem rüttelte an den Türflügeln. Sie bewegten sich nicht. Wie hatte Jo sie verschlossen? Dann sah er die beiden Keile, die sie aussen unter dem Türflügel angebracht hatte, der längs zur Grotte stand und den Cem nicht erreichen konnte. Jo hatte an alles gedacht und sich vorbereitet. Klar, sie hatte geahnt, dass nicht nur Alec in der Grotte auf sie warten würde. Cem schnappte sich den Stuhl und schmetterte ihn mit voller Wucht gegen das Glas des inneren Türflügels. Der Stuhl zerbrach in seine Einzelteile. Was war das für eine miese Qualität? Keine Chance, die Tür damit einzuschlagen.

Kleeb schloss zu ihm auf, in der Hand die Bibel und ein handgrosses Kreuz aus Messing.

Cem warf die beiden Stuhlbeine, die er in den Händen hielt, zu Boden. «Wie wollen Sie mit einer Bibel und einem Kreuz eine Tür öffnen?», fragte er. «Ich glaube nicht, dass Beten weiterhilft und Gott seine Finger ausstreckt, um den verfluchten Keil zu entfernen.»

«Etwas anderes war nicht da», sagte Kleeb. «Oder ist Ihnen ein gefrorenes Blumenbouquet von Nutzen?»

Er hatte natürlich recht. Cem nahm ihm die Bibel ab. «Gehen Sie ein Stück zur Seite.»

Kleeb bekreuzigte sich, als Cem mit dem schweren Buch gegen das Glas hämmerte. Weshalb konnte für einmal das Glück nicht auf seiner Seite sein und einfach Willi zu Hilfe eilen? Wo blieb der gute Mann, wenn man ihn am meisten brauchte? Er hätte Cems Anweisung, die Gäste zu bewachen, nicht wortwörtlich nehmen sollen.

Der Buchrücken der Bibel war nach dem zehnten Schlag arg in Mitleidenschaft gezogen, doch kein Riss war im Glas zu erkennen. «Haben die hier Panzerglas eingesetzt?»

«Das Kreuz?», schlug Kleeb vor.

Cem nahm es in die Hand. Ein schönes Stück. «Es ist nicht schwer genug, und alle Kanten sind abgerundet.» Er versuchte es trotzdem. Zwecklos. «Nicht mal ein Kratzer im Glas.»

Sie schwiegen einen Moment.

«Diamanten», rief Kleeb aus. «Vielleicht trägt eine der Damen einen Diamanten. Der schneidet Glas.»

«Gute Idee, aber die Iten mag keinen Schmuck, und der von Zora liegt in einer Pfanne. Augenblick mal …» Cem griff in seine Hosentasche und zog den Ring heraus, den Amir seiner Liebsten schenken wollte. Der grosse, geschliffene Diamant funkelte Cem freudig an. Bei Allah, lass es funktionieren. Er setzte den Ring ans Glas und zog ihn mit so viel Druck, wie er aufbringen konnte, über die Scheibe, was ein hässliches Geräusch verursachte. «Da! Ein Kratzer.»

Die nächsten fünf Minuten wechselten sich Cem und Kleeb ab. Sie versuchten, einen Kreis in das Glas zu ritzen. Knochenarbeit. «Das reicht», sagte Cem. «Jetzt geben Sie mir Ihr Kreuz und beten, dass es funktioniert.»

Cem kam ins Schwitzen, so oft hämmerte er mit dem Kreuz gegen das Glas. Nach dem gefühlt hundertsten Schlag gab es einen Knall, und ein Loch brach aus dem Glas. Wie ein Spinnennetz wanderten Risse von dem runden Loch nach aussen. «Jetzt die Bibel.» Mit dem Buch hämmerte Cem auf das geschwächte Glas ein, bis das Loch gross genug war, dass er hindurchsteigen konnte. Er entfernte den Keil. Die Tür drehte sich. Er durfte keine Zeit mehr verlieren. Cem war sich sicher, dass die beiden mit Eva nach links durch den Stollen nach draussen geflohen waren. Penibel, wie Jo war, hatte sie bestimmt vorgesorgt. Von dort mussten sie nur über die Treppen hoch, über die Hängebrücke, die Skier anschnallen und losfahren. Sie hatten zehn Minuten Vorsprung. Das war zu viel.

«Gehen Sie aussen herum», gab Cem die Anweisung. «Öffnen Sie die andere Tür. Kadische soll hochrennen und mir Willi, Jonny und Oliver herunterschicken. Sie sollen jegliche Art von Waffen mitbringen. Messer, Kochlöffel, Kettensägen. Egal. Ich brauche hier Verstärkung.»

Kleeb nickte, atmete heftig dabei. Cem hoffte, dass ihm nicht die Puste ausging, bevor er die andere Tür öffnen konnte.

Er rannte los, den langen Stollen entlang. Vor sich sah er bald die Tür, die nach draussen führte. Verflucht! Daran hatte er nicht gedacht. Was, wenn Bonnie und Clyde auch diese Tür zugesperrt hatten?

Er rannte hin und zog sie auf. Für einmal war das Glück auf seiner Seite. Sie war offen. Sofort blies ihm eisiger Wind ins

Gesicht. Es schneite wieder, obwohl der Wind nachgelassen hatte. Cem trat hinaus. Amir lag noch immer am Abgrund im Schnee, seine Hautfarbe so weiss wie die Landschaft um ihn herum. Armer Kerl, so ein Ende hatte der Wüstenprinz nicht verdient.

Cem schaute auf den Boden, deutlich waren frische Spuren von drei Personen zu erkennen. Er war auf dem richtigen Weg und hechtete die Stufen hoch. Gegen dieses feindliche Klima war die Gletschergrotte gemütlich warm gewesen. Eva trug ihren roten Kaschmirpullover. Der würde sie nicht lange wärmen. Cem legte einen Zahn zu, fühlte, wie sein Herz in der dünnen Luft schnell pumpte, um die körperliche Anstrengung und die Kälte zu verarbeiten. Auf der Hängebrücke musste er langsamer gehen und sich gut festhalten. Die Brücke schwang gefährlich heftig hin und her und auf und ab. Mehr als einmal schleuderte es Cem auf die Knie. Doch er rappelte sich rasch wieder auf.

Auf der anderen Seite war er dankbar für festen Boden unter den Füssen, auch wenn seine Schuhe in knöcheltiefem Schnee versanken. Cem musste kein Indianer sein, um die Fährten zu lesen. Die drei waren zurück zur Bergstation gelaufen. Jo musste die Ausrüstung dort draussen auf der Terrasse gelagert haben. Das verschaffte Cem etwas Zeit. Auch wenn die Sichtweite beschränkt war, er hätte Spuren von Skiern gesehen, wären sie bereits losgefahren. Alec musste erst seine Skiausrüstung anziehen. Woher hatte er die? Roderick hatte nur eine Ausrüstung für Jo auf den Berg gebracht. Es war nie der Plan gewesen, dass auch Alec über die Piste ins Tal fliehen müsste.

Im Neuschnee kam Cem nur langsam vorwärts. Wenigstens hielt ihn das viele Adrenalin im Blut warm. Er hatte etwa die halbe Strecke zurückgelegt, als er vor sich zwei Schatten ausmachte.

Alec und Jo.

Cem hatte nichts in den Händen, um sie zurückzuhalten. Beide trugen einen Skidress und Skier an den Füssen. Sie waren bereit für die Abfahrt.

Alec entdeckte Cem als Erster. Er hielt Jo zurück.

«Hey», rief Cem. «Wo ist meine Frau?» Er rannte auf die beiden zu, die an der Kante zum Abhang stehen blieben.

«Sie haben verloren, Herr Kommissar», rief ihm Jo zu. «Alec und ich stürzen uns in die Freiheit. Sie können uns nicht aufhalten.»

«Ihr seid lebensmüde. Die Pisten sind nicht sicher. Das ist Selbstmord.» Cem hatte zu ihnen aufgeschlossen. Aber was sollte er tun? Sie mit blossen Händen festhalten? Nein, er musste zu Eva, das war wichtiger.

Jo griff nach Alecs Hand. «Ganz schön viel Drama, um die wahre Liebe zu finden, ich weiss. Was soll's, spielen wir russisches Roulette. Das Risiko hat uns noch nie aufgehalten.»

Alec lächelte sie an, dann blickte er zu Cem. «Jo und ich gehören zusammen, egal, was passiert ist und was passieren wird. Entweder wir sind zusammen frei oder sterben zusammen.»

«Jetzt macht mal halblang, das hier ist kein Shakespeare-Drama.» Cem hob defensiv die Hände und wich einen Schritt nach hinten. «Kommt mit mir zurück. Wir finden eine Lösung. Ich werde euch helfen.»

«Ach ja? Sollen wir uns die nächsten Jahre aus unseren Zellen Liebesbriefe schreiben?», fragte Jo zynisch. «Nein danke. Lieber sterbe ich, als in den Knast zu wandern.»

«Tut das nicht.»

«Herr Kommissar», sagte Alec ruhig, «Sie sollten nach Ihrer Frau sehen, bevor sie erfriert. Es ist arschkalt hier oben.»

«Wo ist sie? Was habt ihr mit ihr gemacht?»

«Sie wartet auf der Terrasse auf Sie», sagte Jo. «Gehen Sie zu ihr. Sie braucht Ihre Wärme. Es gibt nichts Wichtigeres als die Liebe, nicht wahr?» Sie schaute Alec an, der sie in die Arme nahm und innig küsste.

Cem war einen Moment wie erstarrt.

Plötzlich stiessen sich Jo und Alec mit den Skistöcken ab und verschwanden über die Kante im Abgrund.

«Nein!», rief Cem ihnen nach, aber das gnadenlose Weiss hatte sie bereits verschlungen.

Cem konnte nichts mehr tun, er musste sich um Eva kümmern und rannte los zur Terrasse.

Die Strecke über das schneebedeckte Eisfeld bis zur Station schien endlos. Endlich sah er vor sich die Schemen des Gebäudes. «Eva! Eva!» Gegen den heftigen Wind hatte seine Stimme keine Chance. Er rannte schneller und rief erneut nach ihr, als er die Terrasse vor sich sah.

«Cem! Hier.»

Er folgte der Stimme.

Da stand sie.

Eva hatte an der Wand Schutz vor dem eisigen Wind gesucht.

Cem rannte zu ihr und schloss sie fest in die Arme. Sie zitterte am ganzen Körper. Ihre Wange fühlte sich frostig an. «Bist du okay? Haben sie dich verletzt?»

«N-nein. Mir ist nur verdammt k-kalt. Ich krieg die Tür nicht a-auf.»

Cem trug ebenfalls keine Jacke, die er ihr hätte anbieten können. Nur das Hemd und die Weste. Er zog sie aus und legte sie über ihre Schultern.

«Nein, Cem, du trägst –»

«Geht schon. Los, wir müssen den Weg zurück über die Hängebrücke zum Stollen. Anders kommen wir nicht ins Gebäude. Schaffst du das?»

«Ich versuch's.»

Cem überlegte, ob er sie hierlassen sollte. Alleine war er schneller. Aber die Bewegung würde Eva warm halten. «Komm. Ich helfe dir. Wir dürfen keine Zeit verlieren.»

«W-wo sind Jo und A-Alec?»

«Weg. Vor denen brauchst du keine Angst mehr zu haben.»

«I-ich hatte nie Angst. Ich bin nur stocksauer.»

«Ja, klar. Was bin ich froh, dass dir nichts Schlimmeres passiert ist.» Er nahm sie erneut in den Arm. Nie mehr würde er sie loslassen. «Ich liebe dich, Eva.»

«Weiss ich doch.» Sie schmiegte sich an ihn. «Deshalb habe ich dich geheiratet.»

Cem drückte ihr einen langen Kuss auf die kalten Lippen.

Sie wollten gerade aufbrechen, als ein leises Zischen zu hören war.

«Braucht hier jemand eine Decke?»

Willi.

Er kam direkt auf sie zu und legte Eva die Decke um die Schultern. «Kadische hat Alarm geschlagen. Die Jungs sind unten rum, aber ich dachte schon, dass ich euch hier finden könnte. Seid ihr in Ordnung?»

«Können wir das drinnen besprechen?», fragte Cem.

Sie waren fast an der rettenden Tür angelangt, als der Boden zu beben begann. Cem schaute erschrocken Richtung Gletscher. Dann rollte ein ohrenbetäubendes Donnergrollen auf sie zu.

Willi hob seine Nase in den Wind, sein Gesicht erstarrte.

«Was ist das?», fragte Eva. «Der Sturm?»

«Nein», antwortete Willi. «Das ist die wahre Naturgewalt des Berges. Das ist eine Lawine.»

Das ist das Grab von Jo und Alec. Freiheit oder Tod. Es war ihre Entscheidung gewesen. Aber hatten sie sich das gut überlegt? Die Hölle war kein Ort für Wintersportler, vielleicht konnte das Fegefeuer wenigstens ihre gefrorenen Herzen auftauen. Hoffnung gab es immer. Möge Allah ihnen gnädig sein.

SIEBZEHN

Mehr Rotation ging nicht.

Susanne klammerte sich an der Stange in der Rotair fest. Weshalb hatte sie auch eingewilligt, mit der ersten Fahrt hochzufahren? Barbara und Kevin erging es nicht besser. Sie starrten bleich auf ihre Füsse. Banz genoss die Aussicht, die mehr als dramatisch war. Zu sehen war das ganze Ausmass der Lawine, die sich vor einer halben Stunde gelöst hatte und die Rotegg hinuntergedonnert war. Wären Barbara und Banz dort unterwegs gewesen, hätten sie kaum überlebt.

Mit in der Kabine waren auch fünf harte Jungs in Schutzkleidung, ihre Maschinengewehre an die Brust gedrückt. Ein Arzt und ein Sanitäter hatten ebenfalls den Mut gefasst, einzusteigen. Zwei Männer der Titlisbahnen sorgten für die sichere Fahrt, die wohl eher in Allahs Hand lag, wie Cem es ausdrücken würde. Susanne hatte mehrere Stunden nichts mehr von ihm gehört. Sie wusste nicht, was sie erwarten würde. Banz hegte Zweifel, dass sich die Lawine grundlos gelöst hatte. Ein Gedanke, der ihr Angst machte.

Das Manöver der Gondel, in die sichere Bergstation einzulaufen, schien Stunden zu dauern. Es war Millimeterarbeit im Schneckentempo. Die Kollegen in Kampfmontur machten sich bereit. Alle anderen durften die Rotair erst verlassen, wenn sie per Funk das Okay bekamen, dass die Station gesichert war. Die schauen zu viele amerikanische Actionfilme, dachte Susanne, und benehmen sich, als ob ihnen eine Gruppe Terroristen auflauern würde. Der Mörder handelte aus Liebe, Eifersucht und Rache und war kein fanatischer Krieger, der im Namen eines Gottes wütete.

Die Minuten zogen sich hin. Susanne wusste, dass sie sich die Situation harmlos redete, um nicht die Nerven zu verlieren. Waren Cem und Eva wirklich in Sicherheit?

Kevin tippte zur Ablenkung auf seinem Tablet herum.

Susanne schaute zu Barbara hinüber. Ihr Atem ging heftig. Da soll einmal einer behaupten, Bullen seien abgebrühte, kaltherzige Arschlöcher, dachte Susanne. Barbara litt genau wie sie. Hier ging es um Familie, zu der sie bald auch Banz zählen konnte. Er legte Barbara seine Hand auf die Schulter, um sie zu beruhigen.

«Cem und Eva wird es schon gut gehen», sagte Susanne, etwas Besseres fiel ihr nicht ein.

Barbara blickte auf. «Du hast recht. Man sollte an Wunder glauben.»

Susanne wusste, dass mit dem letzten Satz nicht Cem und Eva gemeint waren.

Das Funkgerät in Banz' Hand erwachte zum Leben. Sie hatten ein *Clear to go.*

Susanne war die Erste, die aus der Kabine stürmte. Auch wenn sie noch nie auf dem Titlis gewesen war, sie hatte in den letzten zwei Tagen genügend Zeit gehabt, die Baupläne der Station zu studieren. Zweites Obergeschoss, dort mussten sie sein, im Restaurant. Sie rannte die Treppe hoch. Tatsächlich stand dort bereits ein Kollege der Sturmtruppe und zeigte zum Korridor, der zum Restaurant führte. Susanne zügelte ihre Schritte, sie wollte nicht wie ein aufgeschrecktes Huhn auftreten.

Ein gut aussehender, junger Typ stand breitbeinig am Eingang, seine muskulösen Arme verschränkt. Das musste der Personal Trainer mit Zusatzservice sein, Jonny Keck.

«Sie sind hinten am Fenster», sagte er mit einem sexy Grinsen im Gesicht.

Selten war Susanne so erfreut über das Grinsen eines Callboys gewesen. Sie hätte ihn küssen können, hielt sich aber zurück und setzte ihre autoritäre Miene auf, als sie zu ihm hochstarrte. «Gut gemacht, junger Mann.»

Barbara stürmte an ihr vorbei.

Cem saß mit Eva an einem Tisch am Fenster. Eva war in Decken gewickelt, und er hielt sie fest in den Armen. Was zum Teufel war hier vorgefallen? Susanne schaute sich kurz um. Die

Damen und Herren in Festtagskleidung sassen fast ausnahmslos schweigend und niedergeschlagen herum. Eine junge Frau weinte.

«Cem, Eva. Seid ihr okay?», fragte Barbara und setzte sich gleich zu ihnen. «Geht es euch gut?»

Susanne und Kevin schlossen auf.

«Leute», sagte Cem, «was hat das so lange gedauert?»

Kevin verkniff sich ein Schmunzeln. «Das Wetter ist für einmal eine passende Ausrede, was?»

«Was ist passiert? Habt ihr den Täter?», fragte Susanne.

«Hey, Chefin, schön, dich zu sehen», sagte Cem. «Wir sind durchgefroren, sonst geht es uns gut. Und ja, wir haben den Job erledigt. Den Mörder gab es im Doppelpack, samt Komplizen.»

«Wo sind sie?»

Cem drückte Eva in Barbaras Arme und stand auf. «Die hinterhältigen Zwillinge sind in einem Büro eingesperrt, ich habe bereits einen Kollegen hingeschickt. Die Täter hingegen, die sind auf ihrer Flucht vermutlich von der Lawine überrollt worden.»

Banz kam zu ihnen. «Wie ich sehe, sind die Helden des Titlis wohlauf. Wer waren die Bösewichte?»

«Das Brautpaar, Jo und Alec», sagte Cem.

Banz pfiff leise unter seinem Bart hervor. «Es gab nie eine tote Braut? Das müsst ihr mir erklären.»

Eva stand auf. «Gehen wir ins Büro. Wir haben mit den Zwillingen ein ernstes Wort zu wechseln. Sie werden uns die letzten offenen Fragen beantworten können.» Eva ging vor, den Kopf erhoben, die Schultern zurückgezogen.

Susanne hielt Cem zurück. «Geht es euch wirklich gut?»

«Ja, das wird schon.»

Sie bemerkte, wie die Hochzeitsgesellschaft sie anstarrte. Irgendwie waren ihr die Menschen unheimlich. Es war so ein Gefühl.

«Alles nette Leutchen», sagte Cem leise, «mehr oder weniger.»

Sie folgten den anderen.

Susanne liess nicht locker. «Ich habe den Schnitt an Evas Hals gesehen …»

«Nur ein Kratzer. Sie war Jos Geisel, aber Eva hat es gut weggesteckt. Das hier waren liebestolle Egoisten, denen eine Sicherung durchbrannte.»

***

Das Team der Luzerner Polizei sowie Banz und Kummers Stellvertreter sassen am Tisch und hörten Evas Erzählung zu. Sie konnte das gut. Cem lehnte sich zurück. Er wusste, dass sie es kaum erwarten konnte, Alain heute Abend in die Arme zu schliessen. Sie konnte vorhin kurz mit ihm telefonieren und war daraufhin in Tränen ausgebrochen. Cem hätte am liebsten mitgeheult. Es war alles ein bisschen viel gewesen. Man bereitete bereits die Evakuierung vor. In etwa einer halben Stunde würden auch Cem und Eva dem Gipfel den Rücken zuwenden. Cem hatte definitiv genug Höhenluft geschnuppert.

«Jo hatte sich die meiste Zeit im Fotostudio versteckt», beendete Eva ihre Zusammenfassung. «Da die Tür abgeschlossen war, kamen wir nie auf die Idee, dass sie da drinnen sein könnte.»

«Wie konnte sie die Tür auf- und zuschliessen?», fragte Banz.

Cem schaute die Zwillinge an. «Meine Herren, das ist Ihr Stichwort. Und ich sage es noch einmal, je besser Sie mit uns kooperieren, desto kürzer werden Sie unsere Gäste in einem schmucken Einzelzimmer sein.»

«Wir haben den Schlüssel besorgt», sagte Dominik. Nach wie vor war das fette D auf seiner Stirn zu sehen. «Ich habe vor zwei Wochen mit Klara geflirtet, einer Angestellten. So konnte Roderick den Schlüssel klauen, rasch einen Abdruck machen, und schon war das Problem gelöst. Die machen das so in jedem Thriller. War ein Kinderspiel. Somit hatte Jo ihren Notfall-Rückzugsort, sollte etwas schieflaufen.»

Cem stellte sich hinter Roderick. «Diesen netten jungen

Mann habe ich in Engelberg kennengelernt. Er hat für Jo die Skiausrüstung auf den Gipfel geschafft. Wo hast du sie versteckt?»

«Musste ich nicht verstecken. Ich habe sie auf der Terrasse deponiert, wie all die Skifahrer, die im Restaurant etwas essen gehen wollen. In der Hektik war es einfach eine Ausrüstung, die ein Skifahrer oben gelassen hat, weil die Station evakuiert wurde. Jo hat die Sachen dann am Abend mit ins Fotostudio genommen, damit sie euch Bullen nicht auffallen.»

«Aber Alec hatte keine Skier dabei», sagte Eva.

«Jo hat in einem Lagerraum genügend Ausrüstung gefunden, um ihn einzudecken.» Roderick überlegte. «Sie denken, die beiden haben die Lawine nicht überlebt?»

«Wir lassen nach ihnen suchen», sagte Banz. «Aber ohne Lawinenschutzausrüstung sind die Chancen nicht gross, nicht bei diesem stürmischen Wetter.»

«Was ist mit der Kommunikation?», fragte Kevin. «Wie habt ihr das angestellt?»

«Das war von Beginn weg ein Problem», antwortete Dominik. «Wir waren auf alles vorbereitet, was schieflaufen könnte. Selbst den Sturm hatten wir kommen sehen, nicht aber einen Bullen und eine Staatsanwältin, die gleich am Tatort auftauchen würden.»

«Wir haben euch die Handys abgenommen», sagte Cem.

«Das war das Problem. Wir konnten dadurch nicht mit Jo in Kontakt bleiben. Als Sie uns dann auch noch ins Restaurant einsperrten, wurde es schwierig, sie im Fotostudio aufzusuchen. Jo ist – war nicht der Typ, der still sitzen blieb. Sie vermutete, dass die Polizei im Tal nach Antworten suchte und auf ihre Verbindung zu Amir stossen könnte. Durch das Kappen der Telefon- und Internetleitung blieb sie länger unentdeckt. Jo hat recherchiert und wusste, wo sich der Schaltkasten befand.»

«Warum habt ihr Kadische die goldene Armkette geschenkt?», fragte Eva.

«Um den Verdacht auf sie zu lenken.»

«Aber sie hat euch gleich verpfiffen.»

«Na ja, Fingerabdrücke von uns gibt es auf dem Schmuckstück keine. Es wäre Wort gegen Wort gewesen. Ausserdem gaben Roderick und ich uns für die Tatzeit gegenseitig ein Alibi. Sie hätten uns wegen des Diebstahls nicht drangekriegt. Niemals.»

«Weil Jo euch nicht mehr als Handlanger zur Verfügung hatte, kam ihr die Idee mit dem Geist.»

«Darin war Jo klasse», sagte Roderick. «Sie war ein Genie, wenn es ums Planen und Improvisieren ging.»

Es klopfte an die Tür. Ein Kollege trat ein. «Cengiz? Ich denke, das gehört dir. Wir haben es versteckt im Fotostudio gefunden.»

«Mein Handy. Klasse, danke.»

«Nichts zu danken.»

Cem erweckte es gleich zum Leben. Über dreissig unbeantwortete Anrufe, fast alle von Susanne, Barbara und Kevin. Ein Anruf kam aus Italien. Cem stutzte. Marius.

Dann sah er die Textnachricht. Er öffnete sie:

Cem, ruf mich sofort zurück. Lila hat eine Riesendummheit gemacht. Sie ist in grosser Gefahr. Sie ist abgehauen, und ich weiss nicht, wohin. Wir müssen sie finden. Sie ist nicht alleine.

«Oh Mist!», sagte Cem.

«Alles in Ordnung?», fragte Susanne.

«Ähm, ja. Ist privat. Etwas mit Aygül.» Er zeigte Eva die Nachricht.

Sie schwieg einen Moment, nickte dann überzeugt. «Ich bin sicher, ich kann ihr helfen. Wir kümmern uns gleich darum, wenn wir zurück sind.»

Cem steckte das Handy weg. «Wann ist die nächste Fahrt von diesem verfluchten Berg hinunter?», fragte er Banz. «Wir sind in unserem Flitter-Weekend und möchten zumindest heute Abend unsere Ruhe haben, ohne eine lästige Hochzeitsgesellschaft, die uns in den Wahnsinn treibt.»

Susanne machte eine winkende Bewegung zur Tür. «Na los, zieht schon ab. Ihr könnt die nächste Gondel nehmen. Heute Abend hast du frei, Cem. Morgen brauchen wir euch für eure Aussagen. Geht leider nicht anders. Du bekommt dafür nächstes Wochenende frei, versprochen.»

«Nur ein Wochenende? Sei nicht knausrig, Chefin.»

«Abfahrt!»

Zusammen gingen Cem und Eva ins Restaurant zurück und verabschiedeten sich von den Gästen. Die Itens und Chevaliers beachteten sie kaum, in ihrer eigenen Trauer gefangen. Dalila und Oliver schüttelten ihnen die Hände. Auch Lisi und Isabel bedankten sich, Etien ignorierte sie. Mirella versprach, trotz der Tragödie ihnen die Fotos hochzuladen, die sie gestern vor der Zeremonie von ihnen gemacht hatte. Die drei älteren Herren, Professor Breuning, Pfarrer Kleeb und Georg Alder, sassen zusammen und wünschten Cem und Eva alles Gute. Zora küsste sie zum Dank ungestüm auf die Wange, und Jonny grinste breit. Kadische salutierte vor Cem und meinte, er könne sie jederzeit wieder als Spionin anheuern.

«Ihr verlasst uns?», fragte Willi, der im Treppenhaus auf sie wartete. «Der Berg wird euch vermissen.»

«Wohl kaum», sagte Cem und zwinkerte Willi zu. «Ich melde mich wegen dem Skiunterricht.»

«Klar, jederzeit. War mir eine Ehre, für euch zu arbeiten, auch wenn ich mir ein glücklicheres Ende gewünscht hätte.»

Cem und Eva gingen Hand in Hand hinunter zur Rotair. Es herrschte bereits Hochbetrieb auf dem Titlis. Das Team vom Kriminaltechnischen Dienst war unterdessen angekommen und machte sich an die Arbeit. Auch Sozialbetreuer waren eingetroffen, um sich um die Gäste zu kümmern.

«Den einen oder anderen werden wir wohl wiedersehen», sagte Cem. «Aber jetzt geht unsere Familie vor. Alain wartet auf dich.»

«Hast du Marius schon erreicht?»

«Ich habe dreimal versucht, ihn zurückzurufen, er geht nicht ran. Auch Lila habe ich zu Hause nicht erreicht.»

«Uns ist anscheinend kein Happy End gegönnt, was?», fragte Eva. Sie war ungewöhnlich still, seit sie die Nachricht gelesen hatte.

Cem nahm sie in den Arm. «Haben Sie etwas Geduld, Frau Staatsanwältin. Im Herbst, wenn der Prozess mit Aygül durch ist und Lila und Marius ihre Probleme dann hoffentlich auch im Griff haben, fliegen du, Alain und ich in die mehr als verdienten Ferien auf die Malediven.»

«Du willst Alain mitnehmen in die Flitterwochen?»

«Klar doch. Er gehört zu uns.»

«Ich vermisse ihn.»

«Ich bringe dich gleich zu deinen Eltern, wenn wir unten sind.»

«Du fährst zu Lila?»

«Ich muss wissen, was sie angestellt hat.»

«Cem, sei vorsichtig.»

«Kennst du mich anders?»

Eva hielt seine Hand fest umklammert, während sie auf dem Perron warteten. Die Rotair war nur noch wenige Meter entfernt. Auch wenn der Sturm sich rasch verzog, windstill war es keinesfalls.

«Auf diese Fahrt freue ich mich nicht», sagte Eva.

«Hey, ich beschütze dich.»

Sie lachte. «Angeben wie ein echter Macho, das kannst du gut. Wetten, auf der Fahrt hinunter muss ich deine Hand halten?»

Er antwortete nicht, drückte ihr einfach einen Kuss auf die feuchten Lippen. Wie er ihre Nähe vermisste …

Cem hörte Schritte. Als er sich umdrehte, standen Odermatt und Qazim hinter ihnen.

«Wir sind die Ersten, die erlöst wurden», sagte Odermatt.

«Gute Arbeit», sagte Cem. «Danke für Ihre Hilfe.» Sie schüttelten sich die Hände.

Qazim schwieg. Cem übersah seine Nervosität nicht, die er ungeschickt zu verbergen versuchte. Etwas stimmte mit ihm nicht, das sagte Cem sein Bauchgefühl.

Eva und Odermatt unterhielten sich über die Tragödie auf dem Titlis, und Cem nutzte die Gelegenheit und zog Qazim zur Seite. «Jetzt mal raus damit, was ist Ihr Problem?»

«Was meinen Sie?»

«Ach kommen Sie, was verheimlichen Sie mir?»

Qazim zögerte.

«Haben Sie etwas angestellt?»

«Nein.»

«Etwas, das anderen Menschen schadet?»

«Nein.»

«Na also. Ich bin zwar ein Bulle, aber dieses Wochenende eigentlich nicht im Dienst. Und ich bin vor allem eines, ein Mensch, der durchaus Verständnis aufbringen kann und hilft, wo er kann. Also, was ist los?»

«Leila.»

«Leila?»

«Ich habe sie noch nie über Nacht alleine gelassen. Sie hat bestimmt grosse Angst. Und da Sie mir mein Handy abgenommen haben, konnte ich nicht mit der Nachbarin telefonieren, die nach ihr schaut, wenn ich arbeite.»

«Wer ist Leila? Ihre Tochter?»

«Mein Hund. Ein Labradorwelpe. Ich habe ihn erst seit zwei Wochen.»

Wie man sich in Menschen täuschen konnte. «Warum haben Sie nichts gesagt?»

«Sie mussten einen Mordfall lösen. Da konnte ja nicht jeder einfach kommen und Sie mit seinen persönlichen Problemen belästigen. Die Nachbarin war gestern Abend mit Leila draussen und bestimmt auch heute Morgen …»

Cem atmete tief durch. Weshalb konnten nicht alle Menschen ein gutes Herz haben, so wie Qazim? Er klopfte ihm auf die Schulter. «Jetzt gehen Sie erst einmal heim zu Ihrem Hundebaby. Das waren zwei harte Tage für uns alle.» Cem ging zurück zu Eva.

«Alles gut?», fragte sie.

Er schmunzelte und beobachtete, wie die Rotair zum Stillstand kam. «Ja. Alles gut. Die Schaukel hat angedockt. Rein ins Vergnügen.»

Die Türen der Kabine öffneten sich. Weitere Beamte stiegen aus – und ein alter Bekannter.

«Sie haben dich auf den Berg geholt, Doc?», rief Cem erfreut. Dave Berger lachte laut und herzhaft und schloss Cem in die Arme. Er drückte so fest zu, dass Cem die Puste wegblieb. «Cem, altes Haus, hast du mal wieder Chaos hinterlassen, das ich aufräumen muss?» Berger trug diesmal ein schwarzes T-Shirt mit einem Aufdruck von Guns n' Roses. Ganz gentlemanlike küsste er Evas Hand. «Bereust du deine Entscheidung noch nicht, den Kanaken geheiratet zu haben?»

«Mit Cem wird es zumindest nie langweilig.» Eva lächelte.

«Mann, Leute, mein Kopf brummt noch immer von eurer Hochzeitsfeier. Hätte nicht gedacht, dass wir uns so schnell wiedersehen.»

«Wir sind schon weg», sagte Cem.

Berger grinste. «Alles klar. Es heisst, zwei kühle Leichen warten auf mich.»

«Traurig, aber wahr.»

«Wo ist Barbara? Sie soll auch hier oben sein.»

«Oh ja. Sie ist oben im Restaurant», sagte Cem und genoss die Worte, die er anfügte: «Sie ist bei Banz.»

Berger zog die Augenbrauen tief. «Wer ist Banz?»

«Du kannst ihn nicht übersehen: gross, muskulös und haarig.»

ACHTZEHN

Es dunkelte bereits, als Cem und Eva endlich auf dem Hof von Evas Eltern in Stans ankamen. Alain stürmte aus dem Haus und fiel seiner Mami um den Hals. Die beiden drückten sich eine halbe Ewigkeit. Cem nutzte die Zeit und begrüsste seine Schwiegereltern. Die Mutter drückte ihm einen Kuss auf die Wange, und der Vater klopfte ihm mehrmals auf den Rücken.

Die bangen Stunden, die sie verbracht haben mussten, standen ihnen ins Gesicht geschrieben, aber sie hielten die Fragen zurück. Frighetto wollte noch heute Abend eine Pressekonferenz geben, um die Berichterstattung richtigzustellen. Die Sonntagszeitungen von morgen würden das Drama ausschlachten. Immerhin konnte Eva ihren Eltern das Geschehene schonend beibringen.

«Cem», rief Alain und stürmte euphorisch auf ihn zu. Cem hob ihn hoch und wirbelte ihn mehrmals im Kreis. «Hey, Kumpel, ich hab dich vermisst.»

«Spielen wir nachher Transformers? Ich bin Bumblebee.»

«Und ich soll wieder als Lastwagen auf allen vieren vor dir flüchten, was?»

«Ja», rief Alain.

Cem setzte ihn ab und wuschelte ihm mit der Hand durchs Haar. «Sorry, Kumpel, aber ich muss noch mal kurz weg. Wenn ich zurück bin, spielen wir, versprochen, ganz lange, okay?»

«Okay», nuschelte er enttäuscht.

Cem verabschiedete sich, und Eva brachte ihn zurück zu seinem Alfa Romeo. Cem klopfte auf das Dach seines Wagens. «Mir wäre auch lieber, ich könnte hierbleiben.»

«Ruf mich an, wenn etwas ist, egal, was.»

Cem nahm sie in den Arm. «Schläfst du heute Nacht auf dem Hof?»

Eva nickte. «Ich halte dir das Bett warm.»

«Vertrau mir, Eva, das mit Lila ist vorbei.»

«Ich hätte dich nicht geheiratet, wäre ich nicht einhundert Prozent sicher, dass du über sie hinweg bist.» Sie zögerte kurz. «Du hast mich immer gefragt, weshalb ich dich unbedingt so schnell heiraten wollte.»

Cem schaute sie neugierig an.

«Es war nicht, weil ich schwanger bin, auch nicht, weil ich Angst hatte, Lila könnte dich zurückfordern. Es gab nur einen Grund, Cem. Ich liebe dich, und ich vertraue dir, und bei dir fühle ich mich sicher. Ich habe dich geheiratet, weil es sich richtig anfühlt, deine Frau zu sein. Ich konnte gestern meinen Satz im Büro nicht beenden. Wir haben über den ersten Kuss im Wauwilermoos gesprochen und über das, was ich damals gesagt habe, über dich, über uns. Erinnerst du dich?»

«Wir sprachen über Heldentum.»

«Ich sagte, wir seien uns sehr ähnlich, weil wir im Leben ständig nach der Gerechtigkeit suchten. Ich sagte auch, dass du noch an die Märchen von Gut und Böse glaubst und an ein Happy End. Ich erwiderte, dass wir Frauen stark sind und keine Helden brauchen, die uns retten. Aber wir müssen an Helden glauben können, das ist ein entscheidender Unterschied. Ich glaube an dich, Cem, deshalb habe ich dich geheiratet. Deshalb und weil ich dich liebe.»

Cem musste lange über Evas Worte nachdenken, als er in seinem Alfa Romeo auf der Autobahn Richtung Luzern fuhr. Eva hatte recht. Es war die richtige Entscheidung gewesen, sie zu heiraten. Auch wenn Cems Magen gerade auf Sturm schaltete bei dem Gedanken, gleich auf Lila zu treffen. Es war nicht, weil er Lila noch liebte, es war, weil Lila eine Freundin war, die in Schwierigkeiten steckte. So wie er Lila kannte, mussten die Schwierigkeiten gravierend sein.

Zwanzig Minuten später parkierte er den Wagen in der Tiefgarage beim «Schweizerhof» und eilte durch die enge Gasse hinein in die Altstadt. Die Hertensteinstrasse war an diesem dunklen Samstagabend wie ausgestorben.

Cem schloss die Haustüre auf und hechtete die Stufen hoch

zu seiner Dachwohnung. Er wollte Lila keinen Schrecken einjagen und klopfte erst an, bevor er aufschloss.

Im Flur brannte Licht. «Lila? Bist du da?»

«Cem», rief sie aus dem Wohnzimmer. Der Fernseher lief. «Tom und Jerry», Cem erkannte die Titelmelodie sofort.

Lila trat in den Flur. Sie trug eine Trainingshose und ein T-Shirt aus seinem Schrank.

«Hey? Alles okay?», fragte er. Sie schien gesund, keine Spuren von Schlägen oder Misshandlung sichtbar. Bei Lila wusste man nie. Sie kannte die übelsten Typen im Sumpf der Abtrünnigen.

«*Mon nounours*», rief sie und war nicht mehr zu bremsen und fiel ihm um den Hals.

Cem liess ihr einige Sekunden, dann schob er sie sanft von sich weg. «Lila, was ist los?»

Sie schaute ihn überrascht an. «Cem, freust du dich nicht, dass —»

«Lila. Du hast mir den Laufpass gegeben, schon vergessen? Du hast während Wochen meine Anrufe ignoriert. Jetzt stehst du plötzlich hier und tust so, als wäre nichts gewesen?» Er hob die Hand mit seinem Ehering am Finger. «Ich habe vor zwei Tagen geheiratet, und ich kann mir wirklich Besseres vorstellen, als an meinem Flitter-Weekend die Ex in meiner Wohnung vorzufinden. Also, was ist los? Weshalb versteckst du dich hier? Marius ist echt besorgt um dich.»

Sie musste die neue Information erst verarbeiten und brauchte eine Minute, eh sie antwortete: «Cem, ich hatte ja keine Ahnung, dass es so ernst ist zwischen euch. Gratuliere! Wenn ich es gewusst hätte, wäre ich zur Hochzeit gekommen – vorausgesetzt, du hättest mich eingeladen.»

«Das wollten wir, Lila, dich und Marius dabeihaben. Wo habt ihr gesteckt? Alles okay zwischen euch?»

«Mit Marius und mir ist alles gut, wir sind uns da nur über eine Sache in die Haare geraten. Deshalb bin ich hier.»

«Welche Sache? Marius hat mir geschrieben, dass du in Schwierigkeiten steckst.»

«Komm.» Sie ging zurück ins Wohnzimmer.

Cem folgte ihr.

«Das ist Sambou.» Lila zeigte auf den schwarzen Jungen, der auf dem Sofa sass und Cem mit geweiteten Augen anstarrte.

Cem starrte wohl kaum weniger verstört zurück. Weshalb brachte Lila ein Kind in seine Wohnung? Der Knabe war etwa zehn, schätzte Cem. Er war gross gewachsen und sehr mager. Eine Traurigkeit lag auf seinem Gesicht, die Cem berührte. Er zwang sich ein Lächeln auf und reichte Sambou die Hand.

«Hallo», sagte er freundlich. «Ich bin Cem.»

«Er spricht nur Französisch», sagte Lila. «Sambou kommt aus Mali. Er ist ganz alleine über das Mittelmeer nach Europa geflüchtet. Wir haben ihn aus einem sinkenden Boot gerettet.»

Cem zog Lila mit sich in die Küche. «Ein Flüchtling? Er ist minderjährig. Weshalb ist er hier? Darum kümmern sich die Behörden vor Ort.»

«Ach ja? Menschenhändler lauern an den Küsten und greifen sich unschuldige Opfer, bevor diese auch nur eine Chance auf reguläres Asyl bekommen. Sie picken sich die Kinder heraus und verkaufen sie wie auf einem Sklavenmarkt.»

«Und da entführst du Sambou und bringst ihn zu mir? Jetzt verstehe ich auch, weshalb Marius mit deiner Aktion nicht einverstanden war. Das ist nicht die Art, wie man diesen Kindern hilft.»

«Eva wird sich seine Geschichte anhören wollen.»

«Eva ist nicht dazu da, deine Verbrechen auszubaden.»

«Sambou kann Eva helfen.»

Dieser Satz machte Cem stutzig. Er konnte nichts Gutes bedeuten.

«Hör zu», fuhr Lila fort, «Sambous Geschichte ist kompliziert. Ihr müsst ihn beschützen. Er braucht Zeugenschutz. Sambou weiss etwas, das einen ganzen verdammten Menschenhändlerring aus dem Osten vernichten wird.»

«Was willst du damit sagen?»

«Sambou kennt Viktor Romanowitsch Kasakow. Er weiss einiges über den russischen Oligarchen. Wenn Sambou in der

Schweiz Asyl erhält und wir für seine Sicherheit garantieren, wird er vor Gericht gegen Kasakow aussagen. Na, was denkst du? Deine Frau wird das hören wollen, oder nicht?»

Cem seufzte und wandte sich von Lila ab. Er starrte aus dem Dachfenster in den Himmel hoch. Die Wolken hingen noch immer tief, und es gab keine Aussicht auf besseres Wetter. Da rollte ein wahres Sturmtief auf sie zu …

Glossar

Apéro – gesellschaftliches Zusammentreffen vor einem Anlass, üblicherweise werden kleine Häppchen und Getränke serviert

Döschwo – die «Ente», der Citroën 2CV

Fruchtwähe – flacher Blechkuchen, mit Früchten belegt

Fünfliber – Fünffrankenstück

Gipfeli – Croissant, Hörnchen

Handörgeli – Akkordeon

Kantönligeist – im negativen Sinne gemeinter kultureller, mentaler und politischer Unterschied der einzelnen Kantone (Kantons-Patriotismus)

Matura – Abitur

Primarschule – Grundschule

Rande – Rote Bete

Schiss haben – Angst haben (umgangssprachlich)

Schwyzerörgeli – ein diatonisches Akkordeon, in der Schweizer Volksmusik verbreitet

So bschysst eis ds andere – So betrügt der eine den anderen (aus dem Zitat von Jeremias Gotthelf, S. 5)

Spital – Krankenhaus

urchig – bodenständig, urwüchsig

Monika Mansour
LIEBE, SÜNDE, TOD
Broschur, 224 Seiten
ISBN 978-3-95451-361-1

«Dieses Krimi-Debüt hat alles, was ein guter Krimi braucht.»
ekz Bibliotheksservice

www.emons-verlag.de

Monika Mansour
HIMMEL, HÖLLE, MENSCH
Broschur, 272 Seiten
ISBN 978-3-95451-663-6

«Süffig geschrieben mit viel Lokalkolorit, interessanten Figuren. Ein Krimi mit Unterhaltungswert.» Anzeiger Luzern

www.emons-verlag.de

Monika Mansour
LUZERNER TODESMELODIE
Broschur, 336 Seiten
ISBN 978-3-95451-950-7

*«Ein Krimi mit viel Lokalkolorit und fantasievollen Thrillerelemen-
ten.»*   Anzeiger Luzern

www.emons-verlag.de

Monika Mansour
LUZERNER TOTENTANZ
Broschur, 272 Seiten
ISBN 978-3-7408-0193-9

*«Wieder ein packender Krimi mit dem türkischstämmigen, heiß-
blütigen Ermittler Cem Cengiz, der diesmal tief in die mystischen
Sagen des Luzerner Umlandes eintaucht.»* buchverzueckt.blogspot.de

www.emons-verlag.de

Monika Mansour
HÖLLGROTTEN
Broschur, 304 Seiten
ISBN 978-3-7408-0308-7

«Sehr packend, sehr rätselhaft und sehr gut konstruiert.»
buchverzueckt.blogspot.de

www.emons-verlag.de

Monika Mansour
111 MYSTISCHE ORTE IN DER SCHWEIZ,
DIE MAN GESEHEN HABEN MUSS
Broschur, 240 Seiten
ISBN 978-3-7408-0139-7

*«Das Buch verknüpft idyllische Orte in der Schweiz mit lokalen
Sagen oder historischen Geschichten.»* Zofinger Tagblatt

www.emons-verlag.de

Monika Mansour
111 PFERDE, DIE MAN KENNEN MUSS
Broschur, 240 Seiten
ISBN 978-3-7408-0444-2

«Die Lektüre regt zum Schmunzeln, Trauern, Mitleiden und vor allem zum Staunen an.»   Tierwelt

www.emons-verlag.de